W0357697

ALACAKARANLIK

ALACAKARANLIK

Orijinal Adı: Twilight
Yazarı: Stephenie Meyer
Genel Yayın Yönetmeni: Meltem Erkmen
Çeviri: Hüseyin Baran
Düzenleme: Gülen Işık
Düzelti: Fahrettin Levent

Kapak Tasarım: Berna Özbek Keleş
Film-Grafik: Figür Grafik

5. Baskı: Ocak 2009

ISBN: 978 9944 82-109-4

© 2005 by Stephenie Meyer

Türkçe Yayım Hakkı: Onk Ajans aracılığı ile
© Epsilon Yayıncılık Hizmetleri Tic. San. Ltd. Şti.

Baskı ve Cilt: Melisa Matbaası
Çiftehavuzlar Yolu
Acar Sitesi No: 18 Davutpaşa
Tel: (0212) 674 97 23

Yayımlayan:
Epsilon Yayıncılık Hizmetleri Tic. San. Ltd. Şti.
Gürsel Mah. Nurtaç Cad. İcabet Sk. No: 3 Kâğıthane/İstanbul
Tel: 0212.252 63 96 pbx Faks: 252 63 98
İnternet adresi: www.epsilonyayinevi.com
e-mail: epsilon@epsilonyayinevi.com

ALACAKARANLIK

Stephenie Meyer

Çeviri
Hüseyin Baran

epsilon®

"Ama iyiyle kötüyü bilme ağacından yeme.
Çünkü ondan yediğin gün kesinlikle ölürsün."

Yaratılış 2:17

ÖNSÖZ

Nasıl öleceğimi hiç düşünmemiştim desem yeridir (aslında son birkaç ay, bunun için geçerli nedenlerim vardı!); düşünmüş olsaydım bile, böyle olacağını asla tahmin etmezdim.

Soluğumu tutarak, upuzun odanın karşı tarafına, avcının karanlık gözlerine baktım. O da memnuniyetle bana bakıyordu.

Elbette güzel bir ölüm biçimiydi bu; bir başkasının yerine ölecektim. Sevdiğim birinin yerine. Hatta soylu bir ölümdü. Bir anlam ifade diyordu.

Forks'a hiç gitmeseydim, ölmeyeceğimi biliyordum. Şu anda ölümle yüzleşmek zorunda kalmayacaktım. Ama ne kadar korkarsam korkayım, kararımdan dolayı pişmanlık duyamıyordum. Hayat size beklentilerinizin çok ötesinde bir düş sunduğunda, sona geldiğinizde üzüntü duymanız mantıklı değildir.

Avcı, beni öldürmek için ilerlerken, dostça gülümsedi.

I. İLK GÖRÜŞ

Annem beni pencereleri açık arabayla havaalanına götürdü. Phoenix'te hava otuz sekiz dereceydi; gökyüzü masmavi ve bulutsuzdu. Ayrılırken annemi memnun etmek istediğim için, en sevdiğim bluzumu giymiştim. Kolsuz, dantelli beyaz bluzumu. Kalın ceketim elimdeydi.

Washington eyaletinin kuzeybatısında bulunan Olympic Yarımadası'nda, gökyüzü hemen her zaman bulutlu olan Forks adında küçük bir kasaba vardır. Bu sıradan kasabaya, Amerika Birleşik Devletleri'nin diğer eyaletlerinden çok daha fazla yağmur yağar. Ben henüz birkaç aylıkken, annem beni de almış ve bu karanlık, kasvetli kasabadan kaçmış. On dört yaşına gelene kadar, her yaz bir ayımı bu kasabada geçirmek zorunda kaldım. On dört yaşındayken isyan etmeyi akıl ettim. Geçen üç yıl içinde, yazları babam Charlie'yle Kaliforniya'da ikişer hafta tatil yaptık.

Şimdi kendimi Forks'a sürgün ediyordum. Büyük bir korkuyla yapıyordum bunu. Forks'tan nefret ediyordum.

Phoenix'i seviyordum. Güneşi ve kavurucu sıcaklığı seviyordum. O canlı, kocaman şehri seviyordum.

"Bella," dedi annem bana uçağa binmeden önce belki bininci kez. "Bunu yapmak zorunda değilsin."

Annem, bana çok benzer; kısa saçlarını ve yüzündeki kırışıklıkları saymazsak tabii. Onun iri, çocuksu gözlerine bakınca paniğe kapıldım. Sevgi dolu, dengesiz, kuş beyinli annemi nasıl yalnız bırakırdım? O, kendi başının çaresine bakamazdı ki. Gerçi şimdi yanında Phil vardı. Büyük olasılıkla faturaları ödenecek, buzdolabında yiyecek, arabasında benzin, kaybolduğunda arayabileceği biri olacaktı. Ama yine de...

"Gitmek istiyorum," diye yalan söyledim. Yalan söylemeyi hiç beceremezdim, ama son zamanlarda bu yalanı çok sık söylediğim için, sesim ikna edici çıkıyordu.

"Charlie'ye selam söyle."

"Söylerim."

"Yakında görüşürüz," diye ısrar etti. "İstediğin zaman eve dönebilirsin. Bana ihtiyaç duyarsan hemen yanına gelirim."

Ama bu sözü verirken gözlerindeki fedakâr ifadeyi görebiliyordum.

"Benim için endişelenme," dedim. "Her şey çok güzel olacak. Seni seviyorum, anne."

Bana sarıldı ve bir süre öyle kaldı. Sonra ben uçağa bindim, o da gitti.

Phoenix'ten Seattle'a dört saatlik bir uçuş, küçük bir uçakla Port Angeles'a bir saatlik başka bir uçuş, sonra Forks'a doğru bir saatlik araba yolculuğu. Uçak yolculuğundan şikâyetim yoktu; ama Charlie'yle bir saatlik bir araba yolculuğu yapacak olmaktan hoşlanmıyordum.

Charlie son zamanlarda olanlar konusunda oldukça anlayışlı davranmıştı. Onunla temelli kalmaya karar verdiğim için çok mutluydu. Liseye kaydımı yaptırmıştı; araba almama da yardım edecekti.

Ancak Charlie ile yaşamak garip olacaktı. İkimiz de geveze insanlar değildik; onunla ne konuşacağımı ise hiç bilmiyordum. Kararımın onu çok şaşırttığının farkındaydım. Tıpkı annem gibi, ben de Forks'tan hoşlanmadığımı hiç saklamamıştım.

Port Angeles'a indiğimde yağmur yağıyordu. Bunu bir

kehanet olarak görmedim; yağmur kaçınılmazdı. Güneşle çoktan vedalaşmıştım.

Charlie beni polis arabasıyla bekliyordu. Bunu da tahmin etmiştim. Charlie, Forks'un iyi insanlarının polis şefiydi. Maddi olanaklarımın kısıtlılığına karşın araba almak istememin birincil nedeni, şehirde üzerinde kırmızı ve mavi ışıkları olan bir arabayla dolaşmak istemememdi. Hiçbir şey trafiği bir polis kadar yavaşlatamaz.

Uçaktan inerken yalpalayınca, Charlie bana tek koluyla beceriksizce sarıldı.

"Seni gördüğüme sevindim, Bells," dedi, beni yakalayıp düşmemi engellediği için gülümseyerek. "Pek değişmemişsin. Renee nasıl?"

"Annem iyi. Ben de seni gördüğüme sevindim, baba!" Yüzüne karşı Charlie dememe izin vermiyordu.

Yalnızca birkaç çantam vardı. Arizona'daki kıyafetlerimin çoğu Washington'da giyemeyeceğim kadar inceydi. Annemle ben, kışlık gardırobumun eksiklerini tamamlamak için varımızı yoğumuzu ortaya dökmüştük ama yetmemişti. Eşyalarım arabanın bagajına sığdı.

"Senin için iyi ve ucuz bir araba buldum," dedi babam, emniyet kemerlerimizi bağlarken.

"Nasıl bir araba?" 'İyi bir araba' demek yerine 'senin için iyi bir araba' demesinden şüphelenmiştim.

"Aslında kamyonet demek daha doğru. Bir Chevy."

"Nereden buldun?"

"La Push'taki Billy Black'i hatırlıyor musun?" La Push sahilde, Kızılderililer için ayrılmış küçük bir bölgedir.

"Hayır."

"Yazları bizimle balık tutmaya gelirdi."

Bu onu neden hatırlamadığımı açıklıyordu. Bana acı veren, gereksiz şeyleri hafızamdan çıkarmak konusunda ustayımdır.

"Kendisi şu anda tekerlekli sandalyede." Ben cevap vermeyince, Charlie devam etti. "Bu yüzden artık araba kullanamıyor. Kamyonetini bana ucuza satmayı teklif etti."

"Kaç model?" Yüzündeki ifadenin değişmesinden, bunu sormayacağımı umduğunu anlamıştım.

"Billy motoruyla çok uğraştı. Yanılmıyorsam sadece birkaç yaşında."

Beni bu kadar çabuk vazgeçeceğimi düşünecek kadar az tanımadığını umuyordum. "Arabayı ne zaman almış?"

"1984 yılında aldı sanırım."

"Aldığında yeni miydi?"

"Hayır. Altmışların başlarında ya da en kötü olasılıkla ellilerin sonlarında yeniydi herhalde," diye saf saf itiraf etti.

"Ch... baba, ben arabalardan anlamam. Bir terslik olursa tamir edemem, tamirciye verecek param da..."

"Bella, o şey gayet iyi gidiyor. Artık böyle arabalar üretmiyorlar."

O şey, diye düşündüm kendi kendime... seçeneklere sahipti... en azından takma isimler açısından.

"Peki ne kadar ucuz?" Bu konuda uzlaşamayabilirdik.

"Şey, tatlım, aslında ben o arabayı senin için aldım sayılır. Hoş geldin armağanı olarak." Charlie yüzünde umut dolu bir ifadeyle, yan gözle bana baktı.

Vay be! Bedava araba!

"Bunu yapmana gerek yoktu, baba. Ben kendime araba alacaktım zaten."

"Sorun değil. Senin burada mutlu olmanı istiyorum." Bunu söylerken yola bakıyordu. Charlie duygularını yüksek sesle ifade ederken rahatsızlık duyuyordu. Bu konuda ben de ona çekmişim. Bu yüzden ben de ona cevap verirken yola baktım.

"Gerçekten çok naziksin baba. Teşekkür ederim. Beni çok mutlu ettin." Benim Forks'ta mutlu olmamın imkânsız olduğunu eklememe gerek yoktu. Charlie'nin de benimle birlikte acı çekmesi gerekmezdi. Bedava bir kamyonete sahip olacağım da hiç aklıma gelmezdi doğrusu.

"Bir şey değil," diye mırıldandı; teşekkürlerim onu mahcup etmişti.

Yağmurlu hava konusunda karşılıklı yorumlarda bulunduk. Bu kadar sohbet bize yeterdi. Sonra sessizlik içinde camlardan dışarısını seyrettik.

Burası kesinlikle çok güzel bir yerdi; bunu inkâr edemezdim. Her yer yemyeşildi: gövdeleri yosunla kaplı, dalları yerlere kadar eğilen ağaçlar, çimenle kaplı yerler. Hava bile yaprakların arasından yemyeşil süzülüyordu.

Fazla yeşildi burası. Yabancı bir gezegendi adeta.

Sonunda Charlie'nin evine vardık. Hâlâ, evliliklerinin ilk günlerinde annemle birlikte aldığı küçük, iki odalı evde yaşıyordu. Evlilikleri bu günlerden ibaretti zaten... ilk günler... Orada, hiç değişmeyen evin önündeki caddede yeni -yani benim için yeni- kamyonetim duruyordu. Rengi soluk kırmızıydı; büyük yuvarlak çamurlukları ve şişkin bir sürücü koltuğu vardı. Birden ona ısınıverdim ve buna kendim de çok şaşırdım.

Çalışıp çalışmayacağını bilmiyordum ama kendimi onun içinde hayal edebiliyordum. Hiç hasar görmeyen sağlam demirden yapılmıştı; genelde kaza yerlerinde görülen, boyası hiç çizilmeyen ve yerle bir ettiği yabancı arabanın parçalarıyla kuşatılan kamyonetlerdendi.

"Vay be! Çok beğendim baba! Teşekkürler!" Bir sonraki korkutucu günüm düşündüğüm kadar kötü olmayacaktı. Okula gitmek için, yağmur altında iki mil yol yürümekle polis arabasıyla götürülmek arasında bir seçim yapmak zorunda kalmayacaktım.

"Beğendiğine sevindim," diye homurdandı Charlie, yine mahcup olmuştu.

Bütün eşyalarımı bir kerede yukarı taşıdım. Ön bahçeye bakan, batı tarafındaki odaya yerleştim. Bu odaya aşinaydım;

doğduğumdan beri bu oda bana aitti. Ahşap zemin, açık mavi duvarlar, eğimli tavan, camın çevresindeki sarı dantelli perdeler... hepsi çocukluğumun bir parçasıydı. Charlie'nin yaptığı değişiklikler, ben büyüdüğümde çocuk karyolası yerine bir yatak koymak ve bir çalışma masası eklemekten ibaretti. Şimdi çalışma masasının üzerinde, modem için en yakın telefon prizine takılı bir telefon hattı bulunan ikinci el bir bilgisayar duruyordu. Annem bunu şart koşmuştu; böylece kolayca iletişim kurabilecektik. Bebeklik günlerimden kalma sallanan koltuk da hâlâ köşede duruyordu.

Evde sadece bir tane banyo vardı; merdivenlerin başındaki bu küçük banyoyu Charlie ile ortak kullanmak zorundaydım. Bu gerçeğin üzerinde fazla durmamaya çalışıyordum.

Charlie'nin en iyi taraflarından biri ortalıkta fazla dolaşmamasıydı. Bavullarımı açıp yerleşmem için beni yalnız bıraktı, annem bunu asla yapmazdı. Yalnız olmak güzeldi, gülümsemek ya da memnun görünmeye çalışmak zorunda kalmıyordum. Bardaktan boşanırcasına yağan yağmuru pencereden dalıp giderek izlemek ve birkaç gözyaşının usulca akmasına izin vermek de büyük rahatlıktı. Tam bir ağlama krizine girecek havada değildim. Bunu, yatağa girip beni bekleyen günü düşünmek zorunda kalacağım zamana saklıyordum.

Forks Lisesi'nin sadece üç yüz elli yedi -artık elli sekiz-öğrencisi vardı; eski okulumda sadece benimle aynı sınıfa giden öğrencilerin sayısı yedi yüzdü. Buradaki bütün çocuklar birlikte büyümüştü; hatta onların büyükanneleri ve büyükbabaları da beraber büyümüştü. Ben büyük şehirden gelen yeni kız olacaktım; garip bir yaratıkmışım gibi merakla bakacaklardı bana.

Eğer Phoenix'ten gelen bir kızın görünmesi gerektiği gibi görünseydim, bunu bir avantaja çevirebilirdim. Ama fiziksel olarak hiçbir yere uymuyordum. Yanık tenli, sportif, sarışın bir voleybol oyuncusu ya da belki ponpon kız olmalıydım;

güneşin vadisinde yaşamanın gerektirdiği bütün özellikleri kendimde toplamalıydım.

Ancak ben, sürekli güneş ışığına maruz kalmama karşın, fildişi tene sahiptim; kızıl saçlarım ve mavi gözlerim bile yoktu. Her zaman ince ve uzun olmuştum ama nedense atletik değildim. Kendini rezil etmeden spor yapmak için gerekli olan el-göz koordinasyonu bende yoktu. Spor yapayım derken hem kendime hem de bana fazla yakın duran herkese zarar veriyordum.

Giysilerimi eski çam dolaba yerleştirme işini bitirdiğimde, içinde banyo malzemelerimin bulunduğu çantamı aldım ve yolculuk ederek geçirdiğim günün ardından temizlenmek için ortaklaşa kullandığımız banyoya gittim. Dolaşık nemli saçlarımı fırçalarken aynada yüzüme baktım. Belki de ışık yüzündendi, bilmiyorum, ama şimdiden solgun ve sağlıksız görünüyordum. Cildim güzel olabiliyordu, pürüzsüz ve neredeyse yarı saydamdı; ama her şey renge bağlıydı. Burada yüzümde hiç renk yoktu.

Aynadaki solgun aksime baktığımda kendi kendime yalan söylediğimi itiraf etmeye mecbur kaldım. Buraya uyum sağlayamayacak olmamın nedeni sadece fiziğimle ilgili değildi. Üç bin kişilik bir okulda kendime yer bulamadıysam burada nasıl bir şansım olabilirdi?

Yaşıtlarımla iyi geçinemiyordum. Belki de aslında insanlarla iyi geçinemiyordum. Bu gezegende herkesten daha yakın olduğum annem bile hiçbir zaman benimle uyum içinde olmamış, tamamen aynı görüşleri paylaşmamıştı. Zaman zaman dünyadaki diğer insanların gördüğü şeyleri görüp görmediğimi merak ediyordum. Belki de beynimde bir sorun vardı.

Ama neden önemli değildi. Önemli olan sonuçtu. Ve yarın yalnızca bir başlangıç olacaktı.

O gece doya doya ağladığım halde iyi uyuyamadım. Yağmurun şakırtısı ve çatıdaki rüzgârın uğultusu bütün gece dinmedi. Soluk renkli eski battaniyeyi başıma çektim, sonra yastığımı da ekledim. Vakit gece yarısını geçip, yağmur hızını keserek daha sessiz bir çisentiye dönüşene kadar uykuya dalamadım.

Sabah pencereden görebildiğim tek şey kalın bir sis tabakasıydı; üzerime tırmanan klostrofobiyi hissedebiliyordum. Burada gökyüzünü asla göremezdiniz; tıpkı bir kafes gibiydi.

Charlie'yle kahvaltı sessiz bir olaydı. Okulda bana şans diledi. Bu dileğinin boş olduğunu bile bile ona teşekkür ettim. İyi şans benden uzak durmaya çalışıyordu. Evden önce Charlie çıktı; karısı ve ailesi olan polis merkezine gitti. O gidince, birbiriyle uyumsuz üç iskemlenin ortasındaki meşe masanın üzerine oturdum ve koyu renk duvarları, parlak sarı dolapları ve beyaz muşambayla kaplı zemini olan küçük mutfağı incelemeye başladım. Hiçbir şey değişmemişti. Annem on sekiz yıl önce eve biraz ışık girmesini sağlamak için dolapları boyamıştı. El kadar oturma odasındaki küçük şöminenin üzerinde bir sıra resim vardı. Önce Charlie ve annemin Las Vegas'taki düğünde çekilmiş bir fotoğrafı; ardından üçümüzün benim doğumumda hastanede yardımsever bir hemşire tarafından çekilmiş fotoğrafı; ve sırayla benim geçen yıla kadar çekilen okul fotoğraflarım. Bu resimlere bakarken utanıyordum; Charlie'nin en azından burada yaşadığım süre içinde bu resimleri başka bir yere koyması için bir şeyler yapmalıydım.

Bu evde, Charlie'nin annemi asla unutamadığını görmemek imkânsızdı. Bu beni rahatsız ediyordu.

Okula çok erken gitmek istemiyordum ama evde de daha fazla kalamazdım. Koruyucu kıyafeti andıran ceketimi giydim ve yağmura çıktım.

Hâlâ yağmur çiseliyordu ama her zaman kapının saçağının altına gizlenen anahtarı alıp kapıyı kilitlediğim süre içinde beni ıslatacak kadar şiddetli yağmıyordu. Yeni su geçirmez botlarımın etrafa su sıçratışı sinir bozucuydu. Ayağımın altında çakıl taşlarının sesini duymayı özledim. Durup kamyonetimi doya doya seyredemezdim; başımdan aşağı süzülen ve şapkamın altına, saçlarıma sızan ıslaklıktan kurtulmak için can atıyordum.

Kamyonetin içi güzel ve kuruydu. Billy ya da Charlie temizlemişti herhalde; ama taba rengi döşemeler hâlâ tütün, benzin ve nane şekeri kokuyordu. Motor çabuk çalışınca içim rahatladı ama sesi çok yüksekti; önce kükredi, sonra da gürültülü bir şekilde boşta çalıştı. Eh, bu kadar eski bir kamyonetin kusurları olacaktı elbette. Antika radyo çalışıyordu, bu da hiç beklemediğim bir artıydı.

Daha önce hiç gitmediğim halde, okulu bulmam zor olmadı. Diğer birçok şey gibi o da otoyolun kenarındaydı. Buranın okul olduğu anlaşılmıyordu, sadece üzerinde Forks Lisesi yazan tabela durmamı sağladı. Kızıl tuğlalardan yapılmış, birbiriyle uyumlu bir evler grubuna benziyordu. Öyle çok ağaç ve çalılık vardı ki, önce büyüklüğünü kavrayamadım. Buranın bir kurum olduğu nereden anlaşılacak, diye düşündüm geçmişi hatırlayarak. Tel örgüler ve metal detektörler neredeydi?

Kapısındaki küçük tabelanın üzerinde ÖN BÜRO yazan ilk binanın önünde durdum. Görünürde benim kamyonetimden başka park edilmiş taşıt yoktu; buraya park etmenin yasak olduğunu anladım; ama yağmurda salak gibi dolaşıp durmak yerine birilerine yön sormaya karar verdim. Sıcak kamyonetimden gönülsüzce indim ve koyu renk çitlerle çevrilmiş taş yolda biraz yürüdüm. Kapıyı açmadan önce derin bir soluk aldım.

İçerisi aydınlıktı ve tahminimden daha sıcaktı. Ofis küçüktü, portatif iskemlelerin bulunduğu minik bir bekleme alanı, turuncu desenli ucuz bir halı, duvarlarda asılı duyuru ve ödüller, gürültüyle çalışan bir saat... Dışarıdaki yeşillik yetmezmiş gibi, her tarafta büyük plastik saksılar içinde bitkiler vardı.

Oda, üzerinde içi kâğıtlar ve renkli el ilanlarıyla dolu tel sepetlerin durduğu uzun bir bankoyla ikiye bölünmüştü. Bankonun arkasında üç tane masa vardı, Birinde kızıl saçlı, gözlüklü, iri yarı bir kadın oturuyordu. Mor bir tişört giymişti; kendimi onun yanında çok şık hissettim.

Kızıl saçlı kadın başını kaldırdı. "Size nasıl yardımcı olabilirim?"

"Ben Isabella Swan," dedim ve kadının gözlerinin beni tanıdığını gösterircesine hemen parladığını gördüm. Beni bekliyorlardı; onlar için dedikodu malzemesi olmuştum mutlaka. Şefin uçarı karısının kızı nihayet yuvasına dönmüştü.

"Elbette," dedi. Masasının üzerinde yığın halinde duran belgeleri karıştırdı ve sonunda aradığı şeyi buldu. "Bu, ders programınız, bu da okulun haritası."

Gitmem gereken sınıfları saptamış, her birine en kısa yoldan nasıl ulaşabileceğimi haritanın üzerinde fosforlu kalemle işaretlemişti. Bana, her öğretmene imzalatmam ve günün sonunda geri getirmem gereken bir fiş verdi. Gülümsedi; tıpkı Charlie gibi o da Forks'u seveceğimi umduğunu söyledi. Ben de onun gülümsemesine olabildiğince ikna edici bir şekilde karşılık verdim.

Kamyonetime döndüğümde diğer öğrenciler gelmeye başlamıştı. Araç yolunu takip ederek okulun içinde dolaştım. Arabaların birçoğunun benimki gibi eski olduğunu görünce sevindim; hiç gıcır gıcır araba yoktu. Eski evim, Cennet Vadisi Bölgesi sınırları içinde, düşük gelirli insanların yaşadığı ender mahallelerden birindeydi. Öğrenci muhitlerinde yeni bir Mercedes ya da Porsche görmek olağandı. Buradaki en güzel araba ise parlak bir Volvo'ydu ve hemen fark ediliyordu. Yine de park yeri bulur bulmaz motoru durdurdum, böylece gök gürültüsünü andıran sesi dikkatlerin benim üzerimde toplanmasına neden olmayacaktı.

Kamyonette oturup haritayı inceledim ve ezberlemeye çalıştım; bütün gün haritaya bakarak dolaşmak zorunda kalmayacağımı umuyordum. Her şeyi çantama doldurdum; çantayı omzuma astım ve derin bir nefes aldım. Cesaretimi toplamak için, "Bunu yapabilirim," diye kendime yalan söyledim. Kimsenin beni ısıracak hali yoktu ya. Sonunda nefesimi bıraktım ve kamyonetten indim.

Gençlerle dolu kaldırıma doğru yürürken yüzümü kapüşonumla gizlemeye çalıştım. Sade siyah montumun dikkat çekmediğini görünce içim rahatladı.

Kafeteryaya vardığımda, üç numaralı binayı fark etmem kolay oldu. Binanın sağ köşesinde, beyaz bir karenin üzerine kocaman yazılmış 3 sayısı vardı. Kapıya yaklaştıkça soluklarım hızlandı. Önümdeki iki üniseks yağmurluğu takip ederek nefesimi tutmaya çalıştım.

Sınıf küçüktü. Önümdekiler, yağmurluklarını uzun askılara asmak için kapının dibinde durdular. Ben de onların yaptığını yaptım. İki kızdılar; biri porselen ciltli bir sarışındı; diğeri ise soluk tenli, açık kahverengi saçlı bir kızdı. En azından cildim burada göze batmayacaktı.

Kâğıdı uzun boylu, saçları dökülmeye başlamış, masasının üzerindeki isim tabelasından adının Bay Mason olduğunu öğrendiğim öğretmene götürdüm. Adımı okuyunca bana tuhaf tuhaf baktı; hiç cesaret verici bir tavır değildi bu. Domates gibi kızardım elbette.

Ama en azından, beni sınıftakilere tanıtmadan arka taraftaki boş sıralardan birine gönderdi. Yeni sınıf arkadaşlarımın arkaya dönüp bana bakmaları zordu ama bunu bir şekilde başardılar. Gözlerimi öğretmenin bana verdiği okuma listesinden ayırmadım. Temel isimlerden oluşuyordu: Bronte, Shakespeare, Chaucer, Faulkner. Hepsini çoktan okumuştum. Bu hem rahatlatıcıydı hem de sıkıcı. Annem eski ödevlerimden oluşan dosyayı bana gönderir miydi acaba? Yoksa kopya çektiğimi mi düşünürdü? Öğretmen tekdüze bir sesle konuşurken ben kafamda annemle bunları tartışıyordum.

Boğuk bir vızıltıyı andıran zil çaldığında, cilt sorunları olan, kömür gibi siyah saçlı, sırık gibi oğlan benimle konuşmak için eğildi.

"Sen Isabella Swan'sın, değil mi?" Satranç oynamaya meraklı, aşırı yardımsever tiplere benziyordu.

"Bella," diye düzelttim. Etrafımızdaki herkes dönüp bana baktı.

"Bir sonraki dersin nerede?" diye sordu.

Çantama bakmam gerekiyordu. "Şey, Devlet Yönetimi, Jefferson, altı numaralı bina."

Meraklı gözlerle karşılaşmadan bakabileceğim bir yer yoktu.

"Ben de dört numaralı binaya gidiyorum. İstersen sana yolu gösterebilirim." Kesinlikle aşırı yardımseverdi. "Ben Eric," diye ekledi.

Çekingenlikle gülümsedim. "Teşekkürler."

Ceketlerimizi aldık ve iyice şiddetlenen yağmurun altında yürümeye başladık. Arkamızda konuşmalarımıza kulak misafiri olacak kadar yakın yürüyen insanlar olduğuna yemin edebilirdim. Paranoyaklaşmaya başlamadığımı umdum.

"Burası Phoenix'ten çok farklı değil mi?" diye sordu.

"Çok."

"Orada fazla yağmur yağmaz, değil mi?"

"Yılda üç dört kez."

"Vay be Bu nasıl bir şeydir acaba?" diye merak etti.

"Güneşli," dedim.

"Sen pek yanmamışsın."

"Annem albino sayılır da."

Dikkatle yüzümü inceledi. İçimi çektim. Anlaşılan bulutlar ve espri anlayışı bir arada bulunamıyordu. Birkaç ay içinde kinayeli konuşmayı unuturdum herhalde.

Kafeteryanın çevresini dolaşıp güneye, spor salonunun

yanındaki binalara doğru yürüdük. Giriş net bir şekilde belirtilmişti; ama Eric beni kapıya kadar geçirdi.

"İyi şanslar," dedi ben kapının koluna dokunurken. "Belki başka ortak dersimiz vardır." Sesinde umut vardı.

Belli belirsiz gülümsedim ve içeri girdim.

Sabah saatleri aşağı yukarı aynı geçti.

Benden sınıfın önüne geçip kendimi tanıtmamı isteyen tek kişi, trigonometri dersi verdiği için kendisinden her koşulda nefret edeceğim öğretmen Bay Varner'dı. Kekeledim, kızardım ve yerime dönerken kendi botlarıma takıldım.

İki ders sonra her sınıftaki yüzlerin bazılarını tanımaya başladım. Her defasında diğerlerinden daha atik davranıp kendini tanıtan ve bana Forks'u sevip sevmediğim konusunda sorular soran birileri çıkıyordu. Diplomatik davranmaya çalışıyordum ama genellikle bir sürü yalan söylüyordum. En azından haritaya hiç ihtiyaç duymadım.

Bir kız hem trigonometri hem de İspanyolca dersinde yanıma oturdu ve öğle yemeğinde benimle birlikte kafeteryaya kadar yürüdü. Ufak tefek bir kızdı; ben 1.64 boyundaydım, benden birkaç santim kısaydı ama koyu renk, kıvırcık, kabarık saçları aramızdaki boy farkını kapatıyordu. Adını hatırlayamıyordum, bu yüzden gülümsedim ve o öğretmenler ve dersler hakkında bir sürü gereksiz şey anlatırken başımı sallamakla yetindim. Ona karşılık vermeye çalışmıyordum.

Beni tanıştırdığı birkaç arkadaşının bulunduğu masanın sonunda oturuyorduk. Kız onlarla konuşmaya başlar başlamaz hepsinin adını unuttum. Arkadaşlarının benimle konuşmaya cesaret etmesinden etkilenmiş gibilerdi. İngilizce sınıfından Eric, salonun diğer ucundan bana el salladı.

Onları ilk orada, kafeteryada oturmuş, yedi tane meraklı yabancıyla konuşmaya çalışırken gördüm.

Kafeteryanın bana en uzak köşesindeydiler. Beş kişilerdi. Konuşmuyorlardı, önlerinde bulunan tepsilerdeki yiyeceklere dokunmuyorlardı. Diğer çocuklar gibi bana bön bön bakmıyorlardı, bu yüzden meraklı gözlerle karşılaşmaktan çekinmeden onlara rahatça bakabilirdim. Ama asıl dikkatimi çeken şey bunlardan hiçbiri değildi.

Birbirlerine hiç benzemiyorlardı. Üç oğlandan biri iri yarıydı; halterci gibi kasları, koyu renk kıvırcık saçları vardı. Biri sarışın, uzun boylu, zayıf ama kaslıydı. Üçüncüsü de uzun boylu, daha az yapılıydı; bronz rengi saçları dağınıktı. Saçları; yüksekokul öğrencisine ya da öğrenciden çok öğretmene benzeyen diğer arkadaşlarından daha çocuksuydu.

Kızlar tam tersiydi. Uzun boylu olan kız heykel gibiydi. Güzel bir vücudu vardı, Sports Illustrated'in mayolu kapak kızlarına benziyordu; başka kızlar onunla aynı odada bulunmaları halinde özgüvenlerini kaybedebilirlerdi. Dalgalı altın sarısı saçları beline kadar uzanıyordu. Kısa boylu kız peri gibiydi; çok zayıftı; yüz hatları zarifti. Kısa kesilmiş ve her yöne dağılmış saçları simsiyahtı.

Yine de hepsi birbirlerine benziyorlardı. Yüzleri kâğıt gibi beyazdı; güneş görmeyen bu kasabanın en soluk benizli öğrencileri onlardı. Hatta albino benden bile daha soluk benizliydiler. Saç renkleri farklıydı ama göz renkleri aynıydı. Bunun yanı sıra gözlerinin altında çürük gibi duran morluklar vardı. Uykusuz bir gecenin ertesindeydiler sanki, ya da kırılan burunları yeni iyileşmiş gibiydi. Oysa burunları da diğer yüz hatları gibi düzgün ve kusursuzdu.

Ama gözümü onlardan alamamamın nedeni bunlardan hiçbiri değildi.

Onlara bakıyordum, çünkü çok farklı ve benzer olan yüzleri, dehşet verici, insan ötesi bir güzelliğe sahipti. Yalnızca moda dergilerinde ya da yaşlı bir ressamın resmettiği melek yüzlerinde görülebilecek yüzlerdi bunlar... Hangisinin en güzel olduğuna karar vermek çok zordu; o kusursuz sarışın kızdı belki ya da bronz saçlı çocuk.

Hepsi gözlerini uzaklara çevirmişlerdi; birbirlerine, diğer öğrencilere ya da başka şeylere bakmıyorlardı. Ben onları seyrederken, ufak tefek kız üzerinde açılmamış bir soda ve ısırılmamış bir elma bulunan tepsisiyle ayağa kalktı. Hızlı adımlarla yürüdü. O kıvrak dansçı adımlarıyla elindeki tepsiyi boşaltıp ummadığım bir hızla arka kapıya yönelene kadar arkasından baktım. Bakışlarım hâlâ masada oturmakta olan diğerlerine yöneldi.

"Onlar kim?" diye sordum, İspanyolca sınıfındaki adını unuttuğum kıza.

Kimden söz ettiğimi anlamak için başını kaldırdığında -büyük olasılıkla ses tonumdan bunu anlamıştı- zayıf, çocuksu ve belki de yaşı en küçük olan oğlan birden ona baktı. Yanımdaki kıza bir saniyeden daha kısa bir süre baktı ve sonra koyu renk gözleri benimkilere kaydı. Utancımdan kıpkırmızı olup gözlerimi yere indirdim; o ise benden daha hızlı davranıp başını çevirdi. Sanki kız ona seslenmişti o da cevap vermek istemediği halde istem dışı bir şekilde kafasını çevirip ona bakmıştı.

Kız masaya benim baktığım gibi baktı ve utangaç bir şekilde kıkırdadı.

"Onlar Edward ve Emmett Cullen, Rosalie ve Jasper Hale. Az önce giden Alice Cullen'dı, hepsi Doktor Cullen ve karısıyla birlikte yaşıyorlar," diye fısıldadı.

Göz ucuyla, şu anda tepsisine bakmakta olan ve uzun ve solgun parmaklarıyla tabağındaki çöreği parçalara ayıran güzel çocuğa baktım. Ağzı, kusursuz dudakları neredeyse hiç açılmadan, hızlı hızlı hareket ediyordu.

Diğer üçü hâlâ uzaklara bakıyorlardı ama ben çocuğun kısık sesle onlarla konuştuğunu hissettim.

Garip, pek duyulmamış isimler, diye düşündüm. Büyükanne ve büyükbabalarımızın isimleri gibi. Belki bu küçük kasabada böyle eski isimler modaydı? Birden, karşımda oturan kızın adının Jessica olduğunu hatırladım, oldukça yaygın bir isimdi bu. Eski okulumdaki tarih sınıfında iki tane Jessica vardı.

"Çok... çok hoşlar." Doğru sözcüğü bulmaya çalıştım.

"Evet!" dedi Jessica, yine kıkırdadı. "Ama hepsi birlikteler; yani Emmett ve Rosalie, Jasper ve Alice. Birlikte yaşıyorlar." Sesinde küçük kasabalılara özgü şaşkınlık ve kınama var, diye düşündüm. Gerçi doğruyu söylemek gerekirse bu, Phoenix'te bile dedikodulara neden olabilirdi.

"Cullen'lar hangileri?" diye sordum. "Akrabaya benzemiyorlar."

"Değiller. Doktor Cullen çok genç, yirmilerinde ya da otuzlarının başında. Hepsi evlatlık. Hale'ler ağabey kardeş, ikizler... sarışın olanlar... ve hepsi evlatlık."

"Evlatlık olmak için fazla büyük değiller mi?"

"Jasper ve Rosalie on sekiz yaşındalar ama sekiz yaşından beri Bayan Cullen'la birlikteler. Bayan Cullen teyzesi ya da halası filan sanırım."

"Bu kadar genç oldukları halde böyle çocuklarla ilgilenmeleri ne hoş."

"Öyle." Jessica beni isteksizce onayladı. Onun bir nedenle doktor ve karısından hoşlanmadığı izlenimine kapıldım. Evlatlık çocuklara bakışlarından, bu nedenin kıskançlık olduğunu tahmin ettim. "Sanırım Bayan Cullen çocuk sahibi olamıyor," diye ekledi, sanki bu, onların bu iyi niyetine gölge düşürecekmiş gibi.

Konuşma boyunca sık sık gözlerim bu garip ailenin oturduğu masaya kaydı. Hâlâ duvara bakıyor ve önlerindeki yemekleri yemiyorlardı.

"Hep Forks'ta mı yaşıyorlardı?" diye sordum. Burada geçirdiğim yazlardan birinde onları görmüş olmalıydım.

"Hayır," dedi, yeni geldiğim halde bunu bilmem gerekirmiş gibi şaşırmış bir sesle. "Alaska'da bir yerden buraya iki yıl önce taşındılar."

Birden hem acıma hem de rahatlama hissettim. Acımıştım, çünkü bunca güzel olmalarına karşın dışlanmış yabancılardı. Rahatlamıştım, çünkü buraya yeni gelen tek kişi ben değildim; en ilgi çekici kişi de ben değildim.

Ben onları incelerken en küçükleri, Cullen'lardan biri, başını kaldırdı ve göz göze geldik. bu kez gözlerinde merak vardı. Gözlerimi kaçırdığımda, o bakışlarda beklenti de olduğunu fark ettim.

"Kızıl kahverengi saçlı çocuk kim?" diye sordum. Göz ucuyla ona baktım, o da hâlâ bana bakıyordu; ama diğer öğrenciler gibi boş bakmıyordu; sanki hayal kırıklığına uğramış gibiydi. Gözlerimi yere indirdim.

"Edward... Şahane bir tiptir, ama zamanını boşa harcama. Kimseyle çıkmaz. Buradaki kızların hiçbirini güzel bulmuyor anlaşılan." Kuyruk acısının olduğunu gösterircesine burun kıvırdı. Çocuğun Jessica'yı ne zaman reddettiğini merak ettim.

Gülmemek için dudağımı ısırdım. Sonra ona tekrar baktım. Yüzünü çevirmişti ama yandan gördüğüm kadarıyla o da gülüyor gibiydi.

Birkaç dakika sonra birden döndü ve masadan kalktı. Kaslı olan çocuk da dahil hepsi son derece zarifti. Onları izlerken insan kendini rahatsız hissediyordu. Edward bana tekrar bakmadı.

Jessica ve arkadaşlarıyla uzun süre oturdum, kendi başıma olsam bu kadar oturmazdım. İlk günümde derslere geç kalmak istemiyordum. Adının Angela olduğunu sürekli hatırlatan yeni arkadaşlarımdan bir tanesi, benimle birlikte Biyoloji II dersine girecekti. Birlikte sessizce sınıfa yürüdük. O da utangaçtı.

Sınıfa girdiğimizde Angela, eski okulumdan alışık olduğum, siyah laboratuvar masalarından birine oturdu. Yanında biri vardı. Aslında biri dışında bütün masalar doluydu. Geniş koridorun yanında, tek boş yerin yanındaki sandalyede, Edward Cullen oturuyordu. Garip saçlarından tanıdım onu.

Öğretmene kendimi tanıtıp kâğıdı imzalatmak için koridorda yürürken belli etmeden ona bakıyordum. Yanından geçerken bir anda sandalyesinde doğruldu.

Yine bana baktı; yüzünde çok garip bir ifade vardı; düşmanca ve öfkeli... Hemen başımı çevirdim, çok şaşırmıştım ve yine kıpkırmızı olmuştum. Yerdeki bir kitaba takıldım ve düşmemek için bir masanın kenarına tutundum. Orada oturan kız kıkırdadı.

Gözlerinin siyah, kömür gibi siyah, olduğunu fark etmiştim.

Bay Banner kâğıdı imzaladı ve bana içinde hiç gereksiz bilgi olmayan bir kitap verdi. Onunla iyi anlaşacağımızı söyleyebilirdim. Tabii ki beni sınıftaki tek boş sandalyeye göndermekten başka çaresi yoktu. Bana fırlattığı düşmanca bakış yüzünden afallamış bir halde *onun* yanına otururken yere bakıyordum.

Kitaplarımı masanın üzerine koyup sandalyeme oturana kadar gözlerimi yerden ayırmadım. Ama göz ucuyla onun duruşunun değiştiğini görebiliyordum. Benden uzaklaşıyor, sandalyesinin ucunda oturuyor ve kötü bir koku almış gibi yüzünü buruşturuyordu. Çaktırmadan saçımı kokladım. Çilek gibi kokuyordu, en sevdiğim şampuanın kokusuydu bu. Son derece masum bir kokuydu. Saçlarımı sağ omzuma attım, böylece aramıza koyu renk bir perde çekmiş oldum ve dikkatimi öğretmene vermeye çalıştım.

Ne yazık ki, ders hücre anatomisiyle ilgiliydi. Ben bu konuyu daha önce öğrenmiştim. Yine de başımı öne eğip dikkatle not aldım.

Kendimi saçlarımın arasından yanımda oturan bu garip çocuğa bakmaktan alıkoyamıyordum. Bütün ders benden olabildiğince uzak oturdu, sandalyesinin ucundaki pozisyonunu hiç değiştirmedi. Sol bacağının üzerinde duran elini yumruk yaptığını görebiliyordum, soluk teninden damarları görünüyordu. Elini de hiç gevşetmedi. Uzun kollu beyaz gömleğini dirseğine kadar sıvamıştı, dirseğiyle bileği arasında kalan bölge neredeyse saydam teninin altında şaşırtıcı derecede kaslı görünüyordu. Bu haliyle, iri yarı ağabeyinin yanında göründüğü kadar zayıf ve güçsüz görünmüyordu.

Ders bana diğerlerinden çok daha uzun geldi. Belki gün sona ermek üzere olduğu için, belki de bütün ders boyunca onun yumruğunu gevşetmesini beklediğim için. Ama yumruk gevşemedi ve çocuk sanki nefes almıyormuş gibi hareketsiz oturmaya devam etti. Derdi neydi? Bu onun normal davranışı mıydı? Öğle yemeğinde Jessica'nın acımasızlığı konusunda düşündüklerimi sorguladım. Belki de benim düşündüğüm kadar kızgın değildi.

Bunun benimle bir ilgisi olamazdı. Beni ezelden beri tanımıyordu ki.

Ona bir kez daha baktım ve pişman oldum. O da bana bakıyordu, siyah gözlerinde tiksinti vardı. Ondan uzaklaşıp sandalyeme gömülürken, aklımdan "bakışlar öldürebilseydi" sözü geçti.

O anda yüksek sesle çalan zil oturduğum yerde sıçramama neden oldu. Edward Cullen çoktan kalkmıştı. Sırtı bana dönüktü. Düşündüğümden çok daha uzun boyluydu. Kimse yerinden kalkmadan o dışarı çıkmıştı bile.

Sandalyemde donup kalmıştım, arkasından boş gözlerle baktım. Ne kadar kabaydı. Bu haksızlıktı. Yavaş yavaş eşyalarımı toplamaya başladım; gözlerimin dolmasından korktuğum için içimi kaplayan öfkeyi bastırmaya çalıştım. Nedense öfkem hep gözyaşlarına dönüşürdü. Genellikle, öfkelendiğim zaman ağlardım; aslında küçük düşürücü bir eğilimdi bu.

"Sen Isabella Swan değil misin?" diye sordu bir erkek sesi.

Başımı kaldırdığımda, sevimli, bebek yüzlü, sarı saçları özenle taranmış, dostça gülümseyen bir çocuk gördüm. Belli ki o, kötü koktuğumu düşünmüyordu.

"Bella," diye düzelttim gülümseyerek.

"Ben Mike."

"Merhaba Mike."

"Bundan sonra gideceğin sınıfı bulmak için yardıma ihtiyacın var mı?"

"Spor salonuna gidiyordum. Sanırım bulabilirim."

"Benim de dersim orada." Bu kadar küçük okulda büyük bir tesadüf değildi bu, ama o heyecanlanmış görünüyordu.

Spor salonuna doğru yürüdük, çok konuşkandı, konuşacak bir sürü konu bularak benim işimi kolaylaştırdı. On yaşına kadar Kaliforniya'da yaşamıştı, bu yüzden güneş konusunda neler hissettiğimi anlıyordu. İngilizce dersini de birlikte alıyorduk. Bugün tanıştığım en hoş insandı.

Spor salonuna girerken sordu. "Edward Cullen'a kalem falan mı batırdın? Onun öyle davrandığını görmemiştim hiç."

Birden irkildim. Bunu fark eden bir tek ben değildim demek. Ve demek ki, bu Edward Cullen'ın her zamanki davranışlarından biri değildi. Ben de saf rolü yapmaya karar verdim.

"Biyoloji dersinde yanımda oturan çocuk mu?" diye sordum doğal görünmeye çalışarak.

"Evet," dedi. "Acı çeker gibi bir hali vardı."

"Bilmem," dedim. "Onunla hiç konuşmadım."

"Çok garip bir çocuktur." Mike soyunma odasına gideceği yerde benimle vakit geçiriyordu. "Eğer ben senin yanında oturabilecek kadar şanslı olsaydım seninle konuşurdum."

Ona gülümseyip kızların soyunma odasına doğru yürüdüm. Samimi bir çocuktu, benimle ilgilendiği de belliydi; ama bu benim rahatsızlığımı geçirmiyordu.

Beden eğitimi öğretmeni Koç Clapp bana bir forma buldu ama bugünkü derste giymeme gerek olmadığını söyledi. Eski okulumda sadece iki yıl beden eğitimi dersi almak gerekiyordu. Burada bu dersi dört yıl almak zorunluydu. Forks, benim için bu dünyadaki cehennemdi!

Aynı anda oynanan dört voleybol maçını izledim. Voleybol oynarken başıma ne kadar çok iş geldiğini ve ne kadar çok sakatlandığımı hatırladım; birden midem bulandı.

Nihayet zil çaldı. Fişi teslim etmek üzere ağır ağır ofise doğru yürüdüm. Yağmurun hızı azalmıştı, ama rüzgâr daha sert ve soğuk esiyordu. Kollarımı kavuşturdum.

Sıcak ofise girdiğimde, neredeyse arkamı dönüp dışarı çıkacak oldum.

Edward Cullen önümdeki masada duruyordu. Onu yine dağınık bronz saçlarından tanıdım. Benim içeri girdiğimi fark etmemiş gibiydi. Memurun işini bitirmesini beklerken duvara yaslandım.

Kadınla alçak ve etkileyici bir sesle tartışıyordu. Tartışmaya kulak misafiri oldum. Biyoloji dersinin saatini değiştirmeye çalışıyordu.

Bunun benimle ilgili olduğuna inanamıyordum. Başka bir şey olmalıydı, ben biyoloji dersine girmeden önce bir şey olmuştu mutlaka. Yüzündeki o ifadenin nedeni başka bir mesele olmalıydı. Bu yabancının benden birdenbire bu kadar şiddetle nefret etmesi mümkün değildi.

Kapı tekrar açıldı ve odaya dolan soğuk rüzgâr, masadaki kâğıtların uçuşmasına, saçlarımın dağılmasına neden oldu. İçeri giren kız masaya yaklaştı, tel sepetin içine bir not bıraktı ve dışarı çıktı. Ama Edward Cullen sırtını dikleştirdi ve bana bakmak için yavaşça döndü, Delici, nefret dolu gözleriyle garip bir yakışıklılığı vardı. Bir an korkudan tüylerimin diken diken olduğunu hissettim. Bu bakış yalnızca bir saniye sürdü ama beni soğuk rüzgârdan daha çok üşütmüştü. Memura döndü.

"Boş verin o halde," dedi kadife gibi bir sesle. "Bunun mümkün olmadığını görebiliyorum. Yardımınız için çok teşekkür ederim." Bana bakmadan topuklarının üzerinde döndü ve kapıdan çıkıp gözden kayboldu.

Sakin bir tavırla masaya gittim, yüzüm ilk kez kırmızı değil beyazdı; imzalattığım fişi uzattım.

Resepsiyon görevlisi bir anne edasıyla sordu. "İlk günün nasıl geçti canım?"

"İyi," diye yalan söyledim, sesim çok zayıf çıkmıştı. Kadın ikna olmamış gibiydi.

Kamyonetime gittiğimde, park yerinde neredeyse başka hiç araba kalmadığını gördüm. Bir sığınak gibiydi kamyonetim; bu nemli yeşil delikte şimdiden evime en çok benzeyen şey oydu. Bir süre içinde oturup boş gözlerle ön camdan dışarı baktım. Ancak çok geçmeden üşüdüm ve ısıtıcıya ihtiyaç duydum; anahtarı çevirip motoru çalıştırdım. Akmak için bekleyen gözyaşlarımı bastırmaya çalışarak Charlie'nin evine yöneldim.

2. AÇIK KİTAP

Ertesi gün daha iyiydi... ve daha kötü.

Daha iyiydi, çünkü bulutlar yoğun olsa da henüz yağmur yağmıyordu. Daha kolaydı, çünkü bugünden ne beklemem gerektiğini biliyordum. İngilizce dersinde Mike yanıma oturdu; bir sonraki dersime giderken de bana eşlik etti. Bütün bu süre boyunca Satranççı Eric ona kötü kötü baktı. Bu gururumu okşadı. İnsanlar beni önceki gün süzdükleri gibi süzmüyorlardı. Öğle yemeğinde aralarında Mike, Eric, Jessica ve artık yüzlerini ve adlarını öğrendiğim birkaç kişinin daha olduğu büyük bir grupla birlikte oturdum. Boğulmak yerine suyun üzerinde durduğumu hissediyordum.

Daha kötüydü, çünkü yorgundum; evin etrafında yankılanan rüzgâr yüzünden hâlâ uyuyamıyordum. Daha kötüydü, çünkü Bay Varner trigonometri dersinde elimi kaldırmadığım halde beni tahtaya kaldırdı ve ben yanlış cevap verdim. Üzgündüm, çünkü voleybol oynamak zorunda kalmıştım ve dengemi kaybedince topun takım arkadaşımın kafasına çarpmasına neden olmuştum. Daha kötüydü, çünkü Edward Cullen okulda yoktu.

Bütün sabah, öğle tatili yüzünden tedirgin olmuştum; onun o garip bakışlarından korkuyordum. Bir yanım onunla yüzleşmek ve sorununun ne olduğunu öğrenmek istiyordu. Yatağımda gözümü kırpmadan yatarken ne söyleyeceğimi bile tasarlamıştım. Kendimi, böyle bir şeye cesaret edemeyeceğimi bilecek kadar iyi tanıyordum. Korkak bir aslanın kahraman gibi görünmesini sağlamaya çalışıyordum.

Ama Jessica'yla kafeteryaya girdiğimizde –etrafıma bakmamaya çalışsam da kendime engel olamıyordum– aynı masada oturan kardeşlerini gördüm. O yoktu.

Mike yolumuzu kesip bizi kendi masasına çağırdı. Jessica bu ilgiden memnun olmuş gibiydi. Arkadaşları da hemen bize katıldı. Onların konuşmalarını dinlemeye çalıştım ama rahatsızdım, onun geleceği zamanı heyecanla bekliyordum. Geldiğinde beni umursamayacağını umuyordum; böylece şüphelerimin yersiz olduğunu anlayacaktım.

Gelmedi; zaman geçtikçe ben daha da gerildim.

Öğle tatilinin sonunda hâlâ gelmediğini görünce, daha büyük bir özgüvenle, biyoloji dersinin yapılacağı sınıfa doğru yürüdüm. Bir golden retriever'ın bütün özelliklerine sahip olan Mike, sınıfa kadar benimle sadakatle yürüdü. Kapıda nefesimi tuttum ama Edward Cullen sınıfta da yoktu. Nefesimi bıraktım ve yerime geçtim. Mike yakında yapılacak kumsal gezisinden söz ederek beni takip etti. Zil çalana kadar masamın yanında oyalandı. Bana hevesle gülümsedi; sonra dişlerinde teller olan, saçları kötü perma yapılmış bir kızın yanına oturdu. Görünüşe göre Mike'la ilgili bir şeyler yapmak zorunda kalacaktım ve bu kolay olmayacaktı. Herkesin iç içe yaşadığı böyle bir kasabada diplomasi şarttı. Hiçbir zaman çok ince biri olmamıştım, fazla samimi erkeklerle başa çıkmak konusunda da deneyimim yoktu.

Edward'ın olmaması, kendime ait bir odamın olması içimi rahatlamıştı. Bunu kendime defalarca tekrarladım. Ancak benim yüzümden orada olmadığına dair kuşkudan bir türlü kurtulamıyordum.

Biri üzerinde böyle güçlü bir etkiye sahip olabileceğimi düşünmek çok saçma ve bencilceydi. Bu imkânsızdı. Ama bunun doğru olduğunu düşünüp endişelenmekten kendimi alıkoyamıyordum.

Sonunda dersler bittiğinde ve voleybol kazası yüzünden kızaran yüzüm eski halini aldığında, hemen kot pantolonumu ve mavi kazağımı giydim. Kızların soyunma odasından aceleyle çıktım; retriever arkadaşımdan sonunda kurtulduğumu görünce sevindim. Hızla arabama doğru yürüdüm. Park yeri okuldan çıkan öğrencilerle doluydu. Kamyonetime bindim ve ihtiyaç duyduğum şeyin yanımda olduğundan emin olmak için çantamı karıştırdım.

Önceki akşam Charlie'nin yağda yumurta ve sosis dışında bir şey pişiremediğini keşfetmiştim. Bu yüzden, burada kaldığım sürece mutfak işlerini benim üstlenmeme izin vermesini rica etmiştim. Buna o kadar gönüllüydü ki yemek odasının anahtarlarını bana vermişti. Evde yiyecek hiçbir şey olmadığını da fark etmiştim. Bu yüzden alışveriş listesi yapmış ve üzerinde "yemek parası" yazan kavanozdan para almıştım. Thriftway'e doğru yola koyuldum.

Kulakları sağır eden motoru çalıştırdım, dönüp bana bakan insanları görmezden geldim ve geri geri gidip, park yerinden çıkmak için bekleyen arabaların arkasında sıraya girdim. Kulak tırmalayıcı bu ses başka bir arabadan geliyormuş gibi yaparken, Cullen'ları ve Hale ikizlerini arabalarına binerken gördüm. Pırıl pırıl Volvo onlarındı! Elbette. Yüzleri beni öylesine büyülemişti ki kıyafetlerine hiç dikkat etmemiştim. Şimdi bakınca, hepsinin son derece iyi giyimli olduğunu görüyordum. Basit ama özel tasarım olduğu belli olan kıyafetlerdi bunlar. Aslında olağanüstü güzellikleri ve tarzlarıyla paçavra bile giyseler olurdu. Hem güzel bir görünüme hem de paraya sahip olmak onlar için fazla gibiydi. Ama anladığım kadarıyla hayat çoğu zaman böyle işliyordu. Ancak bu onların burada kabul görmelerini sağlayamıyordu.

Hayır, aslında buna pek inanmıyordum. Kendilerini soyutlamak onların tercihiydi; böyle bir güzelliğin açamayacağı kapı olamazdı.

Yanlarından geçerken, onlar da herkes gibi gürültülü kamyonetime baktı. Bense gözlerimi karşıya dikmiştim. Okul sınırlarından çıkınca rahatladım.

Thriftway okula pek uzak değildi, sadece birkaç cadde güneyde, otoyolun kenarındaydı. Süpermarkette olmak güzeldi, kendimi normal hissediyordum. Annemle evimizde alışverişi ben yapardım; burada da alışkın olduğum bu görevi zevkle üstlenmiştim. Süpermarketin içi o kadar büyüktü ki çatıya vuran ve bana nerede olduğumu hatırlatacak olan yağmur damlalarını duyamıyordum.

Eve geldiğimde, aldıklarımı içeri taşıdım ve boş bulduğum yerlere yerleştirdim. Charlie'nin umursamayacağını umuyordum. Patatesleri folyoya sardım ve pişmesi için fırına koydum; eti de terbiye edip buzdolabındaki bir karton yumurtanın üzerine dikkatle yerleştirdim.

İşim bittiğinde çantamı yukarı çıkardım. Ödevime başlamadan önce kuru bir kazak giydim, nemli saçlarımı atkuyruğu yaptım ve geldiğimden beri ilk kez e-mail'larımı kontrol ettim. Üç mesajım vardı.

"Bella," demişti annem.

Bu mesajı alır almaz bana cevap yaz. Yolculuğunun nasıl geçtiğini anlat. Yağmur yağıyor mu? Seni şimdiden özledim. Florida'ya gitmek için hazırlıklarımı bitirdim; bavullarımı topladım ama pembe bluzumu bulamıyorum. Nereye koyduğumu biliyor musun? Phil'in sana selamı var... Annen.

İçimi çektim ve ikinciyi okumaya başladım. İlkinden sekiz saat sonra gönderilmişti.

"Bella," demişti.

Neden bana hâlâ mesaj göndermedin? Ne bekliyorsun? Annen.

Sonuncusu bu sabah gönderilmişti.

Isabella,

Eğer bugün saat 17:30'a kadar senden haber alamazsam Charlie'yi arayacağım.

Saate baktım. Hâlâ bir saatim daha vardı, ama annem ortalığı velveleye vermesiyle ünlüydü.

Anne,

Sakin ol. Yazıyorum işte.. Saçma bir şey yapma.

Bella.

Bu mesajı gönderdim ve tekrar yazmaya başladım.

Anne,

Her şey çok güzel. Elbette yağmur yağıyor. Yazmaya değer bir şeyler olmasını bekliyordum. Okul fena değil, ama bazı şeyleri tekrar ediyorum. Öğle yemeklerinde bana eşlik eden nazik çocuklarla tanıştım.

Bluzun kuru temizlemecide, cuma günü alman gerekiyordu.

Charlie bana kamyonet aldı, buna inanabiliyor musun? Bayıldım. Eski ama sağlam; ki biliyorsun, bu benim için iyi bir şey…

Ben de seni çok özledim. En kısa sürede tekrar yazacağım ama beş dakikada bir e-mail'larımı kontrol edemem. Biraz rahat ol. Derin bir nefes al. Seni seviyorum.

Bella.

Biraz zaman geçireyim diye, şu anda İngilizce dersinde okuduğumuz *Uğultulu Tepeler'i* okumaya karar verdim, Charlie eve geldiğinde hâlâ okuyordum. Zamanın nasıl geçtiğini anlamamıştım. Patatesleri fırından çıkarmak ve eti de ızgaraya koymak için koşarak aşağı indim.

"Bella?" diye seslendi babam, ayak seslerimi duyunca.

Başka kim olabilir? diye düşündüm.

"Merhaba baba! Hoş geldin."

"Hoş bulduk." Ben mutfağa koşarken o da silah kemerini astı ve botlarını çıkardı. Bildiğim kadarıyla, görev başında silahını hiç kullanmamıştı. Ama her zaman yanında hazır bulunduruyordu. Çocukluğumda buraya geldiğimde, kapıdan içeri girer girmez mermileri çıkarırdı. Sanırım artık kendimi kazayla vuracak kadar küçük ya da bile bile vuracak kadar bunalımda olduğumu düşünmüyordu.

"Yemekte ne var?" diye sordu endişeyle. Annem hayal gücünü kullanmaya meraklı bir aşçıydı ve her deneyi başarılı olmuyordu. Bu kadar eskiyi hatırlaması beni hem şaşırtmış hem de üzmüştü.

"Biftek ve patates," diye cevap verdim. İçi rahatlamış gibiydi.

Mutfakta hiçbir şey yapmadan dikildiği için kendini tuhaf hissediyordu. Ben yemeği hazırlarken o da TV izlemek için salona geçti. Böylece ikimiz de rahat ettik. Etler pişerken salata yaptım ve sofrayı kurdum.

Yemek hazır olunca ona seslendim; odaya girerken beğeniyle havayı kokladı.

"Güzel kokuyor Bell."

"Teşekkürler."

Birkaç dakika sessizlik içinde yemeğimizi yedik. Hiç rahatsızlık duymadık. İkimizin de sessizlikten şikâyeti yoktu. Aslında birlikte yaşamak konusunda birçok açıdan uyumlu bir ikiliydik.

"Okul nasıl? Arkadaş bulabildin mi?" diye sordu.

"Jessica adında bir kızla ortak derslerimiz var. Öğle yemeğinde onun arkadaşlarıyla oturuyorum. Bir de Mike diye arkadaş canlısı bir çocuk var. Herkes oldukça hoş görünüyor." Tabii biri hariç.

"Mike Nevvton olmalı. İyi bir çocuk, ailesi de iyidir. Babası kasabanın hemen dışındaki spor malzemeleri satan mağazanın sahibi. Omzunda sırt çantasıyla gezen insanlardan iyi para kazanıyor."

"Cullen ailesini tanıyor musun?" diye sordum tereddütle.

"Doktor Cullen'ın ailesi mi? Elbette. Doktor Cullen harika bir adamdır."

"Onlar... çocuklar... biraz değişikler. Görünüşe göre okula pek alışamamışlar."

Babamın birden öfkelendiğini görmek beni şaşırttı.

"Bu kasabadaki insanlar..." diye homurdandı.. "Dr. Cullen dünyanın her hastanesinde çalışabilecek ve burada kazandığı paranın on katını kazanabilecek çok başarılı bir doktor," diye devam etti sesini yükselterek. "Ona sahip olduğumuz için, karısı küçük bir kasabada yaşamak istediği için şanslıyız. O toplum için çok büyük bir değer; çocukları da çok iyi huylu ve kibar çocuklar. Evlat edindikleri o gençlerle buraya taşındıklarında bazı şüphelerim vardı. Onlarla sorunlar yaşayabileceğimizi düşünüyordum. Ama hepsi çok olgun; şimdiye dek hiçbiriyle en küçük bir sorun yaşamadım. Kaç kuşaktır bu kasabada yaşayan ailelerin çocukları için aynı şeyleri söyleyemem. Tıpkı gerçek bir aile gibi birbirlerine bağlılar, her hafta sonu kampa gidiyorlar. Sırf buraya yeni geldikleri için insanlar onların hakkında konuşuyor."

Bu, şimdiye dek Charlie'den duyduğum en uzun konuşmaydı. İnsanların söylediklerinden rahatsız olduğu belliydi.

Geri adım attım. "Bana da iyi çocuklarmış gibi göründüler. Ama içlerine kapanıklar. Çok da güzel ve yakışıklıklar," dedim iltifat etmeye çalışarak.

"Asıl doktoru görmelisin," dedi Charlie gülerek. "İyi ki mutlu bir evliliği var. Hastanedeki hemşirelerin birçoğu onu görünce işe yoğunlaşamıyor."

Yemeğimizi bitirene kadar yine sessizliğe gömüldük. Ben bulaşıkları yıkamaya başladım, o da masayı topladı. Sonra yine televizyonun başına geçti. Bulaşıkları elimde yıkadım -çünkü bulaşık makinesi yoktu- ve gönülsüzce matematik ödevimi yapmak için yukarı çıktım. Sanki her şey olağan seyrindeydi.

Neyse ki sessiz bir geceydi. Çabucak uykuya daldım. Kendimi bitkin hissediyordum.

Haftanın geri kalanı olaysız geçti. Derslerin rutinine alıştım. Cuma günü, isimlerin tamamını öğrenememiş olsam da, okuldaki yüzlerin birçoğuna aşina hale gelmiştim. Beden eğitimi dersinde takım arkadaşlarım bana top atmamayı, diğer takım benim zayıflığımdan yararlanıp bir hamle yapmaya kalktığında hemen önüme geçmeyi öğrendiler. Memnuniyetle yollarından çekildim.

Edward Cullen okula dönmedi.

Her gün, diğer Cullen'lar kafeteryaya onsuz girene kadar heyecan içinde bekliyordum. Sonra rahatladım ve öğle tatili sohbetlerine katılabilecek hale geldim. Sohbetimiz genellikle Mike'ın iki hafta içinde La Push Okyanus Parkı'na düzenleyeceği gezi üzerinde yoğunlaşıyordu. Geziye ben de davet edilmiştim ve kibarlık olsun diye değil, gitmeyi gerçekten istediğim için daveti kabul etmiştim. Kumsallar sıcak ve kuru olurdu.

Cuma günü biyoloji dersine girerken çok rahattım, artık Edward'ın gelip gelmeyeceğini düşünüp endişelenmiyordum. Bildiğim kadarıyla okuldan ayrılmıştı. Onu düşünmemeye çalışıyordum ama ne kadar saçma görünse de, onun bu temelli gidişinden benim sorumlu olabileceğimi düşünmekten kurtulamıyordum.

Forks'taki ilk hafta sonum olaysız geçti. Genellikle boş olan evde zaman geçirmeye alışkın olmayan Charlie hafta sonunun büyük bölümünü çalışarak geçirdi. Ben evi temizledim, ödevlerimi yaptım ve anneme çok daha neşeli bir e-mail attım. Cumartesi günü arabayla kütüphaneye gittim ama o kadar az kitap vardı ki kart çıkartma zahmetine bile katlanmadım. En kısa zamanda iyi bir kitapçı bulmak için Olympia'ya ya da Seattle'a gitmek zorundaydım. Kamyonetin şimdiye kadar kaç mil yapmış olabileceğini merak ettim ve bunu düşününce ürperdim.

Hafta sonu boyunca şiddetli bir yağmur yağmadı; ortalık sessizdi, rahatça uyudum.

Pazartesi sabahı park yerinde insanlar bana selam verdiler. Bazılarının adını bilmiyordum ama hepsine el sallayıp gülümsedim. Hava daha soğuktu ama neyse ki yağmur yağmıyordu, İngilizce dersinde Mike yine yanıma oturdu. *Uğultulu* Tepeler'den minik bir sınav olduk. Sorular çok kolaydı.

Kendimi tahmin ettiğimden çok daha rahat hissediyordum.

Sınıftan dışarı çıktığımızda, havada uçuşan beyaz şeyler gördük. İnsanların heyecanla birbirine bağırdığını duydum. Rüzgâr yanaklarımı ve burnumu ısırıyordu.

"Vay!" dedi Mike. "Kar yağıyor."

Gözlerimin önünden süzülerek inen ve kaldırımda toplanan beyaz pamukçuklara baktım.

"Üfff!" Kar. Güzelim gün mahvolmuştu.

Şaşırmıştı. "Kar sevmez misin?"

"Hayır. Kar, yağmurdan da soğuk demek." Elbette! "Hem ben birbirinden farklı kar zerrecikleri hayal etmiştim. Bunlar pamukçuktan farksız."

"Daha önce hiç kar görmedin mi?" diye sordu kulaklarına inanamazmış gibi.

"Gördüm elbette." Bir an durdum. "Televizyonda."

Mike güldü. O sırada iyice sıkıştırılmış kocaman bir kartopu kafasının arkasına geldi. İkimiz de dönüp kartopunun nereden geldiğine baktık. Ben bize arkası dönük halde yürüyen Eric'ten şüphelendim. Bir sonraki dersi için aksi yöne gidiyordu. Mike da aynı şeyi düşünmüştü. Eğildi ve bir avuç beyaz pamukçuktan kartopu yapmaya çalıştı.

"Öğle yemeğinde görüşürüz, olur mu?" Konuşurken yürümeye devam ettim. "İnsanlar birbirlerine böyle ıslak şeyler atmaya başladıklarında ben içeri girerim."

Michael başını sallamakla yetindi; gözleri uzaklaşmakta olan Eric'teydi.

Bütün sabah herkes kardan söz etti; herhalde yeni yılın ilk karıydı bu. Ben ağzımı açmadım. Kar, yağmurdan daha kuruydu; çoraplarınızın içinde eriyinceye kadar.

İspanyolca dersinden sonra Jessica'yla birlikte kafeteryaya gittim. Kartopları havada uçuşuyordu. Elimde gerektiğinde kalkan olarak kullanabileceğim bir dosya vardı. Jessica benim eğlenceli olduğumu düşünüyordu aslında; ama yüzümdeki ifade bana kartopu atmasını engelliyordu.

Biz kapıdan içeri girerken Mike yetişti. Gülüyordu, karlar başında eriyordu. Jessica'yla ikisi yemek kuyruğunda heyecanla kar savaşından söz edip durdular.

Alışkanlıkla köşedeki masaya baktım ve kalakaldım. Beş kişiydiler.

Jessica kolumu çekti.

"Hey? Bella? Ne yemek istiyorsun?"

Gözlerimi yere indirdim. Kulaklarım yanıyordu. Utanmam için bir neden yok, dedim kendi kendime. Yanlış bir şey yapmadım.

"Bella'ya ne oldu?" diye sordu Mike, Jessica'ya.

"Hiç," diye cevap verdim. "Ben bugün sadece soda alacağım." Sıranın sonuna girdim.

"Aç değil misin?" diye sordu Jessica.

"Aslında hasta gibiyim," dedim gözlerimi yerden ayırmadan.

Onların yemeklerini almalarını bekledim. Sonra da arkalarından masaya gittim. Gözlerim hâlâ yerdeydi.

Sodamı yavaş yavaş yudumluyordum, karnım guruldüyordu. Mike gereksiz bir ilgiyle iki kez kendimi nasıl hissettiğimi sordu. Hiçbir şeyimin olmadığını söyledim. Ancak bir yandan da, acaba numara yapıp bir sonraki derste revire kaçsam mı, diye düşünüyordum.

Saçma. Neden kaçacakmışım.

Cullen ailesinin masasına bir kez daha bakmak için kendime izin vermeye karar verdim. Eğer bana bakıyorsa, korkaklık edip biyoloji dersine girmeyecektim.

Başımı kaldırmadan, kirpiklerimin altından baktım. Hiçbiri bizim tarafa bakmıyordu. Başımı biraz kaldırdım.

Gülüyorlardı. Edward, Jasper ve Emmett'in saçları eriyen kardan sırılsıklam olmuştu. Alice ve Rosalie, Emmett uçlarından sular damlayan saçlarını onlara doğru silkelerken geri çekildiler. Onlar da diğerleri gibi bu karlı günün keyfini çıkarıyorlardı. Bizden tek farkları, onlar bir film sahnesinden fırlamış gibi görünüyorlardı.

Ama bu kahkaha ve eğlencenin yanında farklı bir şey vardı; bu farkın ne olduğunu söyleyemiyordum. Edward'ı daha dikkatli inceledim. Teninin daha az solgun göründüğüne karar verdim; belki de kartopu savaşı yüzünden yüzüne renk gelmişti. Gözlerinin altındaki halkalar da daha az belirgindi. Ancak bunların dışında bir şey daha vardı. Gözlerimi ona dikip baktım ve bu değişikliği anlamaya çalıştım.

"Bella, neye bakıyorsun?" diye araya girdi Jessica. Gözleriyle baktığım yeri takip etti.

O anda, Edward'ın gözleri gözlerimle buluştu.

Başımı eğdim ve saçlarımla yüzümü kapattım. Ancak gözlerimiz buluştuğunda, bana geçen defa yaptığı gibi sert ve düşmanca bakmadığından emindim. Yine meraklı, bir açıdan tatmin olmamış gibi bakıyordu.

"Edward Cullen sana bakıyor." Jessica kıkırdadı.

"Öfkeli görünmüyor, değil mi?" diye sordum elimde olmadan.

"Hayır," dedi, sorum onu şaşırtmıştı. "Öfkeli mi olması gerek?"

"Benden hoşlandığını sanmıyorum," dedim. Hâlâ midem bulanıyordu. Başımı koluma yasladım.

"Cullen'lar kimseden hoşlanmazlar. Belki de kendilerinden hoşlanacak yeterince kişiyle karşılaşmadıkları içindir. Ama hâlâ sana bakıyor."

"Ona bakma," diye tısladım.

Jessica sırıttı ama başını çevirdi. Onu kontrol etmek için başımı kaldırdım, Direnirse şiddet kullanmaya hazırdım.

O sırada Mike konuşmamızı böldü, okuldan sonra park yerinde kartopu savaşı düzenleyecekti, bizim de katılmamızı istiyordu. Jessica hevesle kabul etti. Mike'a bakışından, onun teklif edeceği her şeyi kabul edeceği anlaşılıyordu. Ben bir şey söylemedim. Bu durumda park yeri boşalana kadar spor salonunda saklanmak zorunda kalacaktım.

Öğle tatilinin geri kalan bölümünde gözlerimi kendi masamdan ayırmadım. Kendimle yaptığım anlaşmaya uymaya karar verdim. Öfkeli görünmediğine göre biyoloji dersine girebilirdim. Yine onun yanına oturacağımı düşündükçe mideme kramplar giriyordu.

Sınıfa yine Mike'la gitmek istemiyordum. Kartopu nişancılarının popüler hedefi oydu. Ama kapıya vardığımızda yanımdaki herkes hep bir ağızdan çığlık attı. Yağmur yağıyor ve karları eritiyordu. Kapüşonumu başıma geçirdim, buna içten içe memnun olmuştum. Beden eğitimi dersinden sonra özgürce evime gidebilecektim.

Dört numaralı binaya giderken Mike hâlâ söyleniyordu.

Sınıfa girdiğimde masamı hâlâ boş görünce içim rahatladı. Bay Banner sınıfta dolaşıyor, her masaya mikroskop ve bir kutu slayt bırakıyordu. Dersin başlamasına birkaç dakika kalmıştı, sınıfta herkesin kendi arasında konuşmasından kaynaklanan bir uğultu vardı. Gözlerimi kapıdan uzak tutmaya çalışıyordum; defterimin kapağına anlamsız şeyler karaladım.

Yanımdaki sandalyenin çekildiğini açıkça duydum ama gözlerimi çizmekte olduğum desenden ayırmadım.

"Merhaba," dedi sakin, müzik gibi bir ses.

Başımı kaldırdım, benimle konuşmasına çok şaşırmıştım. Benden masanın izin verdiği ölçüde uzak oturuyordu; ama iskemlesi bana dönüktü. Saçları sırılsıklam ve dağılmıştı; ama bu haliyle bile bir saç jölesi reklam filminden fırlamış gibi görünüyordu. Çarpıcı yüzünde dostça bir ifade, kusursuz dudaklarında hafif bir gülümseme vardı.

"Adım Edward Cullen. Geçen hafta sensinle tanışma fırsatı bulamadım. Sen Bella Swan olmalısın."

Kafam karışmıştı. Her şeyi ben mi uydurmuştum yoksa? Şu anda son derece kibardı. Benim de konuşmam gerekiyordu, beni bekliyordu. Fakat söyleyecek uygun bir söz bulamadım.

"Adımı nereden biliyorsun?" diye kekeledim.

Hafif ama büyüleyici bir kahkaha attı.

"Bence senin adını herkes biliyor. Bütün kasaba iki aydır senin gelmeni bekliyordu."

Yüzümü ekşittim. Aslında böyle bir şey olduğunu biliyordum.

"Hayır," diye ısrar ettim aptal aptal. "Yani, neden bana Bella dedin?"

Kafası karışmış gibiydi. "Isabella'yı mı tercih ediyorsun?"

"Hayır. Bella'yı daha çok seviyorum," dedim. "Ama Charlie'nin yani babamın gıyabımda benden Isabella diye söz ettiğini sanıyordum. Burada herkes beni bu isimle tanıyor." Açıklamaya yapmaya çalışırken kendimi aptal gibi hissettim."

"Ya." Konuyu kapattı. Ben de başımı başka yöne çevirdim.

Neyse ki Bay Banner dakik bir şekilde derse başladı. O gün yapacağımız deneyleri anlatırken, dikkatimi ona vermeye çalıştım. Kutulardaki slaytlar karışıktı. Laboratuvardaki partnerimizle, soğan kök hücrelerini mitoz evrelere göre ayıracak ve slaytları buna göre etiketleyecektik. Kitaplardan yararlanmamız mümkün değildi. Bay Banner yirmi dakika sonra kimin doğru kimin yanlış yaptığını kontrol edecekti.

"Başlayabilirsiniz," dedi.

"Önce bayanlar!" dedi Edward. "Başlamak ister misin?" Başımı kaldırdığımda şahane gülümsemesiyle karşılaştım. Ona aptal aptal bakmaktan başka bir şey yapamadım.

"İstersen ben başlayayım." Gülümsemesi yok olmuştu. Bende bir tuhaflık olduğunu düşünüyordu mutlaka.

"Hayır," dedim. Kızarmıştım. "Ben başlayabilirim."

Aslında hava atıyordum. Bu deneyi daha önce yapmıştım, ne olacağını biliyordum. Kolaydı. İlk slaydı mikroskoba yerleştirip mikroskobu ayarladım. Bir süre slaydı inceledim.

Vardığım sonuç kesindi. "Profaz."

"Bakabilir miyim?" dedi, ben slaydı çıkarmaya çalışırken. Durmam için elimi tuttu. Parmakları buz gibiydi, dersten önce ellerini karın içinde tutmuştu sanki. Ama elimi geri çekmemin nedeni bu değildi. Bana dokunduğunda, elektrik çarpmış gibi hissetmiştim.

"Affedersin," diye mırıldandı ve elini çekti. Mikroskoba uzanmak istedi. Onu izledim. Afallamıştım. Slayda benden çok daha kısa süre baktı.

"Profaz," diye onayladı ve bunu özenle not etti. Hızlı hareketlerle ikinci slaydı taktı ve şöyle bir baktı.

"Anafaz," diye mırıldanıp bunu da not etti.

"Ben de bakabilir miyim?" dedim kuru bir sesle.

Mikroskobu bana uzatarak gülümsedi.

Merakla baktım ve hayal kırıklığı yaşadım. Lanet olsun, doğru söylüyordu!

"Üçüncü slayt." Yüzüne bakmadan elimi uzattım.

Slaydı verdi. Elime dokunmamak için özen gösteriyor gibi bir hali vardı.

"Evre." O istemeden mikroskobu uzattım. Çabucak bakıp not etti. O bakarken ben de not alabilirdim aslında, ama yazısı o kadar özenli ve okunaklıydı ki bundan çekinmiştim. Benim şekilsiz yazımla sayfayı mahvetmek istemiyordum.

Deneyi ilk biz bitirdik. Mike ve partneri aynı slaytla uğraşıyorlardı. Kimileri de masanın altında kitap açmıştı.

Ona bakmamak için elimden geleni yaptım ama olmuyordu. Ben başımı kaldırdığımda bana bakıyordu; gözlerinde yine o garip ifade vardı. Birden yüzündeki değişimi fark ettim.

"Lens kullanıyor musun?" deyiverdim.

Beklenmedik bu sorudan hoşlanmamıştı. "Hayır."

"Gözlerinde bir şey var sandım."

Omuzlarını silkip başını çevirdi.

Onda farklı bir şey olduğundan emindim. Daha önce baktığında gözleri simsiyahtı, çok iyi hatırlıyordum. Gözleri soluk teni ve kızıl kumral saçlarıyla zıtlık oluşturuyordu.

Bugün gözlerinin rengi çok farklıydı; karamelden daha koyu bir sarıydı ama aynı altın etkisine sahipti. Bunun nasıl olduğunu anlamadım, belki de lensler konusunda yalan söylüyordu. Belki de Forks'ta kelimenin tam anlamıyla aklımı oynatıyordum.

Başımı eğdim. Ellerini yine yumruk yapmıştı.

Bay Banner neden çalışmadığımızı anlamak için masamıza geldi. Omuzlarımızın üzerinden bitirdiğimiz deneye baktı ve cevapları kontrol etmek için iyice yaklaştı.

"Edward, Isabella'ya da mikroskoba bakması için bir şans veremez miydin?" diye sordu.

"Bella," diye düzeltti Edward. "Aslında beşinden üçünü o yaptı."

Bay Banner yüzünde şüpheci bir ifadeyle bana baktı.

"Bu deneyi daha önce yapmış mıydın?" diye sordu.

Masum bir tavırla gülümsedim. "Evet ama soğan köküyle yapmamıştım."

"Alabalık embriyosuyla mı?"

"Evet."

Bay Banner başını salladı. "Phoenix'te ileri seviye programında mıydın?"

"Evet."

"Peki," dedi biraz sonra. "Sanırım sizin laboratuvar eşi olmanız iyi." Kendi kendine bir şeyler mırıldanarak yürüdü. Bay Banner gidince yeniden defterimi karalamaya koyuldum.

"Karın dinmesi kötü oldu değil mi?" diye sordu Edward. Kendini benimle konuşmaya zorluyormuş gibi geldi bana. Yine paranoyaya kapıldım. Sanki öğle yemeğinde Jessica'yla konuştuklarımızı duymuştu ve bana aksini kanıtlamaya çalışıyordu.

"Pek değil," diye cevap verdim dürüstçe, herkes gibi normal olmak yerine. Hâlâ aptalca kuşkularımdan kurtulmaya çalışıyordum.

"Soğuk havayı sevmiyorsun." Bu bir soru değildi.

"Ya da yağışlı."

"Forks'ta yaşamak senin için zor olmalı," dedi.

"Ne kadar zor olduğunu tahmin bile edemezsin," diye mırıldandım üzgün üzgün.

Bilmediğim bir nedenle, söylediklerimden çok etkilenmişti. Yüzü zihnimi allak bullak ettiği için mecbur kalmadıkça ona bakmamaya çalışıyordum.

"O zaman neden buraya geldin?"

Daha önce kimse bunu onun kadar açık sormamıştı.

"Bu... biraz karışık."

"Sanırım anlayabilirim," diye baskı yaptı.

Bir süre bekledim ve onunla göz göze gelmek gafletine düştüm. Koyu sarı gözleri aklımı karıştırdı; düşünmeden cevap verdim.

"Annem tekrar evlendi," dedim.

"Pek de karmaşık değilmiş," dedi ama birden anlayışlı bir tavra büründü. "Ne zaman?"

"Geçen eylül." Sesim bana bile üzgün geldi.

"Ve sen ondan hoşlanmıyorsun," diye tahmin yürüttü Edward ama sesi hâlâ yumuşaktı.

"Hayır, Phil iyi biri. Belki çok genç ama gayet iyi."

"Neden onlarla kalmadın?"

Bu ilgisinin nedenini anlayamamıştım ama o bana delici bakışlarıyla bakmaya devam ediyordu. Benim sıkıcı hayat hikâyem onun için hayati derecede önemliydi sanki.

"Phil çok sık seyahat ediyor. Kendisi futbolcu." Hafifçe gülümsedim.

"Ünlü biri mi?" O da gülümsedi.

"Değil sanırım. Pek iyi bir oyuncu değil. İkinci kümede oynuyor. Ama çok sık seyahat ediyor."

"Annen de onunla seyahat edebilmek için seni buraya yolladı." Bu da bir soru değildi; yine tahmin yürütmüştü.

Çenemi hafifçe kaldırdım. "Hayır. Beni buraya o yollamadı. Kendim gelmek istedim."

Kaşlarını çattı. "Anlamıyorum," diye itiraf etti; nedense hayal kırıklığına uğramış gibiydi.

İçimi çektim. Bunu ona neden açıklıyordum ki? Açık bir merakla bana bakmaya devam etti.

"Annem önce benimle kaldı ama onu çok özlüyordu. Bu onu mutsuz ediyordu. Bu yüzden ben de Charlie'yle biraz kaliteli zaman geçirmenin vaktinin geldiğine karar verdim." Sözümü bitirirken sesim çatladı.

"Ama şimdi sen mutsuzsun," dedi.

"Ve?" diye üzerine gittim.

"Bu pek adil görünmüyor," diye omuz silkti ama bakışları hâlâ çok derindi.

Espri yapmadan güldüm. "Sana kimse söylemedi mi? Hayat adil değil."

"Sanırım bunu daha önce bir yerlerde duymuştum," dedi kuru bir sesle.

"Hepsi bu," diye vurguladım, neden bana hâlâ böyle baktığını merak ederek.

Bakışlarında övgü var gibiydi. "İyi rol yapıyorsun," dedi yavaşça. "Ama bahse girerim, insanlara gösterdiğinden çok daha fazla acı çekiyorsun."

Yüzümü ekşittim, beş yaşında bir çocuk gibi dil çıkarma dürtümle mücadele ettim, başımı çevirdim.

"Haksız mıyım?"

Onu duymazdan gelmeye çalıştım.

"Haklı olduğumu biliyorum," dedi kendinden emin bir şekilde.

"Bu seni neden ilgilendiriyor?" dedim, rahatsız olarak. Gözlerimi ondan kaçırdım; masaların arasında gezinen öğretmeni izlemeye koyuldum.

"İyi soru," diye mırıldandı; sesi öyle alçak çıkmıştı ki acaba kendi kendine mi konuşuyor diye merak ettim. Birkaç saniye geçince, başka bir cevap alamayacağımı anladım.

İçimi çektim ve tahtaya baktım.

"Seni kızdırıyor muyum?" diye sordu. Eğlenir gibi bir hali vardı.

Düşünmeden ona baktım... ve yine gerçeği söyledim. "Pek sayılmaz. Ben daha çok kendime kızıyorum. Benim yüzümden her şey okunur, annem bana açık bir kitap gibisin der hep." Kaşlarımı çattım.

"Aksine, bence sen anlaşılması güç birisin." Söylediğim her şeye ve yürüttüğü bütün tahminlere rağmen, bunu söylerken ciddi gibiydi.

"O zaman sen iyi bir okuyucusun. İnsanları çabuk tanıyorsun," dedim.

"Genellikle." Kusursuz, bembeyaz dişlerini göstererek gülümsedi.

Bay Banner sınıfı kendisini dinlemeye davet edince, rahatlamış bir şekilde ona döndüm. Beni küçümseyip küçümsemeyeceğini bilmediğim bu güzel, garip çocuğa sıkıcı iç karartan hayat hikâyemi anlattığıma inanamıyordum. Beni ilgiyle dinlemişti; ama şimdi yan gözle baktığımda benden yine uzaklaşmaya başladığını, gergin bir tavırla masanın kenarını kavradığını gördüm.

Bay Banner mikroskopla rahatça görebildiğim şeyleri projeksiyon makinesiyle duvara yansıtırken, ilgileniyor görünmeye çalıştım. Ama düşüncelerimi yönetemiyordum.

Nihayet zil çaldığında Edward tıpkı önceki pazartesi günü yaptığı gibi hızlı ve zarif bir şekilde sınıftan çıktı. Ben de tıpkı önceki pazartesi günü yaptığım gibi arkasından bakakaldım.

Mike hemen yanımda bitti ve kitaplarımı aldı. Bir an onu kuyruk sallayan bir köpek gibi gördüm.

"Berbattı," diye homurdandı. "Hepsi birbirine benziyordu. Cullen senin eşin olduğu için çok şanslısın."

"Ben çok zorlanmadım," dedim, söylediğinden rahatsız olmuştum. Birden ukalalık ettiğim için pişman oldum. "Ben bu deneyi daha önce yapmıştım," diye ekledim duygularının incinmesine izin vermeden.

"Cullen bugün dostça davrandı bana," dedim yağmurluklarımızı giyerken. Buna pek memnun olmamıştı.

Doğal görünmeye çalıştım. "Geçen pazartesi ne derdi vardı acaba?" dedim.

Spor salonuna yürürken aklımı Mike'ın söylediklerine veremedim. Beden eğitimi dersiyle de pek ilgilenmedim. Bu kez Mike'la aynı takımdaydık. Büyük bir fedakârlıkla benim açıklarımı da kapattı; bu yüzden düşüncelerimden sadece servis sırası bana geldiği zaman sıyrıldım. Top ne zaman bana gelse bizim takımdakiler önümden çekiliyordu.

Park yerine yürürken yağmur sisi andırıyordu. Ancak kuru kamyonetime bindiğimde kendimi mutlu hissettim. İlk kez motorun gürültüsünü umursamadan ısıtıcıyı açtım. Montumun fermuarını açtım, kapüşonumu çıkardım ve ıslak saçımı eve gidene kadar biraz olsun kuruması için elimle karıştırdım.

Etrafta kimse var mı diye bakındım. O sırada hareketsiz, beyaz figürü gördüm. Edward Cullen, üç araba ilerideki

Volvo'nun kapısına yaslanmış, bana bakıyordu. Başımı çevirdim ve geri geri gitmeye başladım. Az kalsın bir Toyota Corolla'ya çarpıyordum. Neyse ki Toyota çok şanslıydı, tam zamanında frene bastım. Yoksa kamyonet onu hurdaya çevirirdi. Derin bir nefes aldım. Hâlâ arabamın diğer tarafına bakıyordum, dikkatli ve bu kez daha başarılı bir şekilde hareket ettim. Volvo'nun önünden geçerken gözlerimi karşıya diktim ama onun güldüğünü göz ucuyla da olsa gördüğüme yemin edebilirdim.

3. FENOMEN

Sabahleyin gözlerimi açtığımda farklı bir şey vardı.

Işık! Hâlâ ormandaki bulutlu bir günün gri-yeşil ışığı vardı ama bu kez daha berraktı sanki. Penceremi kaplayan bir sis bulutunun olmadığını fark ettim.

Dışarı bakmak için yatağımdan fırladım ve korkuyla homurdandım.

Kalın bir kar tabakası avluyu ve kamyonetimi örtmüştü, yol bembeyazdı. Ama en kötüsü bu değildi. Önceki gün yağan yağmur buza dönüşmüştü; ağaçların dallarının ucunda şahane şekiller oluşmuş, yol ise ölümcül bir buz tabakasına dönmüştü. Ben düz yolda bile düşen bir tiptim; yatağıma dönmem en güvenlisi olacaktı.

Charlie ben aşağı inmeden işe gitmişti. Aslında Charlie'yle yaşamak pek çok yönden tek başıma yaşamaktan farksızdı benim için; yalnız kalmaktan çok yalnızlığın tadını çıkarıyordum.

Bir kâse mısır gevreği ve karton kutudan bir bardak portakal suyu aldım. Okula gitmek için sabırsızlanıyordum ve bu beni korkutuyordu. Bu sabırsızlığın uyarıcı öğrenme ortamından ya da yeni arkadaşlarımla görüşecek olmaktan kaynaklanmadığını biliyordum. Kendime karşı dürüst olmam gerekirse, heyecanlıydım çünkü Edward Cullen'ı görecektim. Bu çok aptalcaydı.

Önceki günkü salakça, utanç verici konuşmamdan sonra ondan uzak durmam gerekiyordu. Ayrıca ondan şüpheleniyordum; neden gözleri konusunda yalan söylüyordu? Bana karşı sergilediği düşmanca davranışlardan hâlâ korkuyordum; ve hâlâ o kusursuz yüzü gözümün önüne geldiğinde dilim tutuluyordu. İkimiz ayrı dünyaların insanlarıydık. Bu yüzden onu görme konusunda bu kadar hevesli olmamalıydım.

Düşüp bir yerimi kırmamak için tüm dikkatimi yola verdim. Tam kamyonetime yaklaştığım sırada dengemi kaybettim ama son anda dikiz aynasına tutunup düşmemeyi başardım. Bugün kâbustan farksız olacaktı.

Okula doğru yol alırken, kaza yapma korkumu ve Edward Cullen konusundaki tatsız spekülasyonlarımı kafamdan uzaklaştırmaya çalıştım. Eric ve Mike'ı, buradaki oğlanların bana ne kadar farklı davrandığını düşündüm. Phıenix'te nasılsam burada da öyleydim. Belki eski okulumdaki oğlanlar benim ergenlik dönemime tanık oldukları ve o dönemlerdeki çirkin hallerimi bildikleri için beni hâlâ öyle sanıyorlardı. Belki de yeniliklerin pek olmadığı bir yerde yeni olduğum için böyle bir ilgi görüyordum. Benim iflah olmaz sakarlığımı acıklı değil sevimli buluyorlardı. Neden ne olursa olsun, Mike'ın bir köpek yavrusunu andıran davranışları ve Eric'le aralarındaki rekabet beni rahatsız ediyordu. Belki beni yok saymalarını tercih ederdim.

Kamyonet yolu kaplayan siyah buzun üzerinde giderken sıkıntı çekmiyordu. Yine de, Main Caddesi'nde bir hasara neden olmamak için arabayı çok yavaş kullanıyordum.

Kamyonetten indiğimde neden pek sıkıntı yaşamadığımı anladım. Gözüme gümüş rengi bir şey çarpınca, dikkatle tutunarak, lastikleri kontrol etmek için kamyonun arka tarafına geçtim. Tekerleklere baklava şeklinde ince zincirler takılmıştı. Charlie kamyonuma kar zincirleri takmak için kaçta kalmıştı kim bilir. Birden boğazıma bir şey düğümlendi. İlgi görmeye alışkın değildim ve Charlie'nin bu beklenmedik ilgisi beni şaşırtmıştı.

Kamyonetin arkasında durmuş, zincirlerin yarattığı duygusal dalgalanmayla mücadele etmeye çalışırken, garip bir ses duydum.

Son derece tiz bir sesti bu ve giderek yükseliyordu. Başımı kaldırıp baktığımda donup kaldım.

Aynı anda birçok şey gördüm. Hiçbir şey filmlerdeki gibi ağır çekimde hareket etmiyordu. Aksine, beynime hücum eden adrenalin kafamın daha hızlı çalışmasına neden oldu. Aynı anda bir sürü şeyi ayrıntılarıyla görebildim.

Edward Cullen dört araba ileride durmuş, dehşetle bana bakıyordu. Yüzü, aynı dehşet ifadesini taşıyan bir sürü yüz arasında hemen göze çarpıyordu. Ancak en önemlisi, lacivert bir minibüs fren yüzünden lastikleri kilitlenmiş bir halde park yerinde dönerek kayıyordu. Birazdan kamyonetimin arka köşesine çarpacaktı ve ben ikisinin arasında duruyordum. Gözlerimi kapatacak zamanım bile yoktu.

Minibüsün kamyonetime çarpmasıyla çıkan garip sesi duymadan hemen önce, bir şey bana sertçe çarptı; ancak bu darbe beklediğim yönden gelmemişti. Başımı buzlu yere çarptım; beni yere yapıştıran sert ve soğuk bir şey hissettim. Kamyonetimi yanına park ettiğim taba rengi arabanın arkasında kaldırımda yatıyordum. Başka ne olduğunu anlayacak fırsatım olmadı çünkü minibüs hâlâ hareket ediyordu. Büyük bir gürültüyle kamyonetin arkasından döndü ve yine kayarak üstüme geldi.

Alçak sesle edilen bir küfür duyunca yanımda biri olduğunu fark ettim; bu sesi tanımamak imkânsızdı. İki uzun, beyaz el beni korumak için önüme uzandı. Minibüs yüzüme birkaç santim uzaklıkta durdu. İri eller, şans eseri minibüsün gövdesinin yan tarafındaki oyuğa girmişti.

Sonra elleri o kadar hızlı hareket etti ki görmek imkansızdı. Bir eli minibüsün gövdesinin alt tarafını kavradı. Bir şey beni sürüklüyordu; bacaklarım taba rengi arabanın lastiklerine değene kadar oyuncak bebek gibi çekti beni. Metalik bir gürültü kulaklarımı tırmaladı; camı patlayan minibüs bir saniye önce bacaklarımın bulunduğu yere yerleşti.

Çığlıklar başlamadan bir saniye önce derin bir sessizlik oldu. O müthiş karışıklığın içinde, bir sürü insanın adımı bağırdığını duyabiliyordum. Ancak Edward Cullen'ın kısık ve telaşlı sesini bütün bağırışlardan net duydum.

"Bella? İyi misin?"

"İyiyim." Sesim garipti. Oturmaya çalıştım ve beni kendi bedeninin yan tarafına sımsıkı bastırdığını hissettim.

"Dikkat et," diye uyardı beni, ben kalkmaya çalışırken. "Sanırım başını çok sert vurdun."

O anda sol kulağımdaki şiddetli ağrıyı fark ettim. "Ah," dedim şaşkınlıkla.

"Ben de öyle düşünmüştüm." Garip ama, kahkahasını bastırmaya çalışır gibiydi.

"Nasıl..." Sesim hafifledi. Kafamı toplamaya, mantıklı düşünmeye çalıştım. "Nasıl o kadar hızlı yetiştin?"

"Tam senin yanında duruyordum Bella," dedi, sesi yine ciddileşmişti.

Yine oturmaya çalıştım; bu kez bana izin verdi. Bileğimi sıkan elini gevşetti; dar alanın elverdiği ölçüde benden uzaklaştı. Onun ilgili, masum yüzüne baktım; altın rengi gözlerinin gücü yine aklımı başımdan aldı. Ona ne soruyordum?

Derken bizi buldular. Gözlerinden yaşlar süzülen bir sürü insan birbirlerine ve bize sesleniyorlardı.

"Hareket etme," diye talimat verdi biri.

"Tyler'ı minibüsten çıkarın!" diye bağırdı bir başkası. Etrafta müthiş bir koşuşturma vardı. Ayağa kalkmaya çalıştım ama Edward'ın soğuk eli omzumu tutup bastırdı.

"Bir süre böyle kal."

"Ama çok soğuk," diye yakındım. Bıyık altından gülmesi beni çok şaşırttı. Her şeyin bir yeri vardı.

"Sen ötedeydin," diye hatırladım birden. Gülümsemesi bir anda kayboldu. "Arabanın yanındaydın."

Yüzündeki ifade sertleşti. "Hayır, değildim."

"Seni gördüm." Etrafta tam bir karmaşa hakimdi. Kaza yerine gelen yetişkinlerin boğuk seslerini duyabiliyordum. Ancak ben inatla tartışmamızı sürdürmeye çalışıyordum; ben haklıydım, o da bunu itiraf edecekti.

"Bella, ben senin yanında duruyordum ve seni yoldan çektim." Çok önemli bir şey söylemek istermiş gibi, gözlerinin o müthiş, etkileyici gücünü bana yöneltti.

"Hayır," dedim başımı kaldırarak.

Gözlerindeki altın parladı. "Bella, lütfen."

"Neden?" diye sordum.

"Bana güven," diye yalvardı yumuşak bir sesle.

Artık siren seslerini duyabiliyordum. "Bana her şeyi daha sonra anlatacağına söz verir misin?"

"Peki," diye homurdandı aniden öfkelenerek.

Ben de öfkeyle tekrarladım. "Peki."

Sedyeyi getirebilmek için minibüsü altı sağlık görevlisi ve iki öğretmen -Bay Varner ve Koç Clapp- itip bizden uzaklaştırdı. Edward kendisi için getirilen sedyeye uzanmayı kesinlikle reddetti; ben de aynı şeyi yapmak istedim ama hain Edward onlara başımı çarptığımı ve büyük olasılıkla şok geçirdiğimi söyledi. Bana boyunluk taktıklarında utancımdan ölecektim. Hemen bütün okul orada durmuş, benim ambulansa bindirilişimi izliyordu.

Edward ambulansın ön tarafına binmişti. Çok sinir bozucuydu.

Bütün bunlar yetmezmiş gibi, beni oradan götürmelerine fırsat kalmadan Şef Swan geldi.

Sedyede beni görünce, "Bella!" diye bağırdı panik içinde.

"Ben çok iyiyim Char... baba." İçimi çektim. "Bir şeyim yok."

Benim söylediğime inanmayıp en yakındaki sağlık görevlisine sordu. Beynimde dönüp duran karmaşık imgeleri yorumlamak için babamı duymazdan geldim.

Beni arabanın yanından kaldırdıklarında, taba rengi arabanın tamponundaki derin çukuru görmüştüm. Tam Edward'ın omuzlarına uyacak genişlikte bir çukurdu bu. Kendini arabaya siper etmiş ve arabanın kaportasının içine çökmesini sağlayacak bir güç sergilemişti sanki.

Ailesi de oradaydı; olup bitenleri uzaktan izliyordu. Yüzlerinde hoşnutsuzlukla öfke karışımı ifadeler vardı; ancak hiçbiri kardeşinin sağlığından endişe etmiyor gibiydi.

Gördüklerimi açıklayabilecek mantıklı bir çözüm düşünmeye çalıştım; benim deli olduğum varsayımını çürütecek bir çözüm.

Doğal olarak, hastaneye giderken bir polis arabası da bize eşlik etti. Beni otobüsten indirirlerken, kendimi aptal gibi hissettim. İşin kötüsü, Edward hastane kapısından yürüyerek girmişti. Dişlerimi gıcırdattım.

Beni açık renk uzun perdelerle birbirinden ayrılmış bir sıra yatağın bulunduğu acil servis odasına yerleştirdiler. Bir hemşire koluma tansiyon aleti taktı ve dilimin altına da bir termometre yerleştirdi. Kimse etrafımdaki perdeyi çekip mahremiyetimi korumayı akıl etmediği için, o aptal boyunluğu daha fazla takmak zorunda olmadığımı düşündüm. Hemşire gider gitmez boyunluğu çıkardım ve yatağın altına attım.

Hastanede yine bir telaş yaşandı; yanıma başka bir sedye getirdiler. Devlet yönetimi dersimden arkadaşım olan Tyler Crowley idi bu; başı kan içinde kalmış bandajlarla sımsıkı sarılıydı.

Benden yüz kat kötü görünüyordu. Ama endişeyle bana bakıyordu.

"Bella, çok üzgünüm!"

"Ben iyiyim Tyler. Sen berbat görünüyorsun, iyi misin?"

Biz konuşurken hemşireler kanlı sargıları çıkarmaya başladılar. Tyler'ın alnında ve sol yanağındaki kesikler ortaya çıktı.

Beni duymamış gibiydi. "Seni öldüreceğimi sandım! Çok hızlı gidiyordum, buza çarptım, sonra..."

Hemşirelerden biri yüzüne dokununca sıçradı.

"Üzülme, çarpmadın bana."

"Nasıl o kadar hızlı çekildin yolumdan? Bir an önümde gördüm seni, sonra yok oldun."

"Şey.... Beni Edward çekti."

Kafası karışmıştı. "Kim?"

"Edward Cullen, o sırada yanımda duruyordu." Hiçbir zaman yalan söylemeyi beceremedim. Yine pek inandırıcı değildi söylediğim.

"Cullen mı? Onu görmedim... Tanrım, her şey o kadar hızlı oldu ki... O iyi mi?"

"İyi sanırım. O da burada ama sedyeye yatmayı kabul etmedi."

Deli olmadığımı biliyordum. Peki ne olmuştu? Gördüklerimi açıklamanın hiçbir yolu yoktu.

Başımın röntgenini çekmek için beni tekerlekli sandalyeyle götürdüler. Onlara hiçbir şeyimin olmadığını söyledim. Haklıydım. Sarsıntı bile geçirmemiştim. Gidip gidemeyeceğimi sordum. Hemşire önce doktorla konuşmam gerektiğini söyledi. Acil serviste hapsolmuştum. Tyler'ın özürlerinden ve bunu telafi edeceğine dair yeminlerinden sıkılmıştım. Defalarca iyi olduğumu söylememe ve onu ikna etmeye çalışmama rağmen, kendi kendine işkence etmeye devam etti. Sonunda gözlerimi kapattım ve onu duymazdan geldim. O da pişmanlık içinde mırıldanmayı sürdürdü.

"Uyuyor mu?" diye sordu müzik gibi bir ses. Hemen gözlerimi açtım.

Edward ayakucumda durmuş, sırıtıyordu.

Ona baktım.

"Edward, gerçekten çok üzgünüm..." diye başladı Tyler.

Edward onu susturmak için elini kaldırdı.

"Kan yok, kırık çıkık yok," dedi, kusursuz dişlerini göstererek güldü. Tyler'ın yatağının kenarına oturdu, yüzü bana dönüktü. Yine sırıttı.

"Heyet kararı nedir?" diye sordu.

"Ben iyiyim ama gitmeme izin vermiyorlar," diye yakındım. "Neden seni de bizim gibi sedyeyle taşımadılar?"

"Tanıdığınız kişiler önemli," diye cevap verdi. "Ama üzülmeyin, sizi kurtarmaya geldim."

O sırada köşeden bir doktor çıktı ve benim ağzım açık kaldı. Genç ve sarışındı... Gördüğüm film yıldızlarından daha yakışıklıydı. Ama solgun ve yorgun görünüyordu, Gözlerinin altında halkalar vardı. Babamın tanımından onun Edward'ın babası olduğunu anlamıştım.

"Bayan Swan," dedi Doktor Cullen tatlı bir sesle. "Kendinizi nasıl hissediyorsunuz?"

"İyiyim," dedim, bunun son olmasını umarak.

Başımın üzerindeki ışığı açıp röntgenime baktı.

"Röntgenlerin iyi görünüyor," dedi. "Başın acıyor mu? Edward kafanı çok sert çarptığını söyledi."

"İyiyim," diye tekrarladım içimi çekerek. Bu arada Edward'a da ters ters baktım.

Parmaklarıyla yavaşça dokunarak kafamı muayene etti. İrkildiğimi fark etti.

"Acıyor mu?" diye sordu.

"Çok değil." Canımın daha çok yandığı zamanlar olmuştu.

Birden bir kıkırdama duydum. Başımı çevirince Edward'ın ukala gülümsemesiyle karşılaştım. Gözlerimi kıstım.

"Baban bekleme odasında. Artık onunla eve gidebilirsin. Ama başın dönerse ya da görmenle ilgili bir sorun olursa buraya dön."

"Okula gidemez miyim?" diye sordum, Charlie'nin ilgili davranmaya çalışan halini düşünerek.

"Bence bugün dinlenmelisin."

Edward'a baktım. "O okula gidecek mi?"

"Biri okuldakilere iyi haberleri vermeli," dedi Edward ukala bir tavırla

"Gerçi neredeyse bütün okul bekleme odasında," dedi Doktor Cullen.

"Ah, hayır!" diye inledim ellerimle yüzümü kapatarak.

Doktor Cullen kaşlarını kaldırdı. "Kalmak mı istiyorsun?"

"Hayır, hayır," diyerek yataktan fırladım. Çok hızlı kalkmıştım, birden sendeledim. Doktor Cullen beni tuttu. Endişeli görünüyordu.

"Ben iyiyim," dedim. Denge problemlerimin başımı vurmamla ilgili olmadığını söylememe gerek yoktu.

"Ağrı kesici olarak Tylenol al," dedi, doğrulmama yardım ederken.

"Fazla ağrımıyor," dedim.

"Çok şanslıymışsın," dedi Doktor Cullen, taburcu kâğıdımı havalı bir şekilde imzalarken gülümsedi.

"Edward yanımda olduğu için çok şanslıydım," dedim Edward'a sert bir bakış fırlatarak.

"Ah evet," dedi Doktor Cullen, hemen önündeki kâğıtlarla ilgilenmeye koyuldu. Sonra Tyler'a baktı ve onun yatağının başına gitti. İçgüdülerim bana onun da işin içinde olduğunu söylüyordu.

"Korkarım sen burada daha fazla kalmak zorundasın," dedi Tyler'a ve onun kesiklerini incelemeye başladı.

Doktor arkasını döner dönmez Edward'ın yanına gittim.

"Seninle konuşabilir miyiz?" dedim dişlerimin arasından. Bir adım geri çekildi ve dişlerini sıktı.

"Baban seni bekliyor," diye tısladı.

Doktor Cullen ve Tyler'a baktım.

"Sakıncası yoksa seninle yalnız konuşmak istiyorum," diye ısrar ettim.

Bana baktı, arkasını döndü ve hızla odadan çıktı. Ona yetişmek için neredeyse koşmak zorunda kaldım. Köşeyi döndüğümüzde dönüp bana baktı.

"Ne istiyorsun?" diye sordu öfkeyle. Gözlerinde buz gibi bir ifade vardı.

Onun bu kötü tavrı ürkmeme neden oldu. Sözcükler ağzımdan düşündüğüm gibi sert çıkmadı. "Bana bir açıklama borçlusun," diye hatırlattım ona.

"Hayatını kurtardım, sana hiçbir şey borçlu değilim."

Sesindeki öfke geri çekilmeme neden oldu. "Söz vermiştin."

"Bella, başını vurdun sen. Neden söz ettiğini bilmiyorsun." Kırıcı konuşuyordu.

Ona öfkeyle baktım. "Kafamda hiçbir şey yok benim."

"Benden ne istiyorsun, Bella?"

"Gerçeği bilmek istiyorum," dedim. "Senin bunu neden yaptığını bilmek istiyorum."

"Ne olduğunu sanıyorsun?" dedi.

Sertçe söylemişti bunu.

"Bildiğim tek şey senin o sırada yanımda olmadığın, Tyler da seni görmemiş, bu yüzden sakın bana başını çok hızlı çarptın deme. O minibüs az kalsın ikimizi de ezecekti, ama ezmedi, ellerinle minibüste bir oyuk açtın. Öbür arabada da oyuk açtın ama kendin yaralanmadın. Minibüsün bacaklarımı ezecekti ama sen minibüsü kaldırdın..." Bunun kulağa çılgınca geldiğini biliyordum, devam edemedim. O kadar öfkelenmiştim ki gözlerimin dolduğunu hissettim; dişlerimi sıkarak gözyaşlarımı geri göndermeye çalıştım.

Şaşkınlık içinde bana bakıyordu. Yüzünde gergin ve savunmacı bir ifade vardı.

"Minibüsü üzerinden kaldırdığımı mı düşünüyorsun?" Aklımın başında olup olmadığını sorguluyor gibiydi ama bu yalnızca daha çok şüphelenmeme yol açtı. Yetenekli bir aktör tarafından başarıyla seslendirilen iyi bir replikti sanki.

Dişlerimi sıkarak başımı salladım.

"Buna kimse inanmaz, biliyorsun." Şimdi sesinde alay vardı.

"Kimseye söylemeyeceğim," dedim tane tane konuşarak; öfkemi dikkatle kontrol ediyordum.

Yüzünde şaşkınlık dolu bir ifade belirdi. "O zaman bunun ne önemi var?"

"Benim için önemli," diye üsteledim. "Ben yalan söylemeyi sevmem. Bunu yapıyorsam iyi bir nedeni olmalıdır."

"Sadece bana teşekkür edip her şeyi unutamaz mısın?"

"Teşekkür ederim," dedim ama beklenti içindeydim.

"Bunun peşini bırakmayacaksın değil mi?"

"Hayır."

"O halde... Umarım hayal kırıklığı canını sıkmaz."

Sessizlik içinde ters ters birbirimize bakıyorduk. İlk konuşan ben oldum, dikkatimi toplamaya çalışıyordum. Onun şahane yüzü yine aklımı başımdan alabilirdi. Yok edici bir meleğe bakmaktan farksız bir şeydi bu.

"Neden beni kurtardın?" dedim buz gibi bir tavırla.

Durdu. Çarpıcı yüzünde kırılgan bir ifade beliriverdi.

"Bilmiyorum," diye fısıldadı.

Sonra arkasını döndü ve yürüdü.

Öyle sinirlenmiştim ki bir süre hareketsiz kaldım. Sonunda yavaş yavaş koridorun sonundaki çıkışa doğru yürüdüm.

Bekleme odası korktuğumdan daha kötüydü. Forks'ta tanıdığım herkes orada durmuş bana bakıyordu sanki. Charlie yanıma geldi.

"Bir şeyim yok," dedim asık suratla. Hâlâ öfkeliydim, konuşacak halim yoktu.

"Doktor ne dedi?"

"Doktor Cullen beni muayene etti, iyi olduğumu ve eve gidebileceğimi söyledi." İçimi çektim. Mike, Jessica ve Eric oradaydı ve bize doğru geliyorlardı. "Hadi gidelim," dedim.

Charlie, kolunu belime koydu, aslında bana pek dokunduğu söylenemezdi; birlikte cam kapıya doğru yürüdük. Arkadaşlarıma aptal aptal el salladım, benim için endişelenmelerini istemiyordum. İlk defa polis arabasına bineceğim için sevinmiştim.

Sessizce yol alıyorduk. Aklım o kadar karışıktı ki, Charlie'nin varlığının bile farkında değildim. Koridordaki konuşma sırasında Edward'ın savunmaya geçmesi, tanık olduğum ve inanmakta güçlük çektiğim olayları kanıtlar gibiydi.

Eve vardığımızda Charlie nihayet konuştu.

"Şey. Sanırım Renee'yi araman gerek." Suçlu suçlu başını öne eğdi.

Afallamıştım. "Anneme söyledin mi?"

"Üzgünüm!"

Polis arabasından inerken kapıyı çarptım.

Annem deliye dönmüştü tabii. Onu sakinleştirmek için en az otuz kez iyi olduğumu söylemek zorunda kaldım. Bana eve dönmem için yalvardı, o sırada evin boş olduğunu unutmuştu. Ama onun yalvarışlarına direnmek düşündüğümden daha kolay oldu. Edward'ın yarattığı gizem beni yiyip bitiriyordu. Onun hakkında takıntılı hale gelmiştim. Aptal aptal aptal! Normal, aklı başında her insan Forks'tan kaçmaya can atardı ama ben pek hevesli değildim.

O gece erken yatmam gerektiğine karar verdim. Charlie beni endişeli gözlerle izlemeye devam ediyordu ve bu artık sinirlerime dokunmaya başlamıştı. Banyoya uğrayıp üç tane Tylenol aldım. Bunlar işe yaradı, ağrılarım hafifleyince uykuya daldım.

O gece ilk kez Edward Cullen'ı rüyamda gördüm.

4. DAVETLER

Rüyamda etraf çok karanlıktı. Sadece Edward'ın teninden loş bir ışık yayılıyordu. Yüzünü göremiyordum, sadece beni karanlıkta bırakarak uzaklaşırken sırtını görebildim. Ne kadar hızlı koşsam da ona yetişemedim, ne kadar bağırdıysam da arkasını dönüp bana bakmadı. Gece yarısı sıkıntılıyla uyandım, sonra bana çok uzun gibi gelen bir süre bir daha uyuyamadım. Ondan sonra neredeyse her gece rüyalarıma girdi ama hep ulaşamayacağım bir yerdeydi.

Kazadan sonraki bir ay huzursuz, gergin ve önceleri utanç vericiydi.

Ne yazık ki o haftanın geri kalan bölümünde herkesin ilgi odağı oldum. Tyler Crowley sürekli beni takip ediyor ve durmadan af diliyordu. Onu bunları unutmasını her şeyden çok istediğimi söyleyerek ikna etmeye çalışıyordum. Bana bir şey olmamıştı ki. Ama o ısrar ediyordu. Ders aralarında beni buluyor, öğle yemeklerini de bizim artık kalabalık olan masamızda yiyordu. Mike ve Eric ona birbirlerine davrandıklarından bile daha kötü davranıyorlardı. Hiç hoşlanmadığım bir hayran daha kazandığımı düşünüp rahatsız oluyordum.

Gerçek kahramanın Edward olduğunu defalarca söylesem de, kimse onun yaptıklarıyla ilgilenmiyordu. Beni yoldan çekerek ezilmemi engellemiş olması kimsenin umurunda değildi. Onları ikna etmeye çalışıyordum. Jessica, Mike, Eric ve diğer herkes minibüs oradan çekilene kadar Edward'ı hiç görmediklerini söylüyorlardı.

Neden hiç kimse onun o kadar uzakta dururken bir anda yetişip mucizevi bir şekilde hayatımı kurtardığını görmemişti? Olası nedeni anladığımda hayal kırıklığına uğradım. Hiç kimse Edward'ı benim gördüğüm gibi görmüyordu. Hiç kimse ona benim baktığım gibi bakmıyordu. Ne yazık!

Edward onun bu macerasını dinlemeye gönüllü kalabalıklar tarafından kuşatılmamıştı hiç. İnsanlar her zamanki gibi uzak duruyorlardı. Cullen ve Hale'ler yine yemeklerini yemeden, kendi aralarında konuşarak masada oturuyorlardı. Hiçbiri, özellikle Edward, benim tarafıma bakmıyordu artık.

Derste yanıma oturduğunda da benden olabildiğince uzak duruyor, varlığımı yok sayıyordu. Yalnızca ellerini yumruk yaptığında –elleri kemiklerinin üzerinde daha beyaz görünüyordu– aslında o kadar da ilgisiz olmadığını anlıyordum.

Herhalde beni Tyler'ın minibüsünden kurtarmamış olmayı diliyordu. Bundan başka bir anlam çıkaramıyordum.

Onunla konuşmayı çok istiyordum; kazadan bir gün sonra bunu denedim. En son acil servisin önünde karşılaştığımızda ikimiz de çok öfkeliydik. Anlaşmamızın benim üzerime düşen kısmını yerine getirdiğim halde, bana gerçeği söyleyecek kadar güvenmediği için ona hâlâ kızgındım. Ama nasıl yapmış olursa olsun, hayatımı kurtarmıştı. Ona olan öfkem bir gecede yerini minnete bırakmıştı.

Biyoloji dersine girdiğimde sırasına oturmuştu bile. Önüne bakıyordu. Ben de oturup onun bana dönmesini bekledim. Geldiğimi fark ettiğini gösterecek hiçbir harekette bulunmadı.

"Merhaba Edward," dedim sevimli bir şekilde. Ona kızgın olmadığımı göstermek istiyordum.

Bana döndü, gözlerime bakmadan başını salladı ve başka yöne bakmaya başladı.

Her gün benden sadece yarım metre ötede durmasına

karşın, bu onunla yüz yüze geldiğimiz son andı. Bazen kafeteryada ya da otoparkta kendimi tutamayıp ona uzaktan bakıyordum. Altın rengi gözlerinin günden güne koyulaştığını görüyordum. Ama derste ben de ona onun bana davrandığı gibi ilgisiz davranıyordum. Çok üzgündüm. Bu arada rüyalarım devam ediyordu.

Söylediğim bütün yalanlara karşın, Renee e-mail'larımdaki keyifsizliğimden sıkıntıda olduğumu anladı ve beni birkaç kez endişe içinde aradı. Ona kasvetli havalar yüzünden keyifsiz olduğumu söyledim.

Mike laboratuvar eşimle aramdaki soğukluktan çok memnundu. Onun, Edward'ın bu cesur kurtarışının beni etkileyeceğini düşünüp endişelendiğini görebiliyordum. Şimdi bunun ters etki yarattığını görmek içini rahatlatmıştı. Kendine güveni artmıştı. Biyoloji dersinden önce masamın kenarına oturup benimle sohbet ediyor, Edward'ı yok sayıyordu; tıpkı onun bizi yok saydığı gibi.

O tehlikeli buzlu günden sonra kar kalkmıştı neyse ki. Mike kartopu savaşını iptal etmek zorunda kaldığı için hayal kırıklığına uğramıştı ama yakında kumsal gezisi gerçekleşeceği için memnundu. Ancak yağmur tüm şiddetiyle devam ediyordu. Aradan haftalar geçti.

Jessica yaklaşan bir başka olayın farkına varmamı sağladı. Mart ayının ilk Salı günü bana telefon etti ve Mike'ı, kızların erkekleri davet ettiği bahar dansına davet etmek için izin istedi.

"Senin için sakıncası olmadığından emin misin? Sen... onu davet etmeyi planlıyor muydun?" diye ısrar etti; bunun beni hiç rahatsız etmeyeceğini söylediğimde.

"Hayır Jess, ben gitmiyorum." Dans etmek benim yeteneklerim dışındaydı.

"Çok eğlenceli olacak." Aslında beni ikna etmeye pek meraklı değildi. Jessica'nın benim gerçek arkadaşlığımdan çok nedenini bilmediğim popülerliğimden hoşlandığından kuşkulanmaya başlanıştım.

"Sana Mike'la iyi eğlenceler," dedim.

Ertesi gün Jessica'nın trigonometri ve İspanyolca dersinde her zamanki kadar aktif ve canlı olmadığını fark ettim. Sınıflarımıza giderken sessizce yanımda yürüyordu, nedenini sormaya korkuyordum. Eğer Mike onu reddettiyse, ben bunu söylemek isteyeceği son kişiydim.

Öğle yemeğinde Jessica Mike'tan uzak oturup Eric'le samimi bir şekilde konuşmaya başlayınca korkularım güçlendi. Mike da hiç olmadığı kadar sessizdi.

Mike benimle birlikte sınıfa yürürken hâlâ sessizdi, yüzündeki o rahatsız ifade kötüye işaretti. Ben yerime oturana, o da masamın kenarına tüneyene kadar sesini çıkarmadı. Edward yine bir dokunma mesafesinde olmasına karşın bana sanki onu hayalimde görüyormuşum gibi uzak davranıyordu.

"Jessica beni bahar dansına davet etti," dedi Mike yere bakarak.

"Harika," dedim, cıvıltılı ve coşkulu bir sesle konuşmaya çalışarak. "Jessica'yla çok eğleneceksiniz."

"Aslında..." Yüzümdeki gülümsemeye dikkatle bakarken bocaladı, cevabım onu pek mutlu etmemişti. "Ona düşünmem gerektiğini söyledim."

"Neden düşünecekmişsin?" Cevabı kesin bir hayır olmadığı için içim rahatlamıştı ama söylediğini onaylamadığım da sesimden belliydi.

Kıpkırmızı olarak başını önüne eğdi. İçimi bir acıma duygusu kapladı.

"Ben düşünmüştüm ki... belki beni sen davet edersin."

Bir an durdum. Yaşadığım suçluluk duygusundan nefret ediyordum. Ancak göz ucuyla, Edward'ın başını refleks halinde çevirip bana baktığını gördüm.

"Mike, bence onun davetini kabul etmelisin."

"Sen başka birini mi davet ettin?" Edward, Mike'ın ona baktığını fark etmiş miydi acaba?

"Hayır," dedim. "Ben dansa gitmiyorum."

"Neden gitmiyorsun?" diye sordu Mike.

Dansı bahane etmek istemiyordum, o yüzden yeni planlar uydurdum.

"Hafta sonu Seattle'a gidiyorum," diye açıkladım. Nasıl olsa kasabadan uzaklaşmam gerekiyordu, bu harika bir zamanlamaydı.

"Başka bir hafta sonu gidemez misin?"

"Üzgünüm, hayır," dedim. "Bu yüzden Jessica'yı daha fazla bekletmemelisin. Bu, kabalık olur."

"Evet, haklısın," diye mırıldandı, arkasını döndü ve yüzünde mahzun bir ifadeyle yerine oturdu. Gözlerimi kapattım; bu suçluluk ve merhamet duygusundan kurtulmak için ellerimi şakaklarıma bastırdım. Bay Banner konuşmaya başladı. İçimi çekip gözlerimi açtım.

Edward merakla bana bakıyordu. O bildik rahatsızlık ifadesi siyah gözlerinde daha da belirgindi.

Ben de şaşkınlıkla ona baktım; başını hemen çevirmesini bekliyordum. Ama o, gözlerimin içine daha derin bakmaya başladı. Gözlerimi ondan kaçırmam mümkün değildi. Ellerim titremeye başladı.

"Bay Cullen?" diye seslendi öğretmen. Ondan, duymadığım bir sorunun cevabını vermesini istiyordu.

"Yengeç Dönencesi," diye cevap verdi Edward, gönülsüzce Bay Banner'a dönerek.

Onun bakışlarından kurtulur kurtulmaz kitabıma döndüm ve kaldığım yeri bulmaya çalıştım. Her zamanki gibi korkak davranarak, saçlarımı sağ omzuma attım ve yüzümü kapattım. İçimi kaplayan şiddetli duyguya inanamıyordum; sırf altı haftadır ilk kez yüzüme baktı diye bu kadar heyecanlanmıştım. Onun beni bu kadar etkilemesine izin veremezdim. Acıklı bir durumdu bu ve çok sağlıksızdı.

Dersin geri kalan kısmında varlığından habersizmişim gibi davranmaya çalıştım, ama imkânsızdı bu. Zil çaldığında eşyalarımı toplamak için arkamı döndüm, her zaman yaptığı gibi hemen gitmesini bekliyordum.

"Bella?" Onu yalnızca birkaç haftadır değil de aylardır tanıyor olsam sesi bu kadar tanıdık gelmezdi.

İstemeye istemeye döndüm. Onun kusursuz yüzüne baktığımda hissedeceğimden emin olduğum şeyleri hissetmek istemiyordum. Benim yüzümde allak bullak, onun yüzünde anlaşılmaz bir ifade vardı.

"Ne? Benimle konuşuyor musun yine?" diye sordum sonunda, sesim istemeden sert çıkmıştı.

Dudaklarını büktü, gülümsemesini bastırmaya çalışıyordu. "Hayır, pek sayılmaz," dedi.

Gözlerimi kapattım, yavaş yavaş burnumdan nefes aldım, dişlerimi gıcırdattığımın farkındaydım. Bekliyordu.

"O halde ne istiyorsun Edward?" diye sordum gözlerimi kapalı tutarak. Onunla aklım başımda konuşmam bu şekilde daha kolay oluyordu.

"Üzgünüm." Samimi gibiydi. "Çok kaba davranıyorum, biliyorum. Ama böylesi daha iyi, gerçekten."

Gözlerimi açtım. Yüzünde ciddi bir ifade vardı.

"Neden söz ettiğini anlamıyorum," dedim, kendimi korumak ister gibi.

"Arkadaş olmamamız daha iyi," diye açıkladı. "Güven bana."

Gözlerimi kıstım. Bu sözü daha önce de duymuştum.

"Bunu daha önce anlamaman ne kötü," dedim dişlerimin arasından. "O zaman bu pişmanlığı hiç yaşamazdın."

"Pişmanlık mı?" Bu kelime ve ses tonum onu hazırlıksız yakalamış gibiydi. "Neden pişmanlık?"

"O aptal minibüsün beni ezmesine izin vermemenin pişmanlığı."

Çok şaşırmıştı. Bana kulaklarına inanamıyormuş gibi baktı.

Sonunda konuşmaya başladığında, delirmiş gibiydi. "Hayatını kurtardığım için pişmanlık duyduğumu mu düşünüyorsun?"

"Bunu biliyorum," dedim.

"Hiçbir şey bildiğin yok senin." Gerçekten delirmişti.

Başımı çevirdim; ona suçlamalarımı sayıp dökmemek için dişlerimi sıktım. Kitaplarımı kapıp ayağa kalktım ve kapıya yürüdüm. Sınıftan dramatik bir biçimde çıkmak istemiştim; ama tabii botum eşiğe takıldı ve ben kitaplarımı düşürdüm. Bir an durdum, kitapları orada bırakmayı düşündüm. Ama sonra içimi çektim ve almak için eğildim. Edward oradaydı, hepsini üst üste dizmişti bile. Yüzünde sert bir ifadeyle kitapları bana uzattı.

"Teşekkür ederim," dedim buz gibi bir sesle.

Gözlerini kıstı.

"Bir şey değil," dedi.

Doğruldum, arkamı döndüm ve spor salonuna doğru yürümeye başladım.

Beden eğitimi dersi berbattı. Basketbol oynamaya başlamıştık. Takımdakiler bana hiç pas vermiyorlardı. Bu iyi bir şeydi, ama çok sık düşüyordum. Bazen başkalarını da kendimle beraber düşürüyordum. Bugün her zamankinden kötüydüm; çünkü kafam Edward'la meşguldü. Dikkatimi ayaklarıma vermeye çalıştım ama ne zaman dengeme gerçekten ihtiyacım olsa, Edward düşüncelerime giriyordu.

Spor salonundan çıkınca her zamanki gibi rahatladım. Kamyonetime adeta koşarak gittim. Görmek istemediğim bir sürü insan vardı. Kazada kamyonetim pek hasar görmemişti. Arka farları değiştirmek ve belki küçük bir yeri boyamak gerekiyordu. Tyler'ın ailesi minibüsü hurda fiyatına satmak zorunda kalmıştı.

Köşeyi döndüğümde, uzun boylu bir siluetin kamyonetime yaslandığını gördüm; az kalsın kalp krizi geçiriyordum. Sonra onun Eric olduğunu anladım. Tekrar yürümeye başladım.

"Eric!" diye seslendim.

"Merhaba Bella."

"Ne var ne yok?" dedim kapıyı açarken. Sesindeki rahatsızlığın farkında olmadığım için söyledikleri beni şaşırttı.

"Şey... ben diyecektim ki... benimle bahar dansına gelir misin?" Sesi titriyordu.

"Ben kızların erkekleri davet ettiğini sanıyordum," dedim. Bozuntuya vermeden konuşamayacak kadar şaşkındım.

"Evet, haklısın," dedi mahcup bir ifadeyle.

Kendimi topladım ve sıcak bir şekilde gülümsemeye çalıştım. "Beni davet ettiğin için teşekkür ederim ama o gün Seattle'a gideceğim," dedim.

"Ya!" dedi. "Neyse, belki bir dahaki sefere."

"Tabii," dedim ve dudağımı ısırdım. Bunu bir söz olarak kabul etmesini istemiyordum.

Omuzları düşmüş bir halde okula geri döndü. Birinin alçak sesle kıkırdadığını duydum.

Edward kamyonetimin önünden geçiyordu, dudakları sımsıkı kenetlenmiş bir halde bana baktı. Hemen kamyonetime atlayıp kapıyı çarptım. Kulakları sağır eden motoru çalıştırıp geri geri gitmeye başladım.

Edward iki araba ötemdeki arabasına binmişti bile; önüme geçip yolumu kesti. Durdu, kardeşlerinin gelmesini bekliyordu. Dördünün arabaya doğru yürüdüğünü görebiliyordum ama henüz kafeteryanın yakınındaydılar. Gıcır gıcır Volvo'nun arkasına çarpmayı düşündüm; ama çevrede bir sürü tanık vardı. Dikiz aynamdan bakıyordum. Arkamda kuyruk oluşmaya başlamıştı. Tam arkamda Tyler, yeni aldığı ikinci el Sentra'sının içinden bana el sallıyordu. Onu umursamayacak kadar öfkeliydim.

Gözlerimi önümdeki arabaya dikmiş otururken, birinin arabamın camını tıklattığını duydum. Dönüp baktım, Tyler'dı bu. Şaşkınlıkla dikiz aynamdan da baktım. Arabası hâlâ çalışıyordu, kapısı da açıktı. Uzanıp camı açtım. Ama cam sıkışmıştı. Yarısına kadar açıp pes ettim.

"Üzgünüm, Cullen'ın arkasında sıkışıp kaldım." Rahatsız olmuştum, ama bu benim hatam değildi.

"Biliyorum. Seni burada yakalamışken bir şey sormak istedim." Sırıttı.

Olamaz, diye düşündüm.

"Bahar dansına beni davet edecek misin?" diye sordu.

"O gün kasabada olmayacağım Tyler," dedim. Sesim biraz sert çıkmıştı. Ama Michael ve Eric'in günlük sabır kotamı doldurmaları onun suçu değildi ki.

"Evet, Mike söyledi," diye itiraf etti.

"Öyleyse neden..."

Omuz silkti. "Onu atlatmaya çalıştığını düşündüm."

Evet, onun suçuydu.

"Üzgünüm Tyler," dedim rahatsızlığımı gizlemeye çalışarak. "O gün gerçekten şehir dışında olacağım."

"Olsun, sonra bir de balo var."

Cevap vermeme fırsat kalmadan arabasına doğru yürüdü.

Yüzümdeki şaşkınlığı hissedebiliyordum. Alice, Rosalie, Emmett ve Jasper'in Volvo'ya binmesini dört gözle bekliyordum. Edward dikiz aynasından bana bakıyordu Nedense, sanki Tyler'ın az önce söylediklerini duymuş gibi kahkahalarla gülüyordu. Ayağım gaz pedalına gitti... Küçük bir dokunuşun, parlak gümüş boyadan başka kimseye zarar olmazdı. Gaza bastım.

Ama o sırada kardeşleri arabaya bindiği için Edward da gaza basmıştı. Yavaş ve dikkatli bir şekilde eve doğru yola koyuldum. Yol boyunca kendi kendime söylendim.

Eve gittiğimde akşam yemeği için soya soslu tavuk yapmaya karar verdim. Zahmetli bir yemekti bu, beni oyalayabilirdi. Soğanları ve biberleri kavururken telefon çaldı. Açmaya korkuyordum neredeyse ama arayan Charlie ya da annem olabilirdi.

Jessica'ydı bu; çok sevinçliydi, Mike okuldan sonra onu bulmuş ve davetini kabul ettiğini söylemişti. Yemeği karıştırırken onu kısaca tebrik ettim. Telefonu kapatması gerekiyordu, daha Angela ve Lauren'a haber verecekti. Her zamanki saflığımla, biyoloji sınıfındaki utangaç kız Angela'nın Eric'i davet etmesini önerdim. Öğle yemeklerinde beni hep görmezden gelen kendini beğenmiş Lauren da Tyler'ı davet edebilirdi. Bildiğim kadarıyla Tyler partiye kimseyle gitmiyordu. Jess bunun harika bir fikir olduğunu söyledi. Artık Mike'la gideceğinden emin olduğu için, benim de dansa gitmemi çok istediğini söylerken bu kez içtendi. Ona da bahane olarak Seattle'ı gösterdim.

Telefonu kapattıktan sonra dikkatimi akşam yemeğine, özellikle doğradığım tavuğa vermeye çalıştım. Bir kez daha acil servise gitmek istemiyordum. Ama başım dönüyordu. Edward'ın söylediği her sözcüğü analiz etmeye çalışıyordum. Arkadaş olmamamızın daha iyi olacağını söylerken ne demek istemişti?

Ne demek istediğini anladığımda, mideme kramp girdi. Kendimi ona ne kadar kaptırdığımı anlamıştı, bana umut vermek istemiyordu... bu yüzden arkadaş bile olamazdık. Çünkü benden hoşlanmıyordu.

"Elbette benden hoşlanmıyor," diye düşündüm öfkeyle; gözlerim yanıyordu. Soğanlara geç bir tepkiydi bu. Ben ilginç biri değildim. Ama o öyleydi. İlginç... Şahane... Gizemli... Kusursuz... ve güzel... ve belki bir minibüsü tek eliyle kaldırabilecek kadar güçlü.

Tamam... Onu yalnız bırakabilirdim. Onu yalnız bırakacaktım! Burada bir süre kalıp cezamı çekecek ve şansım yaver giderse güneybatıda ya da belki Hawaii'de bir okuldan burs alacaktım. Soslu tavuğu hazırlayıp fırına koyarken güneşli kumsalları ve palmiye ağaçlarını düşünmeye çalıştım.

Charlie eve gelip yeşil biber kokusu aldığında yine kaygılı göründü. Onu suçlayamazdım, doğru dürüst Meksika yemeği yenebilecek en yakın yer belki de Güney Kaliforniya'daydı. Ama ne de olsa o bir polisti ve yemeğin tadına bakacak kadar cesurdu. Beğenmiş gibiydi. Mutfak konusunda bana yavaş yavaş güvenmeye başladığını görmek hoşuma gidiyordu.

"Baba?" dedim yemeği neredeyse bittiğinde.

"Efendim, Bella?"

"Şey, önümüzdeki cumartesi Seattle'a gideceğimi bilmeni istedim... sakıncası yok değil mi?" Ondan izin almak istemiyordum, bu bana çok saçma geliyordu, ama birden kendimi çok kaba hissetmiş ve bu yüzden bunu cümlemin sonuna eklemiştim.

"Neden?" Şaşırmıştı, Forks'ta olmayan bir şeyi hayal edemiyordu sanki.

"Birkaç kitap almak istiyorum... Buradaki kütüphanede çok az kitap var. Belki kıyafet de bakarım." Charlie sayesinde arabaya para vermediğim için şimdi eskisinden daha çok param vardı. Sadece benzine biraz fazla para harcıyordum.

"O kamyonet pek tasarruflu değil sanırım," dedi düşüncelerimi okur gibi.

"Biliyorum. Montessano, Olympia ve gerekirse Tacoma'da duracağım."

"Tek başına mı gidiyorsun?" Gizli bir erkek arkadaşım olduğundan mı şüpheleniyordu yoksa kaza yapmamdan mı endişeleniyordu, bilmiyorum.

"Evet."

"Seattle büyük bir kent; kaybolabilirsin."

"Baba, Phoenix Seattle'dan beş kat daha büyük. Ayrıca ben harita okuyabiliyorum, endişelenme."

"Seninle gelmemi ister misin?"

Kurnaz davranıp korkumu gizlemeye çalıştım.

"Gerek yok baba, büyük olasılıkla bütün günüm soyunma kabinlerinde geçecek. Çok sıkıcı."

"Ah, tamam." Kadınların soyunma kabinlerinin önünde uzun süre oturma düşüncesi babamın hemen vazgeçmesine neden oldu.

"Teşekkür ederim," dedim gülümseyerek.

"Partiye yetişecek misin?"

Üfff. Ancak böyle küçük bir kasabada bir baba lise partisinin ne zaman olduğunu bilir.

"Hayır, ben dans etmiyorum, baba." Bunu en iyi o anlamalıydı. Denge konusunda anneme çekmemiştim.

Ama anlamadı. "Ah, doğru," dedi sadece.

Ertesi sabah park yerine girdiğimde, kamyonetimi gümüş renkli Volvo'dan uzağa park ettim. Beni tahrik edecek şeylerin yoluna çıkmak ve ona yeni bir araba almak zorunda kalmak istemiyordum. Kamyonetten indim, anahtarım elimden kaydı ve ayağımın dibindeki su birikintisine düştü. Almak için eğildim ama beyaz bir el benden önce anahtarı kaptı. Doğruldum. Edward Cullen yanı başımda duruyordu; son derece rahat bir tavırla kamyonetime yaslanmıştı.

"Bunu nasıl *yapıyorsun?*" diye sordum şaşkınlıkla.

"Neyi?" Konuşurken anahtarım elindeydi. Elimi uzatınca anahtarları avucuma bıraktı.

"Birdenbire ortaya çıkmayı."

"Bella, eğer sen son derece dikkatsizsen, bu benim suçum değil." Sesi her zamanki gibi derin ve kadifemsiydi.

Kusursuz yüzüne baktım. Gözleri yine açık renkti; altın bal rengiydi. Kafamın karışıklığından kurtulmak için bakışlarımı başka yöne kaydırdım.

"Dünkü trafiğin nedeni neydi?" diye sordum, başka yöne bakmaya devam ederek. "Ben yokmuşum gibi davranacağını düşünüyordum, beni rahatsız edeceğini değil."

"Tyler için yaptım onu, kendim için değil. Ona bu şansı vermeliydim." Kıs kıs güldü.

"Sen..." Yutkundum. Söyleyecek yeterince kötü bir şey

bulamıyordum. Öfkemin sıcaklığının onu yakacağını düşünüyordum ama o eğleniyor gibiydi.

"Ben sen yokmuşsun gibi davranmıyorum," dedi.

"O zaman beni ölümüne rahatsız etmeye mi çalışıyorsun? Tyler'ın minibüsü bu işi göremedi çünkü?"

Altın renkli gözleri öfkeyle parladı. Dudakları ince bir çizgi haline geldi, gülümsemesi kayboldu.

"Bella, saçmalıyorsun," dedi buz gibi bir sesle.

Ellerimi yumruk yaptım, bir şeye vurmak istiyordum. Kendime şaşırıyordum. Ben şiddet yanlısı bir insan değildim. Arkamı dönüp yürümeye başladım.

"Bekle!" diye seslendi. Yağmurda etrafıma sular sıçratarak yürümeye devam ettim. Ama bana yetişti ve yanımda yürümeye başladı.

"Üzgünüm, kabalık ettim," dedi yürürken. Onu duymazdan geldim. "Doğru olmadığını söylemiyorum ama söylemem kabalıktı."

"Neden beni rahat bırakmıyorsun?" diye terslendim.

"Sana bir şey sormak istiyordum ama kafamı karıştırdın." Gülümsüyordu, neşesi yerine gelmiş gibiydi.

"Sende çoklu kişilik bozukluğu mu var?" diye sordum sert sert.

"Bak yine aynı şeyi yapıyorsun."

İçimi çektim. "Peki. Ne sormak istiyorsun?"

"Önümüzdeki cumartesi, biliyorsun, bahar dansının olduğu gün..."

"*Komik* olmaya mı çalışıyorsun?" diyerek sözünü kesip ona döndüm. Yüzüne baktığımda suratım terden sırılsıklamdı.

Gözlerinde muzip bir pırıltı vardı. "Sözümü bitirebilir miyim?"

Dudaklarımı ısırdım, ellerimi birbirine kenetledim, böylece kötü bir şey yapamayacaktım.

"O gün Seattle'a gideceğini söylediğini duydum. Birinin seni bırakmasını ister misin?"

Bunu hiç beklemiyordum.

"Efendim?" Nereye varmak istediğinden pek emin değildim.

"Seattle'a seni birinin bırakmasını ister misin?"

"Kimin?" diye sordum, aklım karışmıştı.

"Benim elbette." Karşısında zihinsel özürlü biri varmış gibi tane tane konuşuyordu.

Hâlâ şaşkındım. "Neden?"

"Birkaç hafta içinde ben de Seattle'a gitmeyi planlıyordum. Ayrıca, dürüst olmam gerekirse bu kamyonetle oraya varacağını sanmıyorum."

"Kamyonetim gayet iyi çalışıyor, ilgilendiğin için teşekkür ederim." Tekrar yürümeye başladım ama öfkem hiç azalmadığı için şaşkındım.

"Peki ama kamyonetin bir depo benzinle oraya gidebilir mi?" Yine bana yetişti.

"Bunun seni neden ilgilendirdiğini anlamadım." Gıcır gıcır Volvo'nun aptal sahibi!

"Kısıtlı kaynakların boşa harcanması herkesi ilgilendirir."

"Doğrusunu söylemem gerekirse, Edward..." Adını söylerken heyecanlandım ve bundan nefret ettim. "Seni hiç anlamıyorum. Benimle arkadaş olmak istemediğini sanıyordum."

"Arkadaş olmak istemediğimi söylemedim. Arkadaş olmazsak daha iyi olur, dedim."

"Ah, teşekkür ederim, şimdi her şey netleşti," dedim. Kinayeli konuşmuştum. Yine olduğum yerde durduğumu fark ettim. Artık kafeteryanın çatısının saçağının altındaydık. Bu yüzden yüzüne kolayca bakabiliyordum. Bu da düşüncelerimin netleşmesine hiç yardımcı olmuyordu.

"Arkadaşım olmaman senin için daha... sağlıklı olur," diye açıkladı. "Ama senden uzak durmaya çalışmaktan yoruldum Bella."

Son cümleyi söylerken bakışları derinleşmiş, sesi boğuk çıkmıştı. Bense nasıl nefes alacağımı bile bilmiyordum.

"Benimle Seattle'a gelir misin?" diye sordu.

Konuşamıyordum, sadece başımı sallayabildim.

Gülümsedi, sonra yüzü birden ciddileşti.

"Benden gerçekten uzak *durmalısın,"* diye uyardı beni. "Derste görüşürüz."

Birden arkasını döndü ve geldiğimiz yöne doğru yürüdü.

5. KAN GRUBU

İngilizce dersine sersemlemiş halde gittim. İçeri girerken, dersin başlamış olduğunu bile fark etmedim.

"Bize katıldığınız için teşekkür ederiz Bayan Swan," dedi Bay Mason alaycı bir tavırla.

Kıpkırmızı oldum ve aceleyle yerime oturdum.

Ders bitene kadar Mike'ın benim yanımdaki her zamanki yerinde oturmadığını da fark etmedim. Birden bir suçluluk duygusu hissettim. Ama Mike ve Eric her zamanki gibi benimle kapıda buluştular, ben de affedildiğimi anladım. Yürürken Mike eskisi gibi davrandı; hafta sonu havanın nasıl olacağından söz ederken heyecanlandı. Yağmur kısa bir süre için yerini kuru havaya bırakacağından, belki kumsal gezisi yapılabilecekti. Bu gezi konusunda hevesli görünmeye çalışıyordum, önceki gün ona yaşattığım hayal kırıklığını telafi etmek istiyordum. Ama bu çok zordu, yağmur yağsa da yağmasa da hava soğuk olacaktı.

Sabahın geri kalan kısmını hayal aleminde geçirdim. Edward'ın söylediklerinin ve bakışlarının gerçek olduğuna, benim hayal ürünüm olmadığına inanamıyordum. Belki de gerçekle karıştırdığım inandırıcı bir rüyaydı bu. Evet, bu daha büyük olasılıktı, yoksa Edward onların hepsini söylemiş olamazdı.

Jessica'yla birlikte kafeteryaya girdiğimde sabırsızlık ve

korku içindeydim. Edward'ın yüzünü görmek istiyordum; yine son birkaç haftadır gördüğüm soğuk, ilgisiz insan mı olmuştu? Ya da bu sabah duyduğumu sandığım şeyleri gerçekten duymuş olabilir miydim? Bir mucize mi gerçeklemişti? Benim ilgisizliğimin farkında bile olmayan Jessica durmadan dans planları hakkında konuşuyordu. Lauren ve Angela diğer çocukları davet etmişlerdi. Hep birlikte gidiyorlardı.

Gözlerimi masasına çevirince büyük bir hayal kırıklığı yaşadım. Kardeşleri oradaydı ama o yoktu. Eve mi gitmişti? Sırada hâlâ konuşmakta olan Jessica'yı takip ettim. İştahım kaçmıştı, yalnızca bir şişe limonata aldım. Sadece oturup surat asmak istiyordum.

"Edward Cullen yine sana bakıyor," dedi Jessica. Onun adını söyleyince nihayet dikkatimi çekmeyi başarmıştı. "Merak ettim, bugün neden yalnız oturuyor acaba?"

Hemen başımı kaldırdım. Edward'ı görmek için Jessica'nın baktığı yöne baktım. Edward boş bir masada oturuyor ve yüzünde çarpık bir gülümsemeyle bana bakıyordu. Göz göze gelince elini kaldırdı ve beni yanına çağırdı. Ben gözlerime inanamazmış gibi bakarken göz kırptı.

"Seni mi çağırıyor?" diye sordu Jessica, sesinde aşağılamayla karışık şaşkınlık vardı.

"Belki de biyoloji ödevi için yardıma ihtiyacı vardır," diye mırıldandım onun endişelenmesini önlemek için. "Ben en iyisi gidip ne istediğini öğreneyim."

Ben yürürken Jessica'nın arkamdan baktığını hissedebiliyordum.

Edward'ın masasına geldiğimde, kararsızlıkla karşısındaki sandalyenin arkasında durdum.

"Neden bugün benimle oturmuyorsun?" diye sordu gülümseyerek.

Oturdum. Onu dikkatle izliyordum. Hâlâ gülümsüyordu. Bu kadar güzel birinin gerçek olabileceğine inanmak çok zordu. Onun ani bir toz bulutu içinde kaybolmasından ve bu rüyadan uyanmaktan korkuyordum.

Bir şey söylememi bekliyordu sanki.

"Çok garip," dedim sonunda.

"Evet..." Durdu, sonra sözcükler ağzından hızla döküIüverdi. "Cehenneme gidecek olsam da bu işi doğru dürüst yapmaya karar verdim."

Mantıklı bir şeyler söylemesini bekliyordum. Saniyeler çok yavaş ilerliyordu.

"Ne söylemeye çalıştığını anlamıyorum," dedim.

"Biliyorum." Yine gülümsedi ve konuyu değiştirdi. "Herhalde arkadaşların seni çaldığım için bana çok kızgın."

"Bir şey olmaz." Arkamda onların bakışlarını hissedebiliyordum.

"Ama seni geri vermeyebilirim," dedi gözlerinde hain bir parıltıyla.

Yutkundum.

Güldü. "Endişeli gibisin."

"Hayır," dedim ama ne yazık ki bunu söylerken sesim çatlamıştı. "Aslında şaşkınım... Neler olduğunu anlayamıyorum?"

"Söylediğim gibi, senden uzak durmaya çalışmaktan çok sıkıldım. Bu yüzden pes ettim." Hâlâ gülümsüyordu ama altın rengi gözlerinde ciddi bir ifade vardı.

"Pes mi ettin?" diye tekrarladım kafam karışmış bir şekilde.

"Evet, iyi olmaya çalışmaktan vazgeçtim, şimdi ne yapmak istiyorsam onu yapacağım, her şey olacağına varır." Bu arada yüzündeki gülümseme kaybolmuş, sesi yine sertleşmişti.

"Yine aklımı karıştırdın."

Soluk kesen çarpık gülüşü yeniden belirdi.

"Seninle konuşurken hep çok fazla şey söylüyorum, bu sorunlardan biri."

"Endişelenme, hiçbirini anlamıyorum," dedim yüzümü buruşturarak.

"Ben de ona güveniyorum zaten."

"Yani, uzun lafın kısası, arkadaş mıyız?"

"Arkadaş mı?" dedi kuşkuyla.

"Ya da değil," diye mırıldandım.

Yine güldü. "Eh, sanırım deneyebiliriz. Ama seni şimdiden uyarayım, ben senin için iyi bir arkadaş değilim." Gülüyordu ama bu gerçek bir uyarıydı.

"Bunu çok sık söylüyorsun," dedim mideme birdenbire giren krampı yok sayıp sesimin titremesini engellemeye çalışarak.

"Evet, çünkü beni dinlemiyorsun. Hâlâ bana inanmanı bekliyorum. Biraz aklın varsa benden uzak durursun."

"Böylece benim zekâm konusundaki görüşünü de açıklamış oldun." Gözlerimi kıstım.

Özür diler gibi gülümsedi.

"O halde ben akıllanmadığım sürece arkadaş olmaya mı çalışacağız?" Konuşmamızı bir sonuca bağlamaya çalışıyordum.

"Bence bir sakıncası yok."

Limonata şişesini sımsıkı kavrayan ellerime baktım, ne yapmam gerektiğini bilemiyordum.

"Ne düşünüyorsun?" diye sordu merakla.

Onun derin altın rengi gözlerine baktım, iyice şapşallaşmıştım. Her zamanki gibi yine çenemi tutamayıp gerçeği söyleyiverdim.

"Senin nasıl biri olduğunu anlamaya çalışıyorum."

Çenesi kasıldı ama gülümsemesini korumaya çalıştı.

"Anlayabiliyor musun peki?"

"Pek fazla değil," diye itiraf ettim.

Kıkırdadı. "Teorilerin neler?"

Kızardım. Geçen ay boyunca Bruce Wayne'le Peter Parker arasında kararsız kalmıştım. Tabii bunu ona itiraf etmeyecektim.

"Söylemeyecek misin?" Başını yana eğdi ve baştan çıkarıcı bir şekilde gülümsedi.

Başımı iki yana salladım. "Utanç verici."

"Ama bu sinir bozucu!" diye homurdandı.

"Hayır," diye karşı çıktım gözlerimi kısarak. "Sen bunca zamandır imalı laflar ediyor ve bunların ne anlama gelebileceğini düşünmekten uykularımın kaçmasına neden oluyorsun. Şimdi benim sana ne düşündüğümü söylememem neden sinir bozucu oluyor?"

Yüzünü ekşitti.

"Ya da," diye devam ettim, rahatsızlığımı bastırmaktan vazgeçerek, "bir insanın imkânsız koşullar altında senin hayatını kurtarması, ertesi gün sana bir ucubeymişsin gibi davranması, bütün bu garip davranışlardan sonra söz verdiği halde hiçbirinin nedenini sana açıklamaması sinir bozucu değil, değil mi?"

"Sen çok sinirlenmişsin."

"Çifte standarttan hoşlanmıyorum."

Bir süre gülümsemeden birbirimize baktık.

Edward omzumun üzerinden baktı ve birden gülmeye başladı.

"Ne oldu?"

"Erkek arkadaşın sana kötü davrandığımı ve kavga ettiğimizi düşünüyor. Bizi ayırmak için gelip gelmeyeceğine karar vermeye çalışıyor." Hâlâ gülüyordu.

"Kimden söz ettiğini bilmiyorum," dedim soğuk bir sesle. "Ama yanıldığından eminim."

"Yanılmıyorum. Dedim ya, birçok insanı anlamak çok kolay."

"Benim dışımda elbette."

"Evet, senin dışında." Ruh hali birden değişti. Gözlerinde düşünceli bir ifade belirdi. "Bunun nedenini merak ediyorum."

Bakışlarının derinliğinden kurtulmak için gözlerimi kaçırmak zorunda kaldım. Dikkatimi limonata şişesinin kapağını açmaya verdim. Limonatadan bir yudum aldım ve gözlerimi diktim.

"Aç değil misin?" diye sordu, konuyu değiştirerek.

"Hayır." Karnımın kelebeklerle dolu olduğunu söylemek istemedim. "Sen?" dedim önündeki boş masaya bakarak.

"Hayır, aç değilim." Yüzündeki ifadeyi anlayamamıştım, çok özel bir espriye gülüyordu sanki.

"Bana bir iyilik yapar mısın?" diye sordum bir an tereddüt ettikten sonra.

Birden tedirgin olmuş gibiydi. "Ne istediğine bağlı."

"Pek fazla bir şey değil," dedim.

Tedirgindi ama bir yandan da meraklanmıştı.

"Bir dahaki sefere beni görmezden gelmeye karar verdiğinde bana haber verir misin? Benim iyiliğim için yap bunu. Böylece ben de hazırlıklı olurum." Limonata şişesine bakarak konuşuyordum, pembe parmağımı şişenin ağzının çevresinde dolaştırıyordum.

"Bence mantıklı," dedi. Başımı kaldırdığımda, kahkahasını bastırmak için dudaklarını sıkıyordu.

"Teşekkür ederim."

"Bunun karşılığında ben de bir cevap alabilir miyim?" diye sordu.

"Sadece bir tane."

"Benimle ilgili *bir* teorini söyle."

Amanın! "Başka bir soru sor."

"Ama soruma cevap vereceğine söz verdin," diye hatırlattı.

"Sen de sözünü tutmadın," dedim.

"Sadece bir teori! Söz, gülmeyeceğim."

"Tabii ki güleceksin." Bundan kesinlikle emindim.

Önce yere, sonra uzun siyah kirpiklerinin arasından bana baktı.

"Lütfen," diye fısıldadı bana doğru eğilerek.

Gözlerimi kırpıştırdım

"Ne var?" diye sordum.

"Lütfen bana bir küçük teorini anlat." Gözlerini benden ayırmıyordu.

"Şey... Radyoaktif bir örümcek tarafından ısırıldın?" Aynı zamanda bir hipnoz ustası mıydı? Yoksa ben çok mu saftım?

Burun kıvırdı. "Pek yaratıcı değil."

"Üzgünüm, benden bu kadar," dedim.

"Yaklaşamadın bile," diye dalga geçti.

"Örümcekler yok mu?"

"Hayır."

"Radyoaktivite de mi yok?"

"Yok."

"Ya!!" dedim içimi çekerek.

"Kriptonit ile de bir sorunum yok," dedi gülerek.

"Gülmeyecektin, unutma!"

Yüzüne ciddi bir ifade oturtmaya çalıştı.

"Nasıl olsa bulurum," diye uyardım onu.

"Keşke bunu hiç denemesen." Yine ciddileşmişti.

"Çünkü...?"

"Ya ben bir süper kahraman değilsem? Ya ben kötü adamsam?" Gülümsedi ama gözlerinde anlaşılmaz bir ifade vardı.

"Ah, anlıyorum!" Verdiği bazı ipuçları yerine oturmaya başlamıştı.

"Anlıyor musun?" Yüzünde endişeli bir ifade belirdi. Sanki ağzından bir şey kaçırmış olmaktan endişelenmiş gibiydi.

"Tehlikeli misin?" diye sordum. Sözlerimin gerçekliğini fark etmişim gibi, birden nabzım hızlandı. O tehlikeliydi. Bunca zamandır bana bunu anlatmaya çalışıyordu.

Bana bakmakla yetindi; gözlerinde yine anlayamadığım bir ifade vardı.

"Ama kötü değilsin," diye fısıldadım başımı iki yana sallayarak. "Hayır, senin kötü olduğuna inanmıyorum."

"Yanılıyorsun." Sesi neredeyse duyulmayacak kadar kısıktı Masaya baktı, limonata şişesinin kapağını aldı ve parmaklarının arasında çevirmeye başladı. Ona baktım ve neden ondan korkmadığımı merak ettim. Söylediklerinde ciddiydi, bu çok açıktı. Oysa ben sadece birazcık endişeliydim. Her şeyin ötesinde, büyülenmiştim. Ne zaman ona yakın olsam aynı şeyi hissediyordum.

Kafeterya neredeyse tamamen boşalana kadar sessizliğimiz sürdü.

Ayağa fırladım. "Geç kalacağız."

"Ben bugün derse girmeyeceğim," dedi, elinde hızla çevirdiği kapak neredeyse görünmüyordu.

"Neden?"

"Derse girmemem daha sağlıklı olacak." Bana gülümsedi ama gözlerinde hâlâ sıkıntılı bir ifade vardı.

"Peki, ben gidiyorum," dedim. Yakalanma riskini göze alamayacak kadar korkaktım.

Yine kapakla oynamaya başladı. "Öyleyse sonra görüşürüz."

Tereddüt ettim, ne yapacağımı bilemedim; ama zili duyunca kapıya koştum; son kez arkama dönüp baktım, kıpırdamamıştı bile.

Sınıfa doğru koşar adım giderken, başım şişe kapağından daha hızlı dönüyordu. Aklıma yeni takılan sorularla karşılaştırıldığında, cevabını aldığım soruların sayısı o kadar azdı ki. En azından yağmur dinmişti.

Şanslıydım, sınıfa girdiğimde Bay Banner henüz gelmemişti. Aceleyle yerime geçtim; Mike ve Angela'nın bana baktığının farkındaydım. Mike kızmış gibiydi, Angela ise şaşkındı, hatta dehşete kapılmıştı sanki.

O sırada Bay Banner sınıfa girdi ve herkesi kendisini dinlemeye çağırdı. Birkaç küçük karton kutu getirmişti. Bunları Mike'ın masasına koydu ve ondan kutuları sınıfta dolaştırmasını söyledi.

"Evet, çocuklar. Her kutunun içinden bir parça almanızı istiyorum," dedi. Laboratuvar gömleğinin cebinden bir çift eldiven çıkarıp giydi. Eldivenlerin bileğinde çıkardığı keskin ses bana uğursuz gibi geldi. "İlki gösterge kartı olacak," dedi, üzerinde dört tane kare olan beyaz bir kartı alıp bize göstererek. "İkincisi, dört bölümden oluşan bir aplikatör..." diyerek dişsiz bir tarağa benzeyen bir şey gösterdi. "Üçüncüsü ise steril mikro-neşter." Mavi bir naylon örtü çıkarıp masanın üzerine serdi. Oturduğum yerden neşteri göremiyordum ama kendimi bir garip hissetmiştim.

"Bir damlalıkla kartlarınızı hazırlamak için geleceğim, bu yüzden ben yanınıza gelmeden başlamayın..." Yine Mike'ın masasından başladı. Dikkatle her kareye bir damla su damlattı. "Sonra sizden neşterle parmağınızı kesmenizi istiyorum; tabii dikkatli olmak koşuluyla." Mike'ın elini aldı ve neşteri onun orta parmağına batırdı. Of, hayır! Alnımın ıslandığını hissettim.

"Her bölüme küçük bir damla kan damlatacaksınız." Mike'ın parmağını kan akana kadar sıktı. Yutkundum. Midem bulanıyordu.

"Sonra bunu karta sürün." Üzerinde kan olan kartı hepimizin görmesi için yukarı kaldırdı. Gözlerimi kapatıp dinlemeye çalıştım, ama kulaklarım çınlıyordu.

"Kızılhaç önümüzdeki hafta sonu Port Angeles'te kan bağışı kampanyası düzenleyecek, bu yüzden kan grubunuzu bilmeniz gerektiğini düşündüm." Kendisiyle gurur duyar gibiydi. "On sekiz yaşından küçük olanların ailelerinden izin almaları gerekiyor. İzin kâğıtları masamın üzerinde."

Elinde damlalıkla bütün sınıfı dolaştı. Yanağımı soğuk siyah masaya dayadım ve bilincimi kaybetmemeye çalıştım. Sınıf arkadaşlarım parmaklarına iğne batırdıkça etrafımda çığlıklar, gülüşmeler, yakınmalar duyuyordum. Yavaş yavaş ağzımdan nefes alıp verdim.

"Bella, iyi misin?" diye sordu Bay Banner. Sesi çok yakından ve endişeli geliyordu.

"Ben kendi kan grubumu biliyorum Bay Banner," dedim zayıf bir sesle. Başımı kaldırmaya korkuyordum.

"Fenalaştın mı?"

"Evet efendim," diye mırıldandım, elime iğne batırmamak için bu fırsatı değerlendirmeliydim.

"Biriniz Bella'yı revire götürebilir misiniz?" dedi.

Mike'ın gönüllü olduğunu anlamak için başımı kaldırıp bakmama gerek yoktu.

"Yürüyebilecek misin?" diye sordu Bay Banner.

"Evet," dedim fısıldayarak. "Beni buradan çıkarın," diye düşündüm. Emeklemeye bile razıydım.

Mike beni taşımaya çok hevesliydi. Elini belime koydu; ben de elimi onun omzuna attım. Bütün ağırlığımla ona yaslanarak sınıftan çıktım.

Mike bana kampus boyunca destek oldu. Kafeteryaya yaklaştığımızda, dört numaralı bina gözden kayboldu. Bay Banner'ın bizi asla göremeyeceği bir yere geldiğimizde durdum.

"Bir dakika oturayım, ne olur!" diye yalvardım.

Kaldırımın kenarına oturmama yardım etti.

"Lütfen ellerini cebinden çıkarma," diye uyardım onu. Başım hâlâ dönüyordu. Yanağımı buz gibi soğuk, nemli kaldırıma dayadım, gözlerimi kapattım. Bu biraz işe yaramış gibiydi.

"Vay, yemyeşil oldun Bella!" dedi Mike endişeyle.

"Bella?" Uzaktan farklı bir ses duydum.

Hayır! Bu çok tanıdık sesi yalnızca hayal ediyor olayım lütfen!

"Ne oldu, yaralandı mı?" Ses şimdi daha yakından geliyordu ve üzgün gibiydi. Hayal görmüyordum. Gözlerimi kapatıp ölmeyi diledim. Ya da hiç değilse kusmamayı.

Mike heyecanlı heyecanlı konuştu. "Sanırım bayıldı. Ne olduğunu bilmiyorum, parmağını bile kesmedi."

"Bella?" Edward yanı başımdaydı. Rahatlamış gibi konuşuyordu. "Beni duyabiliyor musun?"

"Hayır," diye homurdandım. "Git buradan."

Güldü.

"Onu revire götürüyordum," dedi Mike savunma yapar gibi. "Ama sanırım yürüyemeyecek."

"Onu ben götürürüm," dedi Edward. Sesindeki gülümsemeyi duyabiliyordum. "Sen sınıfa geri dönebilirsin."

"Hayır," diye itiraz etti Mike. "Onu ben götürmeliyim."

Bir an altımda kaldırımı hissedemedim. Neye uğradığımı şaşırarak gözlerimi açtım. Edward beni kucağına almıştı. Elli beş kilo değil de beş kiloymuşum gibi kolayca kaldırmıştı beni.

"Beni yere bırak!" Lütfen, lütfen üzerine kusmayayım. Sözümü tamamlamama fırsat vermeden yürümeye başladı.

"Hey!" diye bağırdı Mike; en az on adım arkamızda kalmıştı.

Edward onu duymazdan geldi. "Berbat görünüyorsun," dedi sırıtarak.

"Beni kaldırıma bırak," diye homurdandım. Sarsılarak yürümesi kendimi daha iyi hissetmemi sağlamıyordu. Beni vücudundan uzak tutmaya özen gösteriyordu, bütün ağırlığımı kollarıyla destekliyordu. Hiç de sıkıntı çeker gibi bir hali yoktu.

"Kan görünce mi bayıldın?" diye sordu. Bu onu eğlendirmiş gibiydi.

Cevap vermedim. Yine gözlerimi kapattım ve tüm gücümle mide bulantımla mücadele etmeye çalıştım. Dudaklarımı sımsıkı kenetlemiştim.

"Üstelik kendi kanını görmemişsin," diye devam etti, eğlenerek.

Beni taşırken kapıyı nasıl açtığını bilmiyorum, ama birden sıcaklık hissedince içeride olduğumuzu anladım.

"Aman Tanrım!" dedi bir kadın sesi.

"Biyoloji dersinde bayıldı," diye açıkladı Edward.

Gözlerimi açtım. İçerideydik. Edward da benimle birlikte revirin kapısından geçmeye çalışıyordu. Kızıl saçlı ön büro görevlisi Bayan Cope koşup kapıyı tutarak ona yardım etti. Tıpkı bir büyükanneye benzeyen hemşire başını okuduğu romandan kaldırdı, şaşırmıştı. Edward beni odadaki kahverengi sedyenin üzerine yavaşça bıraktı. Sonra küçük odanın en uzak köşesine gidip duvara yaslandı. Gözleri heyecandan pırıl pırıldı.

"Fenalaşmıştı," dedi neye uğradığını şaşıran hemşireye. "Biyoloji dersinde kan gruplarına bakıyorlardı."

Hemşire bilmiş bilmiş başını salladı. "Her defasında bayılan biri olur."

Edward güldü.

"Biraz uzan tatlım, geçecek."

"Biliyorum," dedim içimi çekerek. Bulantım yavaş yavaş geçiyordu zaten.

"Sık sık oluyor mu?" diye sordu.

"Bazen," diye itiraf ettim.

Edward gülmemek için öksürdü.

"Sen sınıfa dönebilirsin," dedi hemşire ona.

"Benim onunla kalmam gerek." Bunu o kadar otoriter bir sesle söylemişti ki hemşire ağzını açıp kapattı ama bir şey söylemedi.

"Alnına koymak için sana buz getireceğim canım," dedi hemşire ve odadan çıktı.

"Haklıydın," dedim, gözlerimi kapatarak

"Ben genellikle haklıyımdır zaten; ama hangi konuda?"

"Bu dersi ekmek sağlıklı olurmuş." Rahat nefes almaya çalıştım.

"Beni korkuttun," dedi, bir an duraksadıktan sonra. Kendisini utandıran bir zayıflığını itiraf ediyordu sanki. "Newton'un senin cesedini ormana gömmek için sürüklediğini düşündüm."

"Ha ha." Gözlerim hâlâ kapalıydı ama yavaş yavaş normale dönüyordum.

"Doğrusunu söylemem gerekirse, senden daha az solgun görünen cesetler gördüm. Katilinden intikam almam gerekeceğini düşündüm."

"Zavallı Mike. Deliye dönmüştür herhalde."

"Benden nefret ediyor," dedi Edward neşeli bir şekilde.

"Bunu bilemezsin," dedim ama neden bilemeyecekti ki?

"Yüzünü gördüm, bundan eminim."

"Beni nasıl gördün? Dersi astığını düşünüyordum." Epey düzelmiştim, öğle yemeğinde bir şeyler yersem halsizliğim de geçecekti. Öte yandan, belki de midem boş olduğu için şanslıydım.

"Arabamda müzik dinliyordum." Bu o kadar normal bir cevaptı ki şaşırmıştım.

Kapının açıldığını duydum. Gözlerimi açtığımda elinde soğuk kompresle hemşireyi gördüm.

"Al canım." Kompresi alnıma koydu. "Daha iyi görünüyorsun," diye ekledi.

"Sanırım iyiyim," dedim doğrularak. Kulaklarım biraz uğulduyordu ama baş dönmem geçmişti. Açık yeşil duvarlar yerinde duruyordu.

Beni tekrar yatırmayı düşündüğünü görebiliyordum, ama o sırada kapı açıldı ve Bayan Cope başını içeri uzattı.

"Bir hastamız daha var," dedi.

Yeni gelen hastaya yer vermek için sedyeden kalktım.

Elimdeki kompresi hemşireye verdim. "Alın, buna ihtiyacım yok artık."

O anda Mike odaya girdi. Bu sefer biyoloji sınıfımızdan Lee Stephens'ı taşıyordu. Çocuğun beti benzi atmıştı. Edward'la onlara yol vermek için duvara yaslandık.

"Of, hayır!" diye homurdandı Edward. "Bella hemen odadan çık."

Şaşkınlıkla ona baktım. "Güven bana... git."

Kapıyı kapanmadan yakaladım ve kendimi revirden dışarı attım. Edward tam arkamdaydı.

"Sözümü dinledin!" Çok şaşırmıştı.

"Kan kokusunu aldım," dedim yüzümü ekşiterek. Lee benim gibi başkalarına bakarken fenalaşmamıştı.

"İnsanlar kan kokusunu alamazlar," diye ukalalık etti.

"Ama ben alabiliyorum. Bu da kendimi kötü hissetmeme neden oluyor. Pas ve... tuz gibi kokuyor."

Yüzünde anlaşılmaz bir ifadeyle bana bakıyordu.

"Ne oldu?"

"Hiç."

Mike o sırada kapıdan çıktı. Bir bana bir Edward'a bakıyordu. Edward'a bakışlarından ondan nefret ettiği anlaşılıyordu. Bana bakarken gözlerinde acı vardı.

"Daha iyi görünüyorsun," dedi, beni suçlar gibi.

"Ellerini cebinden çıkarma, yeter," diye uyardım onu yine.

"Artık kanamıyor," dedi mırıldandı. "Sınıfa mı dönüyorsun?"

"Dalga mı geçiyorsun? Sınıfa dönersem, kendimi yine burada bulurum."

"Evet, haklısın. Bu hafta sonu geliyor musun? Kumsala?" Mike yine tezgâha yaslanmış halde heykel gibi hareketsiz duran ve boşluğa bakan Edward'a baktı.

Olabildiğince sevimli konuşmaya çalıştım. "Elbette. Geleceğimi söylemiştim."

"Öyleyse saat onda babamın dükkânında buluşuyoruz." Çok fazla ayrıntı verdiğinden endişelenerek göz ucuyla Edward'a baktı. Beden dilinden bunun bir açık davet olmadığı anlaşılıyordu.

"Orada olacağım," diye söz verdim.

"Öyleyse beden eğitimi dersinde görüşürüz," dedi, kapıya doğru tereddütle yürürken.

"Görüşürüz," diye karşılık verdim. Tekrar dönüp bana

baktı. Omuzları çökmüş gibiydi. Onun için üzüldüğümü hissettim. Hayal kırıklığına uğramış yüzünü beden dersinde bir kez daha görmek zorunda kalacaktım.

"Beden eğitimi," diye homurdandım.

"Ben bu işi halledebilirim." Edward'ın benim yanıma geldiğini görmemiştim ama şimdi kulağıma fısıldıyordu. "Şimdi git, bir yere otur ve solgun görünmeye çalış."

Bu pek zor değildi; ben zaten her zaman solgun görünüyordum. Az önceki bayılmamın etkisiyle yüzüm de terliydi. Portatif sandalyelerden birine oturdum, başımı duvara dayadım ve gözlerimi kapattım. Bu bayılmalar beni bitkin düşürüyordu.

Edward'ın bankonun başında alçak sesle konuştuğunu duydum

"Bayan Cope?"

"Evet." Kadının masasına geri döndüğünü duymamıştım.

"Şimdi Bella'nın beden eğitimi dersi var ama bana kalırsa kendini pek iyi hissetmiyor. Aslında düşündüm de onu eve götürsem iyi olacak. Bu derse girmese olur mu?" Sesi çok tatlıydı. Gözleri ne kadar çarpıcıydı kim bilir!

"Sana da izin kâğıdı yazayım mı Edward?" diye sordu Bayan Cope heyecanla. Ben neden bunu yapamıyordum?

"Hayır, gerek yok, Bayan Goff aldırmayacaktır."

"Peki. Her şey kontrol altında. Umarım çabuk iyileşirsin, Bella," diye seslendi bana. Güçsüzce başımı salladım.

"Yürüyebilir misin yoksa seni yine taşıyayım mı?"

"Yürürüm."

Dikkatle ayağa kalktım, iyiydim. Edward geçmem için kapıyı açtı, gülüşü kibar ama gözleri alaycıydı. Dışarı, soğuk havaya çıktığımızda yağmur çiselemeye başlamıştı. Bu çok hoştu, ilk kez havadan yağan ıslaklık hoşuma gitmişti. Yağmur, yüzümdeki yapış yapış teri yıkadı.

"Teşekkürler," dedim beni takip eden Edward'a. "Beden eğitimi dersinden kurtulmak için hasta olmaya değer."

"Her zaman." Gözlerini boşluğa dikmişti.

"Sen de gidiyor musun? Bu cumartesi?" Gelmesini çok isterdim ama geleceğini hiç sanmıyordum. Onun okuldan diğer çocuklarla külüstür bir arabaya bindiğini hayal bile edemiyordum. Onlarla aynı dünyaya ait değildi. Ama bana ilk randevumuz konusunda cesaret verir umuduyla şansımı denemek istemiştim.

"Nereye gidiyorsunuz?" diye sordu ifadesiz bir yüzle.

"First Beach'e, La Push'a." Yüzüne bakıp ne düşündüğünü anlamaya çalıştım. Gözlerini kısmıştı.

Gülümseyerek yan gözle bana baktı. "Davet edildiğimi sanmıyorum."

İçimi çektim. "Az önce seni davet ettim ya."

"Sen ve ben, zavallı Mike'ı bu hafta daha fazla zorlamayalım istersen," dedi. "Onun öfkeden deliye dönmesini istemeyiz, değil mi?" Gözleri fıldır fıldırdı; bu fikirden fazlasıyla hoşlanmıştı.

"Ya, evet, Mike," diye mırıldandım. Kafam "sen ve ben" deyişine takılmıştı. Buna bayılmıştım!

Park yerine gelmiştik. Sola, kamyonetimin bulunduğu tarafa döndüm. Ama bir şey beni ceketimden tutup geri çekti.

"Nereye gittiğini sanıyorsun sen?" dedi öfkeyle. Ceketimi sımsıkı kavramıştı.

Şaşırmıştım. "Eve gidiyorum."

"Seni eve sağ salim götüreceğime dair söz verdim, duymadın mı? Bu durumda senin araba kullanmana izin verir miyim?" Sesi hâlâ öfkeliydi.

"Ne durumu? Kamyonetime ne olacak?" diye yakındım.

"Alice'ten okuldan sonra kamyonetini sana getirmesini isterim." Ceketimi çekerek beni arabasına doğru sürüklüyordu. Düşmemek için onun peşinden gitmek zorundaydım. Gerçi düşsem de beni sürükleyerek götürürdü herhalde.

"Bırak beni!" diye ısrar ettim. Beni duymazdan geliyordu. Islak kaldırımda yalpalıyordum. Sonunda arabasına ulaştık. Beni bıraktı. Kapıya doğru sendeledim.

"Ne kadar inatçısın!" dedim.

"Kapı açık," demekle yetindi. Sürücü koltuğuna geçti.

"Eve kendim gidebilirim." Çalışmakta olan arabanın yanında duruyordum. Yağmur şiddetlenmişti, ben de kapüşonumu giymemiştim. Bu yüzden saçlarım sırılsıklamdı.

Camı açtı. "Arabaya bin, Bella," dedi bana. Zihnimden, onun beni yakalamasına fırsat vermeden kamyonetime ulaşma şansımı hesaplıyordum. Dürüst olmak gerekirse, pek şansım yoktu.

Planımı tahmin etmişti. "Seni yeniden buraya sürüklerim," dedi.

Arabasına binerken mağrur görünmeye çalıştım. Ama pek başarılı olamadım. Yağmurun altında ıslak köpek yavrusuna dönmüştüm. Botlarımın içi bile vıcık vıcıktı.

"Bu çok gereksiz," dedim sert bir sesle.

Cevap vermedi. Kontrol düğmeleriyle oynadı; ısıtıcıyı açtı, müziğin sesini kıstı. Park yerinden çıkarken suratımı asmakta ve onu susarak cezalandırmakta kararlıydım; ama sonra çalan müziği fark ettim ve merakım niyetlerimin önüne geçti.

"Clair de Lune?" diye sordum şaşkınlıkla.

"Debussy'yi bilir misin?" O da şaşırmıştı.

"Pek değil," diye itiraf ettim. "Annem evde hep klasik müzik dinler, ben de sevdiklerimin isimlerini bilirim."

"Bu benim de en sevdiklerimden biridir." Yine derin düşüncelere daldı ve yağmuru izlemeye koyuldu.

Açık gri deri koltuklarda oturup müzik dinlemek gevşememi sağlamıştı. Bu bildik, yumuşak melodinin etkisine girmemek mümkün değildi. Yağmur pencerenin dışındaki her şeyi gri ve yeşile bürümüştü. Birden ne kadar hızlı gittiğimizi fark ettim, araba yağ gibi aktığı için hızı hissedemiyordum.

Ancak yanımızdan şimşek hızıyla geçen trafik lambaları bunu ele veriyordu.

"Annen nasıl biri?" diye sordu birden.

Ona baktığımda beni meraklı gözlerle incelediğini gördüm.

"Bana çok benzer ama o benden daha güzel," dedim. Kaşlarını kaldırdı. "Ben Charlie'nin daha fazla özelliğini almışım. Annem benden daha dışadönük ve daha cesurdur. Sorumsuz ve biraz da eksantriktir. Bir de ilginç bir aşçıdır. O benim en iyi arkadaşım." Sustum. Annem hakkında konuşmak beni üzmüştü.

"Kaç yaşındasın Bella?" Sesi anlamadığım bir nedenle rahatsızdı. Arabayı durdurdu. Charlie'nin evine gelmiştik. Yağmur o kadar şiddetli yağıyordu ki, evi net göremiyordum. Araba bir nehre gömülmüştü sanki,

"On yedi yaşındayım," dedim, şaşırmıştım.

"On yedi yaşında göstermiyorsun."

Sesi sitem eder gibiydi. Güldüm.

"Ne oldu?" diye sordu. Yine meraklanmıştı.

"Annem hep benim otuz beş yaşında doğduğumu ve her yıl biraz daha yaşlandığımı söyler." Yine güldüm. Sonra içimi çektim.

"Eh, birinin yetişkin olması gerek." Bir an sustum. "Sen de bir lise öğrencisinden büyük görünüyorsun," dedim.

Yüzünü ekşitti. Konuyu değiştirdi.

"Annen neden Phil'le evlendi?"

Phil'in adını hatırlamasına çok şaşırdım; bunu yalnızca iki ay önce bir kez söylemiştim. Sorusuna cevap vermeden önce düşündüm.

"Annem zaten yaşından çok genç gösteriyor. Bence Phil onun kendini daha da genç hissetmesini sağlıyor. Annem ona deli oluyor." Başımı salladım. Bu çekimin nedenini anlamıyordum.

"Sen onaylıyor musun?" diye sordu.

"Fark eder mi?" diye karşılık verdim. "Ben onun mutlu olmasını istiyorum... Annem de Phil'i istiyor."

"Çok anlayışlısın... Acaba?" diye mırıldandı.

"Ne?"

"Acaba annen de sana aynı anlayışı gösterir miydi? Seçimin ne olursa olsun?" Gözlerini bana dikti.

"Şey, sanırım..." diye kekeledim. "Ama ne de olsa o bir anne. O yüzden durum biraz farklı."

"Korkunç birini seçemezsin o zaman!" diye dalga geçti.

Gülümsedim. "Korkunç derken neyi kastediyorsun? Yüzünde piercing'leri, vücudunda bir sürü dövmesi olan birini mi?

"Evet, tanımlardan biri bu olabilir."

"Senin tanımın ne?"

Sorumu duymazdan geldi ve bana başka bir soru sordu. "Sence ben de korkunç olabilir miyim?"

Kaşını kaldırıp hafifçe gülümsedi.

Bir an doğru mu yoksa yalan mı söylememin daha iyi olacağını düşündüm. Doğruyu söylemeye karar verdim. "Hım... İstersen olabilirsin bence."

"Şu anda benden korkuyor musun?" Gülümsemesi kayboldu. Kusursuz yüzü birden ciddileşti.

"Hayır," dedim hemen. Gülümsemesi yeniden belirdi.

"Sen de bana ailenden söz etsene," dedim konuyu değiştirmek için. "Senin hikâyen benden çok daha ilginç olmalı."

"Ne öğrenmek istiyorsun?" dedi hemen tedbiri ele alarak..

"Cullen'lar seni evlat mı edindiler?" diye sordum bilgimi doğrulamak için.

"Evet."

Bir an duraksadım. "Annenle babana ne oldu?"

"Yıllar önce öldüler." Sesi ifadesizdi.

"Üzgünüm," diye mırıldandım.

"Onları pek hatırlamıyorum. Carlisle ve Esme uzun zamandır benim annemle babam."

"Ve onları seviyorsun." Bu bir soru değildi. Onun konuşmasından anlaşılıyordu bu.

"Evet," dedi gülümseyerek. "Onlardan daha iyi iki insan düşünemiyorum."

"Çok şanslısın."

"Evet, biliyorum."

"Kardeşlerin?"

Kontrol panelindeki saate baktı.

"Kardeşlerim, yani Jasper ve Rosalie yağmurun altında beni beklerlerse çok sinirlenirler."

"Ah, özür dilerim. Gitmen gerek sanırım." Arabadan inmek istemiyordum.

"Herhalde sen de kamyonetinin Şef Swan eve dönmeden önce gelmesini istersin. Böylece ona biyoloji dersindeki kazadan söz etmek zorunda kalmazsın." Gülümsedi.

"Bunu çoktan duyduğundan eminim. Forks'ta hiçbir şey gizli kalmıyor." İçimi çektim.

Garip bir kahkaha attı.

"Sana kumsalda iyi eğlenceler... Tam güneşlenecek hava." Dışarıda bardaktan boşanırcasına yağan yağmura baktı.

"Yarın seni göremeyecek miyim?"

"Hayır. Emmett ve ben hafta sonuna erken başlıyoruz."

"Ne yapacaksınız?" Bir arkadaş bunu sorabilirdi değil mi? Sesimdeki hayal kırıklığının çok belirgin olmadığını umdum.

"Rainer'in güneyine, Keçi Kayalıkları'na yürüyüşe gideceğiz,"

Charlie'nin Cullen'ların sık sık kamp yapmaya gittiklerini söylediğini hatırladım.

"Harika! İyi eğlenceler." Onun adına sevinmiş gibi görünmeye çalıştım. Ama başaramadım sanırım. Dudaklarında belli belirsiz bir gülümseme vardı.

"Bu hafta sonu benim için bir şey yapar mısın?" Dönüp yüzüme baktı; altın sarısı gözlerinin delici bakışları yine içime işledi.

Çaresizlik içinde başımı salladım.

"Yanlış anlama ama, kazayı mıknatıs gibi üstüne çeken insanlardan biri gibisin. Bu yüzden, okyanusa düşmemeye ya da bir yerlere çarpmamaya çalış, olur mu?" Yüzünde yine o çarpık gülümsemesi vardı.

O konuşurken kendimi daha iyi hissettim. Yüzüne baktım.

"Denerim," dedim ve arabadan çıktım. Büyük bir güç sarf ederek kapıyı çarptım.

Arabayla uzaklaşırken hâlâ gülümsüyordu.

6. KORKUNÇ HİKÂYELER

Odamda oturmuş, *Macbeth'in* üçüncü sahnesi üzerinde yoğunlaşmaya çalışırken, aslında kulağım kamyonetimin sesindeydi. Bardaktan boşanırcasına yağan yağmurun sesinin bile kamyonetimin sesini duymama engel olamayacağını sanıyordum. Ama perdeyi kaldırıp dışarı baktığımda kamyonetim oradaydı.

Cuma gününü iple çektiğim söylenemezdi. Gün beklediğimden de kötü geçti. Tabii bu arada bir sürü yorum yapılmıştı. Özellikle Jessica bu konuda konuşmaya meraklıydı. Neyse ki Mike çenesini tutmuş, kimseye olaya Edward'ın da dahil olduğundan söz etmemişti. Yine de Jessica öğle yemeğinde bir sürü soru sordu.

"Edward Cullen dün seni neden çağırmış?" diye sordu Jessica trigonometri dersinde.

"Bilmem," diye geçiştirdim. "Pek bir şey söylemedi."

"Sen sinirli görünüyordun," diye yem attı.

"Öyle mi?" İfadesiz bir yüzle bakmaya çalıştım.

"Ben onu daha önce ailesi dışında kimseyle otururken görmedim. Çok garipti."

"Evet," diye onayladım. Hoşnut olmamış gibiydi; sabırsızca koyu renk bukleleriyle oynamaya başladı. Herhalde başkalarına anlatacağı güzel bir hikâye yaratmak için daha fazla şey duymak istiyordu.

Cuma gününün en kötü tarafı, Edward'ın gelmeyeceğini bildiğim halde bir umudumun olmasıydı. Mike ve Jessica'yla birlikte kafeteryaya girdiğimde, Rosali, Alice ve Jasper'ın kafa kafaya vermiş konuştukları masaya bakmaktan kendimi alıkoyamadım. Edward'ı ne kadar zaman görebileceğimi bilmiyordum. Bunu düşününce içimi bir korku kapladı.

Benim oturduğum masada herkes ertesi gün için plan yapıyordu. Mike'ın neşesi yerindeydi; cumartesi günü havanın güneşli olacağını söyleyen hava durumu sunucusuna yürekten inanıyordu. Bense gözlerimle görmediğim sürece inanamazdım. Ama hava önceki güne göre daha sıcaktı gerçekten. Belki gezi o kadar da kötü geçmezdi.

Yemek sırasında Lauren'ın bana yönelik hiç de dostça olmayan birkaç bakışını yakaladım; kafeteryadan hep birlikte çıkana kadar bunun nedenini anlayamadım. Onun tam arkasındaydım; uzun, sarı saçlarının sadece yarım metre gerisindeydim. Ama o bunun farkında değildi.

"... neden *Bella* artık sadece Cullen'larla oturmuyor, anlamıyorum," diyordu. Adımı aşağılayarak söylemişti. Onun sesinin genizden geldiğini ve bu kadar rahatsız edici olduğunu daha önce fark etmemiştim. Sesindeki kötü niyet beni çok şaşırttı. Onu pek iyi tanımıyordum; en azından benden hiç hoşlanmadığını bilecek kadar iyi tanımıyordum.

"O benim arkadaşım, bu yüzden bizimle oturuyor," dedi Mike; sadık ve biraz da korumacıydı. Jess ve Angela'nın yanımdan geçmesi için durdum. Daha fazlasını duymak istemiyordum.

O gece yemekte Charlie, ertesi gün yapılacak La Push gezisi konusunda çok heyecanlı görünüyordu. Hafta sonları beni evde yalnız bıraktığı için kendini suçlu hissediyordu herhalde. Ama uzun zamandır sahip olduğu alışkanlıklardan bir anda vazgeçmesini beklemek saçma olurdu. Elbette geziye katılacak herkesin, onların anne babalarının, hatta belki büyükanne ve büyükbabalarının isimlerini bile biliyordu. Bu yüzden geziyi onaylıyordu. Edward ile Seattle'a gitme planlarımı da onaylar mıydı acaba? Bunu ona söylemeyecektim elbette.

"Baba, Keçi Kayalıkları diye bir yer biliyor musun? Sanırım Rainer Dağı'nın güneyinde," diye sordum elimden geldiğince normal bir ses tonuyla.

"Evet. Neden sordun?"

Omuz silktim. "Bazı arkadaşlar orada kamp yapacaklarmış."

"Orası kamp yapmak için pek uygun bir yer değil." Şaşırmış gibiydi. "Çok ayı var. Pek çok insan oraya av sezonunda gider."

"Ya!" diye mırıldandım. "Belki adını yanlış hatırlıyorumdur."

O sabah geç saate kadar uyumak istiyordum ama tuhaf bir ışık beni uyandırdı. Gözlerimi açtığımda parlak sarı bir ışığın pencereden süzüldüğünü gördüm. Buna inanamıyordum. Pencereye koştum. Güneş'ti bu! Gökyüzünde yanlış bir yerde duruyordu, çok alçaktaydı, olması gerektiği kadar yakın değildi ama bu kesinlikle Güneş'ti. Ufuktaki bulutların arasında geniş bir mavilik vardı. Bu maviliğin kaybolmasından korkarak pencerenin önünde uzun süre dikildim.

Newton'ların Olympic Spor Kıyafetler Mağazası kasabanın kuzeyindeydi. Daha önce mağazayı görmüştüm ama içeri girmemiştim hiç. Uzun süre dışarıda kalan kişilerin ihtiyaç duyduğu giysilere ihtiyacım olmuyordu. Park yerinde, Mike'ın Suburban'ını ve Tyler'ın Sentra'sını fark ettim. Arabamı onların arabalarının yanına park ederken Suburban'ın önünde duran bir grubu görebiliyordum. Eric, birlikte ders aldığım Ben ve Conner adlı çocuklarla beraberdi. İsimlerinin Ben ve Conner olduğundan emin değildim. Jess de Angela ile birlikte orada dikiliyordu. Yanlarında üç tane daha kız vardı, Cuma günü beden dersinde bu kızlardan birinin üstüne düştüğümü hatırlıyordum. Ben kamyonetten inerken kız bana kötü kötü baktı; sonra Lauren'a bir şey fısıldadı. Lauren mısır püskülü saçlarını geriye atıp bana neredeyse nefret dolu bir bakış fırlattı.

Yine o günlerden biri olacaktı.

Hiç değilse Mike beni gördüğüne sevinmişti.

"Geldin!" dedi, sevinçle. "Bugün havanın güneşli olacağını söylemiştim, değil mi?"

"Ben de sana geleceğimi söylemiştim," diye hatırlattım.

"Lee ve Samantha'yı bekliyoruz. Sen başka birini davet etmediysen elbette," diye ekledi Mike.

"Yok," dedim kısaca, bu yalanımın açığa çıkmayacağını umuyordum. Ancak bir yandan da bir mucize olmasını ve Edward'ın gelmesini diliyordum.

Mike memnun olmuş gibiydi.

"Benim arabamla gelir misin?" diye sordu. "Ya da Lee'nin annesinin minibüsüyle."

"Elbette."

Gülümsedi. Mike'ı mutlu etmek çok kolaydı.

"Önde oturabilirsin," dedi. Duyduğum sıkıntıyı belli etmemeye çalışıyordum. Mike ve Jessica'yı aynı anda mutlu etmek kolay değildi. Jessica'nn bize baktığını görebiliyordum.

Lee yanında iki kişi getirmişti. Bir anda bütün arabalar doldu. Suburban'ın ön koltuğuna oturup Jess'i Mike'la aramıza aldım. Mike'ın pek mutlu olduğu söylenemezdi ama en azından Jessica halinden memnundu.

La Push Forks'a yalnızca yirmi kilometre uzaklıktaydı; yolun kıyısındaki ormanların içinden Quileute Nehri geçiyordu. Cam kenarında oturduğum için memnundum. Bütün camları açmıştık, Dokuz kişi birden binince, Suburban'ın içi de haliyle biraz bunaltıcı olmuştu. Olabildiğince gün ışığı almak istiyordum.

Charlie'yle Forks'ta geçirdiğim yaz tatilleri sırasında birçok kez La Push'a gelmiştim, bu yüzden bir mil uzunluğundaki, hilal biçimli First Plajı'na aşinaydım. Soluk kesici bir güzelliği vardı. Suyun rengi gün ışığında bile koyu griydi; beyaz dalgalar gri, kayalık kıyılara çarpıyordu. Yalnızca suyun kenarında ince bir kum vardı, sonrasında büyüklü küçüklü, rengârenk çakıl taşları uzanıyordu.

Dalgalardan serin, tuzlu bir rüzgâr esiyordu. Pelikanlar dalgaların üzerinde uçuyor, martılar ve yalnız bir kartal ise onların üzerinde daireler çiziyordu. Gökyüzünde bulutlar her an işgale hazır bir halde tetikteydiler hâlâ. Ancak güneş şimdilik masmavi gökyüzünde cesaretle boy gösteriyordu.

Kumsala doğru yürüdük. Mike bizi, daha önce bizimki gibi partiler için kullanılmış olan, daire biçimindeki kütüklerin yanına götürdü. Dairenin içinde ateş yakılmıştı; siyah küller vardı. Eric ve adının Ben olduğunu tahmin ettiğim çocuk kuru dallar toplamaya başladılar ve bu dalları soğumuş küllerin üzerine yığdılar.

"Daha önce hiç kamp ateşi gördün mü?" diye sordu Mike. Kemik rengi banklardan birinde oturuyordum. Diğer kızlar iki yanımda toplanmış, heyecanla dedikodu yapıyorlardı. Mike ateşin yanına diz çöktü; küçük dallardan birini çakmakla yaktı.

"Hayır," dedim Mike tutuşan dalı diğer dallara yaklaştırırken.

"O halde çok seveceksin, şu renklere bak." Başka bir dal daha yakıp diğerinin yanına koydu. Alevler kuru dalları çabucak tutuşturdu.

"Mavi," dedim şaşkınlıkla.

"Tuz yüzünden. Çok güzel değil mi?" Bir dal parçası daha yaktı, alevlerin henüz sıçramadığı yere koydu ve yanıma oturdu. Neyse ki Jess de Mike'ın diğer tarafında oturuyordu. Hemen onunla konuşmaya başladı. Ben de mavi ve yeşil alevlerin gökyüzüne yükselişini izledim.

Yarım saat çene çaldıktan sonra oğlanlardan bazıları gelgitin oluşturduğu göllere doğru yürümek istediler. Ben ikilemde kalmıştım. Bir taraftan gelgit göllerini çok seviyordum, Çocukluğumdan beri beni çok etkiliyorlardı. Forks'ta beni cezbeden birkaç şeyden biriydi bu. Ancak öte yandan bu göllerden birkaçına düşmüşlüğüm vardı. Yedi yaşındayken ya da babanızla birlikteyken bunun pek önemi yoktu. Birden Edward'ın ricasını hatırladım. "Lütfen okyanusa falan düşme."

Benim yerime Lauren karar verdi. Yürüyüşe çıkmak istemiyordu, zaten ayakkabıları da yürüyüşe elverişli değildi. Angela, Jessica ve diğer kızlar da kumsalda kalmak istiyorlardı. Eric ve Tyler'ın onlarla kalacaklarını söylemelerini bekledim, ardından ben de yürüyüş grubuna katıldım. Beni görünce Mike mutlulukla gülümsedi.

Ormanlar yüzünden gökyüzünü yitirmekten nefret ediyordum ama neyse ki yürüyüş uzun sürmedi. Ergenlerin kahkahalarıyla yaşlı ormanın yeşil ışığı birbiriyle kesinlikle uyum için değildi. Yerdeki kütüklere, tepemdeki dallara dikkat ederek yürüyordum; sonunda geride kaldım. Yavaş yavaş ormanın zümrüt yeşili derinliklerinden çıkıp tekrar kayalıklı kıyıya geldim. Denizde hafif bir gelgit vardı; gelgit nehri de yanımızdan geçip denize iniyordu. Nehrin çakıllı kıyısında, hiçbir zaman tamamen kurumayan küçük havuzcuklar vardı.

Bu küçük havuzlara düşmemek için çok dikkatli davranıyordum. Diğerlerinin korkusu yoktu; kayaların üzerinden atlıyor, dikkatle kenarlara tutunuyorlardı. Büyük havuzlardan birinin yanında sağlam bir kaya buldum ve üzerine oturdum, aşağıda uzanan doğal akvaryum beni büyülemişti. Parlak renkli dağ lalesi demetleri görünmeyen rüzgârın eşliğinde hiç durmadan dalgalanıyordu. Deniz minareleri içlerindeki küçük yengeçleri saklayarak telaşla kıyılara yanaşıyorlardı. Bir denizyıldızı kayalara hareketsiz yapışmıştı. Beyaz çizgileri olan siyah bir suyılanı yeşil yosunların arasında sürünüyor, denizin yeniden kabarmasını bekliyordu. Kendimi tamamen kaptırmıştım. Yalnızca beynimin küçük bir bölümü Edward ile meşguldü; Onun ne yaptığını merak ediyor, o anda benim yanımda olsaydı bana neler söyleyeceğini hayal ediyordum.

Sonunda oğlanlar acıktı; ben de onların peşinden gitmek için yerimden kalktım. Bu kez ormanda ilerlerken onlara yetişmeye çalıştım ve doğal olarak birkaç kez düştüm. Avuçlarım sıyrılmıştı; kot pantolonumun dizleri de yemyeşil olmuştu ama daha kötüsü de olabilirdi.

First Plajı'na vardığımızda, arkamızda bıraktığımız grubun kalabalıklaştığını gördük. Yaklaştığımızda, yeni gelenlerin parlak, düz siyah saçlarını ve bakır rengi tenlerini gördüm. Kızılderili bölgesinden sosyalleşmek için gelen gençlerdi bunlar. Yemekler dağıtılmıştı. Eric bizi gruptakilerle tanıştırırken, oğlanlar yemek alma telaşı içindeydi. En son Angela ve ben vardık; Eric adımızı söylediğinde, ateşe yakın kayalıklarda oturan genç çocuğun ilgiyle bana baktığını fark ettim. Angela'nın yanına oturdum. Mike bize sandviç ve istediğimizi seçmemiz için değişik sodalar getirdi. Yeni gelenlerin en büyüğü gibi duran oğlan kendisiyle birlikte yanındaki yedi kişinin de adını söyledi. Aklımda sadece Jessica adındaki bir başka kız kaldı. Benimle ilgilenen çocuğun adı da Jacob idi.

Angela'yla oturmak beni rahatlatmıştı. İnsana huzur veren bir kızdı. Her sessizliği gevezelikle doldurmaya kalkmıyordu. Yemek yerken rahatsız edilmeden düşünmemi sağladı. Forks'ta zamanın ne kadar karmaşık aktığını düşünüyordum, bazen diğer bulanık görüntülerin arasından sıyrılmış tek bir imge kalıyordu aklımda. Bazen de her saniye aklıma kazınıyordu. Bunun nedenini biliyordum ve beni rahatsız ediyordu.

Öğle yemeğini yerken bulutlar artmaya, mavi gökyüzünü kaplamaya başladı; güneşin önünü kapatıp kumsalda uzun gölgeler oluşturuyor, dalgaların rengini koyulaştırıyorlardı. Insanlar yemeklerini bitirdikten sonra gruplar halinde yürümeye başladılar. Bazıları, sivri kayaların üzerinden atlayıp, dalgaların vurduğu kıyıya ulaşmaya çalışıyordu. Bazıları da gelgitin oluşturduğu göllere son kez gitmeyi planlıyordu. Jessica'nın yanından ayrılmadığı Mike, köydeki tek dükkâna gidiyordu. Yerli çocuklardan bazıları bunlarla gitmişti, diğerleri yürüyüşe çıkmıştı. Onlar farklı yönlere dağıldığında, bir kütüğün üzerinde tek başıma oturuyordum, Lauren ve Tyler birinin getirdiği CD çalarla oyalanıyorlardı. Jacob adındaki çocuk, sözcü olan en büyük çocuk da dahil olmak üzere, yeni gelen gruptaki oğlanların üçü de etrafımıza toplanmıştı.

Angela da gittikten birkaç dakika sonra, Jacob yanıma yaklaştı. On dört, belki on beş yaşında gösteriyordu, uzun parlak siyah saçlarını bir lastikle ensesinde toplamıştı. Cildi çok güzeldi; kızıl kahve renginde ve ipek gibiydi. Koyu renk gözleri, çıkık elmacık kemiklerinin üzerinde çukurda kalmıştı. Çenesi hâlâ çocuksu bir yuvarlaklığa sahipti. Ancak görüntüsü hakkındaki olumlu düşüncelerim, ağzından çıkan ilk sözcüklerle yıkıldı.

"Sen Isabella Swan'sın değil mi?"

Okulun ilk günü geri dönmüştü sanki.

"Bella," dedim içimi çekerek.

"Ben Jacob Black." Sıcak bir tavırla elini bana uzattı. "Babamın kamyonetini almıştın."

"Ah," dedim onun yumuşacık elini sıkarken. "Sen Billy'nin oğlusun. Seni hatırlamam gerekirdi."

"Yo. Ben ailenin en küçüğüyüm, belki ablalarımı hatırlarsın."

"Rachel ve Rebecca," diye anımsadım birden. Charlie ve Billy buraya geldiğimizde, onlar balık tutarken oyalanalım diye bizi sık sık bir araya getirirdi. Ancak biz arkadaş olamayacak kadar çekingendik. Elbette ben huysuzluklarımla bu balık tutma gezilerinin yarıda kesilmesine neden oluyordum.

"Onlar da geldi mi?" Belki onları tanıyabilirim düşüncesiyle okyanusun kıyısındaki kızlara baktım.

"Hayır," dedi Jacob. "Rachel, Washington Eyalet Üniversitesi'nde burs kazandı, Rebecca ise Samoalı bir sörfçüyle evlendi, Hawaii'de yaşıyor."

"Evlendi mi? Ya!" Çok şaşırmıştım. İkizler benden sadece bir yaş büyüktü.

"Kamyonetinden memnun musun?" diye sordu.

"Çok memnunum, çok iyi çalışıyor."

"Evet ama çok yavaştır," diye güldü. "Charlie onu alınca çok rahatladım. Bu kadar iyi çalışan bir arabamız olduğu için babam yeni araba yapmama izin vermiyordu."

"O kadar da yavaş değil," diye itiraz ettim.

"Altmışın üzerine çıkmayı denedin mi?"

"Hayır," diye itiraf ettim.

"İyi. Sakın deneme." Sırıttı.

Ben de dayanamayıp sırıttım. "Çarpmalar sırasında çok güvenli," dedim kamyonetimi savunmak için.

"O ihtiyar canavarı bir tank bile ezemez," dedi yine gülerek.

"Sen araba mı yapıyorsun?" diye sordum, bundan etkilenmiştim.

"Boş zamanım olduğunda ve parça bulabildiğimde. 1986 Volkswagen Rabbit silindirini nereden bulabilirim, biliyor musun?" diye sordu şaka yaparak. Güzel, boğuk bir sesi vardı.

"Üzgünüm," dedim gülerek. "Uzun süredir görmedim ama görürsem sana haber veririm," diye ekledim, ne olduğunu biliyormuşum gibi. Çok rahat sohbet edilen biriydi.

Yüzünde pırıl pırıl bir gülümseme belirdi, bana takdirle baktığının farkındaydım. Üstelik bunu fark eden bir tek ben değildim.

"Jacob, Bella'yı tanıyor musun?" diye sordu Lauren ateşin karşısından. Sesinde küstahlık vardı.

"Ben doğduğumdan beri tanışıyoruz denebilir," diye karşılık verdi bana gülümseyerek.

"Ne güzel." Hiç de güzel olduğunu düşünür gibi bir hali yoktu Lauren'ın. Balık gibi, donuk gözlerini kısmıştı.

"Bella," diye seslendi yine yüzümü dikkatle inceleyerek. "Ben de tam Tyler'a bugün Cullen'ların gelmemesinin ne kadar kötü olduğunu söylüyordum. Kimse onları çağırmadı mı?" Bunun onun umurunda olmadığından emindim.

"Doktor Carlisle Cullen'ın ailesinden mi bahsediyorsun?" diye sordu uzun boylu büyük oğlan benim cevap vermeme fırsat bırakmadan. Lauren bundan rahatsız olmuştu. Genç bir çocuktan çok bir adama benziyordu ve çok gür bir sesi vardı.

"Evet, onları tanıyor musun?" diye sordu küçümseyerek.

"Cullen'lar buraya gelmezler," dedi oğlan, Lauren'ın sorusunu duymazdan gelerek. Bunu öyle kesin bir tavırla söyledi ki konu kapandı.

Tyler, Lauren'ın ilgisini çekmeye çalışarak ona elindeki CD hakkında ne düşündüğünü sordu. Ancak Lauren'ın kafası dağılmıştı bir kere.

Merakla gür sesli çocuğa baktım, ama o, arkamızdaki karanlık ormana bakıyordu. Cullen'ların buraya gelmediğini söylemişti ama bunun altında başka şeylerin olduğu belliydi; sanki onların buraya gelmesi yasaktı. Çocuğun tavrı üzerimde garip bir etki yaratmıştı; onun söylediklerini kafamdan atmaya çalıştım ama başarılı olamadım.

"Forks seni delirtmedi mi henüz?" dedi Jacob düşüncelerimi bölerek.

"Bu sözler durumumu anlatmaya yetmez," dedim omuz silkerek. Beni anladığını göstermek istercesine gülümsedi. Benim aklım hâlâ Cullen'larla ilgili sözlerdeydi; birden aklıma bir fikir geldi. Aslında aptalca bir plandı ama daha iyi bir fikrim yoktu. İçimden genç Jacob'un kızlar konusunda deneyimsiz olmasını ve benim bu acıklı flört çabalarımın asıl nedenini anlamamasını diledim.

"Benimle kumsalda yürümek ister misin?" diye sordum

Edward gibi kirpiklerimin altından bakmaya çalışarak. Bu bakışımın aynı etkiyi yaratmadığından emindim ama hiç değilse Jacob'un hevesle yerinden kalkmasını sağladı.

Renkli taşlara basarak dalgakırana doğru yürürken, bulutlar gökyüzünü nerdeyse tamamen kaplamıştı, deniz kararmış, hava soğumuştu. Ellerimi ceplerime soktum.

"Kaç yaşındasın? On altı mı?" diye sordum televizyondaki kızlar gibi gözlerimi kırpıştırarak. Aptal görünmediğimi umuyordum.

"On beşime yeni bastım," dedi gururla.

"Ciddi misin?" Yüzümde yapmacık bir şaşkınlık ifadesi vardı. "Ben daha büyük olduğunu sanmıştım."

"Yaşıma göre uzunum," diye açıkladı.

"Forks'a sık sık gelir misin?" diye sordum, evet yanıtı almayı umarak. Salak gibi konuşuyordum. Bana tiksintiyle bakmasından ve beni sahtekârlıkla suçlamasından korkuyordum.

Ancak o kendisiyle konuşmamdan çok memnundu.

"Pek sık gelmiyorum," dedi suratını asarak. "Ama arabam bitince dilediğim gibi gelebileceğim. Tabii sürücü belgemi de alınca."

"Lauren'ın konuştuğu çocuk kim? Bizimle takılmak için fazla büyük görünüyor da..." Kendimi gençlerle bir tutmuştum; Jacob'un onu tercih ettiğimden emin olmasını istiyordum.

"Sam, on dokuz yaşında," diye bilgi verdi bana.

"Doktorun ailesi konusunda ne diyordu?" diye sordum masum bir tavırla.

"Cullen'lar mı? Onların buraya gelmesi yasak," dedi. James Adası'na doğru baktı. Sam'in sesinde duyduğumu düşündüğüm şey doğruydu demek.

"Neden yasak?"

Dudaklarını ısırarak bana baktı. "Bununla ilgili hiçbir şey söylememeliyim."

"Lütfen, kimseye söylemem, ama çok merak ettim." Olabildiğince çekici bir tavırla gülümsemeye çalıştım. Fazla yapmacık olmadığımı umuyordum.

Gülümseyerek karşılık verdi. Tek kaşını kaldırdı. "Korku hikâyelerini sever misin?" diye sordu. Sesi şimdi daha boğuktu.

"Bayılırım," dedim heyecanla, onun anlatmaya devam etmesini sağlamaya çalışarak.

Jacob ağır ağır yürüyüp bir kütüğe oturdu. Ben de onun yanındaki kütüğe oturdum. Aşağıdaki kayalara baktı, yüzünde çarpık bir gülümseme vardı. Hikâyeyi en iyi şekilde anlatmaya çalışacaktı. Onu dikkatle dinlemeye hazırlandım.

"Geldiğimiz yer konusundaki eski hikâyeleri bilir misin? Örneğin Quileute'ler?"

"Hayır," dedim.

"Bir sürü efsane vardır, bazılarının Taşkın'a kadar uzandığı söylenir. Eski zamanlarda Quileute'ler, Nuh'un gemisindekiler gibi kurtulmak için kanolarını dağlardaki en yüksek ağaçların tepelerine bağlarlarmış," dedi gülümseyerek. "Bir başka efsane, bizim kurtlardan geldiğimizi ve onların hâlâ kardeşlerimiz olduğunu söyler. Onları öldürmek kabile yasalarına aykırıdır.

"Bir de soğuklarla ilgili hikâyeler vardır." Sesini alçaltmıştı.

"Soğuklar mı?" diye sordum, bu kez gerçekten şaşırmıştım.

"Evet. Soğuklarla ilgili hikâyeler, kurtlarla ilgili efsaneler kadar eskidir, hatta daha eski olanlar da vardır. Efsaneye göre, benim büyük büyükbabam bazılarını tanırmış. Onları topraklarımızdan uzak tutmak için bir anlaşma hazırlayan oymuş." Gözlerini devirdi.

"Senin büyük büyükbaban mı?"

"Kabilenin ileri gelenlerindenmiş, babam da öyle. Soğuklar, kurtların baş düşmanlarıdır; daha doğrusu insana dönüşen kurtların. Onlara kurt adamlar da denir."

"Kurt adamların da düşmanları var mıymış?"

"Yalnızca bir tane."

Sabırsızlığımı hayranlık gibi göstermeye çalışarak ona bakıyordum.

"Gördüğün gibi, soğuklar geleneksel olarak düşmanımız sayılırlar. Ama büyük büyükbabamın zamanında bölgemize gelen grup farklıydı. Kendi türlerinin avlandığı gibi avlanmadılar, kabileye zarar vermemeleri gerekiyordu. Bu nedenle büyükbabam onlarla anlaşma yaptı. Topraklarımızdan uzak dururlarsa, biz de onları Kızılderililere vermeyecektik." Göz kırptı.

"Tehlikeli değillerse neden...?" Jacob'a hayalet hikâyesinin ilgimi ne kadar çektiğini belli etmemeye çalışarak anlamaya çalışıyordum.

"Bu klan gibi uygar olsalar bile, soğukların yanında oldukları sürece insanlar için bir risk vardır. Onların ne zaman dayanamayacak kadar acıkacaklarını bilemezsin." Tehdit dolu bir sesle konuşmaya çalışmıştı.

"Uygar derken neyi kastediyorsun?"

"İnsanları avlamadıklarını iddia ediyorlar. Hayvanları avlayabiliyorlarmış."

"Peki bunun Cullen'larla ne ilgisi var? Büyük büyükbabanın tanıdığı soğuklara mı benziyorlar?"

"Hayır." Jacob bir an durdu. *"Ta kendileri."*

Yüzümdeki ifadenin, hikâyenin yarattığı korkudan kaynaklandığını düşündü sanırım. Memnun bir şekilde gülümsedi ve hikâyeye devam etti.

'Şimdi onlardan daha çok var; yeni bir dişi ve yeni bir erkek; ancak geri kalanları aynı. Büyük büyükbabam zamanında liderlerinin Carlisle olduğunu biliyorlarmış. *Sizin* insanlarınız buraya gelmeden çok önce o gitmiş." Gülümsemesini bastırmaya çalışıyordu.

"Peki onlar ne?" diye sordum sonunda. "Soğuklar ne?"

Gizemli bir ifadeyle gülümsedi.

"Kan içiciler," dedi korkunç bir sesle. "Siz onlara vampirler diyorsunuz."

Onun bu cevabından sonra azgın dalgaları izlemeye başladım. Yüzümde nasıl bir ifade olduğunu bilmiyordum.

"Tüylerin diken diken oldu," dedi memnuniyetle.

"İyi bir anlatıcısın," diye iltifat ettim ona. Hâlâ dalgaları seyrediyordum.

"Kulağa inanılmaz geliyor, değil mi? Babamın bizim bu konulardan söz etmemizi istememesine şaşmamak gerek."

Yüzümdeki ifadeyi toparlayamadığım için hâlâ onun yüzüne bakamıyordum. "Merak etme, seni ispiyonlamam."

"Sanırım az önce anlaşmayı bozdum." Güldü.

"Bu sırrı mezara kadar saklayacağım," diye söz verdim ve birden ürperdim.

"Ben ciddiyim. Charlie'ye bir şey söyleme. Doktor Cullen hastanede çalışmaya başladığından beri oraya gitmediğimiz için babama çok kızmıştı zaten."

"Söylemem."

"Bizim batıl inançları olan yerliler filan mı olduğumuzu düşünüyorsun?" diye sordu neşeli bir sesle, ama endişeli gibiydi. Gözlerimi hâlâ okyanustan ayıramamıştım.

Ona döndüm ve olabildiğince doğal bir şekilde gülümsedim.

"Hayır. Ben sadece korku hikâyeleri anlatmak konusunda başarılı olduğunu düşünüyorum. Bak, tüylerim diken diken hâlâ." Kolumu gösterdim.

"Harika." Gülümsedi.

O sırada, birbirine sürtünen taş seslerinden birinin yaklaştığını anladık. Başımızı kaldırdığımızda, Mike ve Jessica'nın bize doğru geldiğini gördük.

"Demek buradasın Bella." Mike rahatlamış gibiydi.

"Erkek arkadaşın mı?" diye sordu Jacob, Mike'ın sesindeki

kıskançlığı fark etmişti. Mike'ın bunu bu kadar belli etmesine ben de şaşırmıştım.

"Hayır, kesinlikle hayır," diye fısıldadım. Jacob'a minnettardım ve onu mutlu etmeyi çok istiyordum. Mike'a belli etmeden ona göz kırptım. Benim zoraki flört çabam onu sevindirmişti.

"Sürücü belgemi aldığımda..." dedi.

"Forks'a beni görmeye gel mutlaka. Biraz dolaşırız." Bunu söylediğim anda, onu kullandığımı bildiğim için, kendimi suçlu hissettim. Ama Jacob'dan gerçekten hoşlanmıştım. Onunla rahatça arkadaşlık edebilirdim.

Mike yanımıza gelmişti; Jessica da onun biraz arkasındaydı. Jacob'u süzüyordu; onun benden küçük olduğunu anladığında rahatlamış göründü.

"Nerelerdeydin?" diye sordu, cevap gözlerinin önünde olduğu halde.

"Jacob bana yerel hikâyeler anlatıyordu," diye cevap verdim. "Çok ilginçti."

Mike bizim yakınlığımızı görünce bir kez daha durumu değerlendirdi. "Toparlanıyoruz, birazdan yağmur başlayacak."

Başımızı kaldırıp gökyüzüne baktık; bulutlar vardı, gerçekten yağmur yağacaktı.

"Tamam," dedim ayağa kalkarak. "Geliyorum."

"Seni yeniden görmek çok güzeldi," dedi Jacob, Mike'ı kızdırmaya çalışır gibi.

"Bence de. Bundan sonra Charlie Billy'yi görmeye gelirken ben de onunla geleceğim," dedim.

Gülümsemesi yüzüne yayıldı. "Harika olur."

"Ve, teşekkürler," dedim içtenlikle.

Arabaya doğru yürürken kapüşonumu giydim. Yağmur düştüğü kayaların üzerinde siyah lekeler bırakarak yağmaya başlamıştı. Suburban'a vardığımda, diğerlerinin her şeyi arabaya yüklediğini gördüm. Arka koltuğa, Angela ve Tyler'ın yanına oturdum. Böylece gelirken ön koltuğa oturmamın da tesadüf olduğunu göstermiş oluyordum. Angela camdan dışarı bakıyordu. Lauren ise orta koltukta Tyler'ın ilgisini çekmek için konuşup duruyordu. Başımı koltuğa yasladım; gözlerimi kapattım ve hiçbir şey düşünmemeye çalıştım.

7. KÂBUS

Charlie'ye bir sürü ödevim olduğunu ve hiçbir şey yemek istemediğimi söyledim. Televizyondaki basketbol maçını büyük bir heyecanla izliyordu; bu maçın ne özelliği vardı anlamadım. Yüzümde ya da sesimde olağan dışı bir şey fark etmedi.

Odama girip kapımı kilitledim. Masamı karıştırıp eski kulaklıklarımı buldum ve bunları eski CD çalarıma taktım. Noel'de Phil'in bana hediye ettiği CD'yi aldım. Onun en sevdiği gruplardan biriydi ama bana göre fazla sertti. CD'yi CD çalara yerleştirip yatağıma uzandım. Kulaklığı taktım, play tuşuna bastım ve sesini kulaklarımı acıtacak kadar açtım. Gözlerimi kapattım ama ışık hâlâ rahatsız ediyordu; ben de yastığı yüzüme bastırdım.

Dikkatimi müziğe verdim. Sözleri anlamaya, karışık davul ritimlerini çözmeye çalışıyordum. CD'yi üçüncü kez dinlerken, nakarat bölümlerini ezberlemiştim. Birden grubu sevdiğimi fark ettim. Phil'e yeniden teşekkür etmeliydim.

Müzik işe yaramıştı. Sert ritim düşünmemi engelliyordu, zaten bu yüzden dinliyordum. Bütün şarkı sözlerini ezberleyene dek müziği tekrar tekrar dinledim. Sonunda uyuyakalmışım.

Gözlerimi tanıdık bir yerde açtım. Aklımın bir köşesinde rüya gördüğümün farkındaydım. Ormanın o yeşil ışığını gördüm. Yakınlarda bir yerlerde kayalara çarpan dalga sesleri-ni duyabiliyordum. Okyanusu bulursam güneşi de bulabileceğimi biliyordum. Sesi takip ettim. O sırada Jacob elimden tutup beni ormanın içine doğru çekmeye çalıştı.

"Jacob? Ne oluyor?" diye sordum. Yüzünde korku dolu bir ifade vardı. Tüm itirazlarıma karşın beni sertçe çekiyordu; bense karanlığın içine gitmek istemiyordum.

"Koş Bella! Koşmak zorundasın!" diye fısıldadı, dehşet içindeydi.

"Bu taraftan Bella!" Mike'ın sesiydi bu, ağaçların arasından geliyordu, ama onu göremiyordum.

"Neden?" diye sordum, hâlâ Jacob'a karşı koymaya çalışıyor, umutsuzca güneşi arıyordum.

Jacob elimi bıraktı, çığlık attı ve karanlık ormanda yere düştü. Ben korkuyla bakarken beni de yanına çekti.

"Jacob!" diye bağırdım. Ama yoktu. Onun yerinde şimdi siyah gözlü, kocaman, kızıl bir kurt vardı. Kurt başını çevirdi ve burnuyla kumsalı işaret etti. Hırlıyordu. Omuzlarındaki tüyler pırıl pırıldı.

"Bella koş!" diye bağırdı Mike arkamdan. Ama ben dönmedim. Kumsaldan gelen ışığa bakıyordum.

Derken ağaçların arasından Edward fırladı. Cildi parlıyordu. Gözleri simsiyah ve dehşet vericiydi. Ona doğru yürümem için elini uzattı. Ayağımın dibindeki kurt hırlıyordu.

Edward'a doğru bir adım attım. Gülümsedi, dişleri sivriydi.

"Güven bana," diye mırıldandı. Bir adım daha attım.

Kurt kendini benimle vampir arasına attı. Pençeleri havadaydı.

"Hayır!" diye bağırdım yatağımda sıçrayarak. Kulaklıklarla CD çalar yere düştü.

Işık hâlâ açıktı. Bense giyinik halde yatağımda oturuyordum. Ayakkabılarımı bile çıkarmamıştım. Şifonyerin üzerindeki saate baktım. Sabah beş buçuktu.

Gerindim, botlarımı çıkardım ve yatağa tekrar yüzüstü uzandım. Yeniden uykuya dalamayacak kadar huzursuzdum. Sırtüstü dönüp kot pantolonumun düğmelerini açtım ve pantolonu zorlukla bacaklarımdan sıyırdım. Saç örgüm beni rahatsız etmişti, tokamı çıkarıp örgüyü çözdüm. Yastığı yine yüzüme kapattım.

Elbette hiçbiri işe yaramadı. Düşünceleri kafamdan atmaya çalışıyordum ama bilinçaltımdaki görüntüler gözümün önünden gitmiyordu. Bunlarla yüzleşmek zorundaydım.

Yatağımda doğruldum, kan aşağı doğru akarken başım bir dakika kadar döndü. Her şeyin bir sırası var, diye düşündüm; bunu olabildiğince ertelemeliydim. İçinde banyo malzemelerimin olduğu çantamı aldım.

Duş düşündüğüm kadar uzun sürmedi. Saçımı kurutmak için zaman harcadım ama sonunda banyodaki işim bitti. Havlumu vücuduma sarıp odama döndüm. Charlie uyuyor muydu yoksa çıkmış mıydı, bilmiyordum. Camdan baktığımda polis arabasını göremedim. Yine balık tutmaya gitmişti herhalde.

Eşofmanlarımı giyip yatağımı topladım. Bu hiç yapmadığım bir şeydi aslında. Daha fazla erteleyemeyecektim. Masama oturdum ve eski bilgisayarımı açtım.

Burada internet kullanmaktan nefret ediyordum. Modemim çok eskiydi, çok yavaş bağlanabiliyordum. Beklerken kendime bir kâse mısır gevreği almaya karar verdim.

Mısır gevreğimi yavaş yavaş yedim. Bitince kâseyi ve kaşığı yıkadım, kuruladım ve yerine koydum. Merdivenleri çıkarken ayaklarım geri geri gidiyordu. CD çalarımı yerden aldım ve dikkatle masaya bıraktım. Kulaklıkları çıkartıp çekmeceye yerleştirdim. Sonra aynı CD'yi çalmaya başladım ve sesini neredeyse sonuna kadar kıstım.

İçimi çekerek bilgisayarımın başına döndüm. Ekranı her zamanki gibi internet reklamlarıyla dolmuştu. Portatif sandalyeme oturdum ve açılan pencereleri birer birer kapattım.

Sonunda en sık kullandığım arama motoruna ulaştım. Birkaç reklam penceresini daha kapattıktan sonra bir sözcük yazdım.

Vampir.

Elbette sonuca ulaşmam yine çok uzun sürdü. Sonuçlar ekrana geldiğinde elemem gereken bir sürü şey olduğunu gördüm. Filmler, televizyon programları, oyunlar, yeraltı zenginlikleri, gotik kozmetik şirketleri...

Nihayet umut vaat eden bir site buldum - A'dan Z'ye Vampirler. Sayfanın yüklenmesini sabırsızlıkla bekledim, açılan reklam pencerelerini heyecanla kapattım. Sonunda sayfa açıldı. Yazılar, düz beyaz bir arka planın üzerine siyahla yazılmıştı. Ana sayfada şu iki alıntı vardı:

Hayaletlerin ve kötü ruhların geniş ve karanlık dünyasında, vampirler kadar korkunç, onlar kadar tiksinilen ve nefret edilen, ürkütücü ve büyüleyici bir cazibeye sahip başka bir figür yoktur. Vampir ne hayalettir ne kötü ruh, ama ikisinin karanlık doğasını, gizemli ve korkunç özelliklerini bünyesinde barındırır. (Montegue Summers)

Eğer bu dünyada kesin bir şey varsa, o da vampirlerin var olduğudur. Bunun kanıtları saymakla bitmez: resmi raporlar, cerrahlar, rahipler, yargıçlar, ünlü kişilerin ifadeleri... Bütün bunların yanı sıra, vampirlere kim inanır? (Rousseau)

Sitede, dünyada anlatılan bütün vampir efsanelerinin alfabetik listesi vardı. İlk tıkladığım efsane, uzun süre önce adalara taro bitkisi diken *Danag* adında Filipinli bir vampir hakkındaydı. Efsaneye göre Danag uzun yıllar insanlarla birlikte çalışmıştı. Ancak bir gün bir kadın parmağını kestiğinde Danag onun yarasını emince, ortaklık bitmişti. Danag kanın tadını çok beğenmiş ve kadının bütün kanını içmişti çünkü.

Bütün tanımları dikkatle okuyup bildik ve akla yakın şeyler bulmaya çalıştım. Görünüşe göre, bütün vampir efsaneleri güzel kadınların kötü ruh ve çocukların da kurban olduğu teorisine dayanıyordu. Ayrıca bu efsaneler gençlere ahlaki öğütler veriyor, erkeklerin sadakatsizliği için de mazeretler uyduruyordu. Hikâyelerin çoğu bedensiz ruhlara ve uygunsuz cenaze törenlerine karşı uyarılara değiniyordu. Filmlerde gördüklerimle pek ilgileri yoktu. Ayrıca yalnızca birkaçının, Musevi *Estrie* ve Polonyalı *Upier'in kan içtiği söyleniyordu.*

Üç karakter ilgimi çekti: güzel ve soluk tenli bir insan gibi görünebilen, güçlü ölümsüz Romanyalı *Varacolaci,* gece yarısından sonra bir saat içinde bütün bir kasabayı katledebilecek kadar güçlü ve hızlı yaratık Slovak *Nelapsi* ve *Stregoni benefici.*

Sonuncuyla ilgili yalnızca kısa bir cümle yazıyordu.

Stregoni benefici: İtalyan vampir, iyiliğin yanında olduğu söylenmektedir ve bütün kötü vampirlerin ölümlü düşmanıdır.

Yüzlerce hikâyeden hiç değilse birinin iyi vampirlerden söz etmesi içimi rahatlatmıştı.

Bu bilgilerde, Jacob'un hikâyelerine ya da benim gözlemlerime uyan çok az şey vardı. Okurken zihnimde küçük bir liste yaptım ve bunları dikkatle her mitle karşılaştırdım. Hız, güç, güzellik, soluk ten, renk değiştiren gözler; ardından Jacob'un kriterleri: kan içiciler, kurt adamların düşmanları, soğuk tenli ve ölümsüz. Tek bir faktöre uyan hikâyelerin sayısı bile azdır.

Seyrettiğim korku filmlerinden ve okuduklarımdan bildiğim kadarıyla bir sorun daha vardı: vampirler gün ışığına çıkamazlardı, güneş onları küle çevirirdi. Bütün gün tabutta uyurlar ve yalnızca gece dışarı çıkarlardı.

Sinirlenmiştim. Pencerelerin düzgün kapanmasını beklemeden bilgisayarı kapattım. Hem sinirliydim hem de utanıyordum. Bu çok aptalcaydı. Odamda oturmuş, vampirler hakkında araştırma yapıyordum. Derdim neydi benim?

Forks'a geldiğim ve Oympic Peninsula'ya gittiğim için oluyordu bunlar.

Bir an önce evden çıkmalıydım, ama gitmek istediğim en yakın yer arabayla üç günlük uzaklıktaydı. Botlarımı giydim, nereye gideceğimi bilmeden merdivenlerden aşağı indim. Havaya bakmadan yağmurluğumu üzerime geçirip kapıdan çıktım.

Hava kapalıydı ama şimdilik yağmur yağmıyordu. Kamyonetimin yanına uğramadan Charlie'nin bahçesini geçtim; doğu yönünde, ormanın derinliklerine doğru yürümeye başladım. Çok geçmeden evden uzaklaşmıştım; yol gözden kaybolmuştu. Ayağımın altındaki ıslak toprağın vıcık sesinden ve kargaların ötüşünden başka ses duymuyordum.

Ormanın içine doğru uzanan incecik bir patika vardı, yoksa kendi başıma dolaşma riskini göze alamazdım. Yön bulma konusunda çok kötüydüm, çevresinde çok fazla şey olmayan her yerde kaybolabilirdim. Patika ormanın derinliklerine iniyordu, doğuya gittiğimi hissediyordum. Patika Sitka ladinlerinin, çam ve porsuk ağaçlarının, yaban mersinlerinin etrafından kıvrılıyordu. Bu ağaçların isimlerini az çok biliyordum; polis arabasıyla giderken Charlie camdan gösterip öğretmişti bana. Ancak adını bilmediğim bir sürü ağaç vardı; bazılarından da etrafları yeşil bitkilerle çevrili olduğu için emin olamıyordum.

Kendime duyduğum öfke geçene kadar patikayı takip ettim. Sakinleşmeye başlayınca yavaşladım. Tepeme birkaç damla su damladı ama yağmur mu başlamıştı yoksa ağaçların dallarında biriken sular mıydı bunlar, bilmiyordum. Yeni kesilmiş bir ağaç (yeni kesildiğini henüz yosunlarla kaplanmamış olmasından anlamıştım) kardeşlerinden birinin gövdesine yaslanmış ve patikanın birkaç adım ötesinde korunaklı bir bank oluşturmuştu. Çalıların üzerinden atladım ve giysilerimin nemli yerle temaş etmemesine dikkat ederek ceketimi altıma alıp oturdum. Başımı canlı ağaca yasladım.

Buraya gelmemeliydim; yanlış bir yer seçmiştim; ama başka nereye gidebilirdim ki? Orman koyu yeşildi. Önceki gece rüyamda gördüğüm ormana çok benziyordu. Artık benim ayak seslerim de olmadığından, orman tam bir sessizliğe bürünmüştü. Kuşlar ötmüyordu; damlalar artıyordu. Demek ki yağmur başlamıştı. Çalılar boyumu geçiyordu. Bir de oturduğum için, patikadan geçen biri beni göremezdi.

Ormanda, ağaçların arasında, evde beni utandıran saçmalıklara inanmak daha kolaydı. Bu ormanda binlerce yıldır hiçbir şey değişmemişti. Bu yeşil sisin içinde efsaneler çok daha inandırıcı geliyordu insana.

Mutlaka cevaplamam gereken iki hayati soru üzerinde yoğunlaşmaya çalıştım ama bunu yaparken çok isteksizdim.

Öncelikle, Jacob'un Cullen'larla ilgili söylediği şeyin doğru olup olamayacağına karar vermek zorundaydım.

Mantığım bunun kesinlikle doğru olamayacağını söyledi. Bu uydurma hikâyelere inanmak aptalcaydı. Peki o zaman ne, diye sordum kendi kendime. Şu anda hayatta olmamın mantıklı hiçbir açıklaması yoktu. Gözlemlediğim şeyleri zihnimden geçirdim: imkânsız hız ve güç, siyahtan altın rengine sonra yine siyaha dönen göz rengi, insanüstü bir güzellik, solgun, soğuk bir ten. Şimdi bazı ayrıntıları da hatırlıyordum; hiç yemek yememeleri, hareketlerindeki abartılı zarafet. Bazen yirmi birinci yüzyılda bir sınıfta değil de on dokuzuncu yüzyılın başlarından kalma bir romandaymış gibi garip sözcük ve deyimler kullanıyordu Edward. Kan grubumuza bakılacağı gün dersi ekmişti. Gideceğimiz yeri öğrenene kadar kumsal gezisine itiraz etmemişti. Etrafındaki herkesin ne düşündüğünü biliyor gibiydi... benim dışımda. Bana kötü ve tehlikeli olduğunu söylemişti.

Cullen'lar vampir olabilir miydi?

Bir şey oldukları kesindi. Gözlerimin önünde, mantıklı bir açıklaması olmama ihtimali bulunan bir olay cereyan ediyordu. Jacob'un soğuk teorisi mi yoksa benim süper kahraman teorim mi geçerliydi bilmiyorum ama Edward Cullen bir insan değildi. İnsanüstü bir yaratıktı.

O halde - belki. Şimdilik cevabım bu olmalıydı.

Asıl önemli soru şuydu: Bu doğruysa ben ne yapacaktım?

Edward bir vampirse –bunu düşünürken çok zorlanıyordum– ne yapacaktım? Bir başkasına söylemem mümkün değildi. Buna kendim bile inanamıyordum, söylediğim kişi bana deli muamelesi yapardı herhalde.

Yalnızca iki seçenek mantıklı görünüyordu. Birinci; onun tavsiyesine uymak; akıllı olmak ve ondan olabildiğince uzak durmak. Planlarımızı iptal etmek ve onu elimden geldiğince yok saymak. Birlikte girdiğimiz derste aramızda geçilmez kalın bir cam varmış gibi davranmak. Ona beni yalnız bırakmasını söylemek ve bu kez kararlı olmak.

Bu seçeneği düşünürken büyük bir umutsuzluk ve acı hissettim. Beynim planı reddetti ve diğer seçeneğe geçti.

Hiçbir şey olmamış gibi davranabilirdim. Sonuçta, Edward kötü bir yaratık olsaydı, şimdiye kadar bana zarar verecek bir şey yapardı. Aslında o o kadar hızlı davranmasaydı, Tyler'ın çamurluğunun içine geçebilirdim. Kendimle tartışmaya başladım. "Belki de hızlı bir refleksti," dedim kendi kendime. Ama eğer hayat kurtarma refleksleri varsa, ne kadar kötü olabilirdi ki? Kafamda bin türlü cevapsız soru dolaşıyordu.

Emin olduğum bir şey vardı. Önceki gece rüyamda gördüğüm karanlık Edward, Edward'ın kendisi değildi; Jacob'un anlattıklarının bende yarattığı korkunun bir yansımasıydı. Kurt adamın hareketinden korkup "hayır" diye bağırmam ondan korktuğum için değildi. Keskin pençeleriyle üzerime gelmiş olsa da, onun zarar görmesinden endişelenmiştim; onun için korkmuştum.

Bunun içinde sorunun cevabının olduğunu biliyordum. Gerçekten bir seçim şansımın olup olmadığını bilmiyordum. Yeterince derinlere gitmiştim. Korkunç sırrımla ilgili hiçbir şey yapamayacağımı biliyordum. Çünkü onu, insanı hipnotize eden gözlerini, kişiliğinin o manyetik gücünü düşündüğümde, onunla birlikte olmaktan başka bir şey istemiyordum. Hatta bunu düşünmek istemiyordum. Özellikle karanlık ormanda tek başımayken düşünmek istemiyordum. Birden titredim ve ayağa fırladım. Beni gizleyen o yerde daha fazla kalmak istemiyordum. Yağmur yüzünden yolu göremez olmaktan korkuyordum.

Ama yol oradaydı; güvenli ve açık bir şekilde yeşil labirente doğru dönüyordu. Hızla yolu takip ettim, kapüşonumla yüzümü örtmüştüm. Ağaçların arasında adeta koşarak ilerlerken evden ne kadar uzaklaşmış olduğumu görüp şaşırdım. Doğru yolda mı olduğumu yoksa ormanın derinliklerine mi doğru mu ilerlediğimi merak ettim. Neyse ki büyük bir paniğe kapılmadan, örümcek ağlarıyla kaplı dalların arasındaki boşlukları görmeye başladım. Ardından caddeden geçen bir arabanın sesini duydum ve özgür olduğumu anladım. Önümde Charlie'nin bahçesi uzanıyordu. Sıcak bir ortam ve kuru çoraplar vaat eden ev beni davet ediyordu.

Eve girdiğimde öğlen olmuştu. Üst kata çıktım ve bütün gün evden çıkmayacağım için kot pantolon ve tişört giydim. Dikkatimi çarşamba günü teslim etmem gereken Macbeth ödevi üzerinde yoğunlaştırmam zor olmadı. Müsveddeleri hazırlamaya başladım. Çok huzurluydum; hatta doğrusunu söylemem gerekirse perşembe günü öğleden sonrasından beri kendimi bu kadar huzurlu hissetmemiştim.

Hep böyle olurdu. Düşünüp taşındığım, karar vermeye çalıştığım süreç benim için en sancılı süreçti. Ancak bir kez karar verdikten sonra, rahatlar ve bu karardan şaşmazdım. Bazen umutsuzluk, duyduğum rahatlamayı lekelerdi; tıpkı Forks'a gelme kararım gibi. Yine de bu seçeneklerle boğuşmaktan daha iyiydi.

Bu kararla yaşamak fazlasıyla kolaydı. Tehlikeli derecede kolay.

Günüm çok sessiz ve verimli geçti, saat sekiz olmadan ödevimi bitirdim. Charlie eve kocaman bir balıkla geldi, ben de gelecek hafta Seattle'dan balık tarifleri kitabı almaya karar verdim ve bunu zihnime yazdım. Bu geziyi düşündükçe hissettiklerim, Jacob'la yürüyüşe çıkmadan önce hissettiklerimden farklı değildi. Heyecanlanıyordum. Farklı olmalıydı, diye düşündüm. Korkmalıydım, korkmam gerektiğini biliyordum ama içimde gerektiği gibi bir korku hissetmiyordum.

Güne çok erken başladığım, önceki gece de çok az uyuduğum için yorgundum; o gece hiç rüya görmedim. Forks'a geldiğimden beri ikinci kez gözlerimi güneşin parlak sarı ışığıyla açtım. Pencereye gittim; gökyüzünün bulutsuz olduğunu görünce çok şaşırdım. Var olan birkaç bulut, beyaz ve inceydi; yağmur yağdırmaları mümkün değildi. Pencereyi açtım; sessizce, gıcırdamadan açılması beni şaşırttı. Kim bilir kaç yıldır kimse açmamıştı bu pencereyi Hava sıcaktı, rüzgâr da esmiyordu. Kanım damarlarımda hızla hareket etmeye başlamıştı.

Alt kata indiğimde, Charlie kahvaltısını bitirmek üzereydi. Yüzüme bakınca ruh halimi hemen anladı.

"Dışarıda hava çok güzel," dedi.

"Evet," dedim gülümseyerek.

O da gülümsedi. Gülünce gözlerinin kenarlarında çizgiler oluşuyordu. Böyle zamanlarda annemin neden onunla gencecik yaşında apar topar evlendiğini anlayabiliyordum. Babam, ben onu tanımadan önce romantik özelliklerinin birçoğunu kaybetmişti; tıpkı benimle aynı renk olan saçlarını yavaş yavaş kaybetmesi gibi. Şimdi alnında bir açıklık vardı. Ancak gülümsediğinde, o zamanlar benim şu andaki yaşımdan iki yaş büyük olan Renee'yle kaçan o adamı biraz olsun görebiliyordum.

Kahvaltımı pencereden dışarısını seyrederek neşe içinde yaptım. Charlie benimle vedalaştı; polis arabasının evden uzaklaştığını duydum. Yağmurluğumu alırken bir an duraksadım; canım onu evde bırakmak istedi. Ama sonra içimi çekerek yağmurluğu katlayıp koluma aldım. Aylardır gördüğüm en parlak gün ışığına çıktım.

El kremimi kullanarak, kamyonetin iki camını da neredeyse sonuna kadar açmayı başardım. Okula ilk varanlardan biri bendim. Evden aceleyle çıkarken saatime bile bakmamıştım. Kamyonetimi park ettim ve kafeteryanın güney tarafında bulunan, pek sık kullanılmayan banklara doğru yürüdüm. Banklar hâlâ nemliydi; ben de yağmurluğumu yanıma aldığıma memnun olarak onun üzerine oturdum. Çok hareketsiz olan sosyal hayatım sayesinde ödevlerimi yapmıştım; ama doğru çözdüğümden emin olmadığım birkaç trigonometri problemi vardı. Büyük bir çalışkanlık örneği sergileyerek kitabımı çıkardım; ama daha ilk problemin yarısında, kırmızı kabuklu ağaçların üzerinde oynaşan güneş ışıklarını seyrederken, hayallere daldım. Ödevimin kenarına bir şeyler karaladım. Birkaç dakika sonra birden kâğıda bana bakan beş çift siyah göz çizdiğimi fark ettim. Silgiyle hepsini sildim.

Birinin "Bella!" diye seslendiğini duydum; Mike'ın sesine benziyordu. Etrafıma bakınmak için başımı kaldırdığımda, benim orada oturduğum süre içinde okulun kalabalıklaştığını gördüm. Herkes tişört giymişti; sıcaklık yirmi beş derece olmadığı halde şort giyenler bile vardı. Mike haki şortu ve çizgili Rugby tişörtüyle el sallayarak bana doğru geliyordu.

"Merhaba Mike!" diye karşılık verdim. Böyle bir günde soğuk olmak mümkün değildi.

Yanıma oturdu, jöleyle şekillendirip dikleştirdiği saçları ışıkta altın gibi parlıyordu, yüzünde de pırıl pırıl bir gülümseme vardı. Beni gördüğüne çok sevinmişti, ben de mutlu olduğumu hissettim.

"Daha önce hiç fark etmemişim, saçlarında kızıllar var," dedi, saçımın bir tutamını parmaklarının arasına alarak.

"Yalnızca güneşte."

Saçımı kulağımın arkasına sıkıştırırken rahatsız oldum.

"Harika bir gün, değil mi?"

"Tam bana göre," dedim.

"Dün ne yaptın?" dedi, her yaptığımı bilmesi gerekirmiş gibi.

"Ödevimi yaptım." Bitirdiğimi söylemedim, inek bir öğrenci gibi görünmek istemiyordum.

Alnına vurdu. "Of, doğru! Perşembe günü teslim etmemiz gerekiyor, değil mi?"

"Sanırım çarşamba."

"Çarşamba mı?" Kaşlarını çattı. "Kötü haber... Senin ödevinin konusu ne?"

"Shakespeare'in kadın karakterlerini düşmanca ele alıp almadığı."

Bana sanki Latince konuşmuşum gibi baktı.

"Ben de bu gece ödevimi yapmaya başlasam iyi olacak," dedi üzgün üzgün. "Ama ben sana bu gece benimle dışarı çıkmak ister misin diye soracaktım."

"Ya." Tedirgin olmuştum. Neden artık Mike'la rahatsızlık hissetmeden konuşamıyordum?

"Yemeğe gidebilirdik ya da bir şeyler yapabilirdik... aslında ben ödevimi daha sonra da yapabilirim." Bana bakıp umutla gülümsedi.

"Mike..." Bunu yapmaktan nefret ediyordum. "Sanırım bu pek iyi bir fikir değil."

Birden yüzü asıldı. "Neden?" diye sordu, gözlerinde hüzünlü bir ifadeyle. Düşüncelerim Edward'a kaydı. Acaba Mike da mı onu hatırlamıştı?

"Şimdi sana söyleyeceklerimi başka birine söylersen seni öldürürüm," diyerek onu tehdit ettim. "Ama bunun Jessica'yı inciteceğini düşünüyorum."

Afallamıştı. Bunun hiç aklına gelmediği belliydi. "Jessica mı?"

"Mike, sen *kör müsün?*"

"Ah," dedi şaşkınlıkla. Ben de onun bu şaşkınlığından yararlanıp konuyu değiştirdim.

"Ders başlayacak, yine geç kalmak istemiyorum." Kitaplarımı çantama koydum.

Üç numaralı binaya doğru hiç konuşmadan yürüdük, Mike'ın aklı başka yerdeydi sanki. Düşüncelerinin onu doğru yöne götüreceğini umuyordum.

Trigonometri dersinde Jessica'yı gördüm. Çok heyecanlıydı. O, Angela ve Lauren o akşam dansta giymek üzere kıyafet almak için Port Angeles'a gidiyorlardı. İhtiyacım olmamasına karşın benim de gitmemi istiyordu. Kararsız kaldım. Kızlarla kasaba dışına çıkmak iyi olabilirdi ama Lauren da gelecekti. Hem bu gece ne yapacağımı kim bilebilirdi? Ama böyle düşünmem doğru değildi. Güneş elbette beni mutlu etmişti; ama aşırı neşeli halimin tek nedeni bu olamazdı elbette.

Bu nedenle Jessica'ya Charlie'yle konuşmam gerektiğini söyledim ve "Belki," dedim.

İspanyolca dersine giderken Jessica'nın ağzında yalnızca dans vardı. Beş dakika geç biten dersten sonra da aynı konuda konuşmaya devam etti. Öğle yemeğimizi yemek üzere kafeteryaya doğru yürüdük. Zihnim onun söylediklerinin birçoğunu dinleyemeyecek kadar meşguldü. Şüphelerimden kurtulmak için, hem Edward'ı hem de diğer Cullen'ları görmek için sabırsızlanıyordum. Kafeteryaya girerken, bir korkunun içime yayıldığını ve mideme yerleştiğini hissettim. Ne düşündüğümü anlayabilecekler miydi? Birden farklı bir korkuya kapıldım. Edward yine benimle oturmak için bekliyor olabilir miydi?

Her zamanki gibi, öncelikle Cullen'ların masasına baktım. Masanın boş olduğunu görünce paniğe kapıldım. Gözlerim kafeteryayı taradı; Edward'ın beni tek başına bekliyor olmasını umdum. İçerisi neredeyse tamamen doluydu. İspanyolca dersi geç bittiği için biz geç kalmıştık. Ama ortalıkta ne Edward ne de ailesi vardı. Terk edilmişlik duygusunu bütün gücüyle hissettim.

Jessica'nın arkasından yürüdüm; artık onu dinliyormuş gibi görünme zahmetine bile katlanmıyordum.

Biz geç kaldığımız için herkes çoktan masaya oturmuştu. Mike'ın yanındaki boş sandalyeye oturmayıp Angela'nın yanındaki sandalyeye geçtim. Mike'ın kibarca Jessica'nın sandalyesini tuttuğunu gördüm, Jessica'nın yüzü aydınlandı.

Angela *Macbeth* ödeviyle ilgili birkaç soru sordu, ben de üzüntüden mahvolmama karşın doğal cevaplar vermeye çalıştım. Angela da akşam onlarla alışverişe gitmemi teklif etti, ben de kabul ettim. Kafamı dağıtmam gerekiyordu.

Biyoloji dersine girdiğimde aslında son bir umut taşımakta olduğumu fark ettim. Ancak Edward'ın yeri boştu, ben de müthiş bir hayal kırıklığına uğradım.

Günün geri kalanı ağır ve sıkıcı geçti. Beden eğitimi dersinde badmintonun kuralları anlatıldı, bu da benim için başka bir işkenceydi. Ama hiç değilse sahada ona buna çarpıp düşerek koşmak yerine oturup dersi dinlemem gerekiyordu. İşin güzel tarafı, öğretmen konuyu bitiremedi, böylece bir gün daha kazandım. Bir gün sonra elime bir raket tutuşturup beni sınıfın önünde rezil edeceklerdi ama umurumda değildi.

Kampustan çıktığıma çok memnun oldum; böylece Jessica ve diğer kızlarla dışarı çıkmadan önce dertlenip surat asmak için vaktim olacaktı. Evin kapısından girdiğim anda telefon çaldı, Jessica planımızın iptal olduğunu söylemek için arıyordu. Mike onu yemeğe davet ettiği için mutlu olmaya çalıştım; sonunda onun duygularını anlamıştı; ama coşkum bana çok yapay geldi. Alışverişe ertesi gün gidecektik.

Bu durumda kafamı dağıtamayacaktım. Akşam yemeği için balık marine etmiştim; önceki geceden kalma salata ve ekmek de vardı. Yani mutfakta yapacak işim yoktu. Yarım saat kadar ödevimle uğraştım; ama o da bitti. E-mail'larımı kontrol ettim; annemin mektuplarını okudum. Sondan geriye doğru geldikçe sitemleri beni daha çok üzdü. İçimi çektim ve hemen bir cevap yazdım.

Anne,
Üzgünüm. Dışarıdaydım. Arkadaşlarla kumsala gittik. Sonra da ödevimle uğraşmak zorundaydım.

Birden bahanelerimin çok zavallı olduğunu düşündüm ve bunlardan vazgeçtim.

Bugün burada hava güneşli. Ben de çok şaşırdım! Dışarı çıkıp olabildiğince D vitamini alacağım. Seni seviyorum.
Bella.

Bir saatimi okulla ilgili olmayan bir şey okuyarak geçirmeye karar verdim. Forks'a getirdiğim küçük bir kitap koleksiyonum vardı. Jane Austen kitaplarından birini aldım ve arka bahçeye yöneldim. Alt kata inerken dolaptan eski bir örtü aldım.

Charlie'nin küçük, kare bahçesinde örtüyü katladım ve güneşe rağmen hâlâ ıslak olan çimlerin üzerine, ağaçların gölgesinden uzak bir yere serdim. Yüzüstü uzandım, bacaklarımı havada çapraz yaptım ve kitaptaki hikâyelere göz atmaya başladım. Zihnimi en çok meşgul edecek hikâyeyi bulmaya çalışıyordum. En çok Aşk ve Gurur ile Aşk ve Yaşam'ı seviyordum. Aşk ve Gurur'u yeni okumuştum; bu nedenle Aşk ve Yaşam'ı okumaya karar verdim, Ancak üçüncü bölüme geldiğimde, kahramanın adının *Edward* olduğunu öğrenene kadar... Öfkeyle Mansfield Park'ı açtım ama buradaki kahramanın adı da Edmund'dı. Bu isim Edward'a çok yakındı. On sekizinci yüzyılın sonunda başka isim yok muydu? Hırsla kitabı kapattım ve sırtüstü uzandım. Kollarımı sıvadım ve gözlerimi kapattım. Tenimdeki sıcaklıktan başka bir şey düşünmeyeceğim, dedim kendi kendime. Hafif bir meltem esmeye başlamıştı, uçuşan saçlarım yüzümü gıdıklıyordu. Saçlarımı geriye atıp örtünün üzerine yaydım. Sonra yine gözkapaklarıma, elmacık kemiklerime, burnuma, dudaklarıma, kollarıma, boynuma dokunan, oradan da gömleğimden içeri işleyen güneş ışığı üzerinde yoğunlaştım.

Charlie'nin polis arabasının sesiyle uyandım. Şaşkınlık içinde doğruldum. Güneş ışıkları ağaçların arkasında kaybolmuştu. Uyuyakalmıştım. Etrafıma bakındım; birden yalnız olmadığımı fark edince afalladım.

"Charlie?" diye seslendim. Ama kapının önünde arabasının kapısının kapandığını duydum.

Nemlenen örtüyü ve kitabımı alıp ayağa fırladım. Fırını yakmak için içeri koştum, yemeği biraz geç yiyecektik. İçeri girdiğimde Charlie kemerini asmıştı; botlarını çıkarıyordu.

"Özür dilerim baba, yemek henüz hazır değil, bahçede uyuyakalmışım," dedim esneyerek.

"Telaş yapma. Ben de maç izlemek istiyordum zaten," dedi.

Yemekten sonra yapacak başka bir şey bulamadığım ve zaman öldürmek istediğim için Charlie'yle televizyon izledim. İzlemek istediğim bir şey yoktu; ama ben beysbol sevmediğim için Charlie ikimizi de hiç güldürmeyen bir sitcom açtı. Birlikte bir şeyler yaptığımız için mutlu görünüyordu. Bütün sıkıntıma karşın, onu mutlu etmek benim de hoşuma gitmişti.

"Baba," dedim reklamlar başladığında. "Jessica ve Angela yarın akşam dansta giymek üzere kıyafet almak için Port Angeles'a gidecekler, benim de onlarla gidip fikir vermemi istiyorlar... Gitmemin senin için bir sakıncası var mı?"

"Jessica Stanley mi?" diye sordu.

"Ve Angela Weber." İçimi çekerek ona ayrıntıları verdim.

Kafası karışmıştı. "Ama sen dansa gitmiyorsun, değil mi?"

"Hayır baba, sadece onlara fikir vereceğim. Şu güzel, bu olmadı filan..." Bunu bir kadına açıklamam gerekmezdi.

"Peki," dedi. Kızlarla ilgili meselelerle başa çıkamayacağını anlamıştı. "Ama öbür gün okula gideceksin."

"Okuldan çıkar çıkmaz gideceğiz, erken döneriz. Sen akşam yemeğinde sorun yaşamazsın, değil mi?"

"Bells, sen buraya gelmeden önce on yedi yıl boyunca kendi yemeklerimi kendim yedim ben," diye hatırlattı.

"Nasıl hayatta kaldın, bilmem," diye söylendim. "Ben sandviç yapıp buzdolabına koyarım, olur mu? Üst rafa..."

Sabahleyin hava yine güneşliydi. Yepyeni bir umutla uyandım ve bunu bastırmaya çalıştım. Hava güzel olduğu için, V yaka lacivert bluzumu giydim. Phoenix'teyken bu bluzu kış ortasında giyerdim.

Evden derse tam saatinde yetişecek şekilde çıktım. Kalbim küt küt atarak park yerinde dolaşırken, hem boş bir yer arıyordum hem de orada olmadığı açıkça belli olan gümüş rengi Volvo'yu. Kamyonetimi park yerinin arka tarafına bıraktım ve İngilizce dersine son dakikada, soluk soluğa yetiştim.

Bugünün de önceki günden farkı yoktu. Kafeteryada onu boşu boşuna aradım; biyoloji dersinde de yerinin boş olduğunu gördüm ve elimde olmadan kafamda yaşattığım umutlar kayboldu.

Port Angeles planı bu gece gerçekleşecekti. Plan benim için daha cazip hale gelmişti; çünkü Lauren işi olduğu için gelmiyordu. Kasabadan bir an önce çıkmak istiyordum; böylece sürekli arkama dönüp bakmaktan ve Edward'ın bir anda karşıma çıkmasını umut etmekten vazgeçecektim. O akşam keyifli olacağıma ve Jessica ile Angela'nın alışveriş zevkini mahvetmeyeceğime dair kendime söz verdim. Belki ben de bir şeyler alırdım. Hafta sonu Seattle'da tek başıma alışveriş yapabileceğimi düşünmemeye çalıştım, daha önce yapılan planla da ilgilenmiyordum. Bu planı iptal etmeden önce en azından bana haber vermesi gerekirdi herhalde.

Okuldan sonra Jessica eski beyaz Mercury'siyle beni takip etti. Kitaplarımı ve kamyonetimi eve bıraktım. Saçlarımı fırçaladım. Nihayet Forks dışına çıkacağım için heyecanlanmıştım. Masanın üzerine Charlie'ye yemeğinin nerede olduğunu açıklayan bir not bıraktım. Hantal okul çantamı bırakıp pek sık kullanmadığım çantamı aldım ve Jessica'nın yanına koştum. Sonra bizi bekleyen Angela'nın evine gittik. Kasabanın sınırlarından çıkarken heyecanımın birden arttığını hissettim.

8. PORT ANGELES

Jess, Charlie'den daha hızlı araba kullanıyordu, bu yüzden saat dört civarında Port Angeles'a vardık. Uzun zamandır kız arkadaşlarımla akşam dışarı çıkmamıştım. Östrojen seviyemiz yüksekti. Jessica, takıldığımız çocuklar konusunda çene çalarken, rock şarkıları dinledik. Jessica'nın Mike'la çıktığı yemek çok güzel geçmişti. Cumartesi gecesi "ilk öpücük" aşamasını geçebileceklerini umuyordu. İçimden güldüm, bunu duyduğuma sevinmiştim. Angela dansa gidecek olmaktan çok hoşnuttu; Eric'le pek ilgilenmiyordu. Jess, Angela'nın nasıl erkeklerden hoşlandığını anlamaya çalışıyordu. Kıyafetler konusunda bir şey sorarak konuyu değiştirdim. Angela bana minnetle baktı.

Port Angeles turistler için güzel bir tuzaktı. Forks'tan daha renkli ve değişikti. Jessica ve Angela burayı çok iyi biliyorlardı, bu yüzden harika bir manzarası olan nehir kıyısında yürüyerek vakit kaybetmek istemiyorlardı. Jess doğruca kasabanın en büyük alışveriş merkezine yöneldi.

Dansın yarı resmi olacağı söylenmişti; bunun tam olarak ne anlama geldiğini bilmiyorduk. Jessica ve Angela, daha önce Phoenix'te hiç dansa gitmediğimi duyunca şaşırdılar; hatta buna inanamadılar.

"Erkek arkadaşınla filan gitmedin mi?" diye sordu Jess, alışveriş merkezinin kapısından içeri girerken.

"Gitmedim," diyerek ikna etmeye çalıştım onu. Dans etme konusunda problemlerim olduğunu itiraf etmedim tabii. "Erkek arkadaşım filan olmadı hiç. Pek dışarı çıkmazdım."

"Neden?"

"Kimse bana çıkma teklif etmedi," diye cevap verdim dürüstçe.

Jessica şüphelenmişti. "Burada sana çıkma teklif edenler var," diye hatırlattı. "Ve sen onlara hayır diyorsun." Gençler için giysiler satan bir mağazaya girmiştik. Gece kıyafetlerini arıyorduk.

"Tyler hariç," diye mırıldandı Angela.

"Efendim?" dedim. "Ne dedin?"

"Tyler herkese partiye birlikte gideceğinizi söyledi," diye açıkladı Jessica. Gözlerinde kuşku vardı.

"Ne dedi?" Sesim boğulur gibi çıkmıştı.

"Sana doğru olmadığını söylemiştim," diye fısıldadı Angela, Jessica'ya.

Susuyordum. Şaşkınlığım yavaş yavaş öfkeye dönüşüyordu. Ama aradığımız reyonu bulmuştuk. Şimdi giysilerle ilgilenmemiz gerekiyordu.

"Lauren bu yüzden senden hoşlanmıyor," diye kıkırdadı Jessica, raflara göz atarken.

Dişlerimi sıkıyordum. "Kamyonetimle onun üzerinden geçersem kendini kazayla ilgili suçlu hissetmekten vazgeçer mi? Belki o zaman özür dilemekten vazgeçer ve berabere olduğumuza inanır."

"Belki," dedi Jessica gülerek. "Tabii *eğer* bunları sırf bu yüzden yapıyorsa."

Giysi reyonu pek geniş değildi, ama ikisi de deneyecek bir şeyler buldu. Ben de soyunma kabinlerinin önünde bir iskemle bulup oturdum. Öfkemi kontrol etmeye çalışıyordum.

Jess, siyah, uzun, straplez, sade bir elbise ile diz hizasında, mavi, askılı bir elbise arasında kararsız kalmıştı. Ben mavi elbiseyi almasını söyledim, göz yormaya ne gerek vardı? Angela ince, uzun vücudunu çok güzel saran, kumral saçlarını da daha canlı gösteren açık pembe bir elbise beğenmişti. İkisine de elbiselerinin çok yakıştığını söyledim. Beğenmedikleri elbiseleri yerlerine bırakmalarına yardım ettim. Renee ile yaptığımız alışverişler çok daha uzun sürerdi. Seçenekler sınırlı olunca böyle oluyordu herhalde.

Ayakkabı ve aksesuarlara yöneldik. Onlar çeşitli ürünleri denerken, ben onları izleyip yorumlarda bulundum. Ayakkabıya ihtiyacım olmasına karşın, kendim için alışveriş yapacak havada değildim. Tyler beni çok öfkelendirmişti.

"Angela?" dedim tereddüt ederek. Angela o sırada bir çift yüksek topuklu, pembe ayakkabı deniyordu. Uzun boylu biriyle çıktığı için çok mutluydu, böylece düz ayakkabı giymek zorunda kalmayacaktı. Jessica aksesuar reyonuna gitmişti. İkimiz yalnızdık.

"Evet?" Bacağını yana uzattı; ayakkabının ayağında nasıl durduğuna baktı.

Bir an vazgeçer gibi oldum. "Güzel ayakkabılar."

"Sadece bu elbiseye uyuyorlar, ama ben bunları alacağım," dedi.

"Al bence. Üstelik indirime girmiş."

Gülümsedi. Daha kullanışlı görünen beyaz ayakkabıların kutusunun kapağını kapattı.

Tekrar denedim. "Angela..."

Merakla bana baktı.

"Şey... normal mi?.. Cullen'lar..." Gözlerimi ayakkabılara diktim. "Cullen'ların bu kadar sık devamsızlık yapması?" Bunu umursamaz bir tavırla sormayı başaramamıştım.

"Evet. Onlar güzel havalarda kampa gidiyorlar; doktor da onlarla gidiyor. Gezmeyi çok seviyorlar," dedi alçak sesle. Ayakkabılarını inceliyordu. Jessica olsa bir sürü soru sorardı ama o hiçbir şey sormadı. Angela'dan hoşlanmaya başlamıştım.

"Ya!" dedim. Jessica gümüş renkli ayakkabılarına uyacak bir yüzükle yanımıza gelince konuyu kapattım.

İskeledeki küçük İtalyan lokantasında yemek yemeye karar verdik. Alışveriş düşündüğümüz kadar uzun sürmemişti. Jess ve Angela poşetlerini arabaya bırakıp nehir kıyısına geleceklerdi. Onlara bir saat sonra lokantada buluşabileceğimizi söyledim. Bir kitapçı aramak istiyordum. İkisi de benimle gelmeye gönüllü oldular ama gitmeleri için ısrar ettim. Kitapların arasında kendimi kaybettiğimi, gözümün başka bir şey görmediğini bilmiyorlardı. Böyle zamanlarda yalnız kalmayı tercih ediyordum.

Mutluluk içinde konuşarak arabaya doğru yürüdüler. Ben de Jess'in tarif ettiği yere gittim.

Kitapçıyı kolayca buldum ama aradığım böyle bir yer değildi. Vitrinde kristaller, tütsüler ve spiritüel kitaplar vardı. İçeri girmedim. Dükkânda upuzun beyaz saçları olan elli yaşlarında bir kadın vardı. Altmışlardan kalma siyah kıyafetler giymişti. Tezgâhın arkasından bana gülümsedi. Onunla konuşmama gerek olmadığına karar verdim Kasabada normal bir kitapçı vardı herhalde.

İşten çıkış saati olduğu için kalabalıklaşan caddelerde dolaşmaya başladım. O sırada müthiş bir umutsuzluk yaşadığım için geçtiğim yerlere dikkat ettiğim söylenemezdi. Edward'ı ve Angela'nın söylediklerini düşünmemeye çalışıyordum. Bir kere, cumartesi günü konusunda umuda kapılmak istemiyordum. Öncekilerden daha acı bir hayal kırıklığı yaşamaktan korkuyordum. Başımı kaldırıp baktığımda, caddeye park edilmiş gümüş rengi bir Volvo gördüm. Birden aklım başıma geldi. Aptal, güvenilmez vampir, dedim kendi kendime.

Güneye, cam vitrinli mağazaların bulunduğu yere doğru yürüdüm. Ama oraya vardığımda yalnızca bir tamirci dükkânı ve boş bir alanla karşılaştım. Angela ve Jess'le buluşmamıza daha vardı; ama kendimi toparlamalıydım. Parmaklarımla saçlarımı düzelttim ve köşeyi dönmeden önce derin nefesler aldım.

Birden yanlış yolda olduğumu fark ettim. Burada trafik kuzeye doğru akıyordu; binalar da farklıydı. Bir sonraki köşede doğuya dönmeye, sahile uzanan bir yol bulmaya karar verdim.

Benim yöneldiğim köşeden dört adam çıktı. İşten çıkmış olamayacak kadar spor giyinmişlerdi. Turist olamayacak kadar da pasaklıydılar. Yaşça benden pek büyük olmadıklarını fark ettim. Aralarında yüksek sesle şakalaşıyorlar, kahkahalar atıyorlar, birbirlerine vuruyorlardı. Geçmeleri için onlara yol verip bir an önce uzaklaşmaya çalıştım.

"Hey sen!" diye bağırdı biri yanımdan geçerken. Çevrede başka kimse olmadığına göre benimle konuşuyor olmalıydı. Otomatikman başımı kaldırıp baktım. İkisi durdu, ikisi de yavaşladı. Bana seslenen, yirmi yaşlarında, iri yarı, koyu renk saçlı bir tipti. Kirli bir tişörtün üzerine giydiği gömleğinin düğmelerini açmıştı. Yırtık kotu ve sandaletleri vardı. Bana doğru bir adım attı.

"Merhaba," diye mırıldandım istemeden. Sonra önüme bakarak yürümeye başladım. Arkamdan bağırarak güldüklerini duyuyordum.

"Hey, bekle!" diye bağırdı biri. Ama ben telaşla köşeyi döndüm. Hâlâ kahkahaları duyuluyordu.

Hava iyice kararmıştı. Az sonra arkamdan iki adamın sessizce geldiğini gördüm.

Az önce rastladığım gruptandılar; ama benimle konuşan adam yanlarında değildi. Daha hızlı yürümeye başladım. Yine ürpermiştim ama bunun havayla ilgisi yoktu. Cüzdanım çapraz olarak boynuma astığım çantamdaydı. Kapkaç kurbanı olmamak için yapıyordum bunu. Biber gazım evde bıraktığım çantamdaydı. Cüzdanımda fazla para yoktu. Çantamı yere atıp kaçmayı geçirdim içimden. Ama içimdeki kötü ses bana bu adamların hırsızlardan da kötü olabileceğini söylüyordu.

Az önce yaptıkları gürültünün aksine şimdi çok sessizdiler. Hızlanmıyor, bana yetişmeye çalışmıyorlardı. Derin nefes al, dedim kendi kendime. Seni takip edip etmediklerini bile bilmiyorsun. Koşmuyor, hızlı adımlarla yürüyordum; birkaç metre uzakta sağa dönen yola bakıyordum. Adamların olabildiğince geride kalmaya çalıştığının farkındaydım. Mavi bir araba güneyden gelip sokağa döndü ve yanımdan geçti. Bir an arabanın önüne atlamayı düşündüm ama tereddüt ettim. Gerçekten peşimden gelip gelmediklerini bile bilmiyordum.

Sonunda köşeye ulaştım ama şöyle bir bakınca burasının bir binanın arkasına açılan bir çıkmaz sokak olduğunu gördüm. Hemen geri dönüp dar yoldan geçmeli ve kaldırıma çıkmalıydım. Cadde, dur işaretinin bulunduğu diğer köşede bitiyordu. Koşsam mı koşmasam mı diye düşünürken, arkamdaki ayak seslerini duyabiliyordum. Şimdi daha geride kalmış gibiydiler; ama isterlerse koşup beni yakalayacaklarını biliyordum. Daha hızlı gitmeye kalkarsam düşeceğimden de emindim. Başımı hafifçe çevirip baktım, neredeyse yirmi metre geride olduklarını görünce rahatladım. Ama ikisi de bana bakıyordu.

Ben köşeye ulaşana kadar geçen süre sonsuzluk kadar uzundu sanki. Düzenli adımlar atıyordum; her adımda adamlar biraz daha geride kalıyorlardı. Belki de beni korkuttuklarını anlamış ve üzülmüşlerdi. Yaklaşmakta olduğum köşeden kuzey yönüne giden iki arabanın geçtiğini görünce rahatladım. Bu ıssız sokaktan kurtulduğumda daha çok insan göreceğimden emindim. Köşeyi döndüm ve derin bir soluk aldım.

Ve birden durdum.

Sokağın iki tarafında kapısı, penceresi olmayan, kocaman duvarlar vardı. İleride sokak lambalarını, arabaları, insanları görebiliyordum ama hepsi bana çok uzaktı. Kaldırımda kalakalmıştım. Gruptaki diğer iki adam duvara yaslanmış, bana bakıyorlardı. Yüzlerinde heyecanlı gülümsemeler vardı. O anda takip edilmediğimi anladım.

Tuzağa düşürülmüştüm.

Sanırım yalnızca bir saniye durdum, ama bu bana çok uzun bir zaman gibi geldi. Dönüp koşarak yolun öbür tarafına geçtim. Bunun boş bir deneme olduğunu hissediyordum. Arkamdan gelen ayak sesleri yakınlaşmıştı.

"Demek buradasınız!" Şişman, esmer adamın boğuk sesi o sessizlikte yerimde zıplamama neden oldu. Karanlıkta bile bana baktıklarını hissedebiliyordum.

"Evet," diye bağırdı arkamdan bir ses ve ben yine sıçradım. "Biraz dolaşarak geldik ama."

Genellikle iyi bağırırdım. Derin bir nefes alıp bağırmaya hazırlandım ama boğazım kuruduğu için sesimin çıkacağından emin değildim. Çantamı gerekirse vermek ya da silah olarak kullanmak için boynumdan çıkardım.

Şişman adam bana doğru yürümeye başladı.

"Yaklaşma bana!" dedim güçlü ve korkusuz olması gereken bir sesle. Ama boğazım kurumuştu, hiç sesim çıkmıyordu.

"Yapma, tatlım," dedi adam ve gürültülü bir kahkaha patlattı.

Kendimi olabilecek kötü şeylere hazırladım, ayaklarımı açtım, kendimi korumak için neler yapmam gerektiğini hatırlamaya çalıştım. Avuç içinin üzerindeki kemikle yukarı doğru bir hamle, burnu kırmak ya da bir kafa darbesi. Parmağı göze sokmak, parmağı kıvırıp gözü çıkartmak için döndürmek. Ve elbette kasığa tekme. Derken içimdeki olumsuz ses devreye girdi ve hiçbir şey yapamayacağımı, onların dört kişi olduğunu söyledi. Kapat çeneni! Korkuya esir olmadan bu sesi susturmayı başardım. Yanımda birini götürmeden gitmeyecektim. Doğru dürüst bir çığlık atabilmek için yutkunmaya çalıştım.

Birden köşede ışıklar göründü, bir araba az kalsın şişman adamı eziyordu. Kendimi yola attım; araba ya duracaktı ya da beni ezmek zorunda kalacaktı. Ama gümüş rengi araba ani bir manevra yaptı ve birkaç adım ötemde durdu. Ön kapı açıldı.

"Bin çabuk!" dedi öfkeli bir ses.

Az önce yaşadığım korku kaybolmuştu; henüz sokaktan çıkmadığım halde, o sesi duyar duymaz müthiş bir sıcaklık ve güven hissetmiştim. Bu, inanılmazdı! Hemen arabaya atladım.

Arabanın içi karanlıktı, kontrol panelinden yansıyan ışıkta onun yüzünü güçlükle seçebiliyordum. Arabayı kuzeye döndürürken lastikler çığlık attı; bir anda hızlanmıştık. Direksiyonu, neye uğradığını şaşırmış olan şişman adamın üstüne kırdı. Adamlar kendilerini kaldırıma zor attılar.

"Emniyet kemerini tak," dedi. Dediğini yaptım. Sola döndü ve hızla yol almaya başladı.

Kendimi güvende hissediyordum, nereye gittiğimizle ilgilenmiyordum. Yaşadığım rahatlama, yalnızca adamlardan kurtulmamla ilgili değildi. Onun kusursuz yüz hatlarını incelemeye başladım. Soluk alıp verişlerimin normale dönmesini bekliyordum. Birden yüzünde son derece sinirli bir ifade olduğunu fark ettim. Her an birini öldürüverecekmiş gibiydi.

"Bana kızgın mısın?" diye sordum. Sesim boğuk çıkmıştı.

"Hayır," dedi kısaca, ama sesi öfkeliydi.

Sesimi çıkarmadım. O parlayan gözlerini yola dikmişti; bense onun yüzünü seyrediyordum. Araba birden durdu. Etrafıma bakındım. Yol kenarındaki ağaçların siluetleri dışında hiçbir şey göremiyordum. Artık kasabada değildik.

"Bella?" dedi, sert ve kontrollü bir sesle.

"Efendim?" Sesim hâlâ kısıktı. Boğazımı temizlemeye çalıştım.

"İyi misin?" Bana bakmıyordu ama ne kadar öfkeli olduğu yüzünden belliydi.

"Evet," diye mırıldandım.

"Lütfen kafamı dağıt," diye emretti.

"Efendim?"

Derin bir nefes alıp verdi.

"Ben sakinleşene kadar önemsiz konulardan konuş," dedi. Gözlerini kapattı, işaret ve başparmağıyla burnunun kemerini sıktı.

"Peki." Beynimi zorlayıp önemsiz bir şey bulmaya çalıştım. "Yarın okuldan önce arabayı Tyler Crowley'in üzerine süreceğim."

Gözleri hâlâ sımsıkı kapalıydı ama dudağı kımıldıyordu.

"Neden?"

"Herkese mezuniyet balosuna beraber gideceğimizi söylüyormuş. Ya delirmiş ya da hâlâ beni az kalsın öldüreceği için özür dilemeye çalışıyor. Ben de, onun hayatını tehlikeye atarsam, yani berabere olursak özür dilemekten vazgeçer, diye düşündüm. Düşmana ihtiyacım yok. Tyler peşimi bırakırsa, Lauren benimle uğraşmaktan vazgeçer belki. Ancak Sentra'sına zarar verebilirim. Arabası olmazsa kimseyi mezuniyet balosuna götüremez..."

"Bunu duymuştum." Biraz sakinleşmişti.

"Duydun mu?" dedim kulaklarıma inanmayarak. "Felç olur ve boynundan aşağısı tutmazsa, mezuniyet balosuna filan gidemez!" diye homurdandım.

Edward derin bir nefes aldı ve gözlerini açtı.

"İyi misin?"

"Pek değil."

Bekledim, ama bir daha konuşmadı. Başını koltuğa yaslayıp arabanın tavanına bakmaya başladı. Yüzünde sert bir ifade vardı.

"Ne oldu?" diye fısıldadı.

"Bazen öfkem konusunda problem yaşıyorum Bella." O da fısıldıyordu. Gözlerini kısarak camdan dışarı baktı. "Ama geri dönüp onları avlamak benim için pek iyi..." Cümlesini tamamlamadı. İleriye doğru bakıyor, öfkesini kontrol etmeye çalışıyordu. "En azından kendimi buna ikna etmeye çalışıyorum."

"Ya." Bu sözcük yetersizdi ama aklıma daha iyi bir cevap gelmedi.

Yine bir süre konuşmadık. Kontrol panelindeki saate baktım. Altı buçuğu geçmişti.

"Jessica ve Angela beni merak edecekler," dedim. "Onlarla buluşmam gerekiyordu."

Hiçbir şey söylemeden motoru çalıştırdı, direksiyonu yumuşak hareketlerle çevirdi ve gerisin geri kasabaya doğru yol almaya başladı. Çok hızlı gidiyorduk. Çok geçmeden kasabanın ışıkları göründü. Birden İtalyan lokantasına geldiğimizi, Jessica ve Angela'nın hızlı adımlar ve endişeli yüzlerle oradan çıktığını gördüm.

"Nerede olduklarını nerden...?" diye söze başladım ama sonra başımı salladım. Kapının açıldığını ve onun dışarı çıktığını duydum.

"Ne yapıyorsun?" diye sordum.

"Seni yemeğe götürüyorum." Hafifçe gülümsedi ama gözleri hâlâ sertti. Kapıyı çarparak kapattı. Ben de emniyet kemerimi çözüp arabadan indim. Beni kaldırımda bekliyordu.

"Jessica ve Angela'yı durdur da onları da takip etmek zorunda kalmayayım. Diğer arkadaşlarla karşılaşırsam kendimi tutabileceğim$i sanmıyorum."

Sesindeki tehdit tüylerimi ürpertti.

"Jess, Angela!" diye bağırdım; döndüklerinde el salladım. Bana doğru yürümeye başladılar. Yüzlerinde rahatlamış ifadenin yerini, Edward'ı görür görmez bir şaşkınlık aldı. Bize yaklaşmadan önce tereddüt ettiler.

"Nerede kaldın?" Jessica'nın sesinde şüphe vardı.

"Kayboldum," dedim saf saf. "Sonra da Edward'a rastladım,"

"Size katılmamın bir sakıncası var mı?" diye sordu Edward ipeksi, karşı konulamaz sesiyle. Kızların yüzlerindeki şaşkın ifadeden onun bu yönlerini hiç bilmediklerini anladım.

"Şey, hayır," dedi Jessica.

"Şey, Bella, biz seni beklerken yemek yedik, özür dileriz," diye itiraf etti Angela.

"Önemli değil, ben aç değilim," diye cevap verdim.

"Bence bir şeyler yemelisin." Edward'ın alçak sesi emir verir gibiydi. Jessica'ya baktı. "Bu gece Bella'yı eve benim bırakmamın sizin için bir sakıncası var mı? Böylece o yemek yerken siz de onu beklemek zorunda kalmazsınız," dedi.

"Ah, sorun değil, yani sanırım..." Jessica dudağını ısırdı, yüzümdeki ifadeden bunu isteyip istemediğimi anlamaya çalışıyordu. Ona göz kırptım. En çok istediğim şey kurtarıcımla yalnız kalmaktı. Ona sormak istediğim o kadar çok soru vardı ki...

"Peki öyleyse." Angela, Jessica'dan hızlı davranmıştı, "Yarın görüşürüz Bella... Edward." Jessica'nın elini tuttu ve onu Birinci Cadde'de duran arabaya doğru sürükledi. Arabaya bindiklerinde Jess dönüp el salladı, yüzünde meraklı bir ifade vardı.

Ben de ona el salladım, Onlar gözden kaybolunca Edward'a döndüm.

"Ben aç değilim," dedim yüzüne bakarak. Yüzü ifadesizdi.

"Dalga geçme."

Restoranın kapısına doğru yürüdü ve yüzünde inatçı bir ifadeyle kapıyı itti. Görünüşe göre, tartışma bitmişti. Ben de çaresiz onu izledim.

Restoran kalabalık değildi, Port Angeles'ta ölü sezondu. Restoranın sahibi kadındı; Edward'ı fazlasıyla sıcak karşıladı.

Bunun beni rahatsız ettiğini fark edip şaşırdım. Benden birkaç santim uzundu ve boyalı sarı saçları vardı.

"İki kişilik masa?" Edward bunu özellikle mi yapıyordu bilmiyorum ama sesi çok çekiciydi. Kadın bana şöyle bir bakıp başını çevirdi. Sıradanlığım, Edward'la birbirimze dokunmamamız ve aramızdaki mesafe onu tatmin etmişti. Bizi dört kişilik bir masaya götürdü.

Edward başını salladı.

"Daha özel bir yer yok mu?" dedi kadına. Emin değildim ama bahşiş vermişti sanki. Kendisine gösterilen masayı beğenmeyen adamları sadece filmlerde görmüştüm.

"Elbette," dedi kadın. O da benim gibi şaşırmıştı. Bizi küçük localara götürdü. "Burası nasıl?"

"Harika." Edward'ın pırıl pırıl gülümsemesi kadının başını döndürmüştü herhalde.

"Garson hemen sizinle ilgilenir," dedi kadın ve sersemlemiş bir halde yanımızdan uzaklaştı.

"İnsanlara bunu yapma," dedim Edward'ı eleştirerek. "Bu haksızlık."

"Ne yapmayayım?"

"Onları böyle büyüleme. Kadın şimdi ne haldedir kim bilir."

Kafası karışmış gibiydi.

"Yapma," dedim. "İnsanlar üzerinde yarattığın etkiyi biliyorsundur herhalde."

Başını yana eğdi, gözlerinde merak vardı. "İnsanları büyülemek mi?"

"Fark etmedin mi? Herkesin işini bu kadar kolay halledebildiğini düşünüyor musun?"

Sorumu duymazdan geldi. "Ben seni büyülüyor muyum?"

"Çoğunlukla," diye itiraf ettim.

O sırada garsonumuz geldi, yüzü soru sorar gibiydi. Restoranın sahibi olan kadın gözden kaybolmuştu; bu kız hayal kırıklığına uğramış görünmüyordu Kısa siyah saçlarını kulağının arkasına sıkıştırdı ve abartılı bir sıcaklıkla gülümsedi.

"Merhaba. Adım Amber, bu gece sizinle ben ilgileneceğim. İçecek olarak ne alırdınız?" Sadece Edward'la konuşuyordu.

Edward bana baktı.

"Ben bir kola alayım." Bunu soru sorar gibi söylemiştim.

"İki kola," dedi.

"Hemen!" Yine Edward'a gülümsedi. Ama Edward bunu görmedi. Beni seyrediyordu.

"Ne?" dedim kız gidince.

Gözlerini yüzümden ayırmıyordu. "Kendini nasıl hissediyorsun?"

"İyiyim," diye cevap verdim, bu düşünceli tavrı beni şaşırtmıştı.

"Başın dönmüyor, miden bulanmıyor ya da üşümüyorsun, değil mi?"

"Hayır, neden?"

Şaşkın halim onu güldürdü.

"Aslında senin şoka girmeni bekliyorum."

Yüzünde yine çarpık gülümsemesi belirdi.

"Şok geçireceğimi sanmıyorum," dedim, derin bir nefes alarak. "Tatsız şeyleri unutmak konusunda çok iyiyimdir."

"Ben de öyle. Midene biraz yemek ve şeker girerse kendimi daha da iyi hissedeceğim."

Zamanlama harikaydı. Garson elinde içeceklerimiz ve bir ekmek sepetiyle ekmekle geldi. Getirdiklerini masaya bırakırken sırtını bana döndü.

"Sipariş verecek misiniz?" diye sordu Edward'a.

"Bella?" dedi Edward.

Kız isteksizce bana döndü.

Mönüde ilk gördüğüm şeyi seçtim. "Mantarlı ravioli lütfen."

"Siz?" Kız yine Edward'a dönüp gülümsedi.

"Hiçbir şey." Elbette!

"Fikrinizi değiştirirseniz bana haber verin." Kız hâlâ cilveli cilveli gülümsüyordu, ama Edward ona bakmıyordu. Bunun üzerine bu kız da hayal kırıklığı yaşayarak yanımızdan ayrıldı.

"İç," diye emretti.

Ben de itaat edip kolamdan bir yudum aldım, sonra biraz daha içtim, çok susamıştım. Edward bardağını kaldırdığında, benim kolam bitmişti.

"Teşekkür ederim," diye mırıldandım. Susuzluğum hâlâ geçmemişti. Buzlu kola içimi ürpertmişti.

"Üşüdün mü?"

"Hayır. Koladan sanırım," diye açıkladım ama yine ürpermiştim.

"Ceketin yok mu?"

"Var," dedim. Sonra birden hatırladım. "Ah! Jessica'nın arabasında kaldı!"

Edward ceketini çıkardı. Birden daha önce hiç onun ne giydiğine dikkat etmediğimi fark ettim. Gözlerimi yüzünden alamıyordum ki. Giysilerine şimdi bakıyordum. Üzerinde krem rengi deri ceket ve boğazlı bir kazak vardı. Kazak üzerine tam oturuyor ve kaslı göğsünü ortaya çıkarıyordu.

Ceketini bana verdi.

"Teşekkürler," dedim tekrar. Ceketi üzerime geçirdim. Müthiş kokuyordu. Kokuyu içime çektim, bu şahane kokunun ne olduğunu anlamaya çalışıyordum. Ceketin kolları çok uzundu, kollarımı sıvayıp ellerimi ortaya çıkardım.

"Mavi sana çok yakışıyor," dedi bana bakarak. Şaşırmıştım, Gözlerimi ondan kaçırdım ama yine kızarmıştım elbette.

Ekmek sepetini önüme koydu.

"Merak etme. Şoka falan girmiyorum," dedim.

"Girmelisin, *normal* bir insan girerdi. Sen sarsılmadın bile." Tedirgin görünüyordu. Gözlerimin içine baktı, bu kez gözlerinin hiç görmediğim kadar açık renk olduğunu fark ettim. Karamel rengiydi.

"Senin yanında kendimi güvende hissediyorum," diye itiraf ettim, yine gerçeği söyleme merakına kapılmıştım.

Bundan pek hoşlanmadı. Kaşlarını çattı.

"Benim planladığımdan çok daha karışık," diye mırıldandı kendi kendine.

Bir parça ekmek alıp ısırdım, yüzündeki ifadeyi anlamaya çalışıyordum. Soru sormak için uygun zamanı bekliyordum.

"Gözlerinin rengi açıkken daha iyi bir ruh halinde oluyorsun," dedim kafasını dağıtmaya çalışarak.

Şaşırmıştı. "Ne?"

"Gözlerin siyahken çok sertsin. Bu konuda bir teori geliştirdim."

Gözlerini kıstı. "Başka teorilerin de mi var?"

"Var." Umursamaz görünmeye çalışarak ekmeğimden bir parça kopardı.

"Umarım bu kez daha yaratıcı bir şey bulmuşsundur. Yoksa hâlâ çizgi romanlardan mı kopya çekiyorsun?" Yüzünde hafif bir gülümseme vardı ama bakışları çok sertti.

"Hayır, çizgi romanlardan kopya çekmiyorum ama bunları kendi kendime de uydurmuyorum," dedim.

"Ve?" diye üsteledi.

O sırada garson yemeğimi getirdi. Onu görünce doğrulmak zorunda kaldık, çünkü farkında olmadan masanın üzerinden birbirimize doğru eğilmiştik. Kız, çok güzel görünen yemeği önüme koydu, sonra Edward'a döndü.

"Fikrinizi değiştirdiniz mi?" diye sordu. "Sizin için yapabileceğim bir şey yok mu?" Bu sözlerden başka anlamlar da çıkarılabilirdi.

"Hayır, teşekkürler, ama kola alabiliriz," dedi Edward boş bardakları kibarca işaret ederek.

"Tabii." Kız boş bardakları alıp gitti.

"Sen bir şey söylüyordun," dedi Edward.

"Arabada söylerim. Eğer..." Birden duraksadım.

"Şartların mı var?" Kaşını kaldırdı, sesi rahatsız olmuş gibiydi.

"Elbette sana birkaç sorum olacak."

"Elbette."

Garson geldi, hiçbir şey söylemeden kolaları bırakıp gitti.

Kolamdan bir yudum aldım.

"Tamam, sor," dedi. Sesi hâlâ sertti.

En kolay olduğunu düşündüğüm soruyla başladım. "Neden Port Angeles'tasın?"

Başını eğdi, ellerini yavaşça masanın üzerinde birleştirdi. Kirpiklerinin altından bana bakıyordu. Yüzünde yapmacık bir gülümseme vardı.

"Diğer soruya geçelim."

"Ama bu en kolay soruydu," diye itiraz ettim.

"Diğer soru," diye tekrarladı.

Yere baktım, hayal kırıklığına uğramıştım. Çatalımı elime alıp raviolilerden birine batırdım. Yavaşça ağzıma atıp çiğnemeye başladım. Bir yandan da yere bakıyor ve düşünüyordum. Lokmamı yuttum. Başımı kaldırmadan önce kolamdan bir yudum daha aldım.

"Peki öyleyse." Edward'a bakıp alçak sesle devam ettim. "Diyelim ki... bu yalnızca bir varsayım elbette... Biri insanların ne düşündüğünü anlayabiliyor, onların zihnini okuyor. Bazı istisnalar hariç..."

"Biri hariç..." dedi Edward. "Bu da varsayım tabii."

"Peki, biri hariç." Benimle bu oyunu oynadığına inanamıyordum ama doğal davranmaya çalıştım. "Bu nasıl gerçekleşir? Sınırları nelerdir? Nasıl olur da biri bir başkasını tam zamanında bulur? Onun başının dertte olduğunu nereden bilebilir?" Bu karmaşık soruyu anlayabileceğini umdum.

"Bu da varsayım, değil mi?" dedi.

"Elbette."

"Öyleyse, eğer biri..."

"Adı Joe olsun," dedim.

Gülümsedi. "Peki, Joe. Eğer Joe dikkatli olsaydı, zamanlamanın mükemmel olmasına gerek kalmazdı."

Gözlerini devirerek başını salladı. "Yalnızca sen, bu kadar küçük bir kasabada başını derde sokabilirsin. Son on yılın suç istatistiklerine baksan çok şaşırırdın."

"Biz bir varsayım üzerine konuşuyorduk," diye hatırlattım.

Kahkaha attı, gözlerinde sıcak bir ifade vardı.

"Doğru. Sana da Jane diyelim mi?"

"Nereden bildin?" dedim kendimi tutamayarak. Yine ona doğru eğilmiştim.

İkilemde kalmış gibi bocalıyordu. Bana doğruyu söyleyip söylemeyeceğine karar vermeye çalışıyordu.

"Bana güvenebilirsin, biliyorsun," diye mırıldandım. Farkında olmadan uzanıp eline dokundum ama hemen geri çekildi. Ben de elimi geri çektim.

"Başka bir seçeneğim var mı bilmiyorum," dedi fısıltıyla. "Yanılmışım, tahmin ettiğimden çok daha dikkatliymişsin."

"Ben senin hep haklı olduğunu düşünmüştüm."

"Eskiden öyleydim." Başını salladı. "Başka bir konuda da senin hakkında yanlış bir izlenime kapılmıştım. Sen sadece kazaları üzerine çekmiyorsun, sen belaları üzerine çekiyorsun. Küçücük bir yerde bela gelip seni buluyor."

"Senin de mi bu belalardan biri olduğunu düşünüyorsun?"

"Kesinlikle." Gerilmişti.

Az önce elini çekmiş olmasını umursamayıp yeniden eline dokundum, buz gibi ve sertti.

"Teşekkür ederim." Sesimde minnet vardı. "İki oldu."

Yüzü yumuşamıştı. "Üçüncüsünü denemeyelim, anlaştık mı?"

Kaşlarımı çatarak başımı salladım. Elini çekip masanın altına koydu. Ama bana doğru uzanmıştı.

"Seni Port Angeles'a kadar takip ettim," diye itiraf etti sonunda. "Daha önce hiç belli bir insanın hayatını kurtarmaya çalışmamıştım. Bu düşündüğümden çok daha zormuş. Ama bunun nedeni belki de sensin. Normal insanlar günlerini felaketler yaşamadan geçiriyorlar." Bir an durdu. Beni takip etmesinin beni rahatsız mı yoksa mutlu mu etmesi gerektiğini düşünüyordum. Çok mutlu olmuştum. Edward bana bakıyordu, belki de neden gülümsememi bastırmaya çalıştığımı düşünüyordu.

"Belki de benim işim o ilk minibüs vakasına kadardı. Kadere müdahale ettiğini düşündün mü hiç?" dedim.

"O ilk değildi," dedi, neredeyse duyulamayacak kadar alçak sesle. Şaşkınlıkla ona baktım, ama o gözlerini yere dikmişti. "Senin işin benimle tanışana kadardı."

Bu sözler beni korkutmuştu. Bakışları da ilk karşılaştığımız gün olduğu gibi vahşiydi. Ama varlığının bana verdiği güven bunları unutturuyordu. Bana baktığında gözlerimde korkudan eser yoktu.

"Hatırlıyor musun?" diye sordu, melek yüzü ciddileşmişti.

"Evet." Son derece sakindim.

"Ve şu anda oturuyorsun." Sesi buna inanamıyormuş gibiydi. Tek kaşını kaldırdı.

"Evet, şu anda burada oturuyorum ve bu senin sayende," dedim ve sustum. "Çünkü sen her nasılsa bugün beni nasıl bulacağını biliyordun..."

Dudaklarını kenetledi; gözlerini kıstı. Yine bir karar vermeye çalışıyordu. Önce önümdeki tabağa sonra bana baktı.

"Sen yemek ye, ben konuşayım," diyerek pazarlık yaptı.

Hemen ağzıma bir ravioli daha atıp çiğnemeye başladım.

"Seni takip etmek çok zor. Genellikle birinin aklını okuduktan sonra onu kolayca bulurum." Endişeyle bana baktı, donup kalmıştım. Ağzımdaki lokmayı zor yuttum ve yeni bir lokma aldım.

"Pek dikkatli olmasa da Jessica'yı takip ediyordum. Bir tek sen Port Angeles'ta başını derde sokabilirdin. Ama onlardan ne zaman ayrılıp tek başına kaldığını anlayamadım. Sonra, onlarla birlikte olmadığını anladığımda seni bulmak için Jessica'nın aklındaki kitapçıya baktım. İçeri girmediğini ve güneye doğru gittiğini hemen anladım. Çok geçmeden oradan geri dönmek zorunda kalacağını biliyordum. Durup seni bekledim Sokaktan geçen insanların da akıllarını okuyordum. Belki biri seni fark etmişti, böylece nerede olduğunu öğrenebilirdim. Endişelenmem için hiçbir neden yoktu, ama tuhaf bir şekilde endişeliydim." Düşüncelerinin içinde kaybolmuş gibiydi, bana bakıyor, sanki benim hayal bile edemeyeceğim şeyleri görüyordu.

"Arabayla dolaşmaya başladım; etrafı dinliyordum. Güneş batıyordu. Arabadan inmeye ve seni yürüyerek aramaya karar verdim. Sonra birden..." Sustu, öfkeyle dişlerini sıktı. Sakinleşmeye çalışıyordu.

"Sonra ne oldu?" diye fısıldadım.

"Ne düşündüklerini duydum," diye homurdandı. "Zihninde senin resmini gördüm." Birden bana doğru eğildi, dirseğini masanın üzerine koydu, eliyle gözlerini kapattı. Bunu o kadar hızlı yapmıştı ki şaşırmıştım.

"Bunun ne kadar zor olduğunu bilemezsin. Seni oradan götürmek ve onları... canlı bırakmak." Koluna çarpan sesi boğuk çıkıyordu.

"Jessica ve Angela'yla gitmene izin verebilirdim, ama beni yalnız bırakırsan o adamları aramaya gitmekten korktum," diye itiraf etti.

Sessizce oturuyordum, aklım karmakarışık olmuştu. Ellerimi kucağımda birleştirmiş, sandalyeye yaslanmıştım. Edward'ın elleri hâlâ gözlerinin üzerindeydi. Tıpkı bir taş gibi hareketsizdi.

Sonunda başını kaldırdı.

"Eve gitmeye hazır mısın?" diye sordu.

"Hazırım." Bir saatlik yolumuz olduğu için çok mutluydum. Onunla vedalaşmaya hazır değildim.

Garson yanımızda bitti.

"Başka bir arzunuz?"

"Hesap lütfen. Teşekkürler." Edward'ın sesi alçak ve sertti, konuşmamızın gerginliğini taşıyordu. Kız şaşırmış gibiydi. Edward ona baktı.

"Ta... tabii," diye kekeledi kız. "Buyurun." Siyah önlüğünün cebinden küçük deri bir defter çıkarıp Edward'a verdi. Hesap çoktan elindeydi. Parayı defterin içine koydu ve hemen ona geri verdi.

"Üstü kalsın," dedi gülümseyerek. Ayağa kalktı, ben de ayaklarımın üzerinde doğrulmayı başardım.

Kız tekrar Edward'a davetkâr bir şekilde gülümsedi. "İyi akşamlar."

Edward ona teşekkür ederken gözlerini benden ayırmadı. Gülmemek için kendimi zor tutuyordum.

Kapıya kadar yürüdü, hâlâ bana dokunmamaya özen gösteriyordu. Jessica'nın kendisiyle Mike arasındaki ilişki hakkında söylediklerini hatırladım, neredeyse ilk öpüşme safhasına gelmişlerdi. Edward beni duymuş gibiydi, meraklı gözlerle bana baktı. Ben de kaldırıma baktım, ne düşündüğümü anlamadığı için mutluydum.

Ben binerken kapıyı tuttu. Ben bindikten sonra da kapattı. Ne kadar da kibardı... Şimdiye kadar buna alışmış olmam gerekirdi, ama alışamamıştım. İçimde Edward'ın farklı bir insan olduğunu söyleyen bir his vardı.

Arabaya bindiğinde motoru çalıştırdı ve ısıtıcıyı açtı. Hava iyice soğumuştu, Ceketi beni sıcak tutuyordu, onun bakmadığı zamanlarda kokuyu içime çekiyordum.

Edward kısa sürede otobana çıktı.

"Şimdi sıra sende," dedi yüzünde anlamlı bir ifadeyle.

9. TEORİ

"Bir soru daha sorabilir miyim?" diye yalvardım Edward sessiz sokaktan hızla geçerken. Yola dikkat eder gibi bir hali yoktu.

İçini çekti.

"Peki ama yalnızca bir tane," dedi. Dudaklarını sımsıkı kenetledi.

"Tamam. Kitapçıya girmediğimi, güneye doğru yürüdüğümü söyledin. Bunu nereden bildiğini merak ediyorum."

Düşünceli gözlerle yola baktı.

"Sorularımdan kaçmak yoktu hani?" diye homurdandım.

Hafifçe gülümsedi.

"Pekâlâ. Kokunu takip ettim," dedi Gözlerini tekrar yola çevirerek bana toparlanmam için zaman tanıdı. Söyleyecek mantıklı bir şey bulamadım; ama bunu daha sonra düşünmek üzere zihnimin bir köşesine kaydettim. Tekrar dikkatimi toplamaya çalıştım. Bir kez konuşmaya başlamışken susmasına izin vermemeliydim.

"İlk sorularımdan birine hâlâ cevap vermedin," dedim.

"Hangisine?"

"Zihin okuma nasıl oluyor? Herkesin zihnini okuyabiliyor musun? Bunu nasıl yapıyorsun? Ailenin diğer üyeleri de bunu yapabiliyor mu?" Boyle sorular sormak zorunda kaldığım için kendimi aptal gibi hissediyordum.

"Çok soru sordun," dedi.

Özür diler gibi bir hareket yaptım.

"Hayır, bu özellik yalnızca bende var. Her istediğim kişiyi her istediğim yerde duymam mümkün değil. Ona oldukça yakın olmam gerek. Bana daha yakın olan kişilerin seslerini uzaktan da duyabilirim. Ancak bunun da bir sınırı var," dedi. Bir an sustu. Düşünceli görünüyordu. "Kalabalık bir odanın içinde herkesin aynı anda konuşması gibi bir şey bu. Bir uğultu ve arkadan gelen bir vızıltı. Dikkatini birinin üzerinde yoğunlaştırdığında, onun zihnini rahatça okuyabilirsin.

"Çoğunlukla hepsini ayarlıyorum; yoksa kafam çok karışıyor. Bunu yaptığımda normal görünmek daha kolay oluyor." Normal derken kaşlarını çatmıştı.

"Neden beni duyamadığını düşünüyorsun?" diye sordum merakla.

Gizemli bir tavırla bana baktı.

"Bilmiyorum," diye mırıldandı. "Bir tek tahminde bulunabilirim. Senin beynin başkalarından farklı çalışıyor olabilir. Tıpkı senin düşüncelerin AM dalgasındayken, benim yalnızca FM dalgasını anlayabilmem gibi." Gülümsedi, birden keyiflenmişti.

"Yani benim beynim doğru çalışmıyor mu? Ben çatlak mıyım?" Bu beni çok rahatsız etmişti; yaptığı benzetme tam hedefini bulmuştu. Bundan hep kuşkulanmıştım ama şimdi bu teyit edilince çok utanmıştım.

"Ben beynimin içinde sesler duyuyorum ve sen bir çatlak olduğundan şüpheleniyorsun?" dedi gülerek. "Merak etme. Bu yalnızca bir teori." Yüzünde yine gergin bir ifade belirdi. "Bu da bizi sana geri getiriyor."

İçimi çektim. Nereden başlamalıydım?

"Sorulardan kaçmayacaktık, değil mi?" dedi yumuşak bir sesle.

İlk kez bakışlarımı ondan kaçırmak zorunda kaldım, uygun sözcükleri bulmakta güçlük çekiyordum. Birden gözüm hız göstergesine takıldı.

"Aman Tanrım," diye bağırdım. "Yavaşla!"

"Ne oldu?" dedi şaşkınlıkla. Ama araba yavaşlamadı.

"Saatte iki yüz kilometreyle gidiyorsun!" Hâlâ bağırıyordum. Panik içinde camdan dışarı baktım. Etraf çok karanlıktı. Yol, yalnızca farların ışığıyla aydınlanıyordu. Yolun iki tarafındaki ağaçlar siyah bir duvar oluşturuyordu sanki. Bu hızla giderken yoldan çıkarsak duvara toslayacaktık.

"Rahat ol, Bella," dedi. Yavaşlamamıştı.

"Bizi öldürmeye mi çalışıyorsun?" diye sordum.

"Bir şey olmaz, merak etme."

Sesimi kontrol etmeye çalışıyordum. "Neden bu kadar acele ediyorsun?"

"Ben arabayı hep hızlı kullanırım." Bana döndü. Yüzünde yine çarpık gülümsemesi vardı.

"Gözlerini yoldan ayırma!"

"Ben şimdiye kadar hiç kaza yapmadım Bella, hatta trafik cezası bile kesilmedi bana." Gülümseyerek alnına dokundu. "Kafamda radar tespit eden bir cihaz var benim."

"Çok komik," dedim burnumdan soluyarak. "Unuttun mu, Charlie polis! Bana hep trafik kurallarına uymam gerektiği öğretildi. Hem biz bir ağaca çarpsak ve Volvo hurdaya dönse bile, sen herhalde kalkıp yürüyerek gidebilirsin."

"Herhalde." Kahkaha attı. "Ama sen bunu yapamazsın." Derin bir nefes alıp arabayı yavaşlattı. "Mutlu musun?"

"Mutlu sayılırım."

"Yavaş araba kullanmaktan nefret ederim," diye homurdandı.

"Şu anda yavaş mı gidiyorsun?"

"Araba kullanmam konusunda daha fazla yorum yapmayalım istersen," dedi. "Son teorini sabırsızlıkla bekliyorum."

Dudağımı ısırdım. Bana bakıyordu, altın rengi gözlerinde hiç beklemediğim kadar yumuşacık bir ifade vardı.

"Gülmeyeceğim, söz," diye söz verdi.

"Ben aslında bana kızmandan korkuyorum."

"O kadar kötü mü?"

"Evet, kötü."

Bekledi. Ben gözlerimi elime dikmiştim. Ona bakmıyordum.

"Seni dinliyorum," dedi. Sesi çok sakindi.

"Nereden başlayacağımı bilmiyorum," dedim.

"En başından başla... Bu kanıya kendi kendine varmadığını söyledin."

"Hayır."

"Bu fikir nereden geldi aklına? Bir kitaptan ya da filmden mi esinlendin?"

"Hayır, cumartesi günü kumsalda..." Yüzüne şöyle bir baktım. Rahatsız olmuş gibiydi. "Eskiden tanıdığım biriyle karşılaştım. Jacob Black. Babasıyla Charlie çok eski arkadaşlar."

Kafası karışmış gibiydi.

"Babası Quileute büyüklerinden." Dikkatle ona baktım. Yüzündeki şaşkın ifade donup kalmıştı. "Onunla yürüyüşe çıktık. Bana eski efsanelerden söz etti. Sanırım beni korkutmaya çalıştı. Bana bir şey anlattı."

"Devam et," dedi.

"Vampirler hakkında." Fısıldadığımı fark ettim. Yüzüne bakamıyordum, ama direksiyonun üzerinde duran elinin donakaldığını görebiliyordum.

"Sen de hemen beni hatırladın," dedi, sakinliğini koruyarak.

"Hayır. Jacob senin ailenden söz etti."

Gözlerini yola dikti.

Birden endişelendim. Jacob'un başını derde mi sokmuştum?

"Bunun aptal bir batıl inanç olduğunu düşünüyor," diye toparlamaya çalıştım. Ama itiraf etmem gerekirse, bu pek yeterli olmamıştı. "Benim suçumdu; anlatmasını ben istedim."

"Neden?"

"Lauren senin hakkında bir şey söylemişti, beni kızdırmaya çalışıyordu. Yerli çocuklardan biri de senin ailenin o bölgeye gitmediğini söyledi. Ama sanki bir şey ima ediyordu. Ben de Jacob'la yalnız kaldım ve onu konuşturdum." Bunları başım önümde söylemiştim.

Gülmeye başladı. Çok şaşırmıştım. Başımı kaldırıp ona baktım. Gülüyordu ama gözlerinde korkunç bir ifade vardı.

"Onu nasıl konuşturdun?" diye sordu.

"Onunla flört eder gibi yaptım. Bu da işe yaradı." Bunu söylediğime bile inanmıyordum.

"Görmek isterdim," diyerek güldü. "Bir de beni insanları büyülemekle suçluyorsun. Zavallı Jacob Black."

Kızarmıştım. Camdan dışarı baktım.

"Sonra internette biraz araştırma yaptım."

"İkna oldun mu peki?" Umursamaz bir tavırla konuşmaya çalışıyordu ama elleriyle direksiyonu sımsıkı kavramıştı.

"Hayır. Duyduğum hiçbir şey birbirini tutmadı. Birçoğu saçma şeylerdi aslında. Sonra..." Duraksadım.

"Ne?"

"Bunun çok da önemli olmadığına karar verdim," diye fısıldadım.

"Önemli değil mi?" Bana duyduğuna inanamamış gibi baktı.

"Hayır," dedim yumuşak bir sesle. "Ne olduğun benim için önemli değil."

Yüzünde sert ve alaycı bir ifade belirdi. "Benim bir canavar olmam senin için önemli değil mi? İnsan olmadığımı bilmek seni rahatsız etmez mi?" dedi.

"Hayır."

Susup gözlerini karşıya dikti. Yüzü ifadesizdi.

"Bana kızdın," dedim içimi çekerek. "Bunları sana söylememeliydim."

"Hayır," dedi ama sesi sertti. "Düşündüklerin saçma olsa da, bunları bilmek istedim."

"Yine yanıldım, değil mi?"

"'Onu demek istemedim. 'Önemli değil!'" dedi beni taklit ederek.

"Öyleyse haklı mıyım?"

"Bunun bir önemi var mı?" Derin bir nefes aldım.

"Yok ama ben yine de merak ediyorum." Sonunda ses tonumu kontrol etmeyi başarmıştım.

İrkilmiş gibiydi. "Neyi merak ediyorsun?"

"Kaç yaşındasın?"

"On yedi."

"Peki ne zamandır on yedi yaşındasın?"

Yola bakarken dudağını ısırdı. Sonunda itiraf etti. "Bir süredir."

"Peki." Gülümsedim, bana dürüst davrandığını bilmek güzeldi. Bana yine şoka girmemden korkarmış gibi bakıyordu. Bundan cesaret alıp güldüm. Edward kaşlarını çattı.

"Gülme ama, gündüz nasıl dışarı çıkıyorsun?"

Ama o güldü. "Efsane."

"Güneş seni yakmıyor mu?"

"Efsane."

"Tabutta uyumak?"

"Efsane." Bir an tereddüt etti, sonra garip bir sesle cevap verdi. "Ben uyuyamam."

Bunu kavrayabilmek için bir an düşünmem gerekti. "Hiç mi?"

"Hiç," dedi. Sesi çok alçaktı. Gözlerinde hüzün vardı. Altın rengi gözlerini gözlerime dikmişti. Allak bullak olmuştum. O başını çevirene kadar ona baktım.

"En önemli soruyu henüz sormadın." Sesi sert, bakışları buz gibiydi.

Gözlerimi kırpıştırdım. Üzerimdeki etkisi geçmemişti. "Hangi soruyu?"

"Ne yediğimi merak etmiyor musun?" Dalga geçer gibiydi.

"Ah, şu mesele," diye mırıldandım.

"Evet, o mesele." Soğuk bir sesle konuşuyordu. "Kan içip içmediğimi bilmek istemiyor musun?"

Korkmuştum. "Jacob bu konuda bir şeyler söylemişti."

"Jacob ne dedi?"

"Senin insan avlamadığını söyledi. Büyük olasılıkla ailen de tehlikeli değilmiş, çünkü yalnızca hayvan avlıyormuşsunuz."

"Bizim tehlikeli olmadığımızı mı söyledi?" Sesinde şüphe vardı.

"Kesin bir şey söylemedi. Büyük olasılıkla tehlikeli olmadığınızı söyledi. Ama Quileute'ler riske girmemek için sizi topraklarında istemiyorlarmış."

"Jason haklı mı? İnsanları avlamıyor musunuz?" Sesimi olabildiğince kontrol etmeye çalışıyordum.

"Quileute'ler her şeyi hatırlar," diye fısıldadı.

Bunu söylediğimi onayladığı şeklinde yorumladım.

"Ama bu seni rahatlatmasın," diye uyardı beni. "Bizden uzak durmak istemekte haklılar. Hâlâ tehlikeliyiz."

"Anlamıyorum."

"Elimizden geleni yapıyoruz. Çoğunlukla yaptığımız işi iyi yaparız ama bazen hata yaptığımız da olur. Örneğin benim seninle yalnız kalmamam gerek."

"Bu bir hata mı?" Ben sesimdeki üzüntüyü duyabiliyordum, ama onun algılayıp algılamadığını bilmiyordum.

"Çok tehlikeli bir hata," diye homurdandı.

Sustuk. Arabaların farlarının yoldaki yansımalarını izliyordum. Zaman çok çabuk geçiyordu. Onunla bir daha böyle yalnız kalamamaktan korkuyordum. Aramızdaki duvarlar yıkılmıştı. Ve ben onunla geçirdiğim bir dakikayı bile boşa harcayamazdım.

"Biraz daha anlatsana," dedim umutsuzca. Ne anlattığının bir önemi yoktu, sadece sesini duymak istiyordum.

Bana baktı. Sesimdeki değişim onu şaşırtmıştı. "Başka ne bilmek istiyorsun?"

"Neden insanları değil de hayvanları avlıyorsunuz?" dedim. Sesim umutsuzlukla titriyordu. Gözlerimin ıslandığını fark ettim, beni ele geçirmeye çalışan acıyla başa çıkmaya çalışıyordum.

"Ben canavar olmak istemiyorum," diye fısıldadı.

"Ama hayvanlar yetiyor, değil mi?"

Durdu. "Benim bunu bilmem mümkün değil tabii, ama ben bunu tofu ve soya sütüyle beslenmeye benzetiyorum. Biz aramızda şakalaşırken kendimize vejetaryen diyoruz. Açlığımızı, hatta susuzluğumuzu tam olarak gidermiyor ama ayakta kalmamızı sağlıyor. En azından çoğu zaman. Bazen ben başkalarından daha fazla zorlanıyorum."

"Şu anda zorlanıyor musun?" diye sordum.

İçini çekti. "Evet."

"Ama şu anda aç değilsin, değil mi?" dedim kendimden emin bir tavırla. Bu bir soru değildi, durumu açıklıyordu.

"Neden böyle düşünüyorsun?"

"Gözlerin. Sana bir teorim olduğunu söylemiştim. Ben insanların, özellikle erkeklerin, açken çok daha huysuz olduklarını fark ettim."

Kıkırdadı. "İyi gözlemcisin."

Cevap vermedim. Onun gülüşünü dinleyip belleğime kazımak istiyordum.

"Bu hafta sonu Emmett ile avlanıyor muydunuz?" diye sordum yeniden sessizlik olduğunda.

"Evet." Bir an durdu, bir şey söyleyip söylememeye karar vermeye çalışıyordu. "Ben gitmek istemedim ama gitmemiz gerekiyordu. Susuz olmadığımda senin yanında olmak daha kolay."

"Neden gitmek istemedin?"

"Senden uzak olmak beni tedirgin ediyor." Bakışları çok sıcak ve yoğundu. Adeta içimi eritiyordu. "Geçen perşembe okyanusa düşme ya da düşüp bir yerini incitme derken şaka yapmıyordum. Bütün hafta aklım sendeydi. Bu gece olanlardan sonra, bütün hafta sonu sağlam kalabilmiş olmana şaşırıyorum." Başını salladı. Sonra birden bir şey hatırlamış gibi bana baktı. "Ama sapasağlam da kalmamışsın."

"Ne?"

"Ellerin."

Avuçlarıma bakınca çizikleri gördüm.

Gözünden hiçbir şey kaçmıyordu. "Düştüm," dedim içimi çekerek.

"Tahmin etmiştim." Güldü. "Çok daha kötüsünün olabileceğini düşündüm. Bu düşünce bana işkence etti. Üç gün geçmek bilmedi. Emmett'i de sinir ettim."

"Üç gün mü? Sen bugün gelmedin mi?"

"Hayır, pazar günü geldik."

"Öyleyse neden okula gelmediniz?" Onsuz geçen günlerde yaşadığım hayal kırıklığını hatırlayınca kendime kızdım.

"Güneşin bana zarar verip vermediğini sormuştun. Vermiyor. Ama güneşe çıkamam, en azından herkesin beni görebileceği bir yerde çıkamam."

"Neden?"

"Sana bir gün gösteririm," diye söz verdi.

Bir an bunu düşündüm.

"Beni arayabilirdin," dedim.

Ne diyeceğini bilemedi. "Ama güvende olduğunu biliyordum," dedi sonunda.

"Ama *ben* senin *nerede* olduğunu bilmiyordum. Ben... " Tereddüt ederek başımı eğdim.

"Ne?" Kadife gibi sesi baştan çıkarıcıydı.

"Çok kötüydü. Yani seni görememek. Bu beni tedirgin ediyor." Bunu söylediğime inanamıyordum. Kızardım.

Sustu. Başımı kaldırıp baktığımda yüzünde acı olduğunu fark ettim.

"Ah!" diye homurdandı. "Bu çok yanlış."

Tepkisini anlayamamıştım. "Ne dedim ki ben?"

"Görmüyor musun Bella? Durumum benim için yeterince zor. Şimdi işin içine bir de sen girdin." Acı dolu gözlerini yola dikti. "Böyle şeyler hissettiğini duymak istemiyorum." Sesi alçak ama otoriterdi. Sözleri içimi acıttı. "Bu yanlış. Güvenli değil. Ben tehlikeliyim Bella, ne olur anla bunu!"

"Hayır." Şımarık bir çocuk gibi görünmemek için elimden geleni yapıyordum.

"Ben ciddiyim," diye homurdandı.

"Ben de ciddiyim. Söyledim sana; ne olduğun benim için önemli değil. Bunun için artık çok geç."

"Öyle deme!" dedi sert bir sesle.

Dudaklarımı ısırdım. İyi ki bunun bana ne kadar acı verdiğini bilmiyordu. Gözlerimi yola diktim. Eve yaklaşmış olmalıydık. Artık çok daha hızlı gidiyorduk.

"Ne düşünüyorsun?" diye sordu, sesi hâlâ sertti. Yalnızca başımı sallayabildim; konuşabileceğimi sanmıyordum. Bakışlarını üzerimde hissediyordum ama gözlerimi yoldan ayırmadım.

"Ağlıyor musun?" Afallamıştı. Gözlerimden yaşlar süzüldüğünün farkında değildim. Elimle yanaklarımdaki yaşları sildim; ama yanaklarımın hâlâ ıslak olduğunu ve beni ele verdiğini biliyordum.

"Hayır," dedim ama sesim çatladı.

Sağ elini bana uzatır gibi oldu ama sonra vazgeçip yeniden direksiyonu tuttu.

"Üzgünüm," dedi. Sesi pişmanlık doluydu. Yalnızca beni üzen sözleri için özür dilemediğini biliyordum.

Sessizlik içinde karanlıkta ilerliyorduk.

"Söylesene," dedi birkaç dakika sonra. Yumuşak bir sesle konuşmak için çaba harcadığını fark ettim.

"Efendim?"

"Ben o köşeyi dönmeden önce ne düşünüyordun? Yüzündeki ifadeden bir şey anlayamadım. Çok korkmuş görünmüyordun. Bir şey üzerinde yoğunlaşmış gibiydin."

"Bir saldırganın nasıl etkisiz hale getirildiğini hatırlamaya çalışıyordum; savunma taktikleri işte, bilirsin. Gözlerini oyacaktım." İri yarı adamı nefretle hatırlamıştım.

"Onlarla kavga mı edecektin yani?" Şaşırmıştı. "Kaçmayı düşünmedin mi?"

"Koşarken düşüyorum ben!" dedim.

"Neden bağırıp yardım istemedin?"

"Bağırmak üzereydim."

Başını salladı. "Haklıymışsın. Ben senin hayatta kalmanı sağlamak için gerçekten kaderle savaşıyormuşum."

Derin bir nefes aldım. Forks sınırlarına girince yavaşlamıştık. Yolculuk yirmi dakikadan az sürmüştü.

"Yarın seni görecek miyim?" diye sordum.

"Evet, yarın teslim etmem gereken bir ödevim var." Gülümsedi. "Öğle yemeğinde sana yer tutarım."

Yine midemde kelebekler uçuşmaya başladı. Konuşamayacak hale gelmiştim. Bu gece yaşadıklarımızdan sonra bu çok aptalcaydı.

Charlie'nin evinin önüne gelmiştik. Işıklar yanıyordu. Her şey normal görünüyordu. Rüyadan uyanmıştım sanki. Edward arabayı durdurdu ama ben kımıldamadım.

"Yarın okula geleceğine söz veriyor musun?"

"Söz."

Bir an düşündüm. Sonra başımı salladım. Son bir kez kokladıktan sonra ceketimi çıkardım.

"Sende kalabilir. Yarın ne giyeceksin?"

Ceketi geri verdim. "Charlie'ye bunu açıklamak zorunda kalmak istemiyorum."

"Ah, peki," dedi gülümseyerek.

Bir an duraksadım. Elim kapının kolundaydı. Bu anı olabildiğince uzatmaya çalışıyordum.

"Bella?" dedi ciddi ama tereddütlü bir sesle.

"Efendim?" Hevesle ona döndüm.

"Bana bir şey konuda söz verir misin?"

"Tabii," dedim ve birden bunu koşulsuzca kabul ettiğim için pişman oldum.

"Tek başına ormana gitme."

Kafam karışmıştı. "Neden?"

Kaşlarını çatıp dışarı baktı.

"Buradaki en tehlikeli şey ben değilim. Şimdilik bunu bil yeter."

Sesindeki soğukluk içimi ürpertti ama rahatlamıştım. Bu tutabileceğim bir sözdü. "Dediğin gibi olsun."

"Yarın görüşürüz." Derin bir nefes aldı, artık gitmemi istediğini anlamıştım.

"Tamam yarın görüşürüz." İstemeye istemeye kapıyı açtım.

"Bella?" Arkamı döndüm. Bana doğru uzanmıştı. Solgun yüzü birkaç santim uzağımdaydı. Heyecandan kalbim duracak gibi oldu.

"İyi uykular," dedi. Nefesini yüzümde hissedince sersemledim. Ceketine de sinmiş olan kokuyu bu kez daha yoğun alıyordum. Gözlerimi kırpıştırdım. Allak bullak olmuştum. Geri çekildi.

Bir süre hareket etmeden kendime gelmeyi bekledim. Sonra sendeleyerek arabadan indim. Kısık bir sesle güldüğünü duydum.

Ben ön kapıya varıncaya kadar bekledi, sonra motoru çalıştırdı. Gümüş rengi araba gözden kayboluncaya kadar arkasından baktım. Birden havanın çok soğuk olduğunu fark ettim.

Anahtarlarımı bulup kapıyı açtım ve içeri girdim.

Charlie oturma odasından seslendi. "Bella?"

"Benim baba..." Onu görmek için içeri gittim. Televizyonda beysbol maçı izliyordu.

"Erken geldin."

"Öyle mi?" Şaşırmıştım.

"Saat sekiz bile değil henüz," dedi. "Eğlendiniz mi?"

"Evet, çok eğlendik." Planladığımız kız kıza geziyi ve bütün gece yaşadıklarımızı düşününce başım dönmeye başladı. "İkisi de elbise aldılar."

"Sen iyi misin?"

"Yorgunum biraz. Çok yürüdük."

"Biraz uzan istersen." Charlie endişelenmiş gibiydi. Yüzüm nasıl görünüyordu acaba?

"Önce Jessica'yı aramam gerek."

"Az önce birlikte değil miydiniz?" Babam şaşırmıştı.

"Evet ama ceketimi arabasında unuttum. Yarın getirmesini isteyeceğim."

"İyi ama bekle de evine gitsin."

"Haklısın," dedim.

Mutfağa gidip kendimi sandalyeye attım. Çok yorgundum. Başım da dönüyordu. Acaba gerçekten şok mu geçiriyordum? "Topla kendini!" dedim kendi kendime.

Birden telefon çalınca irkildim.

"Alo?" dedim soluk soluğa.

"Bella?"

"Selam, Jess, ben de seni arayacaktım."

"Eve vardın mı?" Rahatlamış ve şaşırmıştı.

"Evet. Ceketimi arabanda unutmuşum. Yarın getirebilir misin?"

"Tabii. Ama önce bana neler olduğunu anlat."

"Yarın trigonometri dersinde anlatırım, olur mu?"

Hemen durumu fark etti. "Ah, baban orada, değil mi?"

"Evet."

"Peki öyleyse, yarın konuşuruz. Hoşça kal."

Ne kadar sabırsızlandığı belliydi.

"İyi geceler, Jess."

Merdivenleri ağır ağır çıktım, sersem gibiydim. Ne yaptığımın bile farkında olmadan uyku öncesi ritüellerini gerçekleştirdim. Duşa girdiğimde –su çok sıcaktı; derimi yakıyordu- donduğumu fark ettim. Kremle kaslarımı gevşettim. Bir süre duşun altında öylece dikildim. Hareket bile edemeyecek kadar yorgundum.

Duştan çıkıp havluya sarındım. Yeniden titremeye başlamamak için vücudumu sıcak tutmaya çalışıyordum. Hemen giyinip yorganın altına girdim. Isınmak için iki büklüm oldum. Hâlâ içim ürperiyordu.

Zihnim garip imgelerle karmakarışıktı; bazılarını bastırmaya çalışıyordum. Önceleri hiçbir şey net değildi; ama uyuyunca her şey netleşmeye başladı.

Üç şeyden emindim. Birincisi, Edward bir vampirdi. İkincisi, bir yanı benim kanıma susamıştı ve bu yanının ne kadar güçlü olduğunu bilmiyordum. Üçüncüsüyse, koşulsuz ve geri dönülemez bir biçimde ona âşık olmuştum.

10. SORGULAMALAR

Sabahleyin, önceki gecenin bir rüya olduğundan emin olan tarafımla mücadele etmem çok zor oldu. Mantığım ya da sağduyum benden yana değildi. Hayal edemeyeceğim şeylere, örneğin kokusuna tutunuyordum. Bunu benim uyduramayacağımdan emindim.

Camdan dışarı baktığımda havanın sisli ve karanlık olduğunu gördüm. Buna çok sevindim. Bu durumda Edward'ın okula gelmemesi için hiçbir neden yoktu. Ceketimin olmadığını göz önünde bulundurarak kalın giysiler giydim. Bu da hatırladıklarımın gerçek olduğunun, belleğimin beni yanıltmadığının kanıtıydı.

Alt kata indiğimde, Charlie'nin gittiğini gördüm. Her gün biraz daha geç kalkıyordum. Aceleyle bir çikolata yedim, karton kutudan süt içtim ve evden çıktım. Jessica'yı bulana kadar yağmur yağmayacağını umuyordum.

Hava her zamankinden daha sisliydi. Yüzüm ve boynum çok üşümüştü. Kamyonetimdeki ısıtıcıyı bir an önce çalıştırmak istiyordum. Sis o kadar yoğundu ki yolda bir araba olduğunu bile ancak ona çok yaklaşınca fark ettim. Gümüş rengi bir arabaydı bu. Kalbim çarpmaya başladı.

Nereden geldiğini de görmemiştim. Bir anda önümde belirmişti sanki. Şimdi de benim için kapıyı açıyordu.

"Bugün benimle gelmek ister misin?" diye sordu. Yüzünde yine beni hazırlıksız yakalamış olmanın keyfi vardı. Sesi çok kararlı olmadığı için seçim yapma şansım vardı. Onun teklifini reddedebilirdim. Belki de bir tarafı bunu istiyordu ama hiç şansı yoktu.

"Evet, teşekkür ederim," dedim sakin bir sesle konuşmak için elimden geleni yaparak. Sıcacık arabaya bindiğimde bej rengi ceketinin yolcu koltuğunda olduğunu gördüm. Kapıyı kapatıp çabucak yerine geçti. Arabayı çalıştırdı.

"Ceketi senin için getirdim. Hasta olmanı istemedim." Beni korumaya çalışır gibiydi. Onun ceket giymediğini fark ettim. Yalnızca uzun kollu, V yakalı, gri, örgü bir kazak giymişti. Kazak yine kaslı göğsünü ortaya çıkarmıştı. Ama yüzü öyle muhteşemdi ki vücuduna bakamıyordum.

"Ben o kadar çıtkırıldım değilim," dedim, yine de ceketi alıp giydim. Kokunun hatırladığım kadar güzel olup olmadığını merak ediyordum; daha da muhteşemdi!

"Değil misin?" Bunu o kadar alçak sesle söylemişti ki benim duymamı istediğinden bile emin değildim.

Sisli caddelerde yol alırken kendimizi garip hissediyorduk. En azından ben öyle hissediyordum. Önceki gece duvarlar yıkılmıştı... Bugün de o kadar yakın olup olmayacağımızı bilmiyordum. Bu yüzden konuşamıyordum. Onun konuşmasını bekledim.

Bana bakıp güldü. "Ne o, bugün elli tane soru sormayacak mısın bana?"

"Sorularım seni rahatsız mı ediyor?" dedim

"Verdiğin tepkiler daha çok rahatsız ediyor." Şaka yapıyor gibiydi ama emin olamazdım.

Kaşlarımı çattım. "Kötü tepkiler mi veriyorum?"

"Hayır, mesele de bu zaten. Her şeyi soğukkanlılıkla karşılıyorsun. Hiç doğal değil bu. O anda gerçekten ne düşündüğünü merak ediyorum."

"Sana her zaman ne düşündüğümü söylüyorum."

"Ama süzgeçten geçirerek söylüyorsun," dedi suçlar gibi.

"Pek fazla değil."

"Ama beni deli etmeye yetiyor."

"Duymak isteyeceğini sanmıyorum," diye mırıldandım Sözcükler ağzımdan çıkar çıkmaz bunları söylediğime pişman oldum. Sesimdeki acı çok belirgin değildi; onun bunu fark etmemiş olduğunu umdum.

Karşılık vermedi. Moralini mi bozmuştum acaba? Okulda araba park yerine doğru giderken yüzü ifadesizdi. Birden aklıma bir şey geldi.

"Kardeşlerin nerede?" Elbette onunla yalnız kalmaktan çok hoşnuttum; ama arabasının hep dolu olduğunu bildiğim için bunu merak etmiştim.

"Onlar Rosalie'nin arabasıyla geldiler," diyerek omuz silkti. Arabasını üstü açık, parlak kırmızı bir arabanın yanına park etti. "Çok dikkat çekici değil mi?"

"Vay be! Bu araba onunsa neden senin arabanla geliyor?" dedim.

"Dedim ya, çok dikkat çekici. Biz göze batmamaya çalışıyoruz."

"Bu konuda başarılı olduğunuz söylenemez." Arabadan inerken gülerek başımı salladım. Derse geç kalmamıştım. Edward arabayı deli gibi hızlı kullandığı için okula erken varmamı sağlamıştı. "Arabanın fazla dikkat çekici olduğunu düşünüyorsanız, neden Rosalie bugün okula bununla geldi?"

"Farkında değil misin? Bütün kuralları yıkıyorum." Okula doğru ilerlerken birbirimize çok yakındık. Ben aramızdaki o kısacık arayı da kapatmak ve ona dokunmak istiyordum ama bunu reddedeceğinden korkuyordum.

"Göze batmak istemiyorsanız, neden böyle arabalar kullanıyorsunuz?" diye düşündüm yüksek sesle.

"Bu bir bağımlılık." Sırıttı. "Hepimiz hız meraklısıyız."

"Belli," dedim gülerek.

Jessica kafeteryanın önünde bekliyordu. Gözleri yuvalarından uğramıştı. Neyse ki kolunda ceketim vardı.

"Selam, Jessica," dedim. "Ceketimi unutmamışsın, teşekkür ederim."

Hiçbir şey söylemeden elindeki ceketi bana verdi.

"Günaydın, Jessica," dedi Edward nazik bir tavırla. Sesinin ve gözlerinin cazibesi onun suçu değildi.

"Me... Merhaba." Jessica kendine gelmeye çalışırken hayretle büyüyen gözlerini bana çevirdi. "Trigonometri dersinde görüşürüz Bella." Bana anlamlı anlamlı baktı. İçimi çektim. Ona ne söyleyecektim?

"Tamam, görüşürüz."

Okul binasına doğru yürürken iki kez dönüp arkasına baktı.

"Ona ne söyleyeceksin?" diye mırıldandı Edward.

"Hey! Benim zihnimi okuyamadığını sanıyordum!" dedim dişlerimin arasından.

"Okuyamıyorum zaten!" dedi, şaşırmıştı. Sonra ne düşündüğümü anlayınca gözleri parladı. "Ama Jessica'nın zihnini okuyabiliyorum. Derste seni fena sıkıştıracak."

Ceketini çıkarıp ona verirken homurdandım. Kendi ceketimi giydim. Edward ceketini katlayıp koluna aldı.

"Ona söyleyeceksin?"

"Bana biraz yardımcı olsan?" diye yalvardım. "Ne öğrenmek istiyor?"

Hain bir gülümsemeyle başını salladı. "Bu haksızlık olur."

"Ama bildiklerini benimle paylaşmıyorsun! Asıl haksızlık bu!"

Birlikte yürürken bir an düşündü. İlk derse gireceğim sınıfın kapısında durduk.

"Bizim gizlice flört edip etmediğimizi öğrenmek ve senin benim hakkımdaki duygularını bilmek istiyor," dedi sonunda.

"Tanrım! Ona ne diyeceğim?" Olabildiğince masum bir ifade takınmaya çalıştım. İnsanlar yanımızdan geçip sınıfa giriyor ve büyük olasılıkla bize bakıyorlardı ama ben onların farkında bile değildim.

"Hımm." Tokamdan kurtulan bir tutam saçımı alıp kulağımın arkasına sıkıştırdı. Kalbim deli gibi çarpıyordu. "Bence ilk soruya evet diyebilirsin. Tabii senin için bir sakıncası yoksa. Bu, başka şeyleri açıklamaktan daha kolay olacaktır."

"Benim için bir sakıncası yok," dedim yavaşça.

"Diğer soruya gelince... Cevabını duymak için ben de kulak kesileceğim." Yüzünde o çok sevdiğim çarpık gülümsemesi belirdi. Ben de gülümseyerek karşılık verdim. Arkasını dönüp yürüdü.

"Öğle yemeğinde görüşürüz," diye seslendi. O sırada yanımızdan geçen üç kişi dönüp bize baktı.

Telaşla sınıfa girdim. Yüzüm kızarmıştı; ben de bu durumdan hiç hoşnut değildim. Şimdi Jessica'ya ne söyleyeceğim konusunda daha çok endişeleniyordum. Sırama oturdum, çantamı gürültüyle yere attım.

"Günaydın Bella," dedi Mike. Bu kez bana ifadesiz bir yüzle bakıyordu. "Port Angeles nasıldı?"

"Port Angeles..." Bu konuda dürüst olmam mümkün değildi. "Harikaydı. Jessica kendine çok hoş bir elbise aldı."

"Pazartesi gecesi konusunda bir şey söyledi mi?" diye sordu gözleri parlayarak. Konuşma bu noktaya gelince gülümsedim.

"Çok iyi vakit geçirdiğini söyledi," dedim.

"Öyle mi?" dedi hevesle.

"Aynen öyle söyledi."

Bay Mason dersle ilgilenmemizi ve ödevlerimizi teslim etmemizi söyledi. Bunu izleyen İngilizce ve Devlet Yönetimi dersinden de hiçbir şey anlamadım çünkü Jessica'ya ne söyleyeceğimi düşünüyordum. Ayrıca Edward'ın, Jessica'nın zihnini okuyarak benim ne söylediğimi öğrenmesinden korkuyordum. Ne kadar rahatsız edici bir yetenekti bu! Tabii benim hayatımı kurtarmadığı sürece.

İkinci dersin sonunda sis epey dağılmıştı ama gökyüzü alçak ve koyu renk bulutlar yüzünden kasvetliydi. Gökyüzüne bakıp gülümsedim.

Edward haklıydı elbette. Trigonometri dersinin yapılacağı sınıfa girdiğimde, Jessica arka sıralardan birinde oturuyor ve heyecandan ölüyordu. Kendimi bu işi ne kadar çabuk bitirirsem o kadar iyi olacağına ikna etmeye çalışarak gönülsüzce onun yanına gittim.

Daha sırama yerleşemeden, "Bana her şeyi anlat!" diye emretti.

"Ne öğrenmek istiyorsun?" dedim kaçamak bir tavırla.

"Dün gece ne oldu?"

"Bana yemek ısmarladı, sonra da beni eve bıraktı."

Jessica bana baktı; yüzünde kuşku dolu bir ifade vardı. "Eve o kadar çabuk gitmeyi nasıl başardın?"

"Manyak gibi araba kullanıyor. Çok korktum!" Edward'ın bunu duyduğunu umuyordum.

"Bu bir randevu muydu? Onunla orada buluşmak üzere sözleşmiş miydin?"

Bu hiç aklıma gelmemişti. "Hayır, onu görünce ben de çok şaşırdım."

Sesimdeki şeffaf dürüstlüğü fark edince hayal kırıklığı içinde dudağını büktü.

"Bugün de seni okula o getirdi, değil mi?" diye sordu.

"Evet, ama bu da sürprizdi. Dün gece ceketimin olmadığını fark etmişti," diye açıkladım.

"Onunla yine çıkacak mısın?"

"Cumartesi günü beni Seattle'a götürmeyi teklif etti. Oraya kamyonetimle gitmemin mümkün olmadığını düşünüyor. Bu çıkmak sayılır mı?"

"Evet." Başını salladı.

"Eh, o zaman evet."

"Vay beee!" dedi. "Edward Cullen."

"Farkındayım," dedim.

"Dur bakalım!" dedi elini trafik polisi gibi havaya kaldırarak. "Seni öptü mü?"

"Hayır," diye homurdandım. "Öyle bir şey olmadı."

Hayal kırıklığına uğramıştı. Aslında ben de farklı değildim.

"Cumartesi günü öper mi sence?" Kaşlarını kaldırdı.

"Bundan şüpheliyim." Hoşnutsuzluğum sesimden anlaşılıyordu herhalde.

"Ne konuştunuz?" diye fısıldadı Jessica, daha fazla bilgi almakta kararlıydı. Ders başlamıştı ama Bay Varner bizimle ilgilenmiyordu. Zaten sınıfta tek konuşan biz değildik.

"Bilmem, bir sürü şey konuştuk," diye cevap verdim. "İngilizce ödevinden söz ettik." Bir ara çok kısa bundan konuştuğumuz doğruydu.

"Lütfen Bella!" diye yalvardı Jessica. "Biraz ayrıntıları anlat."

"Şey... peki.. Edward'la flört etmeye çalışan garson kızı görmeliydin. Çok güzeldi. Ama Edward onunla hiç ilgilenmedi." Edward bu sözlerimi nasıl yorumlayacaktı acaba!

"Bu iyiye işaret," diyerek başını salladı Jessica. "Kız çok mu güzeldi?"

"Hem de nasıl! Herhalde on dokuz ya da yirmi yaşındaydı."

"Daha da iyi işte. Demek senden gerçekten hoşlanıyor."

"Ben de öyle düşünüyorum ama emin olmak imkânsız. Edward çok gizemli biri," dedim içimi çekerek.

"Onunla yalnız kalmaya cesaret ettiğine inanamıyorum," diye mırıldandı.

"Neden?" Afallamıştım ama Jessica bu tepkimi fark etmedi.

"O çok... çok ürkütücü biri. Ona ne diyeceğimi bilemiyorum." Jessica, Edward'ın dayanılmaz bakışlarıyla baktığı önceki geceyi ya da sabahı hatırlamış olmalıydı ki yüzünü buruşturdu.

"Onun yanındayken benim kafam da allak bullak oluyor," diye itiraf ettim.

"Ama Edward inanılmaz yakışıklı!" Jessica diğer söylediklerinin bunun yanında hiçbir önemi yokmuş gibi omuz silkti. Onun kitabında yakışıklılık her şeyden önemliydi.

"Onda bundan fazlası var."

"Öyle mi? Ne gibi?"

Bunu hiç söylememiş olmayı diledim. Tıpkı Edward'ın insanların zihinlerini okuyabildiği konusunda şaka yaptığını dilediğim gibi.

"Bunu doğru ifade edebilir miyim bilmiyorum… ama o inanılmaz biri. Göründüğünden daha inanılmaz!" İyi olmak isteyen, canavar olmamak için insanların hayatını kurtarmaya çalışan bir vampir… Sınıfın ön taraflarına baktım.

"Bu mümkün mü?" Jessica kıkırdadı.

Onu duymazdan geldim, Bay Varner'ı dinliyormuş gibi yaptım.

"Öyleyse ondan hoşlanıyorsun?" Vazgeçecek gibi değildi.

"Evet," dedim kısaca.

"Demek istediğim, ondan gerçekten hoşlanıyor musun?" diye üsteledi.

"Evet," dedim yine, kızarmıştım. Bu ayrıntının Jessica'nın düşüncelerine kaydedilmeyeceğini umdum.

Jessica tek kelimelik cevaplardan sıkılmıştı. "Ondan ne kadar hoşlanıyorsun?"

"Çok fazla," diye fısıldadım. "Onun benden hoşlandığından daha çok. Ama bu konuda ne yapabileceğimi bilmiyorum." İçimi çektim, yüzüm hâlâ kırmızıydı sanırım.

O sırada şansım yaver gitti ve Bay Varner, Jessica'dan bir soruyu cevaplamasını istedi.

Jessica ders boyunca bir daha konuyu açacak fırsat bulamadı. Zil çalar çalmaz ben karşı atağa geçtim.

"İngilizce dersinde Mike bana, senin pazartesi gecesi konusunda bir şey söyleyip söylemediğini sordu," dedim.

"Dalga geçiyorsun! Sen ne dedin?" Jessica çok heyecanlanmıştı. Neyse ki bu arada konu da değişmişti.

"Ona senin çok eğlendiğini söylediğini söyledim. Çok memnun olmuş gibiydi."

"Bana tam olarak onun ne dediğini ve senin ne cevap verdiğini söyle!"

Yürüyüşümüz boyunca Mike'ın cümlelerini, İspanyolca dersi boyunca da mimiklerini analiz ettik. Konunun yine bana gelmesinden endişelenmeseydim, bunu bu kadar uzatmazdım.

Nihayet öğle yemeği zili çaldı. Hemen ayağa fırladım, kitaplarımı çantama tıkıştırdım. Bu telaşım Jessica'nın gözünden kaçmamıştı.

"Bugün yemekte bizimle birlikte oturmayacaksın, değil mi?"

"Sanmıyorum." Edward'ın yine hiç habersiz ortadan kaybolmayacağından emin olamazdım ki.

Sınıfın kapısında, tıpkı bir Yunan tanrısını andıran Edward duvara yaslanmış halde beni bekliyordu. Jessica bana şöyle bir baktı, gözlerini devirdi ve gitti

"Sonra görüşürüz Bella," diye seslendi giderken imalı bir sesle. Eve gittiğimde telefonun sesini kısmak zorunda kalabilirdim.

"Merhaba," dedi Edward. Hem eğlenmiş hem de rahatsız olmuş gibiydi. Bizi dinlediği belliydi.

"Merhaba."

Söyleyecek başka bir şey bulamadım. O da bir şey söylemedi; herhalde bana zaman tanıyordu, Kafeteryaya giderken hiç konuşmadık. Öğle yemeği curcunası içinde Edward'la birlikte yürürken okula ilk geldiğim günü hatırladım. Yine herkes bana bakıyordu.

Edward yemek kuyruğuna girdi, etkileyici bakışlarını birkaç saniyede bir yüzüme çeviriyor ama bir şey söylemiyordu. Yüzündeki ifade eğlendiğini değil, rahatsız olduğunu gösteriyordu. Ben de gerilmiştim; ceketimin fermuarıyla oynamaya başladım.

Edward tezgâhtan bir tepsi dolusu yemek aldı.

"Ne yapıyorsun?" dedim. "Bunların hepsini benim için almıyorsun değil mi?"

Başını iki yana salladı.

"Yarısı benim"

Tek kaşımı kaldırdım.

Daha önce oturduğumuz masaya doğru yürüdü. Biz karşılıklı otururken, uzun masanın diğer ucunda oturan bir grup son sınıf öğrencisi şaşkınlık içinde bize bakıyordu. Edward hiçbirinin farkında değildi sanki.

"Hangisini istersen ye," dedi tepsiye önüme iterek.

"Çok merak ediyorum," dedim, bir elma alıp elimde çevirirken. "Biri seni yemek yemeye zorlasa ne yaparsın?"

"Sen de her şeyi merak ediyorsun." Omuz silkti. Gözlerimin içine bakarak tepsiden bir dilim aldı; kocaman bir parça ısırdı, çiğnedi ve yuttu. Onu seyrederken gözlerim faltaşı gibi açılmıştı.

"Biri seni çamur yemeye zorlarsa, yiyebilirsin değil mi?" diye sordu küçümseyici bir tavırla.

Yüzümü buruşturdum. "İddia üzerine bunu yaptığım oldu," dedim. "Çok da kötü değildi."

Kahkaha attı. "Buna hiç şaşırmadım sanırım." Birden arkamda bir şey dikkatini çekti.

"Jessica yaptığım her şeyi inceliyor, daha sonra bunların hepsini sana anlatacağından eminim." Pizzanın kalanını tepsiye bıraktı. Jessica'dan söz etmek onu yine tedirgin etmişti.

Elmayı tepsiye koyup pizzayı ısırdım. Edward'ın birazdan konuşacağını bildiğim için etrafıma bakınıyordum.

"Demek garson güzeldi?"

"Sen fark etmedin mi?"

"Hayır. Onunla ilgilenmiyordum. Kafam başka şeylerle meşguldü."

"Zavallı kız." Artık kıza karşı hoşgörülü olabilirdim.

"Jessica'ya söylediğin bir şey... aslında beni biraz rahatsız etti." Konuyu değiştirmeme izin vermiyordu. Boğuk bir sesle konuşuyor ve endişeli gözlerle bana bakıyordu.

"Hoşuna gitmeyecek şeyler duyman normal. Başkalarının konuşmalarını dinlemek ayıptır, biliyorsun."

"Sizi dinleyeceğimi söylemiştim."

"Ben de düşündüğüm her şeyi öğrenmek istemeyeceğini söylemiştim."

"Evet, söylemiştin," diyerek kabul etti. "Ama haklı değilsin. Ben senin her düşündüğünü bilmek istiyorum. Yalnızca... bazı şeyleri düşünmemeni tercih ederdim."

Sesi hâlâ sertti. "Tam olarak haklı değilsin. Senin ne düşündüğünü, her düşündüğünü bilmek istiyorum. Sadece bazı şeyleri... bu şekilde düşünmemeni dilerdim."

Kaşlarımı çattım. "Bu farklı bir durum."

"Ama şu anda asıl konumuz bu değil."

"Konu ne öyleyse?" Masanın üzerinden birbirimize doğru eğilmiştik. İri, beyaz ellerini çenesinin altında birleşmişti, ben de sağ elimi boynuma koyarak ona doğru uzanmıştım. Tabii kalabalık bir kafeteryada olduğumuzu ve meraklı bakışların bizi izlediğini kendime hatırlatmam gerekti. Her an bizim küçük ve gergin köşemize müdahale edebilirlerdi.

"Senin bana, benim sana verdiğimden daha fazla değer verdiğini mi düşünüyorsun gerçekten?" diye mırıldandı Edward bana daha da yaklaşarak. Altın sarısı gözleri delici bakışlar fırlatıyordu.

Nefesim tıkandı. Gözlerimi onun gözlerinden kaçırdım.

"İşte yine aynı şeyi yapıyorsun," dedim.

Şaşırmıştı. "Ne yapıyorum?"

"Yine beni büyülüyorsun."

"Ya!" Kaşlarını çattı.

"Bu senin hatan değil." İçimi çektim. "Elinde değil ki."

"Soruma cevap verecek misin?"

Gözlerimi yere diktim. "Evet."

"Hangisine evet? Soruma cevap vereceğine mi, bunu gerçekten düşündüğüne mi?" Yine rahatsız olmuştu.

"Evet, gerçekten böyle düşünüyorum." Gözlerimi yerden kaldırmadan parkeye bakmaya devam ettim. Edward'a bakmamak için kendimle mücadele ediyordum; öte yandan bu sessizliği bozan taraf olmak da istemiyordum.

Sonunda kadife gibi yumuşak sesiyle konuştu. "Yanılıyorsun."

Başımı kaldırdığımda gözlerinde de yumuşacık bir ifade olduğunu gördüm.

"Bunu bilemezsin," diye fısıldadım. Başımı kuşkuyla salladım. Oysa sözleri kalbimin deli gibi çarpmasına neden olmuştu ve ona inanmayı çok istiyordum.

"Böyle düşünmene neden olan şey ne?" Altın sarısı gözleri kafamı delip geçiyor, beynime işliyordu sanki.

Ben de ona baktım. Güzel yüzüne rağmen net bir şekilde düşünmeye ve bir açıklama bulmaya çalışıyordum. Ben doğru sözcükleri ararken sabırsızlandığını, sessizliğimden hoşlanmadığını ve kaşlarını çattığını fark ettim.

"Biraz düşüneyim," dedim. Yüzündeki gerginlik kayboldu. Ona cevap vereceğimi anladığı için rahatlamıştı sanki. Avuçlarımı birleştirdim. Ellerime bakıp parmaklarımla oynamaya başladım. Sonunda konuşmayı başardım.

"Çok net olan bazı şeyleri saymazsak, bazen..." Duraksadım. "Emin olamıyorum. Ben zihin okumayı bilmiyorum. Ama bazen bana başka bir şeyler söylerken hoşça kal diyormuşsun gibi geliyor." Sözcüklerinin üzerimde yarattığı etkiyi ve bana çektirdiği acıyı en iyi böyle tanımlayabilirdim.

"Zekice," diye fısıldadı. Sanki korkumu onaylamış gibi yine aynı acıyı hissettim. "Ama işte bu yüzden yanılıyorsun," diye açıklamaya başladı. Ama sonra gözlerini kıstı. "Çok net olan şeyler derken ne demek istedin?"

"Bana bak," dedim hiç gereği yokken, zaten bana bakıyordu. "Neredeyse ölümüme neden olacak kazaları veya sakat kalmama yol açabilecek sakarlıklarımı saymazsak, ben çok sıradan bir insanım. Ama sana bakacak olursak..." Elimle onun insanı allak bullak eden kusursuz güzelliğini işaret ettim.

Bir an sinirlenerek kaşlarını kaldırdı. Sonra bakışları sakinleşti. "Sen kendini net bir biçimde göremiyorsun. Evet, sakarlıkların olduğu doğru, ama okula geldiğin ilk gün okuldaki her erkeğin senin hakkında neler düşündüğünü duymadın." Gülüyordu.

Şaşırmıştım. "Buna inanmıyorum," diye mırıldandım kendi kendime konuşur gibi.

"Hiç değilse bu kez bana inan. Sen sıradanın tam karşıtısın."

Bunu söylerken Edward'ın gözlerinde gördüğüm ifade, utancımın memnuniyetimden daha güçlü olmasına neden oldu. Hemen asıl konuya döndüm.

"Ama ben hoşça kal demiyorum."

"Anlamıyor musun? Bu benim haklı olduğumu gösteriyor. Ben daha çok değer veriyorum, çünkü eğer yapabilirsem –bu düşünceyle savaşıyormuş gibi başını salladı– eğer gitmek en doğru şeyse, senin incinmemen, güvende olman için kendime zarar veririm."

"Ve sen benim de aynı şeyi yapabileceğimi düşünmüyorsun?"

"Hiçbir zaman seçimi sen yapmak zorunda kalmayacaksın."

Birden ruh hali değişti; muzip muzip gülümsedi "Tabii bu arada seni korumak benim tam zamanlı işim olmaya başladı. Sürekli senin yanında olmam gerekiyor."

"Bugün kimse beni öldürmeye çalışmadı," dedim, sonunda ortam yumuşadığı için memnundum. Vedalaşmaktan söz etmek istemiyordum. Mecbur kalırsam, onu yanımda tutabilmek için kendimi tehlikeye atabilirdim. Bu düşüncemi, onun yüzümden okumasına fırsat bırakmadan hemen aklımdan uzaklaştırdım. Yoksa başım derde girerdi.

"Şimdilik," dedi.

"Şimdilik," diyerek onayladım onu. Aslında onunla tartışabilirdim ama şimdilik başıma felaketler gelebileceğini düşünmesini istiyordum.

"Bir sorum daha var." Yüzü hâlâ sakindi.

"Sor."

"Bu cumartesi gerçekten Seattle'a gitmen gerekiyor mu, yoksa bu hayranlarından kurtulmak için bir bahane mi?"

Hafızamı şöyle bir yokladım. "Biliyorsun, Tyler meselesi yüzünden seni hâlâ affetmedim," dedim. "Senin yüzünden mezuniyet balosuna onunla gideceğim düşüncesine kapıldı."

"Ben bir şey yapmasam da bir yolunu bulup seni davet edecekti. Ben yalnızca yüzünün ne hale geleceğini görmek istedim," dedi gülerek. Gülüşü bu kadar etkileyici olmasa, ona daha çok kızardım. "Seni ben davet etseydim, beni de mi reddederdin?" Hâlâ gülüyordu.

"Büyük olasılıkla hayır," diye itiraf ettim. "Ama sonra hasta olduğumu ya da bileğimi incittiğimi bahane ederek iptal ederdim."

Bundan hiç hoşlanmamıştı. "İyi ama neden?"

Üzüntüyle başımı salladım.

"Sen beni beden eğitimi dersinde görmedin hiç. Görseydin, bunun nedenini anlardın."

"Yani düz yolda bile takılıp düşecek bir şeyler bulabileceğini mi söylüyorsun?"

"Aynen öyle."

"Bu sorun olmazdı." Kendinden çok emindi. "Önemli olan idare etmek. Buna karşı çıkacağımı anladı ve konuşmama fırsat vermedi. "Bana cevap vermedin. Seattle'a gitmek konusunda kararlı mısın? Farklı bir şeyler yapmamızın senin için bir sakıncası var mı?"

'Biz' olduğumuz sürece ne yaptığımız hiç önemli değildi!

"Seçeneklere açığım," dedim. "Ama bana bir iyilik yapar mısın?"

Ne zaman açık uçlu sorular sorsam endişeleniyordu. Yine yüzünde endişe vardı. "Nedir?"

"Arabayı ben kullanabilir miyim?" Kaşlarını çattı. "Neden?"

"Çünkü Charlie'ye Seattle'a gitmek istediğimi söylediğimde bana yalnız mı gideceksin diye sordu, ben de evet dedim. Bir kez daha soracağını sanmıyorum ama sorarsa ona yalan söylemek istemiyorum. Buna karşılık kamyonetimi evde bırakırsam, konu boşu boşuna yeniden açılacak. Üstelik sen araba kullanırken ben korkuyorum."

Gözlerini devirdi. "Benden korkman için bunca neden varken, sen araba kullanmamı takıyorsun kafaya." Sıkıntıyla kafasını salladı ama sonra ciddileşti. "Babana o günü benimle geçireceğini söylemek istemiyor musun?" Bu soruda anlamadığım bir ima vardı.

"Charlie ne kadar az şey bilirse o kadar iyi." Bu konuda kararlıydım. "Peki nereye gideceğiz?"

"Hava güzel olacak, bu nedenle insanların arasında olmak istemiyorum. İstersen sen de benimle olabilirsin." Yine seçimi bana bırakıyordu.

"Ve sen de bana güneş konusunda söylediğin şeyi gösterirsin?" dedim bir sırrı daha açığa kavuşturacak olmanın heyecanıyla.

"Evet," dedi gülümseyerek. "Ama eğer benimle yalnız kalmak istemezsen, sana Seattle'a tek başına gitmemeni tavsiye ederim. O büyüklükte bir şehirde başına gelebilecekleri düşününce ürperiyorum."

Alınmıştım. "Phoenix, Seattle'den üç kat daha büyük. Hem nüfus hem de yüzölçümü olarak..."

"Demek ki orada şansın yaver gitmiş. Ben senin yanımda olmanı tercih ederim." Gözlerinde yine o karşı konulmaz güç vardı.

Bu gözlere ve bu teklife hayır demem olanaksızdı. "Biliyorsun, seninle yalnız kalmak beni rahatsız etmiyor."

"Biliyorum," dedi düşünceli bir şekilde. "Ama bence yine de Charlie'ye söylemelisin."

"Neden?"

Gözlerinde vahşi bir ifade belirdi. "Böylece seni geri getirmek için küçük bir nedenim olur."

Afallamıştım. Ama bir an düşündükten sonra kararımı verdim.. "Sanırım şansımı deneyeceğim."

Derin derin iç geçirdi.

"Başka şeylerden konuşalım," dedim.

"Ne konuşmak istiyorsun?" Hâlâ sinirliydi.

Kimsenin bizi duyamayacağından emin olmak için etrafıma bakındım. O sırada Edward'ın kız kardeşi Alice'in bana baktığını gördüm. Diğerleri de Edward'a bakıyorlardı. Hemen Edward'a dönüp aklıma gelen ilk şeyi sordum.

"Neden geçen hafta sonu Keçi Kayalıkları'na avlanmaya gittiniz? Charlie ayılar yüzünden oranın tehlikeli olduğunu söyledi."

Çok önemli bir şeyi gözden kaçırıyormuşum gibi bana baktı.

"Ayılar mı?" dedim, gülümsedi. "Biliyorsun, ayı avlanma zamanı değil," dedim şaşkınlığımı gizlemek için.

"Dikkat edersen, kanunlar sadece ayıları silahla vurmayı yasaklıyor," dedi.

Yüzündeki heyecan yavaş yavaş kayboldu.

"Ayılar?" diye tekrarladım güçlükle.

"Emmett en çok boz ayı sever." Sesi uzaktan gelir gibiydi;

ama vereceğim tepkiyi dikkatle izliyordu. Kendimi toparlamaya çalıştım.

"Hımm," dedim. Pizzadan bir ısırık alırken başımı öne eğdim. Ağzımdaki lokmayı ağır ağır çiğnedim; sodamı uzun uzun içtim.

"Peki," dedim sonunda başımı kaldırıp gözlerine bakarak, "sen en çok hangisini seviyorsun?"

Tek kaşını kaldırıp dudağını büktü. "Dağ aslanı."

"Ya!" dedim kibar ancak ilgisiz bir tavırla, tekrar sodama uzandım.

"Elbette yanlış avlanarak doğaya zarar vermek istemiyoruz. Yırtıcı hayvanların bol olduğu yerlerde yoğunlaşmaya çalışıyoruz. Burada daha çok geyik ve ceylan var, aslında fena sayılmazlar ama hiç eğlenceli değil." Dalga geçer gibi gülümsedi.

"Öyle mi?" dedim pizzamı bir kez daha ısırırken.

"Emmett ilkbahar başlarında ayı avlamayı seviyor. Kış uykusundan yeni uyandıkları için daha huysuz oluyorlar." Edward hatırladığı bir fıkraya güler gibi güldü.

"Huysuz bir boz ayıdan daha eğlenceli bir şey olamaz," dedim başımı sallayarak.

Edward kıs kıs güldü. "Bana gerçekten ne düşündüğünü söyle lütfen."

"Gözümde canlandırmaya çalışıyorum ama olmuyor," diye itiraf ettim. "Bir ayıyı silahsız nasıl avlıyorsunuz?"

"Silahlarımız var." Parlak dişlerini göstererek gülümsedi; tehdit edici bir gülümsemeydi bu. Ürperdiğimi hissettim. "Avcılık kurallarını yazarlarken bu pek akıllarına gelmiyor. Televizyonda avına saldırmakta olan bir ayı gördüysen, Emmett'i de avlanırken hayal edebilirsin."

Artık titrememe engel olamıyordum. Kafeteryada oturan Emmett'e baktım, neyse ki o bana bakmıyordu. Kollarındaki güçlü kaslar şimdi çok daha ürkütücü görünüyordu.

Edward benim nereye baktığımı görünce güldü. Ben de ona baktım; sinirlerim bozulmuştu.

"Sen de ayı gibi misin?" diye sordum yavaşça.

"Benim daha çok aslana benzediğimi söylüyorlar," dedi. "Belki de tercihlerimiz kim olduğumuzu açıklıyordur."

Gülümsemeye çalıştım. "Belki," diye tekrarladım. Ama zihnim bir türlü birleştiremediğim, birbirine zıt görüntülerle doluydu. "Bu benim bir gün görebileceğim bir şey mi?"

"Kesinlikle hayır!!" Yüzü her zamankinden daha beyaz kesildi; gözleri öfkeyle parlıyordu. Neye uğradığımı şaşırarak arkama yaslandım; belli etmesem de onun bu tepkisinden korkmuştum hep. O da kollarını göğsünde kavuşturup arkasına yaslandı.

"Benim için çok mu korkunç olur?" diye sordum sesimi yeniden kontrol edebilir hale geldiğimde.

"Mesele bu olsaydı seni bu akşam dışarı çıkarırdım," dedi öfkeli bir sesle. "Senin sağlıklı bir doz korkuya ihtiyacın var. Hiçbir şey senin için bundan daha yararlı olamaz."

"Peki neden o zaman?" diye üsteledim, yüzündeki öfkeli ifadeyi görmezden gelerek.

Bir süre gözlerini dikip bana baktı.

"Sonra konuşuruz," dedi. Bir hamlede ayağa kalktı. "Geç kalıyoruz."

Etrafıma bakındığımda, kafeteryanın boşalmış olduğunu görüp şaşırdım. Edward'ın yanındayken zaman ve yer kavramlarını yitiriyordum. Hemen ayağa fırladım; sandalyemin arkasına asmış olduğum çantamı aldım.

"Sonra konuşalım o zaman," dedim. Bunu asla unutmayacaktım.

11. KARIŞIKLIKLAR

Biz laboratuardaki masamıza doğru yürürken herkes bize bakıyordu. Edward artık sandalyesini benden olabildiğince uzağa çekmiyordu. Tam tersine, bana çok yakın, kollarımız neredeyse birbirine değecek şekilde oturuyordu.

Her zaman dakik olan Bay Banner sınıfa girdi. Üzerinde çok eski ve ağır görünen bir televizyon ve videonun bulunduğu uzun, metal, tekerlekli bir dolabı çekiyordu. Film günüydü, bütün sınıfın keyfi yerine gelmişti.

Bay Banner kaseti videoya yerleştirdi ve ışıkları söndürmek için duvara doğru yürüdü.

Sınıf karardıktan sonra bir anda Edward'ın bana sadece bir santim uzakta oturduğunu fark ettim. Vücudumdaki elektrik beni şaşkına çevirdi. Bu elektriği bundan daha güçlü hissetmem mümkün değildi. Ona dokunmak, o kusursuz yüzünü okşamak için yanıp tutuşuyordum. Kollarımı kavuşturup ellerimi yumruk yaptım. Delirmek üzereydim.

Gözlerimi ondan alamıyordum. Onun da benim gibi ellerini yumruk yapıp kollarının altına aldığını ve yan gözle bana baktığını görünce masum masum güldüm. Bana gülümseyerek karşılık verdi. Gözleri karanlıkta bile alev alevdi. Soluğumun kesildiğini fark edince başımı çevirdim. Neden başım dönüyordu sanki?

Bu bir saat bana çok uzun geldi. Dikkatimi filme veremedim; hatta konunun ne olduğunu bile anlayamadım. Vücudumdaki elektrik azalmıyordu. Arada sırada yan gözle Edward'a bakıyordum ama o da hiç rahat görünmüyordu. Ona dokunma arzum gittikçe artıyordu, yumruk halindeki ellerimi parmaklarım acıyana kadar sıktım.

Dersin sonunda Bay Banner ışıkları açınca rahatlayarak derin bir nefes aldım. Kollarımı açıp parmaklarımı hareket ettirdim. Edward gülüyordu.

"Çok ilginç," diye mırıldandı. Sesi boğuk, gözleri ise ihtiyatlıydı.

"Hımm." Söyleyebileceğim tek şey buydu.

"Gidelim mi?" diye sordu ayağa kalkarken.

Ağlamak üzereydim. Beden eğitimi dersine girecektim. Dikkatle ayağa kalktım; aramızdaki garip yoğunluk yüzünden dengemi kaybetmekten korkuyordum.

Bana spor salonuna kadar eşlik ederken hiç konuşmadı. Kapıda durduk; ona hoşça kal demek için döndüm. Ancak yüzünü görünce neye uğradığımı şaşırdım. Allak bullak olmuştu, acı çeker gibiydi. Öyle güzeldi ki ona dokunma arzum daha da şiddetlendi. Kelimeler boğazımda düğümlendi.

Kararsızlık içinde elini kaldırdı, gözlerindeki tereddüdü görebiliyordum. Parmak uçlarıyla elmacık kemiğime dokundu. Eli buz gibi soğuktu ama parmağının geçtiği yerler yanıyordu. Yandığımı hissediyordum ama henüz bunun acısını hissetmiyordum.

Hiçbir şey söylemeden arkasını döndü ve hızla uzaklaştı.

Sersemlemiş bir halde spor salonuna gittim. Soyunma odasına girdim. Dalgın dalgın üzerimi değiştirdim, etrafımdaki insanların farkında bile değildim. Biri elime bir raket tutuşturuncaya kadar bilincim bile yerinde değildi neredeyse. Raket ağır değildi ama elimde çok garip duruyordu. Birkaç oğlanın bana kuşku dolu gözlerle baktığını görebiliyordum. Koç Clapp çiftlere ayrılmamızı söyledi.

Neyse ki Mike nazik bir çocuktu; yanıma geldi. "Eşim olmak ister misin?"

"Teşekkürler Mike. Biliyorsun, bunu yapmak zorunda değilsin," dedim, özür diler gibi bir ifadeyle.

"Merak etme, yolundan çekilirim," dedi gülümseyerek. Bazen Mike'ı sevmek ne kadar kolaydı..

Ama her şey kötü gitti. Nasıl yaptıysam, raketle hem kendi kafama hem de Mike'ın omzuna vurdum! Dersin kalanını tenis kortunun gerisinde raketi arkama saklayarak geçirdim. Onu yaralamış olmama karşın Mike gayet iyiydi. Tek koluyla oynadığı halde dört maçtan üçünü kazandı.

"Ee?" dedi Mike korttan çıkarken.

"Efendim?"

"Sen ve Cullen?"

Ona olan sevgim bir anda kayboldu.

"Bu seni ilgilendirmez Mike," dedim. İçimden Jessica'ya küfür ediyordum.

"Bu hiç hoşuma gitmiyor," diye mırıldandı.

"Hoşuna gitmesine de gerek yok," dedim.

"Sana yiyecekmiş gibi bakıyor," dedi beni duymazdan gelerek.

Bağırmak isterken, kahkaha attım! Bana ters ters baktı. Ona el sallayarak soyunma odasına gittim.

Aceleyle üstümü değiştirdim, midemde kelebeklerden de hızlı bir şeyler uçuşuyordu. Mike'la kavgamızı unutmuştum bile. Acaba Edward beni bekliyor muydu? Belki de arabasının yanına gitmeliydim. Ya kardeşleri de oradaysa? Birden korktuğumu hissettim. Benim bildiğimi biliyorlar mıydı? Benim bildiğimi bildiklerini bilmem gerekiyor muydu?

Spor salonundan çıktığımda park yerine uğramadan eve doğru yürümeye karar verdim. Ama boşuna endişelenmiştim. Edward spor salonunun önünde beni bekliyordu, güzel yüzünde sakin bir ifade vardı. Ona doğru yürürken ben de kendimi rahatlamış hissettim.

"Merhaba," dedim gülümseyerek.

"Merhaba." Gülüşü muhteşemdi. "Beden eğitimi dersi nasıldı?"

Suratımı ekşittim. "Fena değildi."

"Ciddi misin?" İkna olmamış gibiydi. Gözlerini kısarak omzumun üstünden arkaya baktı. Dönüp bakınca Mike'ın sırtını gördüm.

"Ne oldu?"

Yüzüme baktı. "Newton sinirlerimi bozuyor."

"Sen yine bizi mi dinledin?"

Dehşet içindeydim. Bütün keyfim kaçmıştı.

"Başın nasıl?" diye sordu

"Sana inanamıyorum!" Arkamı döndüm. Oradan gitmeye hiç niyetim olmadığı halde park yerine doğru yürümeye başladım.

Hemen yetişti bana.

"Seni beden eğitimi dersinde görmediğimi söylemiştin. Ben de merak ettim." Bundan hiç de pişman değildi, ben de onu duymazlıktan geldim.

Hiç konuşmadan arabasına doğru yürüdük, kendimi rahatsız hissediyordum. Birkaç adım sonra durdum. Birkaç oğlan Rosalie'nin kırmızı spor arabasının başında toplanmışlar, kıskanç gözlerle arabaya bakıyorlardı. Edward arabasının kapısını açmak için aralarından geçerken dönüp ona bakmadılar. Ben de kimseye fark ettirmeden arabaya bindim.

"Araba fazla dikkat çekici," diye söylendi.

"Ne marka?" diye sordum.

"M3."

"Arabalardan pek anlamam ben."

"BMW." Dikkatini yola verdi. Arabanın etrafındakilere çarpmadan geri geri gitmeye çalışıyordu.

Başımı salladım. Bu modeli duymuştum.

"Hâlâ öfkeli misin?" diye sordu dikkatle park yerinden çıkarken.

"Kesinlikle."

İçini çekti. "Özür dilersem beni affeder misin?"

"Belki... Bunu hissederek söylersen ve bir daha yapmayacağına dair söz verirsen."

Gözleri ışıldadı. "Peki ya hissederek söylersem ve cumartesi günü arabayı senin kullanmana izin verirsem?"

Bir an düşündüm ve bunun iyi bir teklif olduğuna karar verdim. "Anlaştık."

"Seni üzdüğüm için özür dilerim." Gözlerindeki içtenlik kalbimin hızla çarpmasına neden oldu. Sonra yine neşeli tavrına büründü. "O zaman cumartesi günü sabah erkenden kapında biterim."

"Evet ama yolda kimliği belirsiz bir Volvo görürse, Charlie'ye yine açıklama yapmak zorunda kalabilirim."

"Arabayla gelmeyi düşünmüyorum."

"Peki nasıl..."

Sözümü kesti. "Merak etme. Orada olacağım ve arabayla gelmeyeceğim."

Bunu uzatmamaya karar verdim. Daha önemli bir sorum vardı.

"Sonra konuşuruz demiştin ya? Vakit geldi mi?"

Kaşlarını çattı. "Geldi sanırım."

Kibar bir şekilde beklemeye çalıştım.

Arabayı durdurdu. Başımı kaldırınca şaşırdım. Charlie'nin evine gelmiş ve kamyonetin arkasında durmuştuk.

"Hâlâ senin beni avlanırken görmeni neden istemediğimi merak ediyor musun?" Ciddi görünüyordu ama gözlerinde farklı bir pırıltı vardı.

"Ben daha çok senin tepkini merak ediyordum," dedim.

"Seni korkuttum mu?"

Evet, kesinlikle dalga geçiyordu. "Hayır," diye yalan söyledim. O da inanmadı.

"Seni korkuttuğum için özür dilerim." Gülümsedi. Yüzünde artık dalga geçmediğini gösteren bir ifade belirdi. "Biz avlanırken senin orada olacağını düşünmek..." Dişlerini sıktı.

"Çok mu kötü olur?"

"Çok," diye fısıldadı dişlerinin arasından.

"Neden?"

Derin bir nefes alıp gökyüzündeki kocaman bulutlara baktı.

Gönülsüzce konuşmaya başladı. "Biz avlanırken duygularımıza teslim oluruz. Aklımızla hareket etmeyiz. Özellikle koklama duyusu.... Kontrolümü kaybettiğimde yakınımda olursan..." Başını salladı, hâlâ gökyüzüne bakıyordu.

Hemen tepkimi ölçeceğini bildiğim için yüz ifademi kontrol etmeye çalışıyordum. Neyse ki yüzümden hiçbir şey anlaşılmıyordu.

Göz göze geldik ve bir süre sessiz kaldık. Onun gözlerime bakarken öğleden sonra hissettiğim elektriklenmeyi hissettim. Başım dönmeye başladığında yine nefesimin kesildiğini anladım. Sonunda derin bir nefes aldığımda gözlerini kapattı.

"Bella, içeri girsen iyi olacak," dedi sert bir sesle. Gözleri hâlâ bulutlardaydı.

Kapıyı açtım, buz gibi hava kendime gelmemi sağladı. Sendelemekten korktuğum için dikkatle arabadan indim ve arkama bakmadan kapıyı kapattım. Otomatik camın açıldığını duyunca arkamı döndüm.

"Bella?" diye seslendi. Yüzünde çarpık gülümsemesiyle pencereye uzanmıştı.

"Efendim?"

"Yarın sıra bende," dedi.

"Ne sırası?"

Bu kez parlak dişlerini göstererek gülümsedi. "Soru sorma sırası."

Ben aklımı başıma toplayamadan, o köşeyi dönmüştü bile.

Eve doğru yürürken gülümsüyordum. Hiç değilse ertesi gün beni görmek istediğini anlamıştım.

O gece Edward yine rüyalarıma girdi. Ama bu kez hissettiklerim farklıydı. Öğleden sonra hissettiğim o elektriği hatırlayıp titredim, huzursuzca yatağımda dönüp durdum. Ancak gün ışımaya başladığında derin bir uykuya dalabildim.

Uyandığımda hâlâ yorgun ve huzursuzdum. İncecik elbiselerin ve şortların hayalini kurarak kahverengi boğazlı kazağımı ve dar kotumu giydim. Kahvaltıda yine sessizdik. Charlie kendine sahanda yumurta yapmıştı; ben de bir kâse mısır gevreği yedim. Onun cumartesi planlarımı unutup unutmadığını merak ettim. Tabağını lavaboya götürürken aklımdan geçeni okumuş gibi sorumu cevapladı.

"Bu cumartesi..." diye söze başladı.

"Evet baba?"

"Hâlâ Seattle'a gitmeyi düşünüyor musun?"

"Düşünüyorum," dedim gülümseyerek. Fazla soru sormayacağını ve ona yalan söylemek zorunda kalmayacağını umdum.

Tabağına biraz bulaşık deterjanı sıktı ve süngerle ovdu. "Dansa yetişemeyecek misin?"

"Ben dansa gitmiyorum baba."

"Kimse seni davet etmedi mi?" Gözlerini yıkadığı tabaktan ayırmayarak endişesini gizlemeye çalıştı.

Tehlikeli sulara girmemek için, "Kızlar erkekleri davet ediyor," dedim.

"Ya." Kaşlarını çattı.

Onu anlıyordum. Babalık zor olmalıydı; her an kızının bir oğlana âşık olacağı korkusuyla yaşamak, karşısına böyle biri çıkmadığında da onun için endişelenmek. Charlie'nin benim hoşlandığım kişinin gerçek yüzünü öğrenmesi ne korkunç olurdu!

Charlie benimle vedalaşıp evden çıktı, ben de dişlerimi fırçalayıp kitaplarımı almak için üst kata çıktım. Polis arabasının uzaklaştığını duyunca, dayanamayıp cama koştum. Gümüş rengi araba gelmişti. Merdivenlerden inip kapıya koştum. Bu garip döngünün daha ne kadar devam edeceğini merak ediyordum. Bunun bitmesini hiç istemiyordum.

Arabaya yürüdüm, kapıyı açıp binmeden önce utanarak duraksadım. Gülümsüyordu, çok rahat ve her zamanki gibi kusursuz görünüyordu.

"Günaydın." Sesi ipek gibiydi. "Bugün nasılsın?" Yüzüme dikkatle baktı. Bunu sanki nezaket olsun diye değil, önemli bir şeymiş gibi sormuştu.

"İyiyim, teşekkür ederim." Ben her zaman iyiydim. Hatta onun yanındayken daha da iyiydim.

Gözleri gözlerimin altındaki mor halkalara takıldı. "Yorgun görünüyorsun."

"Uyuyamadım," diye itiraf ettim. Saçlarımla yüzümü kapatmaya çalıştım.

"Ben de uyuyamadım," diye dalga geçti motoru çalıştırırken.

Güldüm. "Dün gece ne yaptın?" diye sordum.

"Şansını zorlama. Bugün soru sorma sırası bende," dedi kıkırdayarak.

"Haklısın, unutmuşum. Ne öğrenmek istiyorsun?" Benim hakkımda neyi merak edebilirdi ki?

"En sevdiğin renk ne?" diye sordu yüzünde ciddi bir ifadeyle.

"Her gün değişiyor."

"Öyleyse bugün en sevdiğin renk ne?" Hâlâ ciddiydi.

"Sanırım kahverengi." Genellikle o gün kendimi nasıl hissediyorsam öyle giyinirdim.

"Kahverengi mi?" diye sordu buna inanamazmış gibi.

"Evet. Kahverengi sıcak bir renktir ve ben kahverengi görmeyi çok özledim. Burada kahverengi olması gereken her şey, ağaç gövdeleri, kayalar, çamur yeşil!" diye homurdandım.

Söylediklerimden etkilenmiş gibiydi. Gözlerimin içine bakarak düşündü.

"Haklısın," dedi. "Kahverengi sıcaktır." Tereddüt ederek uzanıp saçlarımı geriye attı.

Çok geçmeden okula varmıştık. Arabayı park etmek için bana arkasını döndü.

"Şu anda CD çalarında hangi CD var?" diye sordu. Bunu sorarken o kadar ciddiydi ki sanki birini öldürdüğümü itiraf etmemi istiyordu.

Phil'in verdiği CD'yi hâlâ çıkartmadığımı fark ettim. Grubun adını söylediğimde yüzünde çarpık bir gülümseme ve gözlerinde garip bir ifade belirdi. Arabadaki CD çaların altındaki çekmeceyi açtı ve daracık yerde üst üste dizilmiş otuz kadar CD'nin içinden bir CD alıp bana verdi.

"Debussy'ye ne dersin?" dedi tek kaşını kaldırarak.

Bu aynı CD'ydi. Kapağını inceledim.

Bütün gün böyle geçti. Edward, benimle İngilizce sınıfına doğru yürürken, İspanyolca dersinden sonra buluştuğumuzda, öğle yemeğinde hayatımın bütün gereksiz detaylarıyla ilgili sorular sordu. En sevdiğim ve nefret ettiğim filmler, gittiğim ve gitmek istediğim yerler, kitaplar...

En son ne zaman bu kadar çok konuştuğumu hatırlamıyordum. Hep kendimden konuşarak onun canını sıkıyormuşum gibi geldi bana. Ama sorularının ardı arkası kesilmediği ve ilgiyle dinlediği için devam ettim. Çoğunlukla kolay sorular sordu, sadece bir iki tanesinde yüzüm kızardı. Bunu fark edince, bu konularda daha çok soru sordu.

En sevdiğim değerli taşı sorduğunda hiç düşünmeden kehribar cevabını verdim. Soruları o kadar hızlı soruyordu ki, kendimi insanın aklına gelen ilk cevabı verdiği psikiyatrik testlerden birinde gibi hissetmeye başladım. Kızararak kendimi ele veriyordum. Yüzüm kızarmıştı, çünkü yakın zamana kadar en sevdiğim taş lal idi. Ama insanın onun kehribar gözlerine bakıp da fikrini değiştirmemesi mümkün değildi.

Ama elbette o da benim neden utandığımı mutlaka öğrenmek istiyordu.

"Hadi söyle," diye üsteledi. Bunu ancak onun gözlerine bakmadan yapabilirdim.

"Çünkü gözlerin kehribar rengi," dedim içimi çekerek. Pes etmiştim. Saçımla oynayarak yere bakıyordum. "Herhalde iki hafta içinde bu soruyu bana tekrar sorarsan sana akik derim." Ne yazık ki dürüstlüğüm yüzünden söylemem gerekenden fazlasını söylemiştim. Ne zaman ona kendisiyle ne kadar ilgilendiğimi söylesem tuhaf bir şekilde kızıyordu, ben de bundan korkuyordum. Ama sessizliği uzun sürmedi.

"Ne tür çiçekleri seversin?" diye devam etti. Psikanalize devam ettiğimize sevinmiştim.

Biyoloji dersi yine çok zor geçti. Edward, Bay Banner sınıfa girene kadar sorularına devam etti. Bay Banner yine televizyonu ve videoyu getirmişti. Öğretmen ışığın düğmesine uzandığında Edward'ın iskemlesini benden uzaklaştırdığını fark ettim. Ama bunun bir yararı olmadı. Işıklar söner sönmez yine aynı dokunma arzusunu ve elektriklenmeyi hissettim.

Parmaklarımla sırayı sımsıkı kavrayarak bu aptalca isteğime karşı koymaya çalıştım. Bana baktığından korktuğum için ona bakmadım. Bakarsam, kendimi kontrol etmem daha zor olacaktı. Bütün iyi niyetimle filmi izlemeye çalışıyordum ama dersin sonunda izlediklerim konusunda hiçbir fikrim yoktu. Bay Banner ışıkları yaktığında rahatladım, sonunda Edward'a baktım; o da yüzünde kararsız bir ifadeyle bana bakıyordu.

Sessizce ayağa kalkıp beni bekledi. Yine sessizlik içinde spor salonuna doğru yürüdük. O yine hiçbir şey söylemeden şakaklarımdan çeneme kadar bütün yüzüme dokundu; soğuk elinin tersiyle yapmıştı bunu, sonra da arkasını dönüp gitti.

Mike'ın tek kişilik badminton oyununu izlerken beden eğitimi dersi çabuk geçti. Mike bütün gün benimle ne konuşmuş ne de selamıma karşılık vermişti. Belki de önceki günkü tartışmamızdan dolayı bana hâlâ kızgındı. Aslında bu beni rahatsız ediyordu ama şu anda bununla ilgilenmem mümkün değildi.

Aceleyle üstümü değiştirdim. Ne kadar çabuk olursam Edward'la o kadar çok zaman geçireceğimi biliyordum. Bu baskı beni daha da sakar hale getirmişti; ama sonunda kapıdan çıkmayı başardım. Edward'ı aynı yerde görünce yine aynı rahatlamayı hissederek gülümsedim. Beni sorguya çekmeye başlamadan önce o da gülümsedi.

Bu kez soruları daha farklıydı ve bunlara cevap vermek hiç de kolay değildi. Evimde neyi özlediğimi tüm ayrıntılarıyla öğrenmek istiyordu. Charlie'nin evinin önünde saatlerce oturduk. Hava kararmış ve birden bardaktan boşanırcasına yağmur yağmaya başlamıştı.

Ona Phoenix'in bütün doğal güzelliklerini anlattım. İşin en zor kısmı, bunları neden özlediğimi anlatmaktı. En sonunda odamdan da söz ettim.

"Bitti mi?" diye sordum.

"Daha çok sorum var ama baban birazdan gelir."

"Charlie!" Onu tamamen unutmuştum. Gökyüzü yağmur yüzünden karanlık olduğu için hiçbir şey belli olmuyordu. Saatin kaç olduğunu anlamak mümkün değildi. Saatime baktım ve çok şaşırdım. Charlie eve yaklaşmış olmalıydı.

"Alacakaranlık," diye mırıldandı Edward bulutlarla kaplı ufka bakarken. Birden dalmıştı, aklı başka yerlerde gibiydi. Ben de ona baktım.

Sonunda gözlerini bana çevirdi.

"Bizim için günün en güvenli saati," dedi gözlerimdeki soruya cevap verir gibi. "En kolay saatler. Ama aynı zamanda da hüzünlü. Bir günün sonu, gecenin başlangıcı. Karanlığı tahmin etmek ne kadar kolay, değil mi?" Düşünceli gözlerle gülümsedi.

"Ben geceyi severim. Hem karanlık olmasa yıldızları göremeyiz." Kaşlarımı çattım. "Ben burada pek yıldız göremiyorum."

Gülümsedi. Hava bir anda yumuşamıştı.

"Charlie birazdan gelir. Tabii ona cumartesi gününü benimle geçireceğini söylemek istiyorsan..."

"Teşekkürler ama hayır." Kitaplarımı aldım. Saatlerdir oturduğum için bacaklarımın uyuştuğunu fark ettim. "Öyleyse, yarın sıra bende, değil mi?"

"Kesinlikle hayır!" dedi muzip bir ifadeyle. "Sana sorularımın bitmediğimi söyledim."

"Başka ne soracaksın?"

"Yarın öğrenirsin." Kapıyı açmak için uzandı, bu ani hareketi karşısında az kalsın kalbim duracaktı.

Eli kapının kolunda donup kaldı.

"Bu hiç iyi değil," diye mırıldandı.

"İyi olmayan ne?" Dişlerini sıktığını görünce şaşırdım.

Yüzünü ekşitti. "İşte bir sorun daha."

Kapıyı açtı ve adeta korkar gibi benden uzaklaştı.

Koyu renkli bir arabanın bizden biraz uzakta durduğunu gördüm.

"Charlie geldi," diye uyardı beni Edward.

Kafamı kurcalayan bütün sorulara ve merakıma karşın hemen arabadan indim. Yağmur iyice şiddetlenmişti. Ceketim ıslanıyordu.

Arkamı dönüp baktım. Edward'ın gözlerinde hâlâ öfkeyle karışık tuhaf bir ifade vardı.

Sonra motoru çalıştırdı. Lastikler gıcırdadı. Volvo birkaç saniye içinde gözden kayboldu.

"Selam Bella!" diye seslendi biri. Tanıdık bir sesti bu.

"Jacob?" dedim gözlerimi kısıp bakmaya çalışarak. Ardından Charlie'nin arabası göründü ve farlarıyla Jacob'un arabasını aydınlattı.

Jacob arabadan inmişti bile. Yüzündeki geniş gülümseme karanlıkta bile belli oluyordu. Ön koltukta bir görenin bir daha asla unutamayacağı bir yüze sahip, yanakları sarkmış, kızıl kahve yüzü kırışıklarla dolu, iri yarı, yaşlı bir adam vardı. Gözleri çok tanıdıktı; hem çok genç hem de çok yaşlı gözlerdi bunlar. Jacob'un babası Billy Black'ti bu. Görüşmeyeli beş yıl olmuştu ama onu hemen tanıdım. Dikkatle bana bakıyordu; ben de ona gülümsedim. Gözleri sanki dehşetle büyümüş gibi iriydi; burun delikleri inip kalkıyordu.

Birden gülümsemem yüzümde dondu.

İşte bir sorun daha, demişti Edward.

Billy hâlâ bana meraklı ve endişeli gözlerle bakıyordu. İçimden söyleniyordum. Billy, Edward'ı bu kadar çabuk tanımış olabilir miydi? Oğlunun uydurduğu saçma efsanelere inanıyor olabilir miydi?

Bu sorunun cevabı Billy'nin gözlerinde okunuyordu. Evet. Evet, olabilirdi!

12. DENGELEME

"Billy!" diye bağırdı Charlie arabadan iner inmez.

Eve doğru döndüm, verandanın altına sığınmak için koşarken Jacob'a elimle işaret edip onu yanıma çağırdım. Charlie'nin onları yüksek sesle selamladığını duyuyordum.

"Senin araba kullandığını görmezden geleceğim Jake," dedi bunu hiç onaylamadığını gösteren bir tavırla.

"Bunun için izin almıştım," dedi Jacob ben kapıyı ve verandanın ışığını açarken.

"Bundan eminim." Charlie güldü.

"Beni birinin bir yerlere götürmesi gerek." Aradan bunca yıl geçmesine karşın Billy'nin o gür sesini hatırlamıştım. Bu ses beni çocukluğuma geri götürmüştü.

Kapıyı açık bırakıp içeri girdim, ceketimi çıkarmadan ışıkları yaktım. Sonra kapıda durup Charlie ve Jacob'un, Billy'yi arabadan indirerek tekerlekli sandalyeye oturtmalarını izledim. Hem endişelenmiş hem de üzülmüştüm.

Üçüne geçmeleri için yolu açtım. "Bu ne sürpriz!" dedi Charlie.

"Görüşmeyeli uzun zaman oldu," dedi Billy. "Kötü bir zamanda gelmemişizdir umarım." Koyu renk gözleriyle bana baktı, ne demek istediği pek anlaşılmıyordu.

"Hayır, iyi ki geldiniz. Umarım maça da kalırsınız."

Jacob gülümsedi. "Sanırım bunu planladık. Bizim televizyonumuz geçen hafta bozuldu."

Billy oğluna baktı. "Bu arada Jacob da Bella'yı görmek için sabırsızlanıyordu tabii."

Ben vicdan azabı çekerken Jacob kaşlarını çatarak başını önüne eğdi. Kumsaldaki davranışlarım fazla inandırıcıydı herhalde.

"Aç mısınız?" diye sordum mutfağa giderken. Billy'nin bakışlarından bir an önce kurtulmak istiyordum.

"Hayır, buraya gelmeden yemek yedik," diye cevap verdi Jacob.

"Sen Charlie?"

"Elbette açım." dedi. Televizyonun olduğu yere geçmişti. Billy de tekerlekli sandalyeyle onu takip ediyordu.

Peynirli tost yaptım. Domatesleri doğrarken, birden arkamda birinin olduğunu hissettim.

"Nasıl gidiyor?" diye sordu Jacob.

"İyi," dedim gülümseyerek.

Konuşmaya o kadar hevesliydi ki onu geri çevirmek çok zordu. "Sen nasılsın? Arabanı bitirdin mi?"

"Hayır," dedi yüzünü buruşturarak. "Hâlâ bazı parçalara ihtiyacım var. Bu arabayı ödünç aldık." Bahçedeki arabayı gösterdi.

"Gerçi ben hiç anlamam ama senin aradığın parça nedir?"

"Ana silindir," dedi gülümseyerek. "Kamyonetle ilgili bir sorun var mı?"

"Yok."

"Kullanmadığın için merak ettim."

Tostlarla ilgilenmeye başladım. "Beni eve bir arkadaşım bıraktı."

"Güzel arabaydı." Sesinde hayranlık vardı. "Ama kimin kullandığını görmedim. Buradaki gençlerin çoğunu tanıdığımı sanıyordum."

Başımı sallamakla yetindim. Gözlerimi tostlardan ayırmıyordum.

"Babam bir yerden tanıyor."

"Jacob, bana tabakları verebilir misin? Lavabonun altındaki dolapta tabaklar."

"Elbette."

Tabakları sessizce bana verdi. Hepsini birden yere düşürmesini diledim.

"O kimdi?" diye sordu iki tane bardak alırken.

İçimi çektim. "Edward Cullen."

Gülmeye başladı. Şaşırmıştım. Başımı kaldırıp ona baktım. Birden utandı.

"Öyleyse bu her şeyi açıklıyor," dedi. "Ben de babamın neden öyle garip davrandığını anlamaya çalışıyordum."

"Evet," dedim masum bir tavırla. "Baban Cullen'ları sevmiyor."

"Babam batıl inançları olan yaşlı bir adam," diye homurdandı Jacob.

"Sence Charlie'ye bir şey söyler mi?" Kendimi tutamayıp sormuştum bunu.

Jacob bana baktı. Gözlerindeki anlamı çözemedim. "Bundan şüpheliyim," dedi sonunda. "Geçen defa Charlie onu bir güzel azarlamıştı. O günden beri pek konuşmuyorlardı. Bu gece barışmış gibi oldular. Bu konuyu tekrar açacağını sanmıyorum."

"Hımm," dedim umursamaz görünmeye çalışarak.

Charlie'ye yemeğini götürdüğümde, maç izleme bahanesiyle odada kaldım. Bu arada Jacob benimle sohbet etmeye çalışıyordu. Erkeklerin kendi aralarındaki sohbetini dinlerken, Billy'nin beni ele verip vermeyeceğini merak ediyordum. Böyle bir şey yapmaya kalkarsa, hemen engel olacaktım.

Çok uzun bir geceydi. Yapmam gereken bir sürü ödev

vardı, ama Billy'yi Charlie'yle yalnız bırakmaktan korkuyordum. Sonunda maç bitti.

"Arkadaşlarınla yine kumsala gelecek misiniz?" diye sordu Jacob. Böylece babasına konuyu açmak için fırsat vermiş oldu aslında.

"Bilmiyorum," diyerek geçiştirmeye çalıştım.

"Çok keyifliydi Charlie," dedi Billy.

"Bir dahaki maça da gelin," dedi Charlie.

"Tabii geliriz. İyi geceler." Billy bana döndüğünde yüzündeki gülümseme kayboldu. "Sen de kendine dikkat et Bella," dedi ciddi bir tavırla.

"Teşekkürler," diye karşılık verdim alçak sesle. Başımı çevirdim.

Charlie onlara el salarken ben de merdivenlere yöneldim.

"Bir dakika Bella," dedi.

Korkudan mideme kramp girdi. Acaba ben yanlarına gitmeden önce Billy, Charlie'ye bir şey mi söylemişti.

Ama Charlie rahat görünüyordu. Bu beklenmedik ziyaret onu keyiflendirmişti.

"Bu gece seninle konuşacak fırsatımız olmadı hiç. Günün nasıl geçti?"

"İyi," dedim ayağımı merdiven basamağından çekmeden. "Badmintonda bizim takım dört oyunu da kazandı."

"Ya! Senin badminton oynadığını bilmiyordum."

"Aslında ben iyi oynamıyorum ama eşim çok iyiydi."

"Kimdi eşin?" diye sordu merakla.

"Mike Newton," dedim isteksiz isteksiz.

"Ah doğru. Newton'ların oğluyla arkadaş olduğunuzu söylemiştin. İyi bir ailedir onlar." Bir an durdu. "Neden onu dansa davet etmedin?"

"Baba! O benim arkadaşım Jessica'yla çıkıyor. Hem biliyorsun, ben dans edemem."

"Anladım," diye mırıldandı. Sonra özür diler gibi gülümsedi. "Öyleyse cumartesi günü gitmen iyi fikir. Biz de birkaç arkadaşımla balığa gitmeye karar verdik. O gün hava sıcak olacakmış. Ama seninle gidecek birini bulana kadar bu geziyi ertelemek istersen evde kalabilirim. Burada seni çok yalnız bıraktığımı biliyorum."

"Baba, ben halimden çok memnunum," diyerek gülümsedim, içim rahatlamıştı. "Yalnız kalmaktan şikâyetçi değilim, ben sana çekmişim." Ona göz kırptım. O da bana göz kırparak karşılık verdi.

O gece daha iyi uyudum, rüya göremeyecek kadar yorgundum. Gözlerimi açtığımda havanın güneşli olduğunu görüp sevindim. Jacob ve Billy ile geçirdiğim gergin akşamı kazasız belasız atlatmıştım. Bunu unutmaya karar verdim. Saçlarımı topladım. Merdivenlerden inerken ıslık çaldığımı fark ettim. Charlie de fark etmişti bunu.

"Bu sabah çok neşelisin," dedi kahvaltısını yaparken.

"Çünkü bugün günlerden cuma," dedim hemen.

Charlie gider gitmez evden çıkmak istediğim için acele ediyordum. Çantam hazırdı, ayakkabılarımı giymiş, dişlerimi fırçalamıştım. Charlie gözden kaybolur kaybolmaz evden fırladım, ama Edward benden hızlı davranmıştı. Arabasının motorunu durdurmuş, camları açmıştı. Beni bekliyordu.

Bu kez hiç tereddüt etmedim, bir an önce yüzünü görmek için hemen ön koltuğa geçtim. Yüzünde çarpık gülümsemesiyle bana bakıyordu. Kalbim duracak sandım. Melekler bile ondan gösterişli olamazdı.

"İyi uyudun mu?" diye sordu. Sesinin ne kadar etkileyici olduğunun farkında mıydı acaba?

"Uyudum. Senin gecen nasıldı?"

"Güzel." Eğlenir gibi bir hali vardı; yine bir şeyler kaçırmıştım herhalde.

"Dün gece ne yaptığını sorabilir miyim?" dedim.

"Hayır," dedi gülümseyerek. "Bugün sıra yine bende."

Bu kez tanıdığım insanlar hakkında bir şeyler öğrenmek istiyordu. Özellikle Renee'yi, onun sevdiği şeyleri ve onunla boş zamanlarımızda neler yaptığımızı sordu. Sonra büyükannemi, okuldan arkadaşlarımı ve eskiden çıktığım çocukları da öğrenmek istedi. O zamana kadar kimseyle çıkmadığım için rahattım, bu yüzden konuşma pek uzun sürmedi. O da duygusal ilişkimin olmamasına Jessica ve Angela kadar şaşırmıştı.

"Yani şimdiye kadar hoşlanacağın biriyle tanışmadın?" diye sordu. Bunu o kadar ciddi sormuştu ki, ne düşündüğünü çok merak ettim.

Son derece dürüsttüm. "Phoenix'te tanışmadım."

Dudaklarını kenetledi.

Bunları kafeteryada konuşuyorduk. Günler artık belli bir düzen içerisinde çok hızlı geçiyordu. Bu kısa aradan yararlandım ve ekmeğimi ısırdım.

"Bugün kendi arabanla gelmene izin vermeliydim," dedi durup dururken.

"Neden?"

"Öğleden sonra Alice ile gitmem gerek."

"Ah, sorun değil." Şaşırmış ve hayal kırıklığına uğramıştım. "Biraz yürümek eğlenceli olabilir."

"Yürümene izin veremem. Biz kamyonetini getirip buraya bırakırız."

"Anahtar yanımda değil." İçimi çektim. "Gerçekten yürüyebilirim, hiç sorun değil."

"Kamyonetin burada olacak, anahtarı da sorun etme," dedi.

"Nereye gidiyorsunuz?"

"Avlanmaya," dedi. "Yarın yalnız olacaksam, bütün tedbirleri almam gerek. Bu arada istersen iptal edebilirsin tabii."

"Hayır," dedim. "Edemem. Yarın kaçta görüşelim?"

"Sana bağlı. Cumartesi günü olduğuna göre geç saate kadar uyumak istemez misin?"

"Hayır."

"Öyleyse aynı saatte. Charlie evde olacak mı?"

"Hayır, balığa çıkacak."

Bana garip garip baktı. "Eve dönmezsen ne düşünür sence?"

"Ne kadar sakar olduğumu biliyor. Herhalde başıma bir şey geldiğini düşünür."

Çarpıcı bir biçimde gülümsedi.

"Ne avlayacaksınız?" diye sordum.

"Ne bulursak. Çok uzağa gitmeyeceğiz."

"Neden Alice ile gidiyorsun peki?"

"Çünkü o bana çok destek oluyor," dedi.

Arka masada oturan kardeşlerine baktım. "Benden hoşlanmıyorlar."

"Öyle bir şey değil," dedi. "Seni neden hiç yalnız bırakmadığımı anlayamıyorlar."

Güldüm. "Bunu ben de anlamıyorum."

"Çünkü beni büyülüyorsun!" dedi. Şaka yapıyor olmalıydı! "Tanıdığım hiç kimseye benzemiyorsun."

Yüzümdeki ifadeden ne demek istediğimi anlayınca gülümsedi. "Birkaç üstün özelliğim olduğu için insan doğasını anlamak konusunda ustayım. İnsanları tahmin etmek çok kolay. Ama sen benim beklediğim hiçbir şeyi yapmıyorsun. Beni sürekli şaşırtıyorsun."

Dönüp ailesine baktım tekrar. Hem utanmış hem de rahatsız olmuştum. Sözleri kendimi denek gibi hissetmeme neden olmuştu. Ondan başka şeyler duymayı beklediğim için kendimle dalga geçiyordum.

"Bu, açıklaması kolay bölümü," diye konuşmaya devam etti. Bana baktığını hissedebiliyordum ama hayal kırıklığımı anlamaması için ben ona bakmıyordum. "Ama bundan çok daha fazlası var ve bunları kelimelere dökmek çok zor."

O konuşurken ben Cullen'lara bakıyordum. Birden sarışın, güzel kardeşi Rosalie dönüp bana baktı. Daha doğrusu koyu renk, soğuk gözleriyle beni süzdü. Başımı çevirmek istedim ama Edward cümlesini yarıda kesip öfkeli bir ses çıkarana kadar gözlerimi Rosalie'den ayıramadım. Edward yılan gibi tıslamıştı sanki.

Rosalie başını çevirdi; ben de özgür kaldım. Edward'a baktım, gözlerimin dehşetle büyüdüğünü fark etmişti.

Sesi gergindi. "Üzgünüm. O yalnızca endişeleniyor. Görüyorsun; bu yalnızca benim açımdan tehlikeli değil. Seninle geçirdiğimiz bunca zamandan sonra eğer..." Başını önüne eğdi.

"Eğer ne?"

"Eğer kötü biterse..." Başını ellerinin arasına aldı. Acı çektiği belliydi. Onu rahatlatmak istedim ama bunu nasıl yapacağımı bilmiyordum. Elimi ona uzattım ama sonra bu dokunuşun her şeyi daha beter hale getireceğini düşünüp vazgeçtim. Aslında korkmalıydım ama korkmuyordum. Sadece o üzüldüğü için benim de canım yanıyordu.

Bir de müthiş bir hayal kırıklığı yaşıyordum. Edward'ın bana bir şey söyleyeceği sırada Rosalie araya girmişti. Konuyu tekrar nasıl açacağımı bilmiyordum.

Normal bir sesle konuşmaya çalıştım. "Şimdi gitmen mi gerekiyor?"

"Evet." Başını kaldırdı. Çok ciddi görünen yüzü birden yumuşadı. Gülümsedi. "En iyisi gitmem olacak. Yoksa biyoloji dersinde on beş dakika daha o saçma filmi izlemek zorunda kalacağız. Buna dayanabileceğimi sanmıyorum."

Alice, tıpkı bir periyi andıran yüzünü çevreleyen simsiyah kısa saçlarıyla Edward'ın arkasında bitti. İnce vücudu narin bir dal gibiydi.

Edward gözlerini benden ayırmadan selamladı onu "Alice."

"Edward," diye karşılık verdi kız. İnce sesi tıpkı Edward gibi etkileyiciydi.

"Alice, Bella - Bella, Alice." Edward bizi tanıştırdı. Yüzünde isteksiz bir gülümseme vardı.

"Merhaba Bella." Kızın koyu renkli, cam gibi gözlerinden bir anlam çıkarmak zordu ama gülüşü sıcaktı. "Sonunda seninle tanıştığıma sevindim."

Edward ona ters ters baktı.

"Merhaba Alice," dedim utanarak.

"Hazır mısın?" diye sordu Edward'a.

Edward'ın sesi buz gibiydi. "Hazır sayılırım. Arabada buluşuruz."

Alice hiçbir şey söylemeden gitti, yürüyüşü o kadar zarifti ki onu çok kıskandığımı fark ettim.

"İyi eğlenceler' mi demeliyim, yoksa bu uygunsuz mu kaçar?"

"Hayır. Bence 'iyi eğlenceler' gayet uygun," dedi gülümseyerek.

"İyi eğlenceler öyleyse." İçten olmaya çalışmış ama başaramamıştım.

"Eğlenmeye çalışırım. Sen de kendine dikkat et," dedi.

"Forks'ta dikkatli olmak çok zor."

"Senin için zor." Yüzünde gergin bir ifade belirdi. "Söz ver bana."

"Dikkatli olmaya çalışacağıma söz veriyorum," dedim. "Bu gece çamaşır yıkayacağım, çok tehlikeli bir iş."

"Sakın makineye düşme," diye dalga geçti.

"Elimden geleni yaparım."

Ayağa kalktı. Ben de kalktım.

"Yarın görüşürüz," dedim.

"Sanki önümüzde çok uzun bir zaman varmış gibi, değil mi?"

Üzgün üzgün başımı salladım.

"Sabahleyin orada olacağım," diye söz verdi. Yüzüme dokunmak için masanın üzerinden bana uzandı, yanağımı okşadı. Sonra arkasını dönüp gitti. O gözden kayboluncaya kadar arkasından baktım.

O günkü dersleri kırmak istiyordum, özellikle beden eğitimi dersini... Ama içimden bir ses bunu yapmamamı söyledi. Eğer derslere girmezsem, Mike ve diğerleri benim Edward'la birlikte olduğumu düşüneceklerdi. Edward ise insanların içinde birlikte geçirdiğimiz zamanlar yüzünden endişeleniyordu. İşler yolunda gitmezse. En son düşündüğüm şeyi aklımdan uzaklaştırmaya çalıştım, onun yerine her şeyi Edward için nasıl daha güvenli hale getireceğimi düşünmeye koyuldum.

Yarın önemli bir gün olacaktı; bunu biliyordum, hissediyordum. İlişkimiz böyle pamuk ipliğine bağlı olarak devam edemezdi. Yalnızca onun karar ve hislerini dikkate alarak hareket edersek eninde sonunda uçuruma yuvarlanırdık. Ben kararımı vermiştim, hatta bu tercihi bilinçli olarak yapmadan önce kararımı vermiştim. Ne olursa olsun bu meseleyi çözecektim. Ona sırt çevirmem kadar korkunç ve kötü bir şey olamazdı. Bu mümkün değildi.

Kendimi sorumlu hissederek sınıfa girdim. İtiraf edeyim, biyoloji dersinden hiçbir şey anlamadım. Beynim bir sürü başka şeyle meşguldü. Beden eğitimi dersinde Mike yine benimle konuştu; Seattle'da iyi vakit geçirmemi söyledi. Kamyonetime pek güvenmediğim için bu gezimi ertelediğimi anlattım ona.

"Cullen'la mı dansa geleceksin?" diye sordu alınmış gibi.

"Hayır, ben dansa gelmiyorum ki."

"Ne yapacaksın öyleyse?" diye sordu, çok merak etmişti.

İçimden ona her şeye burnunu sokmamasını söylemek geldi ama bunun yerine sakin sakin yalan söyledim.

"Çamaşır yıkayacağım, sonra da trigonometri çalışmam gerek; yoksa sınıfta kalırım."

"Cullen derslerinde sana yardım ediyor mu?"

"Edward," dedim üzerine basa basa, "bana yardım etmeyecek. Hafta sonu bir yere gidiyormuş." O kadar doğal yalan söylüyordum ki kendim de şaşırmıştım.

"Ya. Aslında grubumuzla dansa gelebilirsin. Harika olur. Hepimiz seninle dans ederiz."

Gözümün önüne Jessica gelince, sert bir sesle cevap verdim.

"Ben dansa falan gelmiyorum Mike, anladın mı?"

"Tamam," dedi suratını asarak. "Benimki sadece bir teklifti."

Okul çıkışında hiç heyecan duymadan park yerine doğru yürüdüm. Eve yürüyerek gitmek istemiyordum, ama Edward'ın kamyonetimi nasıl getireceğini de çok merak ediyordum. Sonra onun için hiçbir şeyin imkânsız olmadığını düşündüm. Haklıydım da. Kamyonetim o sabah Volvo'sunu park ettiği yerde duruyordu. İnanamıyordum buna. Kapıyı açınca anahtarın kontağın üzerinde olduğunu gördüm.

Koltuğun üzerinde beyaz bir kâğıt vardı. Onu okumadan önce kamyonetime bindim ve kapıyı kapattım. Şahane bir el yazısıyla iki kelime yazılmıştı.: Dikkatli ol.

Motoru çalıştırdığımda çıkan sesle irkildim. Kendi kendime güldüm.

Eve gittiğimde kapı sabah bıraktığım biçimde kilitliydi. Çamaşır odasına koştum. Burası da aynen bıraktığım gibiydi. Pantolonumun ceplerine baktım; boştu. "Beki de anahtarları kapının yanındaki anahtarlığa asmıştım," diye düşündüm.

Yarınki dansta iyi eğlenceler dilemek için Jessica'yı aradım. O da bana Edward'la geçireceğim gün için şans diledi. Bu planın iptal olduğunu söyledim. Son derece abartılı bir tepki gösterince, hemen vedalaşıp telefonu kapattım.

Charlie akşam yemeğinde dalgındı. İşle ilgili bir şeye ya da basketbol maçına canı sıkılmıştı herhalde. Belki de lazanyasının tadını çıkarıyordu. Charlie'yi anlamak güçtü.

"Baba?" dedim.

"Efendim Bell?"

"Sanırım Seattle konusunda haklısın. Jessica ya da başka biri benimle gelene kadar beklesem iyi olacak."

"Peki o halde, seninle evde kalmamı ister misin?"

"Hayır baba. Sen programını bozma. Benim evde bir sürü işim var; ödev, çamaşır... Ayrıca kütüphaneye ve markete de gideceğim. Bu yüzden sen keyfine bak."

"Emin misin?"

"Eminim baba. Hem balığımız da az kaldı."

"Sen çok anlayışlı bir kızsın Bella," dedi gülümseyerek.

"Sen de öyle," diye karşılık verdim gülerek. Birden ona yalan söylediğim için kendimi çok kötü hissettim. Az kalsın Edward'ın dediğini yapıp ona nereye gideceğimi söyleyecektim.

Akşam yemeğinden sonra çamaşırları katladım ve kurutma makinesine yeni çamaşırlar koydum. Ne yazık ki bütün bu işler yalnızca ellerimi meşgul ediyordu. Aklımda bir sürü şey vardı ve bunları kontrol etmekte güçlük çekiyordum. Bekleyişin acısıyla korku arasında bocalıyordum. Kendi kendime sürekli, bir seçim yaptığımı ve bundan vazgeçmeyeceğimi söylüyordum. Edward'ın yazdığı kâğıdı bir kez daha okumak için cebimden çıkarttım. Güvende olmamı istiyor, diye düşündüm. Sonunda bu isteğinin gerçek olacağı inancı bana güç veriyordu. Peki diğer seçeneğim neydi? Onu hayatımdan çıkarmak mı? Buna dayanamazdım.

Forks'a geldiğim günden beri bütün hayatım onunla geçmişti.

İçimden bir ses endişelenmemem gerektiğini, eğer kötü biterse gerçekten çok üzüleceğimi söylüyordu.

Uyku saatinin geldiğini görünce sevindim. Ama uyuyamayacak kadar gergindim, bu yüzden hiç yapmadığım bir şey yaptım. Beni sekiz saat uyutabilecek grip ilaçlarından bir tane aldım. Bir de uykusuz olup iyice sersemlemek ve her şeyi mahvetmek istemiyordum.

Aldığım ilacın etki göstermesini beklerken saçlarımı kurutup düzleştirdim ve ne giyeceğime karar vermeye çalıştım.

Her şeyimi hazırladıktan sonra yattım. Çok heyecanlıydım, yatakta dönüp duruyordum. Sonunda kalktım, CD kutusundan Chopin'in bir CD'sini bulup CD çalarıma yerleştirdim. Tekrar yattım. Bir süre sonra ilaç etkisini gösterdi ve uyuyakaldım.

O gece ilaç sayesinde deliksiz uyudum. Erkenden uyandım. Kendimi dinlenmiş hissediyordum ama birden yine telaşa kapıldım. Aceleyle giyindim, kazağımı düzelttim. Charlie'nin gittiğinden emin olmak için pencereden baktım. Gökyüzünde incecik, pamuğu andıran bulutlar vardı.

Kahvaltımı çabucak yaptım ve mutfağı topladım. Dişlerimi fırçaladım, tam aşağı inmek için merdivenlere yöneldiğimde kapı çalındı. Yüreğim ağzıma gelmişti.

Panik içinde koşup kapıyı açtım. Tam karşımda duruyordu. Yüzüne bakarken sakinleştiğimi hissettim. Derin bir nefes aldım. O yanımdayken önceki geceki korkularım ne kadar yersiz görünüyordu.

"Günaydın," dedi. Bana bakıp gülmeye başladı.

"Bir şey mi var?" Ayakkabılarımı ya da pantolonumu giymeyi mi unutmuştum acaba?

"Çok uyumluyuz," dedi gülerek. Üzerinde krem rengi uzun kollu bir kazak, yakası görünen beyaz bir gömlek ve kot pantolon vardı. Ben de krem rengi kazak ve kot pantolon giymiştim. Ama o manken gibi görünürken ben sıradandım. Ben de güldüm.

Kamyonete bindik.

"Nereye gidiyoruz?" diye sordum.

"Emniyet kemerini tak, şimdiden huzursuz oldum ben."

Ona ters ters baktım.

"Nereye gidiyoruz?" dedim içimi çekerek.

"Kuzeye."

Bakışlarını üzerimde hissederken dikkatimi yola vermem çok zordu. Hâlâ uyuyan kasabada dikkatle yol alıyordum.

"Gece olmadan Forks'tan ayrılmayı düşünüyor musun?" dedi.

"Bu kamyonet senin arabanın dedesi olacak yaşta, biraz saygılı ol," diye cevap verdim.

Edward'ın tüm olumsuz yorumlarına karşın çok geçmeden kasabadan ayrıldık.

"Sağa dön," dedi Edward. Sessizce sağa döndüm.

"Şimdi sokağın sonuna kadar düz gideceğiz." Sesinden güldüğünü anladım ama dönüp ona bakarsam yoldan çıkabileceğim için bunu yapmadım.

"Sokağın sonunda ne var?"

"Bir patika."

"Yürüyüş mü yapacağız?" diye sordum endişelenerek. Çünkü tenis ayakkabılarımı giymiştim.

"Bir sakıncası var mı?" Bu soruyu bekliyordu sanki.

"Hayır," dedim kendimden emin bir sesle.

"Merak etme, yalnızca sekiz kilometre yürüyeceğiz. Acele etmemize de gerek yok."

Sekiz kilometre. Cevap vermedim çünkü paniğe kapıldığımı anlamasını istemiyordum. Sekiz kilometre boyunca ayağıma takılacak, düşmeme neden olacak taşlar, otlar... Rezil olacaktım.

Bir süre sessizce ilerledik. Bu sırada giderek yaklaşmakta olan felaketi düşünüyordum.

"Ne düşünüyorsun?" diye sordu.

Yalan söyledim. "Nereye gideceğimizi düşünüyordum."

"Güzel havalarda gittiğim güzel bir yer," dedi.

"Charlie bugün havanın sıcak olacağını söyledi."

"Sen Charlie'ye bugün ne yapacağını söyledin mi?"

"Hayır."

"Ama Jessica bizim birlikte Seattle'a gittiğimizi düşünüyor." Bundan memnunmuş gibi konuşmuştu.

"Hayır, ona bu planın iptal olduğunu söyledim. Yalan da sayılmaz."

"Kimse senin benimle olduğunu bilmiyor mu yani?" Sinirlenmişti.

"Sen Alice'e söyledin herhalde?"

"Söylemesem olmazdı," diye terslendi.

Bunu duymazlıktan geldim.

"Forks'ta çok mu bunaldın? İntihar etmeye mi karar verdin?"

"Bizim birlikte görünmemizin senin için sakıncalı olabileceğini söylemiştin?"

"Yani eğer eve dönmezsen, bunun benim için sakıncalı olabileceğini düşündün öyle mi?" dedi dalga geçerek.

Başımı salladım ve dikkatimi tekrar yola verdim.

Alçak sesle bir şeyler mırıldandı ama ne dediğini anlamadım.

Bir süre hiç konuşmadık. Yaptığım şeyi onaylamadığını hissediyordum ama söyleyecek hiçbir şey bulamıyordum.

Sonunda yol bitti ve dar bir patika göründü. Arabayı kuytu bir yere park edip indim. Korkuyordum çünkü artık araba kullanmadığıma göre Edward'ın yüzüne bakmak zorundaydım. Hava çok sıcaktı, insanı bunaltıyordu. Forks'a geldiğim günden beri hiç bu kadar sıcak olmamıştı. Kazağımı çıkarıp belime bağladım. İyi ki içime ince bir gömlek giymiştim.

Edward da arabadan inmişti. Ormana bakıyordu.

"Bu taraftan," dedi ve karanlık ormana daldı.

"Patikadan gitmeyecek miyiz?" Ona yetişmeye çalıştığımdan sesim telaşlıydı.

"Sana yolun sonunda bir patika olduğunu söyledim, patikadan yürüyeceğiz demedim."

"Patikadan gitmeyecek miyiz?" dedim çaresizce.

"Merak etme, kaybolmana izin vermem." Dalga geçer gibi gülümsedi. Derin bir nefes aldım. Kolsuz, düğmeleri açık beyaz gömleğiyle ne kadar muhteşem göründüğünü düşündüm. Bu kutsal yaratığın benim için yaratılmadığı kesindi.

Yüzümdeki ifade onu şaşırtmıştı.

"Eve dönmek ister misin?" diye mırıldandı, sesinde acı vardı.

"Hayır." Yanına gittim, onunla geçireceğim bir saniyeyi bile boşa harcamak istemiyordum.

"Sorun ne?" diye sordu kibar bir tavırla.

"Ben iyi bir yürüyüşçü değilim," dedim. "Sabırlı olman gerekecek."

"İstersem sabırlı olabilirim," dedi. Beni rahatlatmak için gülümsedi.

Ben de gülümsemeye çalıştım ama başaramadım.

"Seni eve götüreyim," dedi. Korktuğumu düşünüyordu. Ben de zihnimi okuyamadığı için seviniyordum.

"Güneş batmadan ormanın içinde sekiz kilometre yürümemi istiyorsan bir an önce başlamalıyız," dedim imalı bir şekilde. Kaşlarını çattı, ne demek istediğimi anlamaya çalışıyordu.

Bir an düşündü ve ormana doğru yürümeye başladı.

Korktuğum kadar zorlanmadım. Yol dümdüzdü. Edward ben geçerken önüme çıkan engelleri kaldırıyordu. Önümüze devrilmiş ağaçlar ya da kayalar çıktığında bileğimden tutup bana yardım ediyor, sonra elimi hemen bırakıyordu. Her buz gibi dokunuşunda kalbim deli gibi çarpıyordu. İki kez bana baktı. Kalbimin sesini duymuştu mutlaka.

Bu kusursuz yaratığa bakmamak için elimden geleni yapıyordum. Her bakışımda güzelliği canımı yakıyordu.

Uzun süre konuşmadan yürüdük. Konuştuğumuzda, daha önce sorup da cevap alamadığı soruları tekrarlıyordu. Doğum günümü, öğretmenlerimi, çocukluğumda sahip olduğum hayvanları sordu. Ona üç balığın ölümüne neden olunca hayvan sahibi olmaktan vazgeçtiğimi itiraf ettim. Buna uzun süre güldü; kahkahaları ormanda yankılandı.

Neredeyse bütün sabah yürüdük ama Edward çok sabırlıydı. Orman labirent gibiydi ve ben kaybolmamızdan korkuyordum. Edward ise bu yeşil labirentte son derece rahattı, yönümüz konusunda en küçük bir kuşkusu yoktu.

Hava iyice ısınmıştı ve ben sabırsızlanmaya başlamıştım.

"Gelmedik mi?" dedim kaşlarımı çatarak.

"Geldik sayılır," diye karşılık verdi gülümseyerek. "İlerideki aydınlığı görüyor musun?"

Ormanın derinliklerine doğru baktım. "Hayır."

Omuz silkti. "Belki gözlerin için henüz erken."

"Belki de bir göz doktoruna gitme vaktim gelmiştir," diye mırıldandım.

Biraz daha yürüdükten sonra ilerideki ağaçların arkasında bir ışık gördüm. Adımlarımı sıklaştırdım, merakım giderek artıyordu. Edward beni sessizce takip ediyordu.

Işığın olduğu yere vardım ve çalıların arkasında hayatımda gördüğüm en güzel yeri gördüm. Küçük, yuvarlak, mor, sarı ve beyaz kır çiçekleriyle bezeli bir çayırdı burası. Yakında bir yerden su sesi geliyordu.

Çimenlere doğru yürüdüm. Şaşkına dönmüştüm. Bunu Edward'a söylemek için arkama döndüm ama onu göremedim. Bir an paniğe kapıldım ama sonra onu buldum. Bir çukurun kenarında durmuş, meraklı gözlerle beni izliyordu. O anda çayırın güzelliğinin bana unutturduğu şeyi hatırladım. Edward söz vermişti, bana güneşle büyülü buluşmasını gösterecekti.

Ona doğru yürürken gözlerim merakla parlıyordu. Edward'ın gözlerinde ise yorgun ve isteksiz bir ifade vardı. Gülümsedim, bir adım daha attım ve onu yanıma çağırdım. Beni uyarır gibi elini kaldırdı; ben de tereddütle arkamı döndüm.

Edward derin bir nefes aldı ve parlak öğleden sonra güneşinin parlak ışığına doğru bir adım attı.

13. İTİRAFLAR

Edward güneşin altında insanı şaşkına çeviriyordu. Bütün bir akşamüzeri ona baktığım halde alışamadım. Teni bembeyazdı, üzerinde binlerce elmas varmış gibi parlıyordu. Hiç hareket etmeden çimlerin üzerinde yatıyordu; gömleğinin önü açıktı, heykel gibi parlak göğsü görünüyor, çıplak kolları parlıyordu. Gözleri kapalıydı ama elbette uyumuyordu. Bilinmeyen bir taştan yontulmuş heykele benziyordu. Mermer gibi pürüzsüzdü, kristal gibi parlıyordu.

Dudakları titriyor gibiydi. Nedenini sorduğumda kendi kendine şarkı söylediğini söyledi, bunu duymam mümkün değildi.

Bu arada ben de güneşin tadını çıkarıyordum. Ben de onun yaptığı gibi sırtüstü yatmak ve güneşin yüzümü ısıttığını hissetmek istiyordum. Ama oturup çenemi dizlerime dayadım. Gözlerimi ondan ayıramazdım.

İlk başta beni büyüleyen çayır, onun kusursuzluğunun yanında sönük kalıyordu.

Her an kaybolmasından korkuyordum, Gerçek olamayacak kadar güzeldi. Tereddüt ederek ona uzandım, çimlerin üzerinde duran elini okşadım. Saten gibi pürüzsüz, taş gibi soğuk eline dokununca heyecanla ürperdim. Ona baktığımda beni izlediğini fark ettim. Kusursuz dudaklarında bir gülümseme belirdi. Gözleri bugün altın sarısı, bakışları sıcacıktı.

"Seni korkutmuyor muyum?" diye sordu şakayla karışık, ama sesindeki merakı fark etmiştim.

"Her zamanki kadar."

Yavaşça yaklaşıp elini tuttum. Parmaklarımın titrediğini fark ettim; bu onun gözünden kaçmayacaktı.

"Seni rahatsız ediyor mu?" diye sordum çünkü gözlerini tekrar kapatmıştı.

"Hayır," dedi gözlerini açmadan. "Bunun nasıl bir şey olduğunu tahmin edemezsin." İçini çekti.

Elimi kaslı kollarında gezdirmeye başladım, bileğindeki damarları parmağımla takip ediyordum. Diğer elimle elini çevirmek istedim. Ne yapmak istediğimi anlayarak elini çevirdi. Bu beni çok şaşırttı, bir an parmaklarım kolunun üzerinde hareketsiz kaldı.

"Affedersin," diye mırıldandı. Yine gözlerini kapattı. "Seninle birlikteyken rahatça kendim gibi davranabiliyorum."

Elini çevirip güneşin avucunda parladığını gördüm. Sonra elini yüzüme yaklaştırdım ve avucundaki gizli katmanları görmeye çalıştım.

"Bana ne düşündüğünü söyle," diye fısıldadı gözlerini bana dikerek. "Bunu bilememek garibime gidiyor."

"Biliyorsun, bizler zaten karşımızdakilerin ne düşündüğünü anlayamıyoruz. Yani bu durum bizim için sürekli geçerli," dedim.

"İşiniz zor." Sesinde üzüntü mü vardı? "Ama bana söylemedin."

"Keşke senin ne düşündüğünü bilebilseydim," dedim tereddütle.

"Başka?"

"Keşke senin gerçek olduğuna inanabilseydim. Ve keşke korkmasaydım..."

"Korkmanı istemiyorum." Sesi yumuşak bir mırıltı gibiydi. Aslında söylemeye çalıştığı şeyi anlamıştım. Korkmama gerek yoktu, korkacak bir şey yoktu.

"Öyle bir korkuyu kastetmedim."

Ben ne olduğunu anlayamadan doğruldu ve sağ koluna yaslandı. Sol eli hâlâ elimdeydi. Melek yüzü yüzüme yakındı. Onun bu beklenmedik yakınlaşmasından kaçabilirdim, belki de kaçmalıydım, ama hareket edemiyordum. Altın rengi gözleri beni büyülemişti sanki.

"Öyleyse neden korkuyorsun?" diye fısıldadı.

Cevap veremedim. Bir kez daha soluğunu yüzümde hissettim. Tatlı, nefis, ağzımı sulandıran koku... Başka hiçbir şeye benzemiyordu. İçgüdüsel olarak, düşünmeden, nefesimi tutarak ona yaklaştım.

Birden kendini geri çekti. Elini de elimden çekiverdi. Ben ne olduğunu anlayamadan birkaç metre uzaklaşmıştı benden. Şimdi dev köknar ağacının gölgesinde, küçük çayırın kenarında duruyordu. Bana bakıyordu, gölgede koyu renk görünen gözlerinde anlaşılmaz bir ifade vardı.

Yüzümde acı ve şaşkınlık dolu bir ifade olduğunu hissedebiliyordum. Boş ellerim sızlıyordu.

"Ben... üzgünüm... Edward," diye fısıldadım. Duyabileceğini biliyordum.

"Bana bir dakika ver," dedi, ancak benim daha az hassas olan kulaklarımın duyabileceği şekilde. Hiç kımıldamadan oturuyordum.

Bana çok uzun gelen on saniyenin ardından ona göre çok yavaş sayılacak şekilde gerisin geri yürümeye başladı. Durdu; aramızda hâlâ mesafe vardı. Zarif bir şekilde yere oturup bağdaş kurdu. Bütün bunları yaparken gözleri üzerimdeydi. İki derin soluk aldı ve özür dilercesine gülümsedi.

"Çok üzgünüm." Tereddüt etti. "Yalnızca bir insan olduğumu söyleseydim ne demek istediğimi anlar mıydın?"

Başımı salladım. Bu şakaya gülecek durumda değildim. Tehlikenin bilincine yavaş yavaş vardığımda, damarlarımda adrenalini hissetmeye başladım. Bunun kokusunu oturduğu yerden alabiliyordu. Alaycı bir tavırla gülümsedi.

"Ben dünyanın en müthiş yırtıcı hayvanıyım değil mi? Her şeyim –sesim, yüzüm, hatta kokum- seni bana çekiyor. Sanki buna ihtiyacım varmış gibi!" Beklenmedik bir şekilde ayağa kalktı ve koşarak gözden kayboldu. Yarım saniye içinde çayırın etrafında bir tur atıp döndü ve yine aynı ağacın altında durdu.

"Beni geçebilir misin!" dedi acı acı gülümseyerek.

Tek eliyle ladin ağacının dallarından birine uzandı ve kalın dalı neredeyse hiç güç sarf etmeden, kulakları sağır eden bir gürültüyle ağacın gövdesinden ayırdı. Dalı bir an elinde dengeledi sonra da müthiş bir hızla başka bir dev ağaca doğru fırlattı. Ağaç sallanıp titredi.

Bana doğru yürüyüp birkaç adım ötemde durdu.

"Benim hakkımdan gelebilir misin?"

Hareket etmeden oturuyordum. Ondan hiç bu kadar korkmamıştım. İlk defa medeniyetten bu kadar uzak görünüyordu. İlk defa bir insana bu kadar az benziyordu... ve daha önce hiç bu kadar güzel olmamıştı. Kül rengi yüzüm, iri iri olmuş gözlerimle bir yılanın gözlerine kilitlenmiş bir kuştan farksızdım herhalde.

Onun şahane gözleri heyecanla parlıyordu. Birkaç saniye sonra bu parıltı kayboldu. Yerini derin bir hüzün aldı.

"Korkma," diye mırıldandı, kadife sesi istem dışı olarak baştan çıkarıcıydı. "Söz veriyorum," dedi tereddütle, "sana zarar vermeyeceğime *yemin ediyorum."* Benden çok kendini ikna etmeye çalışıyordu sanki.

"Korkma," diye fısıldadı yeniden, bana yaklaşırken. Hareketlerinde abartılı bir yavaşlık vardı. Yanıma oturdu. Şimdi yüzlerimiz aynı hizadaydı. Aramızda birkaç santim kalmıştı.

"Affet beni lütfen," dedi ciddi bir tavırla. "Kendimi kontrol edebilirim. Beni hazırlıksız yakaladın. Ama bundan sonra iyi davranacağım."

Bekledi ama ben hâlâ konuşamıyordum.

"Bugün hiç susamadım, doğru söylüyorum." Göz kırptı.

Gülmek zorunda kaldım ama sesim titrek ve kısık çıkmıştı.

"İyi misin?" diye sordu şefkatle. Yavaşça ve dikkatle uzanıp mermer eliyle elimi tuttu.

Önce pürüzsüz, soğuk ellerine, sonra da yüzüne baktım. Gözlerinde yumuşacık, pişmanlık dolu bir ifade vardı. Yeniden eline baktım ve parmak ucumla avucundaki çizgilerin üzerinden geçtim. Başımı kaldırıp içtenlikle gülümsedim.

Bana şahane gülümsemesiyle karşılık verdi.

"Benim kaba davranışlarımdan önce nerede kalmıştık?" diye sordu eski zamanlardan kalma bir kibarlıkla.

"Gerçekten hatırlamıyorum."

Gülümsedi ama utanmış gibiydi. "Sanırım senin neden korktuğunu konuşuyorduk. Asıl neden dışında."

"Ah, doğru."

"Ee?"

Ellerine baktım, parmağımla o pürüzsüz, ışıltılı avucuna bir şeyler çiziyordum. Saniyeler geçiyordu.

"Ne kadar kolay sinirleniyorum," dedi. Gözlerinin içine baktım. Bütün bu yaşadıklarım onun için de yeniydi. Bunca yıldır yaşadığı deneyimlerden sonra onun için de zor olmalıydı. Bu düşünceden cesaret aldım.

"Korkuyordum, çünkü belli nedenlerden dolayı seninle *kalamam*. Ve ben seninle kalmayı fazlasıyla isteyeceğimden korkuyorum." Konuşurken ellerine baktım. Bunu yüksek sesle söylemek benim için çok zordu.

"Evet," dedi yavaşça. "Bu korkulacak bir şey. Benimle birlikte olmak istemen. Senin için hiç iyi olmaz."

Kaşlarımı çattım.

"Uzun zaman önce gitmeliydim." İçini çekti. "Şimdi de gitmeliyim. Ama bunu yapabilir miyim bilmiyorum."

"Gitmeni istemiyorum," dedim yere bakarak.

"İşte bu yüzden gitmeliyim. Ama merak etme, ben bencil

bir yaratığım. Senin yanında olmayı, yapmam gereken şeyi yapamayacak kadar çok istiyorum."

"Sevindim."

"Sevinme!" Yine elini çekti ama bu kez daha nazikti. Sesi her zamankinden sertti. Yine de diğer bütün insanların sesinden çok daha güzeldi. Onu anlamak çok zordu, bu değişken halleri beni şaşkına çeviriyor, afallamama neden oluyordu.

"İstediğim tek şey yanımda olman değil! *Bunu* sakın unutma. Senin için, başkaları için olabileceğimden daha tehlikeli olduğumu sakın unutma!" Durup boş gözlerle ormana baktı.

Bir an düşündüm.

"Ne söylemeye çalıştığını anlamıyorum," dedim. "Özellikle son bölümü anlamadım."

Bana döndü ve muzip muzip gülümsedi, ruh hali yine değişmişti.

"Sana nasıl anlatsam?" dedi sesli düşünür gibi. "Seni yine korkutmadan... ımmm..." Pek düşünmeden, elini elimin içine koydu, ben de iki elimle onun elini kavradım. Ellerimize baktı.

"İnanılmayacak kadar hoş bir duygu bu, bu sıcaklık," dedi. İçini çekti.

Bir an durdu. Düşüncelerini toparlamaya çalışır gibiydi.

"Biliyorsun, herkesin farklı zevkleri vardır," diye başladı söze. "Bazıları çikolatalı dondurma sever, bazıları çilekliyi tercih eder."

Başımı salladım.

"Bu yemek örneği için üzgünüm, başka türlü nasıl açıklayacağımı bilemedim."

Gülümsedim. O da gülümseyerek karşılık verdi.

"Her insanın koku alışı farklıdır; herkes farklı bir kokuyu sever. Bir alkoliği bayat birayla dolu bir odaya kilitlersen, bu biraları seve seve içer. Ama eğer iyileşmeye çalışan bir alkolikse ve eğer isterse buna karşı koyabilir. Ama diyelim ki odaya bir bardak kaliteli, yüz yıllık konyak koydun. Odayı bunun kokusu doldurdu. Sence o zaman ne yapar?"

Sessizce oturmuş, birbirimizin gözlerinin içine bakıyor, birbirimizin düşüncelerini okumaya çalışıyorduk.

Sessizliği o bozdu.

"Belki de bu doğru karşılaştırma değil. Konyağı reddetmek çok kolay olabilir. Belki de alkolik yerine eroin bağımlısını örnek vermeliydim."

"Yani ben senin için bir tür uyuşturucu muyum?" diye dalga geçtim. Havayı yumuşatmak istiyordum.

Bu çabamı takdir eder gibi gülümsedi. "Evet, sen *kesinlikle* benim uyuşturucumsun."

"Bu sık sık oluyor mu?" diye sordum.

Vereceği cevabı düşünerek ağaçlara baktı.

"Kardeşlerimle bunu konuştum." Hâlâ uzaklara bakıyordu. "Jasper'a göre hepiniz aşağı yukarı birbirinizin aynısınız. Ailemize en son katılan kişi o. Bunlardan uzak durmak onun için çok zor. Henüz kokularla tatlar arasındaki farklar konusunda yeterli duyarlılığa sahip olacak zamanı olmadı." Yüzünde özür diler gibi bir ifadeyle bana baktı.

"Özür dilerim," dedi.

"Önemli değil. Lütfen beni inciteceğini ya da korkutacağını filan düşünüp endişelenme. Sen böyle düşünüyorsun. Bunu anlayabilirim ya da en azından anlamaya çalışabilirim. Sen yeter ki anlat."

Derin bir nefes aldı ve tekrar gökyüzüne baktı.

"Jasper daha önce karşısına senin kadar..." Duraksadı, doğru sözcükleri bulmaya çalışıyordu, "*çekici* birinin çıktığından emin değildi. Emmett deyim yerindeyse benden daha uzun süredir içki içmiyor; o ne demek istediğimi anladı. Onun başına iki kez gelmiş; ikisi de birbirinden güçlüymüş."

"Peki ya sen?"

"Asla."

Bu sözcük bir süre ılık meltemde asılı kaldı.

"Emmett ne yaptı?" diye sordum sessizliği bozarak.

Bu yanlış bir soruydu. Edward'ın yüzü asıldı, elimin içindeki elini yumruk yaptı. Başını çevirdi. Bekliyordum ama cevap vermeyecekti.

"Sanırım anladım," dedim sonunda.

Başını bana çevirdi, gözleri yalvarır gibiydi.

"En güçlümüz bile kendini böyle şeylere kaptırabilir, değil mi?"

"Ne istiyorsun? Onayımı mı?" Sesim düşündüğümden sert çıkmıştı. Daha yumuşak bir sesle konuşmaya çalıştım. Bu dürüstlüğünün bedelini ağır ödeyebileceğini biliyordum. "Yani hiç umut yok mu?" Kendi ölümüm konusunda tartışırken ne kadar sakindim!

"Hayır, hayır." Söylediklerine pişman olmuştu. "Elbette umut var. Yani elbette ben seni..." Cümlesini tamamlamadı. Gözleri alev alev yanıyordu. "Bizim için durum farklı. Emmett'in karşısına yabancı insanlar çıkmıştı. Bu çok uzun zaman önceydi ve o zamanlar şimdiki gibi deneyimli ve dikkatli değildi."

Sustu. Ben bunları düşünürken dikkatle beni inceledi.

"Yani biz... karanlık bir yolda filan karşılaşsaydık..." dedim titreyen bir sesle.

"Bir sürü öğrenciyle dolu bir sınıfın ortasında üzerine atlamamak çok zordu." Birden durup uzaklara baktı. "Sen yanımdan geçerken, Carlisle'ın bizim için inşa ettiği her şeyi mahvedebilirdim. Uzun yıllardır susuzluğumu bastırmasaydım, kendime engel olamayabilirdim."

Büyük bir ciddiyetle bana baktı. İkimiz de aynı şeyi hatırlamıştık. "Benim deli olduğumu düşünmüşsündür herhalde."

"Bir türlü nedenini anlayamıyordum. Benden bu kadar çabuk nasıl nefret edebilirdin?"

"Bana göre sen, kendi cehennemimden beni mahvetmek için gönderilmiş bir şeytandın. Teninden gelen o koku... İlk tanıştığımız gün o kokunun beni deli edeceğini sandım. O bir saat boyunca seni odadan çıkaracak ve yalnız kalmanı sağlayacak binlerce yol düşündüm. Ama sonra ailemi hatırladım, bu onlara büyük zarar verirdi. Bu düşünceleri kafamdan atmaya çalıştım. Sana beni takip etmene neden olacak şeyler söylemeden kaçmak zorundaydım."

Onun bu acı anılarını anlamaya çalışırken yüzümde garip bir ifade belirmiş olmalıydı. İnsanı hipnotize eden altın sarısı gözleriyle kirpiklerinin altından bana baktı.

"Gelirdin herhalde," dedi.

"Buna hiç şüphe yok," diye karşılık verdim. Sakin görünmeye çalışıyordum.

Kaşlarını çatarak ellerime baktı. Böylece gözlerinin gücünden kurtulmuştum. "Sonra senden uzak durmak gibi saçma bir plan uygulamaya kalkıştım. Ders programımı yeniden düzenlemeye çalışırken, sen geldin. O küçük, sıcak odada yanımdaydın. Kokun beni çıldırtıyordu. Seni neredeyse avlayacaktım. Orada sadece bir zavallı insan vardı; onunla başa çıkmak çok kolay olurdu."

Güneşin altında titriyordum, bütün yaşadıklarımı şimdi onun bakış açısıyla yeniden görüyordum. Tehlikenin farkına ancak şimdi varıyordum. Zavallı Bayan Cope, neredeyse istemeden onun ölümüne de neden olacaktım.

"Ama direndim. Bunu nasıl yaptığımı bilmiyorum. Seni beklemek ve okuldan sonra seni takip etmemek için kendimi zorladım. Dışarıda senin kokunu almadığım zaman her şey daha kolaydı, iyi düşünüp doğru kararlar verebiliyordum. Evin yakınlarında diğerlerinden ayrıldım. Onlara ne kadar zayıf olduğumu söylemeye utanıyordum; yalnızca bir şeylerin ters gittiğini biliyorlardı. Sonra hastaneye, Carlisle'ın yanına gittim. Ona burada ayrılacağımı söyleyecektim."

Şaşkınlıkla ona bakıyordum.

"Onunla arabaları değiştirdim, onun arabasında bir depo benzin vardı, ben de durmak istemiyordum. Eve gitmeye cesaret edemedim, Esme'yle karşılaşmak istemedim. O, olay çıkarır, gitmeme izin vermezdi. Buna gerek olmadığı konusunda beni ikna etmeye çalışırdı.

"Ertesi sabah Alaska'daydım." Sesi, sanki korkaklığını itiraf ediyormuş gibi utanç doluydu. "Orada bazı eski tanıdıklarla iki gün geçirdim. Ama evimi çok özledim. Esme'yi ve ailemi üzdüğümü bilmekten nefret ediyordum. Temiz dağ havasında, senin karşı konulmaz olduğuna inanamıyordum. Kendi kendimi kaçmanın zayıflık olduğuna ikna ettim. Daha önce bu kadar güçlü olmasa da beni çeken şeylerle başa çıkabilmiştim ve ben güçlüydüm. Sen kimdin ki? Öylesine bir kız işte..." dedi gülümseyerek. "Beni olmak istediğim yerden gönderecek öylesine bir kız. Bu yüzden geri geldim..." Boşluğa bakıyordu.

Konuşamıyordum.

"Bazı önlemler aldım. Seni görmeden önce her zamankinden daha çok avlanmak gibi. Sana da diğer insanlara davrandığım gibi davranabilecek kadar güçlü olduğumdan emindim. Bu konuda kendini beğenmiş biriyim.

"Senin düşüncelerini okuyamamak ve benim hakkımda ne düşündüğünü bilememek benim için kesinlikle bir sorundu. Daha önce Jessica'nın aklından senin söylediklerini okumak gibi karmaşık önlemler almak zorunda kalmamıştım hiç. Jessica pek zeki değil, buna katlanmak benim için çok can sıkıcıydı. Sonra söylediklerinde ciddi olup olmadığını anlayamadım. Bu çok rahatsız ediciydi." Bunları hatırlayınca kaşlarını çattı.

"Senin o ilk günkü davranışımı unutmanı istiyordum; böylece seninle herhangi biriyle konuşur gibi konuşabilirdim. Bu konuda çok hevesliydim, senin düşüncelerini deşifre etmek istiyordum. Ama sen çok ilginçtin; kendimi senin ifadelerine kaptırıp gidiyordum. Ne zaman elinle ya da saçınla havayı hareketlendirsen, kokun beni serseme çeviriyordu.

"Sonra gözlerimin önünde ölecektin neredeyse. Daha

sonra düşündüm ve hemen müdahale etmek için iyi bir nedenimin olduğuna karar verdim. Eğer seni kurtarmasaydım kanın akacaktı ve ben de dayanamayacaktım; ne olduğumu herkese göstermiş olacaktım. Ama bu bahane aklıma sonradan geldi. O anda sadece, 'O değil!' diye düşünüyordum.

Gözlerini kapattı, bu acı itiraflarının içinde kaybolmuştu. Onu mantıksız bir hevesle dinliyordum. Sağduyum bana korkmam gerektiğini söylüyordu. Ama onu anladığım için rahatlamıştım. O canımı almak için can attığını itiraf etmiş olsa da, çektiği acı karşısında müthiş bir merhamet hissetmiştim.

Sonunda konuşmayı başardım. "Hastanede mi?"

Bana baktı. "Ne yapacağımı bilemez haldeydim. Kendimizi tehlikeye attığıma, kendimi siz insanların gücüne teslim ettiğime inanamıyordum. Seni öldürmek için başka bir nedene ihtiyacım vardı sanki." Bu sözcüğü duyar duymaz ikimiz de ürperdik. "Ama tam tersi oldu," diye devam etti. "Bana tam zamanı olduğunu söylediklerinde, Rosalie, Emmett ve Jasper'la kavga ettim. Bu şimdiye kadar ettiğimiz en kötü kavgaydı. Carlisle benim tarafımı tuttu. Alice de öyle." Onun adını söylerken yüzünü buruşturmuştu. Nedenini anlamadım. "Esme de bana kalmam için ne gerekiyorsa onu yapmamı söyledi."

"Ertesi gün konuştuğun herkesin zihnini okudum ve sözünü tutmana çok şaşırdım. Seni hiç anlamamıştım. Ama seninle daha fazla ilgilenemeyeceğimi biliyordum. Elimden geldiğince senden uzak durmaya çalıştım. Her gün teninin kokusu, nefesin, saçların beni ilk günkü gibi etkiledi."

Bu kez bana bakarken gözlerinde şaşırtıcı derecede yumuşak bir ifade vardı.

"O anda kendimi açık etmiş olsaydım, hiçbir şey beni sana zarar vermekten alıkoyamazdı."

"Neden?" diye sordum insani bir merakla.

"Isabella." Tam adımı söyledi ve serbest olan eliyle saçlarımı okşadı. O bana dokununca bütün bedenim ürperdi. "Bella, eğer sana zarar verirsem yaşayamam, Bunun bana nasıl işkence ettiğini tahmin edemezsin." Başını eğdi, yine utanmıştı. "Seni öyle hareketsiz, bembeyaz, soğuk düşünmek... Bir daha kızarmayacağını bilmek... Benimle ilgili bir şeyler hissettiğinde gözlerindeki pırıltıyı göremeyecek olmak... Buna dayanamazdım." Pırıldayan gözleriyle bana baktı. "Sen şu anda benim için hayattaki en önemli şeysin. Hiçbir şey benim için bu kadar önemli olmamıştı."

Konuşmanın hızlı değişimi başımı döndürmüştü. Benim olası ölümümü konuşurken birden duygularını ifade etmeye başlamıştı. Ben gözlerimi ellerimize dikmiş dururken o bekledi. Altın rengi gözlerini üzerimde hissediyordum."

"Ne hissettiğimi biliyorsun," dedim sonunda. "Gördüğün gibi buradayım... Bu da senden uzak kalmaktansa ölmeyi tercih edeceğim anlamına geliyor." Kaşlarımı çattım. "Ben geri zekâlıyım."

"Sen geri zekâlısın," diye onayladı gülerek. İkimiz de yaşadığımız anın garipliğine ve inanılmazlığına gülüyorduk.

"Ve aslan kuzuya âşık olur," diye mırıldandı. Bu sözü duyunca irkilerek gözlerimi ondan kaçırdım.

"Ne aptal bir kuzuymuş," dedim içimi çekerek.

"Ne hasta ve mazoşist bir aslanmış." Gözlerini yine ormanın derinliklerine dikti. Ne düşündüğünü merak ediyordum.

"Neden?" diye söze başladım ama nasıl devam edeceğimi bilemedim.

Bana bakıp gülümsedi. Güneş ışığı yüzünü ve dişlerini parıldatıyordu.

"Evet?"

"Bana daha önce neden benden kaçtığını anlat."

Yüzündeki gülümseme soldu. "Nedenini biliyorsun."

"Hayır, yani, *tam olarak* ben nerede yanlış yaptım? Kendime dikkat etmem gerek, biliyorsun, bu yüzden ne yapmamam gerektiğini öğrenmeliyim. Örneğin bunun..." Elinin arkasını okşadım. "...bir sakıncası yok gibi görünüyor."

Yine gülümsedi. "Sen yanlış bir şey yapmadın, Bella. Benim hatamdı."

"Ama eğer mümkünse, sana yardım etmek istiyorum. Durumu senin için zorlaştırmak istemiyorum."

"Şey..." Bir an düşündü. "Mesele senin yakınlığındı. Birçok insan içgüdüsel olarak bizden uzak durur; bizim uzaklığımız iter onları. Senin bana bu kadar yaklaşmanı beklemiyordum. Ve boynunun kokusu..." Birden durdu, rahatsız olup olmadığımı anlamak istercesine bana baktı.

"Peki öyleyse," dedim, gergin havayı yumuşatmaya çalışarak. Çenemi içeri çektim. "Bundan sonra sana boynumu göstermem ben de."

İşe yaramıştı, güldü. "Bu beni çok şaşırttı."

Serbest elini kaldırdı ve yavaşça boynumun yan tarafına koydu. Hareketsiz oturuyordum. Elinin soğuk dokunuşu benim için korkmam gerektiğini söyleyen doğal bir uyarıydı. Ama içimde korkudan eser yoktu. Ancak başka duygular hissediyordum."

"Görüyorsun," dedi. "Her şey yolunda."

Kanımın akışı hızlanmıştı sanki. Yavaşlatmayı çok istiyordum. Damarlarımda atan nabzımın her şeyi daha da zorlaştıracağını biliyordum. Bunu duyduğundan emindim.

"Yanaklarındaki kızarıklık çok güzel," diye mırıldandı. Diğer elini yavaşça elimden çekti. Ellerim kucağıma düştü. Yanağımı okşadı, sona yüzümü mermer ellerinin arasına aldı.

"Kımıldama," diye fısıldadı, sanki donakalmamışım gibi.

Yavaşça, gözlerini gözlerimden ayırmadan, bana doğru uzandı. Sonra soğuk yanağını boğazımın altındaki boşluğa yasladı. Artık istediğim halde hareket edemiyordum. Onun düzenli soluklarını dinledim; bronz saçlarında dans eden güneşi ve rüzgarı seyrettim. Saçları diğer her yerinden daha "insan"dı.

Elleri yavaşça boynumun iki yanına kaydı. Titredim; onun da soluğunu tuttuğunu fark ettim. Elleri omuzlarıma doğru hareket etti ve orada durdu.

Yüzünü yana çevirdi, burnu köprücük kemiğime değdi. Yanağını göğsüme yasladı.

Kalbimi dinliyordu.

"Ah," dedi içini çekerek.

Hiç hareket etmeden ne kadar oturduğumuzu bilmiyorum. Belki saatlerce... Yavaş yavaş benim nabzım yavaşladı ama o bana sarılırken hiç kımıldamadı ya da konuşmadı. Her an bu ona fazla gelebilir ve hayatım sona erebilirdi; farkında bile olmazdım. Ama nedense bir türlü korkmuyordum. Onun bana dokunuyor olduğundan başka bir şey düşünemiyordum.

Sonra birden beni bıraktı.

Gözlerinde huzur vardı.

"Bir daha böyle zor olmayacak," dedi tatmin olmuş bir halde.

"Senin için çok mu zordu?"

"Düşündüğüm kadar kötü değildi. Senin için?"

"Hayır, benim için kötü değildi."

Gülümsedi. "Ne demek istediğimi biliyorsun."

Ben de gülümsedim.

"Bak." Elimi alıp yanağına dayadı. "Ne kadar sıcak, değil mi?"

Her zaman buz gibi olan teni neredeyse sıcaktı. Onunla ilk tanıştığım günden beri hayal ettiğim yüzüne dokunduğum için bu sıcaklığı fark etmemiştim.

"Kımıldama," diye fısıldadım.

Kimse Edward kadar hareketsiz duramazdı. Gözlerini kapattı ve elimin altında taştan oyulmuş bir heykel gibi hareketsiz durdu.

Ondan daha yavaş hareket ettim; beklenmedik bir harekette bulunmamak için çok dikkat ediyordum. Yanağını, göz kapağını, gözünün altındaki mor halkayı okşadım. Parmağımı kusursuz burnunun ve dudaklarının üzerinde gezdirdim. Elimin altındaki dudakları aralandı; serin nefesini parmak uçlarımda hissettim. Uzanıp kokusunu içime çekmek istedim. Elimi indirip geri çekildim. Onu fazla zorlamak istemiyordum.

Gözlerini açtı, acıkmış gibi bakıyordu. Bu, korkmama değil, midemdeki kasların gerilmesine ve damarlarımda kanın daha hızlı akmasına neden oldu.

"Keşke," diye fısıldadı, "keşke benim hissettiğim karmaşayı, kafa karışıklığını hissedebilseydin. Keşke anlayabilseydin."

Elini yüzüme yaklaştırdı ve hafifçe dokundu.

"Anlat," dedim.

"Anlatabileceğimi sanmıyorum. Dediğim gibi, beni sana duyduğum açlık ve susuzluk acınacak bir yaratık haline getiriyor. Herhalde bunu bir noktaya kadar anlayabilirsin. Tabii sen yasak bir maddeye bağımlı olmadığın için tam olarak anlamanı beklemiyorum." Güldü.

"Ama..." Parmaklarıyla yavaşça dudaklarıma dokundu, yine ürperdiğimi hissettim. "Başka türlü açlıklar da vardır. Benim hiç anlayamadığım, bana çok yabancı gelen açlık türleri."

"Bunu düşündüğünden *daha iyi* anlayabilirim."

"Kendimi bu kadar insan gibi hissetmeye alışkın değilim. Hep böyle midir?"

"Benim için mi?" Durdum. "Hayır. Daha önce hiç böyle olmamıştı."

Ellerimi ellerinin arasına aldı. Onun demir gibi ellerinin gücünün yanında benimkiler ne kadar zayıftı.

"Sana nasıl yakın olacağımı bilemiyorum," diye itiraf etti. "Bunu yapıp yapamayacağımı bile bilmiyorum."

Gözlerimi ondan ayırmadan yavaşça uzandım. Yanağımı

onun taş gibi sert göğsüne yasladım. Nefesinden başka hiçbir şey duymuyordum.

"Bu kadar yeter," diyerek içimi çekip gözlerimi kapattım.

Çok insani bir hareketle bana sarıldı ve yüzünü saçlarıma gömdü.

"Bu konuda düşündüğünden çok daha iyisin," dedim.

"Benim insani içgüdülerim var. Biraz derinlerde olsalar da varlar."

Uzun bir süre öyle oturduk. O da benim gibi kımıldaman öylece kalmak istiyor muydu acaba?

Gün ışığının yavaş yavaş kaybolduğunu, ağaçlarının gölgelerinin üzerimize düştüğünü fark edince içimi çektim.

"Gitmen gerek."

"Aklımı okuyamadığını sanıyordum."

"Yavaş yavaş netleşiyor." Güldü.

Omuzlarımdan tuttu, yüzüne baktım.

"Sana bir şey gösterebilir miyim?" diye sordu, gözleri heyecanla parlıyordu.

"Ne göstereceksin?"

"Sana ormanda nasıl dolaştığımı göstereceğim." Yüzümdeki ifadeyi gördü. "Merak etme, güvende olacaksın ve kamyonete çok daha hızlı gideceğiz." Çarpık gülüşü öylesine güzeldi ki kalbim duracak gibi oldu.

"Yarasaya mı dönüşeceksin?"

Daha önce hiç duymadığım kadar yüksek sesle kahkaha attı. "*Bunu* daha önce de duymuştum."

"Doğru, sana sık sık sorduklarından eminim."

"Haydi küçük korkak, sırtıma tırman."

Şaka yapıp yapmadığını anlamaya çalıştım ama çok ciddi görünüyordu. Yüzümdeki tereddüdü görünce gülümsedi ve bana uzandı. Kalbim hemen tepki verdi; düşüncelerimi okuyamıyordu ama kalp atışlarım beni hemen ele veriyordu. Beni sırtına almaya çalıştı, benim fazla çaba harcamama gerek kalmadı. Sırtına yerleştiğimde kollarımla bacaklarımı vücuduna öyle sıkı doladım ki normal bir insan olsa boğulurdu. Bir kayaya tutunuyordum sanki.

"Sırt çantandan biraz daha ağırım," diyerek onu uyardım onu.

"Hah!" diyerek burun kıvırdı. Gözlerini devirdiğini hissedebiliyordum. Onu daha önce hiç bu kadar keyifli görmemiştim.

Birden elimi tuttu, avucumu yüzüne bastırdı ve derin bir nefes aldı. Beni çok şaşırtmıştı.

"Artık benim için daha kolay," diye mırıldandı.

Sonra koşmaya başladı.

Eğer onun yanında daha önce ölüm korkusu hissetmişsem bile, bu o anda hissettiklerimin yanında hiç kalırdı.

Ormanın kalın örtüsünden bir mermi gibi, hızla sıyrıldı, hayalet gibiydi. Ayağının yere değdiğine ilişkin ne bir ses ne de bir kanıt vardı. Nefes alıp verişi aynıydı;, hiç efor sarf etmiyordu sanki. Ama birkaç santim ötesinden geçtiğimiz ağaçlar bizim hızımızla sallanıyorlardı.

Ormanın serin havasından rahatsız olsam da korktuğum için yanan gözlerimi kapatamıyordum. Başımı hareket halindeki bir uçağın camından çıkarma aptallığına düşmüştüm sanki. Hayatımda ilk kez hızlı hareket yüzünden başım dönüyordu.

Sonra bitti. Sabahleyin Edward'ın çayırına ulaşmak için saatlerce yürümüştük ama şimdi birkaç dakika içinde kamyonetin yanına dönmüştük.

"Heyecan vericiydi değil mi?" dedi yüksek ve heyecanlı bir sesle.

Hareketsiz durdu ve sırtından inmemi bekledi. Denedim ama kaslarım hiçbir tepki vermiyordu. Başım çok dönüyordu; kollarım ve bacaklarım ise onun vücuduna kenetliydi hâlâ.

"Bella," dedi, endişelenmişti.

"Sanırım biraz uzanmam gerek," dedim yutkunarak.

"Ah, özür dilerim." Beni bekliyordu ama ben hareket edemiyordum.

"Sanırım yardıma ihtiyacım var," dedim.

Hafifçe güldü ve boynunu saran ellerimi gevşetti. Demir gibi ellerinin gücüne karşı koymak mümkün değildi. Sonra beni kendine doğru çekti ve küçük bir çocuk gibi kollarına aldı. Bir süre öylece tuttu, ardından çalıların üzerine yatırdı.

"Kendini nasıl hissediyorsun?" diye sordu.

Başım deli gibi dönerken kendimi nasıl hissettiğimden emin olamazdım. "Sanırım biraz başım dönüyor."

"Başını dizlerinin arasına koy."

Denedim, biraz işe yaradı. Yavaş yavaş nefes alıp veriyor, başımı olabildiğince hareketsiz tutmaya çalışıyordum. Yanıma oturduğunu hissettim. Birkaç dakika geçince başımı kaldırabileceğimi fark ettim. Kulaklarım uğulduyordu.

"Sanırım bu pek iyi bir fikir değildi," dedi.

İyi görünmeye çalışıyordum ama sesim çok zayıf çıkıyordu. "Hayır, çok ilginçti."

"Hah! Hayalet gibi bembeyaz oldun. Hatta benim kadar beyazsın!"

"Sanırım gözlerimi kapatmalıydım."

"Bir dahaki sefere bunu hatırlarsan iyi olur."

"Bir dahaki sefere mi?" diye inledim.

Güldü, hâlâ keyifliydi.

"Kendini beğenmiş!" dedim.

"Gözlerini aç Bella," dedi yavaşça.

İşte tam karşımdaydı, yüzü yüzüme çok yakındı... Güzelliği aklımı başımdan aldı. Bu kadarı çok fazlaydı, kaldıramayacağım kadar fazla.

"Koşarken düşünüyordum da..." dedi. Durdu.

"Ağaçlara çarpmamayı düşünüyordun sanırım."

"Komik Bella," dedi gülerek. "Koşmak benim doğamda var, bunu düşünmeme gerek yok ki."

"Kendini beğenmiş!" dedim yine.

Gülümsedi.

"Hayır," diye devam etti. "Denemek istediğim bir şey olduğunu düşünüyordum." Tekrar yüzümü ellerinin arasına aldı.

Nefes alamıyordum.

Tereddüt etti; normal, insanlara özgü bir şekilde değil tabii.

Bir erkeğin bir kadını öpmeden önce onun tepkisini ölçmek için duraksamasından farklıydı bu. Belki de bekleme süresi öpücüğün kendisinden güzel olduğu için, bu süreyi uzatmak amacıyla duraksıyordu.

Edward kendini sınamak, bunun güvenli olduğunu görmek, kendini kontrol edebileceğinden emin olmak istiyordu.

Sonra soğuk, mermer dudaklarını yavaşça dudaklarıma bastırdı.

İkimizin de hazırlıklı olmadığımız şey, benim vereceğim tepkiydi.

Kanım tenimin altında kaynıyor, dudaklarımda yanıyordu. Soluğum kesilmişti. Parmaklarımla saçlarını kavrıyor, onu kendime çekiyordum. Baş döndürücü kokusunu içime çekerken dudaklarım aralandı.

Birden onun dudaklarımın arasında tepkisiz bir taşa döndüğünü fark ettim. Elleriyle nazik bir biçimde ama karşı konulamaz bir güçle beni kendinden uzaklaştırdı. Gözlerimi açınca onun yüzündeki temkinli ifadeyi gördüm.

"Vauv!" dedim nefes nefese.

"Bu yetersiz bir ifade."

Gözleri vahşi bakıyordu, çenesini kenetlemişti ama kusursuz görüntüsünden hiçbir şey kaybetmemişti. Yüzü benimkine birkaç santim uzaklıktaydı. Beni büyülüyordu.

"Ben...?" Ondan uzaklaşmaya çalıştım.

Elleri hareket etmemi olanaksızlaştırıyordu.

"Hayır, bu dayanılabilir. Biraz bekle, lütfen. " Sesi kibar ve kontrollüydü.

Gözlerimi gözlerine diktim ve heyecanı yatışana kadar bekledim.

Sonra muzip bir tavırla gülümsedi.

"İşte," dedi. Halinden memnun olduğu belliydi.

"Dayanılabilir mi?" diye sordum.

Yüksek sesle güldü. "Düşündüğümden daha güçlüyüm. Bunu bilmek güzel."

"Keşke ben de aynısını söyleyebilseydim. Üzgünüm."

"Ne de olsa *sen* sadece bir insansın." '

"Çok teşekkür ederim," dedim sert bir sesle.

Bir hamlede ayağa kalktı. Bana elini uzattı. Bunu hiç beklemiyordum. Birbirimize dokunmama kuralına çok alışmıştım. Buz gibi elini tuttum, düşündüğümden daha fazla yardıma ihtiyacım vardı.

Henüz kendimi dengemi sağlayacak kadar iyi hissetmiyordum.

"Hâlâ koşu yüzünden kendini kötü mü hissediyorsun? Yoksa öpücüğüm sayesinde mi oldu bu?" Gülerken nasıl da "insan" görünüyordu; melek yüzü huzurluydu. Benim tanıdığım Edward'dan daha farklı biriydi. Beni iyice sersemletmişti. Ondan ayrılmak artık bana fiziksel acı verecekti.

"Emin değilim, hâlâ başım dönüyor," diyebildim. "Sanırım ikisinin de etkisi var."

"Belki de arabayı benim kullanmama izin vermelisin."

"Deli misin?" diye karşı çıktım.

"Senin en iyi gününde kullandığından daha iyi kullanabilirim," diye dalga geçti benimle."Senin reflekslerin çok yavaş."

"Bunun doğru olduğuna eminim ama sinirlerimin ve kamyonetimin buna dayanabileceğini sanmıyorum."

"Bana biraz güven Bella, lütfen."

Elim cebimdeydi, anahtarı sımsıkı tutuyordum. Dudaklarımı büküp gülümseyerek başımı salladım.

"Hayır. Hiç şansın yok."

Buna inanamazmış gibi kaşlarını kaldırdı.

Onun yanından geçip sürücü tarafına doğru yürüdüm. O anda sendelemeseydim belki de geçmeme izin verecekti. Ama vermedi. Koluyla belimi kavradı.

"Bella, şimdiye kadar seni hayatta tutmak için büyük çaba harcadım. Şimdi doğru düzgün yürüyemediğini göre göre direksiyona geçmene izin veremem. Ayrıca arkadaşlar, arkadaşlarının sarhoşken araba kullanmasına izin vermezler," dedi gülerek. Göğsünden gelen o baş döndürücü kokuyu alabiliyordum.

"Sarhoş mu?" diye karşı çıktım.

"Varlığım seni sarhoş etti." Yüzünde yine o çarpık gülümseme belirmişti.

"Bu konuda seninle tartışamam," dedim içimi çekerek. Yapacak bir şey yoktu, ona hiçbir konuda karşı koyamıyordum. Anahtarı havaya kaldırdım ve yere bıraktım, şimşek gibi hızlı hareket edip kaptı. "Yavaş ol. Benim emektar kamyonet ağır gider."

"Tamam," dedi.

"Sen hiç etkilenmiyor musun?" diye sordum. "Benim varlığımdan?"

Yüz ifadesi yine değişti. Şimdi çok daha yumuşak ve sıcaktı. Önce cevap vermedi, yüzünü yüzüme yaklaştırdı. Dudaklarını önce çenemden kulağıma, sonra da kulağımdan çeneme doğru gezdirdi.

"Etkileniyorum," diye mırıldandı sonunda. "Ama benim reflekslerim daha iyi."

14. AKLIN GÜCÜ

İtiraf edeyim, makul bir hızla gittiğimizde iyi araba kullanıyordu. Birçok şey gibi bunu da pek çaba sarf etmeden yapıyordu. Yola neredeyse hiç bakmıyordu ama lastikler yolun ortasından bir santim bile kaymıyordu. Direksiyonu tek eliyle tutuyordu; diğer eliyle de elimi tutmuştu. Bazen batmakta olan güneşe, bazen de bana, yüzüme, açık camdan dışarı uçuşan saçlarıma, kenetlenen ellerimize bakıyordu.

Eski şarkıların çaldığı bir radyo istasyonunu açtı ve daha önce hiç duymadığım bir şarkıya eşlik etmeye başladı. Şarkının sözlerinin tamamını biliyordu.

"Ellilerin müziklerini sever misin?" diye sordum.

"Ellilerde müzik çok iyiydi. Altmışlardan ya da yetmişlerden çok daha iyiydi." Ürperdi. "Seksenler de katlanılabilirdi."

"Bana kaç yaşında olduğunu söyleyecek misin?" diye sordum, ısrarcı olmamaya çalışarak. Neşesini kaybetmesini istemiyordum.

"Bu çok mu önemli?" Yüzündeki gülümsemenin kaybolmadığını görünce rahatladım.

"Hayır, ama merak ediyorum... Geceleri insanın uyumasını engelleyen, çözülmemiş bir gizemin yerini hiçbir şey tutamaz."

"Bunun seni üzmesinden korkuyorum," dedi kendi kendine konuşur gibi. Gözlerini güneşe dikti. Aradan dakikalar geçti.

"Söyle," dedim sonunda.

İçini çekerek gözlerime baktı, yolu tamamen unutmuştu sanki. Gözlerimde gördüğü şey onu cesaretlendirmişti herhalde. Tekrar güneşe baktı, batmakta olan küre teninde yakut renkli pırıltılar oluşturuyordu. Sonunda konuştu.

"1901 yılında Chicago'da doğdum," dedi ve sustu, bana bakıyordu. Yüzümde şaşkınlık belirtisi yoktu, sabırla hikâyenin devamını bekliyordum. Gülümsedi ve sözlerine devam etti. "Carlisle beni 1918 yazında bir hastanede buldu. O zaman on yedi yaşındaydım ve İspanyol gribinden ölmek üzereydim."

Benim bile güçlükle duyduğum nefes alışımı Edward fark etti. Yeniden gözlerime bakti.

"Çok iyi hatırlamıyorum, uzun zaman önceydi, bilirsin, insan belleği pek güçlü değildir." Bir süre düşüncelere daldı. "Carlisle beni kurtardığında neler hissettiğimi hatırlıyorum. Hiç kolay değildi. Unutmak da mümkün değil."

"Annenle baban?"

"Onlar salgın yüzünden ölmüşlerdi. Ben yalnızdım. Bu yüzden beni seçti. O kargaşada benim kaybolduğumu kimse anlayamazdı."

"Seni nasıl kurtardı?"

Cevap vermeden önce birkaç saniye geçti. Kelimelerini dikkatle seçiyordu.

"Çok zor oldu. Çok az kişi bunu başarmak için gerekli güce sahipti. Ama Carlisle içimizdeki en insancıl, en merhametli kişiydi. Tarihte onun gibi biri daha görülmemiştir." Durdu. " Benim açımdan acı vericiydi."

Dudaklarının şeklinden bu konuda daha fazla konuşmayacağını anlamıştım. Pek başarılı olamasam da merakımı bastırmaya çalıştım. Bu konuyla ilgili düşünmem gereken birçok şey vardı, bazı şeyler kafamda yeni yeni şekilleniyordu. Benim aklıma takılan şeyler Edward'ın keskin zekâsından kaçmamıştı elbette.

Yumuşak sesi düşüncelerimi böldü. "Yalnızlıktan böyle hareket etti. Genellikle yapılan seçimin altında yatan neden budur. Kısa süre sonra Esme'yi bulmuş olsa da, ben Carlisle'ın ailesinde ilktim. Esme kayalıktan düşmüştü. Onu hemen hastane morguna kaldırmışlardı ama nasıl olmuşsa kalbi hâlâ atıyordu."

"Yani şey olmak için ölüyor olmak gerek." O sözcüğü hiç söylememiştik, şimdi de söyleyemiyordum.

"Hayır, yalnızca Carlisle... Başka bir şansı olan hiç kimseye bunu yapmazdı." Babası hakkında konuşurken sesinde bir saygı vardı. "Ama Carlisle, eğer kan zayıfsa bunun daha kolay olduğunu söyler," dedi. İyice kararmış olan yola baktı, konu yeniden kapandığını hissettim.

"Emmett ve Rosalie?"

"Carlisle daha sonra Rosalie'yi ailemize kattı. Uzun süre Carlisle'ın, Esme onun için neyse Rosalie'nin de benim için öyle olmasını istediğini anlamadım. Carlisle etrafımdayken düşündüğü şeylere dikkat etmeye çalışıyordu. Ama o benim için hep bir kardeş olarak kaldı. İki yıl sonra Rosalie, Emmett'i buldu. O zamanlar Appalachia'daydık, Rosalie de avlanıyordu. Emmett'i bulduğunda bir ayı onu öldürmek üzereydi. Rosalie onu yüz milden fazla bir yol boyunca, Carlisle'a kadar taşıdı. Bunu tek başına yapamayacağından korkuyordu. Onun için bu yolculuğun ne kadar zor olduğunu şimdi anlayabiliyorum."

Bana baktı ve yanağımı okşadı.

"Ama bunu başardı," dedim dayanılmaz güzellikteki gözlerine bakmamaya çalışarak.

"Evet," diye mırıldandı. "Yüzünde ona güç veren bir şey gördü. O zamandan beri beraberler. Bazen bizden ayrı, evli bir çift gibi yaşarlar. Ama ne kadar genç görünürsek, belirli bir yerde o kadar uzun kalabiliriz. Forks çok iyi bir yer gibi görünüyordu, bu yüzden liseye kaydolduk," dedi gülerek. "Sanırım birkaç yıl içinde *tekrar* düğünlerine gitmemiz gerekecek."

"Alice ve Jasper?"

"Alice ve Jasper çok ender rastlanan yaratıklardır. Jasper çok farklı türden bir aileden geliyor. Bunalıma girmiş ve tek başına sokaklarda dolaşmaya başlamış. Alice onu bulmuş. Tıpkı benim gibi Alice'in de bazı özel güçleri var."

"Gerçekten mi?" dedim sözünü keserek, çok etkilenmiştim. "Ama insanların düşüncelerini bir tek senin duyabileceğini söylemiştin."

"Doğru. Alice başka şeyleri biliyor. Olabilecek şeyleri ya da yaklaşan olayları görüyor. Ama bu çok sübjektif. Geleceği önceden kesin olarak bilemezsin. Bazı şeyler değişir."

Bunu söylerken çenesi kasıldı, hızla yüzüme bakıp başını çevirdi.

"Ne tür şeyler görüyor?"

"Jasper'ı görmüş, onun kendisini aradığını biliyormuş. Oysa Jasper'ın kendisi bile henüz bilmiyormuş bunu. Carlisle'ı, ailemizi görmüş ve bizi bulmak için bir araya gelmişler. O, insan olmayanlara karşı çok hassastır. Örneğin ne zaman bizim türümüzden başka bir grup geleceğini bilir. Onların bize vereceği zararı görür."

"Sizin türünüzden çok var mı?" Şaşırmıştım. Acaba kaç tanesi aramızda fark edilmeden yürüyordu?

"Hayır, çok yok. Ama birçoğu yerleşik değildir. Sadece bizim gibiler, yani siz insanları avlamayanlar, sizinle uzun süre bir arada yaşayabilirler. Bizim gibi tek bir aile bulabildik, Alaska'da küçük bir kasabada yaşıyorlardı. Bir süre birlikte yaşadık ama o kadar kalabalıktık ki dikkat çektik. Bizim türümüzde birbirine farklı şekilde bağlıdır."

"Ya diğerleri?"

"Çoğunlukla göçebeler. Hepimiz bir süre öyle yaşadık. Ama her şey gibi bu da sıkıcı olmaya başladı. Buraya geldiğimizden beri diğerleriyle karşılaşıyoruz, çünkü birçoğumuz kuzeyi tercih ederiz."

"Neden?"

Evin önüne park etmiştik. Edward motoru durdurdu. Etraf çok sessiz ve karanlıktı, ay görünmüyordu. Verandanın ışığı yanmıyordu, demek babam eve gelmemişti.

"Bu akşam üzeri bir şey dikkatini çekti mi?" dedi dalga geçer gibi. "Sence ben güneşin altında trafik kazalarına yol açmadan yürüyebilir miyim? Olympic Yarımadası'nı seçmemizin bir nedeni var, burası dünyanın en az güneş alan yerlerinden biri. Gün içinde dışarı çıkabilmek iyi oluyor. Seksen sene boyunca yalnızca gece dışarıya çıkabilmenin ne kadar sıkıcı olduğunu bilemezsin."

"Efsaneler bundan kaynaklanıyor değil mi?"

"Belki de."

"Alice de Jasper gibi başka bir aileden mi geliyor?"

"Hayır, o tam bir sır. Alice insan olduğu zaman nasıl yaşadığını hiç hatırlamıyor. Onu kimin yarattığını da bilmiyor. Yalnız başına uyanmış. Onu yapan kişi gitmiş. Hiçbirimiz bunun neden ve nasıl olduğunu anlayamadık. Eğer böyle bir gücü olmasaydı, Jasper ve Carlisle'ı görmeseydi ve elbette bir gün bizden biri olacağını bilmeseydi tam bir yabaniye dönüşecekti."

Düşünmek ve sormak istediğim bir sürü şey vardı. Ama birden karnım guruldadı. Çok utanmıştım. Kendimi Edward'a öylesine kaptırmıştım ki acıktığımı bile fark etmemiştim. Ancak şimdi midemin kazındığını hissediyordum.

"Üzgünüm, seni akşam yemeğinden alıkoydum."

"Ben iyiyim, gerçekten."

"Yemek yiyen biriyle bu kadar uzun zaman geçirmemiştim hiç. Unutmuşum."

"Seninle kalmak istiyorum." Sesimin bana ihanet edeceğini, ona olan umutsuz bağımlılığımı ele vereceğini bilsem de, karanlıkta bunu söylemek daha kolaydı.

"İçeri giremez miyim?" diye sordu.

"Girmek ister misin?" Bu ilahi yaratığı babamın eski püskü mutfak sandalyesinde otururken düşünemiyordum.

"Evet, tabii senin için bir sakıncası yoksa." Kapının yavaşça kapandığını duydum, sonra birden benim kapımı açtığını gördüm.

"Çok insani bir şey," diye iltifat ettim.

"İçimdeki insanı yeniden ortaya çıkarıyor," dedi.

Gecenin içinde yanımda yürüyordu, öyle sessizdi ki arada bir yanımda olup olmadığını kontrol ediyordum. Karanlıkta çok daha normal görünüyordu. Yine solgun, yine rüya gibi güzeldi ama artık öğleden sonra güneşinin altında parlayan fantastik yaratık değildi.

Benden önce yetişip kapıyı açtı. Kapıdan girmeden duraksadım.

"Kapı kilitli değil miydi?"

"Evet, saçağın altında duran anahtarı kullandım."

İçeri girdim, verandanın ışığını yaktım ve kaşlarımı kaldırarak ona baktım. Daha önce onun yanında anahtar kullanmadığımdan emindim. Bunu daha önce görmüş olamazdı.

"Seni merak ediyordum."

"Beni gözetledin mi?" Öfkeli bir sesle konuşmaya çalışmış ama yapamamıştım. Bu çok hoşuma gitmişti.

Hiç de pişman olmuş gibi bir hali yoktu. "Geceleri yapacak başka bir işim yok ki."

Başka bir şey söylemeden mutfağa geçtim. Önümden gidiyordu, yolu biliyormuş gibiydi. Daha önce onu üzerinde hayal ettiğim sandalyeye oturdu. Güzelliği mutfağı aydınlatıyordu.

Akşam yemeğimi hazırlamaya koyuldum. Önceki akşamdan kalan lazanyayı buzdolabından çıkarttım, bir dilim kesip tabağa koydum ve mikrodalga fırında ısıttım. Lazanya fırında dönerken mutfağı domates ve kekik kokusu kapladı. Konuşurken gözlerimi tabaktan ayırmıyordum.

"Ne sıklıkta?" diye sordum.

"Hımm?" Sesi derin bir uykudan uyanmış gibiydi.

Arkamı dönmedim. "Buraya ne sıklıkta geldin?"

"Neredeyse her gece geliyorum."

Afallamıştım. "Neden?"

"Uyurken çok ilginç oluyorsun," dedi. "Konuşuyorsun."

"Hayır!" dedim güçlükle, kıpkırmızı olmuştum. Destek almak için mutfak tezgâhına tutundum. Elbette uykumda konuştuğumu biliyordum, annem hep bununla dalga geçerdi. Ama bir gün bunun beni endişelendireceği hiç aklıma gelmezdi.

Suratını astı. "Bana çok mu kızdın?"

"Değişir!" Nefesim kesiliyordu sanki.

Bekledi.

"Neye göre değişir?" diye sordu.

"Duyduğun şeylere göre," dedim.

Yavaşça yanıma gelip ellerimi tuttu.

"Endişelenme," dedi özür diler gibi. Gözlerimin içine baktı. Çok utanmıştım, başımı çevirmeye çalıştım.

"Anneni özlüyorsun," dedi. "Onun için endişeleniyorsun. Yağmur yağdığında, sesler seni huzursuz ediyor. Eskiden evinle ilgili daha fazla konuşuyordun, artık bu konuşmalar azaldı. Bir keresinde 'çok yeşil' dedin." Güldü. Beni daha fazla utandırmak istemiyordu herhalde.

"Başka?" dedim.

Nereye varmak istediğimi anlamış gibiydi. "Benim adımı da söyledin," diye itiraf etti.

Bezgin bir ifadeyle içimi çektim. "Çok mu?""

"Çok derken ne kastettiğine bağlı."

"Hayır, olamaz!" dedim başımı önüme eğerek.

Beni göğsüne yasladı.

"Saçmalama," fısıldadı. "Eğer rüya görebilseydim mutlaka rüyamda seni görürdüm. Bundan da hiç utanmazdım."

O sırada taşlı yol üzerinde ilerleyen tekerlek seslerini duyduk, sonra arabanın farlarını gördük. Ona sıkı sıkı sarıldım.

"Baban burada olduğumu bilmeli mi?" diye sordu.

"Emin değilim..." Hızlı düşünmeye çalışıyordum.

"Öyleyse başka bir zaman..."

Birden yalnız kalmıştım.

"Edward!" dedim arkasından.

Boğuk bir kıkırdamadan başka bir şey duyamadım.

Derken kapı açıldı.

"Bella?" diye seslendi babam. Daha önceleri bu soru beni rahatsız ederdi; benden başka kim olabilirdi ki? Ama o anda soru o kadar da saçma gelmedi.

"Buradayım!" Sesimdeki o garip tonu fark etmediğini umdum. Mikrodalga fırından yemeğimi aldım ve o içeri girerken masaya oturdum. Edward'la geçirdiğim günden sonra babamın ayak sesleri ne kadar gürültülü geliyordu.

"Bana da o yemekten verir misin? Çok yorgunum." Botlarını çıkarmak için topuklarına bastı, bu sırada Edward'ın az önce oturduğu sandalyeden destek alıyordu.

Yemeğimi yanıma aldım, onun yemeğini hazırlarken bir yandan da atıştırıyordum. Bu sırada dilimi yaktım. Lazanyası ısınırken iki bardağa süt doldurdum, ağzım yandığı için kendi bardağımdan bir yudum aldım. Bardağı tezgâha koyduğumda sütün titrediğini gördüm, sonra elimin titrediğini fark ettim. Babam bir sandalyeye oturdu, az önce orada oturan kişiyle babam arasındaki fark komikti.

"Teşekkürler," dedi yemeğini masaya koyarken.

"Günün nasıl geçti?" diye sordum. Hızlı hızlı konuşuyor, bir an önce odama gitmek için sabırsızlanıyordum.

"İyiydi. Balıklar oltaya geldiler. Senin günün nasıl geçti? Planladıklarını yapabildin mi?"

"Pek sayılmaz. Hava evde oturulmayacak kadar güzeldi," dedim yemeğimden büyük bir lokma alarak.

"Çok güzel bir gündü," diye onayladı.

"Güzel de laf mı!" diye geçirdim içimden.

Lazanyamdan son bir lokma daha aldım ve süt bardağını kafama diktim.

Charlie bana baktı. "Acelen mi var?"

"Evet. Çok yorgunum. Erken yatacağım."

"Biraz gergin görünüyorsun," dedi.

"Öyle mi?" dedim. Başka bir şey söyleyemedim. Bulaşıkları lavaboda çabucak yıkadım ve bulaşık bezinin üzerine kapattım

"Bugün cumartesi," dedi.

Cevap vermedim.

"Bu gece bir planın yok mu?" diye sordu.

"Hayır baba. Sadece biraz uyumak istiyorum."

"Bu kasabadaki çocukların hiçbiri senin tipin değil mi yani?" Bir şeyden kuşkulanmış gibiydi ama soğukkanlı görünmeye çalışıyordu.

"Hayır, şimdiye kadar dikkatimi çeken biri olmadı."

"Düşünüyorum da... Belki Mike Newton... Onun iyi biri olduğunu söylemiştin."

"O *yalnızca* arkadaşım baba."

"Neyse, sen zaten daha iyilerine layıksın. Birini bulmak için üniversiteye gidene kadar bekle." Her baba kızının hormonlarına esir düşmeden evden gitmesini hayal eder.

"İyi bir fikir," dedim merdivenlerden çıkarken.

"İyi geceler tatlım," diye seslendi arkamdan. Bütün gece evden kaçıp kaçmadığımı öğrenmek için kulak kesileceğine şüphe yoktu.

"Sabah görüşürüz baba." *Bu gece beni kontrol etmeye çalışırken görüşürüz.*

Merdivenlerden ağır ağır çıkarken yorgun görünmeye çalışıyordum. Onun duyabilmesi için odamın kapısını gürültüyle kapattım ve hemen parmak uçlarıma basarak pencereye doğru yürüdüm. Camı açtım ve geceye doğru uzandım. Etrafı kontrol ettim.

"Edward," diye seslendim yavaşça, kendimi tam bir aptal gibi hissediyordum.

"Efendim?"

Yatağıma uzanmış, ellerini başının altına koymuştu. Çok rahat görünüyordu.

"Ay!" diye bağırdım. Ödüm kopmuştu.

"Affedersin." Gülmemek için kendini zor tutuyordu.

"Bir dakika bekle de kalbim yeniden atmaya başlasın."

Beni yine şaşırtmamak için yavaşça yerinden doğruldu. Uzun kollarıyla bana uzandı, beni küçük bir çocuk gibi omuzlarımdan tutup yanına oturttu.

"Neden yanıma oturmuyorsun?" dedi soğuk elini elimin üzerine koyarak. "Kalbin nasıl?"

"Sen daha iyi bilirsin, kalp atışlarımı benden daha iyi duyduğundan eminim."

İkimiz de bir süre kalp atışlarımın yavaşlamasını bekleyerek sessizce oturduk. Babam evdeyken Edward'ı odama almayı düşününce...

"Bir dakikalığına insan olmama izin verir misin?" diye sordum.

"Kesinlikle," dedi.

"Burada bekle," dedim sert görünmeye çalışarak.

"Peki küçükhanım." Yatağımın başında bir heykel gibi hareketsiz durdu.

Pijamalarımı ve temizlik malzemelerimi aldım; ışığı yakmadım. Kapıyı yavaşça kapattım.

Aşağıdan televizyonun sesi geliyordu. Banyonun kapısını gürültüyle kapattım, böylece Charlie beni rahatsız etmek için yukarı çıkmayacaktı.

Acele etmeye çalışıyordum. Dişlerimi hızla fırçaladım, lazanyanın izlerini yok etmek istiyordum. Ama duşta sıcak suyun altında uzun süre kaldım. Su, sırtımdaki kasları gevşetti ve nabzımı yavaşlattı. Şampuanımın o tanıdık kokusu bana sabahki beni hatırlattı. Odamda beni bekleyen Edward'ı düşünmemeye çalışıyordum çünkü o zaman kendimi sakinleştirme işlemine baştan başlamak zorunda kalacaktım. Sonunda daha fazla bekleyemeyeceğime karar verdim. Suyu kapatıp çabucak kurulandım. Yuvarlak yakalı tişörtümü ve gri eşofmanımı giydim. Annemin iki yıl önce doğum günümde Victoria's Secret'tan aldığı ipek pijamalarımı hâlâ açmadığıma pişman olmuştum. Evde etiketleri çıkarılmamış bir halde bir çekmecede duruyor olmalıydılar.

Saçlarımı havluyla kuruladım ve bir fırçayla çabuk çabuk taradım. Havluyu çamaşır sepetine attım, saç fırçamı ve diş macununu da çantaya koydum. Merdivenlerden gürültüyle indim, böylece Charlie beni ıslak saçlarım ve pijamalarımla görebilecekti.

"İyi geceler baba."

"İyi geceler Bella." Bu geceki halim onu şaşırtmıştı.

Basamakları ikişer ikişer tırmanarak yukarı çıktım. Odama girip kapıyı sıkı sıkı kapattım.

Edward kımıldamadı bile. Soluk renkli yatak örtümün üzerinde bir Adonis heykeli gibi oturuyordu.

Nemli saçlarıma ve üzerimdeki eski tişörte baktı. Tek kaşını kaldırdı. "Güzel," dedi.

Yüzümü buruşturdum.

"Hayır, sana çok yakışmış."

"Teşekkürler," dedim. Bağdaş kurarak yanına oturdum. Tahta zemindeki çizgilere bakmaya başladım.

"Bütün bunlar ne içindi?"

"Charlie benim evden kaçacağımı düşünüyor."

"Hımm," dedi düşünceli bir şekilde. "Neden?" diye sordu sonra, sanki Charlie'nin aklını okuyamıyormuş gibi.

"Herhalde fazla heyecanlı görünüyorum."

Çenemi kaldırıp yüzüme baktı.

"Çok sıcak görünüyorsun."

Soğuk yanağını tenime değdirerek yüzünü yüzüme yaklaştırdı. Hiç hareket etmeden duruyordum. "Mmmmmm..."

O bana dokunurken mantıklı bir şey söylemek oldukça zordu. Aklımı başıma toplamam zaman aldı.

"Sanırım artık bana yakın olmak senin için daha kolay."

"Öyle mi düşünüyorsun?" diye mırıldandı. Burnu çenemin kenarına değdi. Eli, bir pervane böceğinin kanatlarından daha hafif bir şekilde nemli saçlarımda gezindi. Dudakları kulağımın altındaki boşluğa değiyordu.

Ben geri çekilirken birden durdu, bir süre dikkatle birbirimize baktık. Kaskatı çenesi yavaş yavaş gevşerken yüzünde şaşkın bir ifade belirdi. "Yanlış bir şey mi yaptım?"

"Hayır, ama beni çıldırtıyorsun!"

Biraz düşündü, konuşmaya başladığında sesi keyifliydi. "Gerçekten mi?" Zafer dolu bir gülüş yüzünü aydınlattı.

"Alkış ister misin?" diye sordum dalga geçerek.

Gülümsedi.

"Sadece çok hoşuma gitti," diye açıkladı. "Son yüz yıldır böyle bir şeyin hayalini bile kurmamıştım. Kardeşlerimle olduğumdan farklı bir şekilde birlikte olmak isteyebileceğim birini bulacağıma inanamazdım. Bu duygular bana çok yabancı olsa da... Seninle beraber olmak konusunda oldukça başarılıyım..."

"Sen her konuda çok başarılısın," dedim.

Omuz silkti. İkimiz de alçak sesle güldük.

"Peki, şimdi nasıl bu kadar kolay olabiliyor?" diye üsteledim. "Bu öğleden sonra..."

"*Kolay* olmuyor," dedi içini çekerek. "Ama bu öğleden sonra ben hâlâ kararsızdım. Bunun için üzgünüm, böyle davranmamın affedilir bir yanı yok."

"Affedilemez değil," diyerek karşı çıktım.

"Teşekkür ederim," dedi gülümseyerek. "Anla işte, yeterince güçlü olup olmadığımdan emin değildim..." dedi başını öne eğerek. "Hâlâ... yenilme olasılığım varken..." Duraksadı. Sonra fısıldayarak devam etti. "Güçlü olduğuma, bunu başarabileceğime karar verene kadar çok kırılgandım."

Onu daha önce doğru kelimeleri bulmak konusunda böyle zorlanırken görmemiştim hiç.

"O halde şimdi böyle bir olasılık yok mu?"

"Aklın gücü," diye tekrarladı gülümseyerek. Dişleri karanlıkta bile parlıyordu.

"Vay, çok kolay oldu," dedim.

Başını arkaya atarak sessiz ama içten bir kahkaha attı.

"*Senin* için kolay," dedi parmağının ucuyla burnuma dokunarak.

Sonra birden ciddileşti.

"Deniyorum," dedi, sesinde acı vardı. "Eğer bu iş fazla ilerlerse, gidebileceğimden eminim."

Kaşlarımı çattım. Gitmek lafından hiç hoşlanmıyordum.

"Yarın daha da zor olacak," diye devam etti. "Bütün gün aklımda kokun vardı, müthiş duyarsızlaştım. Eğer bir süre senden uzak kalırsam, baştan başlamam gerekecek. Bunun zor olacağını düşünüyorum."

"Öyleyse gitme," dedim. Sesimdeki özlemi bastıramamıştım.

"Bana göre hava hoş," diye cevap verdi. Yüzünde yumuşak bir gülümseme belirdi. "Kelepçeleri getir, senin *mahkûmunum.* " Kocaman elleri *bileklerimi* bir sarmaşık gibi sardı. Sessizce, tatlı tatlı güldü. Onu bu kadar sık gülerken görmemiştim.

"Her zamankinden daha iyimser görünüyorsun, seni daha önce hiç böyle görmemiştim."

"Olması gereken bu değil mi?" dedi gülümseyerek. "İlk aşkın zaferi ve bütün bu olanlar. İnanılmaz değil mi? Bir şeyi okuyup filmlerde görmekle, aynı şey konusunda deneyim sahibi olmak arasındaki fark."

"Arada çok büyük bir fark var," diyerek onayladım onu. "Tahminimden çok daha güçlü."

"Örneğin...," Öyle hızlı konuşuyordu ki takip etmekte zorlanıyordum. "Kıskanma duygusu. Bununla ilgili yüz bin şey okudum, binlerce defa oyuncuların tiyatrolarda ya da filmlerde bunu sergilediklerini gördüm. Bunu çok iyi anladığımı düşünüyordum. Ama sonra çok şaşırdım... Mike'ın seni dansa davet ettiği o günü hatırlıyor musun?"

Evet der gibi başımı salladım, aslında o günü hatırlamamın başka bir nedeni vardı. "Benimle yeniden konuşmaya başladın gün."

""O gün öfkeden kudurmuştum. Önce bunun ne olduğunu anlayamadım. En çok ne düşündüğünü, onu neden reddettiğini bilemediğim için kızdım. Bunu yalnızca arkadaşların için mi yapmıştın? Yoksa başka biri mi vardı? Bu konuda endişelenmeye hakkım olmadığını biliyordum. İlgilenmemeye *çalıştım.*

"Sonra taşlar yerine oturmaya başladı," dedi gülerek. Karanlıkta kaşlarımı çattım.

"Mantıksız bir gerginlikle senin onlara ne söyleyeceğini ve yüz ifadenin nasıl olacağını görmek için bekledim. Yüzündeki rahatsızlığı gördüğümde nasıl rahatladığımı anlatamam. Ama emin olamazdım.

"Buraya ilk geldiğim geceydi. Bütün gece, sen uyurken bana *doğru,* etik ve ahlaki gelen şeyle *istediğim* şey arasında gidip geldim. Kendimle mücadele ettim. Eğer yapmam gerekeni yapar ve seni görmezlikten gelmeye devam edersem ya da sen gidene kadar birkaç yıl ortadan kaybolursam Mike'a ya da başka birine evet diyeceğini biliyordum. Bu beni çok sinirlendirdi."

"Sonra," diye fısıldadı, "uyurken adımı söyledin. Öyle net bir şekilde söyledin ki, önce uyandığını düşündüm. Ama sonra yatakta huzursuz bir şekilde döndün, adımı bir kez daha mırıldandın ve iç geçirdin. Öyle bir duyguydu ki bu. Hem sersemledim hem de cesaretim kırıldı. Seni daha fazla görmezden gelemeyeceğimi biliyordum." Bir an durdu, herhalde deli gibi atan kalbimi dinliyordu.

"Ama kıskançlık çok garip bir şey. Düşünebileceğimden

çok daha güçlü ve mantıksız. Charlie sana o baş belası Mike Newton'la ilgili bir şey sorduğunda..." Öfkeyle başını salladı.

"Dinlediğini tahmin etmem gerekirdi," diye söylendim kendi kendime.

"Elbette."

"Ciddi ciddi kıskandın?"

"Ben bu konuda acemiyim, sen içimdeki insanı uyandırıyorsun ve her şey yeni olduğu için daha güçlü geliyor."

"Dürüst olmam gerekirse," dedim dalga geçerek, "saf güzelliğin hayat bulduğu *Rosalie'nin,* senin için yaratıldığını öğrendiğimde ben de bunu hissettim. Emmett olsun ya da olmasın, bununla nasıl başa çıkabilirim?"

"Ortada rekabet yok." Dişleri parladı. Beni kendine çekip göğsüne yasladı. Olabildiğince hareketsiz durmaya çalıştım, nefes almaya bile çekiniyordum.

"Ortada rekabet olmadığını biliyorum„" diye mırıldandım soğuk tenine doğru. "Mesele de bu."

"Elbette Rosalie'nin kendine özgü bir güzelliği var. Ama benim kız kardeşim gibi olmasaydı ya da Emmett ona ait olmasaydı da, beni senin çektiğinin onda biri, hatta yüzde biri kadar bile çekemezdi." Birden ciddi ve düşünceli göründü. "Neredeyse doksan yılım kendi türümle sizin türünüz arasında geçti. Bütün bu zaman boyunca kendi içimde tutarlı olduğumu sanıyor, ne aradığımı bilmiyordum. Hiçbir şey bulamıyordum çünkü sen henüz doğmamıştın."

"Bence bu pek adil değil," dedim. Başım hâlâ göğsündeydi, onun soluklarını dinliyordum. "Benim beklememe hiç gerek kalmadı. Ben neden istediğimi bu kadar çabuk elde ettim?"

"Haklısın," diye onayladı keyifli bir şekilde. "Bunu senin için kesinlikle zorlaştırmalıyım." Elimi tuttu. Islak saçlarımı tepeden belime kadar yavaşça okşadı. "Benimle geçirdiğin her saniye hayatını riske atmak zorundasın. Doğaya, insanlığa sırtını dönmek zorundasın. Yetmez mi?"

"Olsun. Ben kendimi hiçbir şeyden mahrum kalmış hissetmiyorum."

"Henüz." Bu kez sesinde acı vardı.

Geri çekilip yüzüne bakmak istedim ama kollarıyla beni sımsıkı sarmıştı.

"Ne..." diye söze başladım, o sırada bedeni alarma geçmişti. Donakaldım. Birden ellerimi bıraktı ve ortadan kayboldu. Az kalsın yere kapaklanıyordum.

"Yat!" diye tısladı. Karanlıkta sesinin nereden geldiğini anlayamıyordum.

Hemen yorganın altına girdim ve her zaman yattığım tarafa kıvrıldım. Kapı yavaşça açıldı; Charlie olmam gereken yerde olup olmadığıma baktı. Abartılı bir şekilde düzenli nefes alıp veriyordum.

Upuzun bir dakika geçti. Durup dinledim, kapının kapandığını duyamamıştım. Sonra Edward'ın serin kolu yorganın altında bana sarıldı, dudakları kulağımdaydı.

"Çok kötü bir oyuncusun. Bu alanda kariyer yapabileceğini hiç sanmam."

"Lanet olsun!" diye homurdandım. Kalbim deli gibi çarpıyordu.

Bilmediğim bir şarkı mırıldanmaya başladı, bir ninniye benziyordu.

Birden durdu. "Uyuman için sana ninni söyleyeyim mi?"

"Ya, ne demezsin," dedim gülerek. "Sen buradayken uyuyabilirmişim gibi!"

"Hep uyuyorsun," diye hatırlattı.

"Ama burada olduğunu *bilmiyordum,"* diye cevap verdim soğuk bir sesle.

"Uyumak istemiyorsan..." dedi ses tonumu duymazdan gelerek. Nefesim kesildi.

"Uyumak istemiyorsam?"

Kıkırdadı. "Ne yapmak istiyorsun?"

Önce cevap veremedim.

"Bilmiyorum," dedim sonunda.

"Karar verdiğinde bana haber ver."

Soğuk nefesini ensemde, burnunu çenemde hissettim.

" Hassasiyetinin azaldığını sanıyordum."

"Şaraba karşı koymam, kokusunu beğenmeyeceğim anlamına gelmez," diye fısıldadı. "Çiçek gibi bir kokun var, lavanta gibi. Ağız sulandırıyor."

"Ne kadar iştah açıcı olduğumu duymadan bir günüm geçecek mi acaba?"

Güldü, sonra derin bir nefes aldı.

"Ne yapmak istediğime karar verdim," dedim. "Hakkında daha fazla şey öğrenmek istiyorum."

"Bana istediğini sorabilirsin."

Cevabını en çok merak ettiğim soruyu düşündüm. "Bunu neden yapıyorsun?" dedim. *"Olduğun şeye* karşı gelmek için nasıl bu kadar çaba sarf edebildiğini hâlâ anlayamadım. Sakın yanlış anlama, elbette bunu yaptığın için çok memnunum. Yalnızca bunu neden yaptığını anlamaya çalışıyorum."

Cevap vermeden önce tereddüt etti. "Bu iyi bir soru ve ilk soran kişi sen değilsin. Diğerleri, yani bu çoğunluktan memnun olan türümüzün büyük bir bölümü de bizim nasıl yaşadığımızı merak ediyor. Ama bu oyunda elimizin böyle olması yükselemeyeceğimiz, hiçbirimizin istemediği bu kaderin sınırlarını zorlayamayacağımız anlamına gelmez. Gerekli insani özellikleri bünyemizde barındırabiliriz."

Bir süre hareketsiz durdum. Rahatsız edici bir sessizlik oldu.

"Uyudun mu?" diye sordu.

"Hayır."

"Merak ettiğin şey bu muydu?"

"Tam olarak bu değil."

"Başka ne bilmek istiyorsun?"

"Neden insanların akıllarını okuyabiliyorsun, neden yalnızca sen? Bir de Alice geleceği görüyor. Bunun nedeni ne?"

"Tam olarak bilemiyoruz. Carlisle'nin bir teorisi var; diğer hayatımıza, daha yoğunlaşmış olan akıllarımız, hislerimiz gibi insanlığımızın en güçlü özelliklerini getirdiğimize inanıyor. Benim eskiden çevremdeki insanların düşüncelerine duyarlı olduğumu düşünüyor. Alice'in de eskiden öngörüleri varmış."

"Carlisle diğer hayatına ne getirmiş? Diğerleri?"

"Carlisle merhameti getirmiş. Esme tutkuyla sevme yeteneğini, Emmett gücünü, Rosalie... inadını. Keçiliğini de diyebiliriz." Güldü. "Jasper çok ilginçtir. İlk hayatında çok karizmatikmiş, etrafındakileri kolayca etkileyip onun istediği gibi düşünmelerini sağlayabiliyormuş. Şimdi ise çevresindekilerin duygularını kontrol edebiliyor; örneğin, bir oda dolusu öfkeli insanı sakinleştirebiliyor ya da müthiş bir kalabalığı coşturabiliyor. Bu çok özel bir lütuf."

Bana anlattığı bu imkânsızlıkları düşünüyor, anlamaya çalışıyordum. Ben düşünürken sabırla bekledi.

"Peki bütün bunlar nerede başladı? Yani Carlisle sizi değiştirdiğine göre onu da biri değiştirmiş olmalı. Onu da..."

"Sen nasıl dünyaya geldin? Evrim? Yaradılış? Biz de diğer türler gibi evrim geçirmiş olamaz mıyız? Avcıyla av? Ya da dünyanın kendi kendine var olduğuna inanmasan bile bunu kabul etmek benim için de zor, narin melekbalığı ile köpekbalığını, yavru fok balığı ile katil balinayı yan yana yaratan güç bu iki türü de birlikte yaratmış olamaz mı?"

"Şunu açıklığa kavuşturayım. Ben yavru fok balığıyım değil mi?"

"Evet," dedi gülerek. Saçlarıma bir şey değmişti, dudakları mıydı yoksa?

Saçlarıma değen şeyin dudakları olup olmadığını görmek

için ona doğru dönmek istedim. Ama uslu bir kız olmak zorundaydım; işler onun için zaten zordu, daha da zorlaştırmak istemiyordum.

"Uyumaya hazır mısın?" diye sordu sessizliği bozarak. "Yoksa başka sorun var mı?"

"Bir iki milyon sorum kaldı."

"Önümüzde yarın var, ertesi gün var, ondan sonraki gün var..." dedi. Bunu duyunca gülümsedim.

"Sabahleyin kaybolmayacağından emin misin?" Bundan emin olmak istiyordum. "Ne de olsa sen hayalisin."

"Seni bırakmayacağım," dedi söz verir gibi.

"Öyleyse bir soru daha." Birden kızardım. Karanlıkta olmamızın önemi yoktu, tenime birden ateş bastığını hissetmiş olmalıydı.

"Nedir?"

"Yok, boş ver. Vazgeçtim."

"Bella, bana ne istersen sorabilirsin."

Ben cevap vermeyince homurdandı.

"Aklındakileri okuyamamanın gittikçe beni daha az rahatsız, edeceğini düşünüyordum. Ama her geçen gün daha *kötü* olmaya başladı."

"Düşüncelerimi okuyamadığın için memnunum. Uykumda söylediklerime kulak misafiri olman yeterince kötü zaten."

"Lütfen?" Sesi öyle ikna ediciydi ki, karşı koymak imkânsızdı.

Başımı hayır der gibi salladım.

"Eğer söylemezsen kafandan çok kötü şeyler geçtiğini düşüneceğim" diyerek tehdit etti beni. "Lütfen?" dedi yine yalvarır gibi.

"Şey," diye söze başladım. Yüzümü görmediği için seviniyordum.

"Evet?"

"Rosalie ve Emmett'in yakında evleneceğini söyledin. Bu evlilik insanların evliliği gibi mi olacak?"

Bu kez çok içten ve anlayışlı bir şekilde güldü. "Bunu mu merak ettin?"

Huzursuzca kıpırdandım, cevap veremedim.

"Evet, sanırım öyle olacak," dedi. "Daha önce söylediğim gibi, içimizde birçok insani istek var. Ancak bunlar daha güçlü diğer isteklerin ardına gizlenmiş."

"Hımm," diyebildim sadece.

"Bu merakının ardında başka bir şey var mı?"

"Şey, merak ettim de... sen ve ben bir gün..."

Birden ciddileşti, bunu vücudunun kaskatı kesilmesinden anlıyordum. Ben de otomatikman hareketsiz kaldım tabii.

"Ben... bunun... bunun bizim için mümkün olacağını sanmıyorum."

"Çok yakınında olursam zorlanacağın için mi?"

"Bu kesinlikle büyük bir problem olacak. Ama düşündüğüm tam olarak bu değil. Sen öyle yumuşak ve narinsin ki... Sana zarar vermemek için birlikte olduğumuz her an, her hareketime dikkat etmek zorundayım. Seni kazayla öldürebilirim Bella, bu işten bile olmaz." Sesi fısıltıya dönüştü. Buz gibi elini yanağıma koydu. "Çok aceleci davransaydım... Eğer bir saniye dikkatsiz hareket etseydim, yüzüne dokunmak için uzandığımda yanlışlıkla kafatasını dağıtabilirdim. Ne kadar *kırılgan* olduğunun farkında değilsin. Seninle birlikteyken kontrolü kaybetme şansım yok benim."

Cevap vermemi bekledi, ama ben bir şey söylemeyince endişelendi. "Korkuyor musun?" diye sordu.

Cevap vermek için bir dakika bekledim, böylece doğru sözcükleri bulabilecektim. "Hayır, iyiyim."

Bir an tedirgin göründü. "Ama merak ediyorum," dedi, sesi yine yumuşaktı. "Sen hiç..." Sorusunu tamamlamadı.

"Tabii ki hayır." Kızardım. "Daha önce söylediğim gibi, kimseye karşı böyle şeyler hissetmemiştim ben."

"Biliyorum. Diğer insanların düşüncelerini biliyorum ben. Aşk ve şehvetin her zaman bir arada olmadığını da biliyorum."

"Ama benim için öyle. Neyse, şu anda ben ikisini de hissediyorum," dedim içimi çekerek.

"Bunu duyduğuma sevindim. En azından bir ortak noktamız var," dedi memnun bir tavırla.

"Senin insani içgüdülerin..." diye söze başladım. Bekledi. "Peki beni çekici buluyor musun? O açıdan yani?"

Güldü ve artık neredeyse kurumuş olan saçlarımı hafifçe okşadı.

"İnsan olmayabilirim ama ben de bir erkeğim," dedi.

Elimde olmadan esnedim.

"Sorularını cevapladım, artık uyumalısın," dedi.

"Uyuyabileceğimden emin değilim.""

"Gitmemi ister misin?"

"Hayır!" dedim fazla yüksek sesle.

Güldü; yine o bilmediğim ninniyi mırıldanmaya başladı. Sesi yumuşacıktı. Bir melek şarkı söylüyordu sanki.

Düşündüğümden daha çok yorulmuştum. Çok uzun bir gündü. Hem zihinsel hem de duygusal stres yaşamıştım. Daha önce hiç başıma gelmemişti bu. Onun soğuk kollarında uyuyakalmışım.

15. CULLEN'LAR

Hava bulutlu ama yumuşaktı; güneşin tatlı ışıltısı beni uyandırdı. Kolumla gözlerimi kapatmıştım, sersem gibiydim. Bir şey, hatırlanmaya çalışan bir rüya, bilincime girmek için mücadele ediyordu. Homurdanarak yana döndüm, biraz daha uykumun gelmesini umuyordum. Sonra birden bir gün önce yaşadıklarımı hatırladım.

"Aa!" Yerimde o kadar hızlı doğruldum ki başım döndü.

"Saçların ot yığınına benzemiş; ama hoşuma gitti." Boğuk sesi köşedeki sallanan sandalyeden geliyordu.

"Edward! Burada kalmışsın!" dedim heyecanla. Kendimi odanın diğer ucuna, onun kucağına attım. Düşüncelerimin hareketlerimi yakaladığı anda donakaldım; bu kontrolsüz coşkum beni şaşırtmıştı. Çizgiyi aşıp aşmadığımdan emin olmak için ona baktım.

Ama o gülüyordu.

"Elbette," diye cevap verdi. Şaşırmıştı ama halinden memnun görünüyordu. Sırtımı okşadı.

Başımı omzuna yasladım, teninin kokusunu içime çektim.

"Bunun bir rüya olduğundan emindim."

"Hiç de yaratıcı değilsin," diye dalga geçti.

"Charlie!" diye hatırladım birden. Kucağından atladım ve kapıya koştum.

"Bir saat önce çıktı. Hayal kırıklığına uğradığımı itiraf etmeliyim. Gitmeye kararlı olsan, seni durdurmaya yetecek tek şey bu mu?"

Olduğum yerde kaldım, içimden ona dönmek istiyordum ama henüz dişlerimi fırçalamamıştım.

"Sabahları aklın bu kadar karışık olmazdı senin," dedi. Ona doğru dönmem için kollarını açtı. Bu karşı konulamaz bir davetti.

"Bir dakikaya ihtiyacım var."

"Bekliyorum."

Banyoya koştum, duygularımın içinden çıkamıyordum. Kendimi de anlayamıyordum. Aynadaki yüz bana tamamen yabancıydı, gözlerim parlıyordu, yanaklarım heyecandan kızarmıştı. Dişimi fırçaladıktan sonra birbirine girmiş saçlarımı düzeltmeye çalıştım. Yüzümü soğuk suyla yıkadım ve düzenli nefes almaya çabaladım. Ama bunda pek başarılı olduğum söylenemezdi. Koşar adımlarla odama geri döndüm.

Edward'ın orada oturmuş beni bekliyor olması mucize gibiydi. Bana uzandığında kalbim çarpmaya başladı.

"Hoş geldin," diye mırıldandı ve beni kollarının arasına aldı.

Bir süre beni kucağında okşadı. Birden kıyafetlerini değiştirdiğini ve saçlarını taradığını fark ettim.

"Gidip geri mi geldin sen?" diye sordum yeni giydiği tişörtün yakasına dokunarak.

"Geldiğim kıyafetlerle dışarı çıkamazdım, sonra komşular ne derdi?"

Suratımı astım.

"Çok derin uyuyordun, hiçbir şey kaçırmadım." Gözleri parlıyordu. "Sayıkladın."

"Ne duydun?" diye terslendim.

Altın rengi gözleri yumuşadı. "Beni sevdiğini söyledin."

"Bunu zaten biliyordun," dedim başımı eğerek.

"Bunu duymak da çok güzeldi."

Yüzümü omzuna gömdüm.
"Seni seviyorum," diye fısıldadım.
"Sen benim hayatımsın artık," diye cevap verdi.
O an söylenebilecek başka bir şey yoktu. Oda yavaş yavaş aydınlanırken biz de sallanan sandalyede bir ileri bir geri gidip geliyorduk.
"Kahvaltı vakti," dedi sonunda. Bunu, benim insani zayıflıklarımı hatırladığını kanıtlamak için söylediğinden emindim.
İki elimle boynumu sıkıca tuttum iri iri açtığım gözlerimle ona baktım. Yüzünde şaşkınlık dolu bir ifade belirdi.
"Şaka yapıyorum!" dedim gülerek. "Bir de benim rol yapamadığımı söylüyorsun!"
Sinirli bir şekilde kaşlarını çattı. "Hiç komik değildi."
"Bence çok komikti ve bunu sen de biliyorsun." Affedildiğimden emin olmak için altın rengi gözlerine baktım. Anlaşılan affedilmiştim.
"Başka türlü ifade edeyim mi?" dedi. "İnsanlar için kahvaltı vakti."
"Ah, tamam."
Beni sert omzundan öyle hızlı ve yumuşak bir şekilde kucağına kaydırdı ki nefesim kesildi. İtirazlarıma aldırmadan beni merdivenlerden aşağı taşıdı ve bir iskemleye oturttu.
Mutfak aydınlık ve keyifli görünüyordu; benim ruh halim buraya da yansımıştı herhalde.
"Kahvaltıda ne var?" diye sordum memnuniyetle.
Birden bocaladı.
"Şey, bilmem ki. Ne yemek istersin?" diye sordu kaşlarını çatarak.
Gülerek ayağa kalktım.
"Önemli değil, başımın çaresine bakarım. Beni avlanırken izle."
Bir kâse ve bir kutu mısır gevreği buldum. Sütü boşaltıp

bir kaşık aldığımda gözlerinin üzerimde olduğunu hissedebiliyordum. Kâseyi masaya koydum ve durdum.

"Bir şey ister misin?" diye sordum nezaketen.

"Sen ye Bella," dedi.

Masaya geçtim ve kâseden bir kaşık alırken ona baktım. O da bana bakıyor, her hareketimi inceliyordu. Bu beni kendime getirdi. Konuşmak ve onun dikkatini dağıtmak için ağzımdakini yuttum.

"Bugün programda ne var?" diye sordum.

"Şey..." Bir cevap bulmaya çalışırken onu seyrediyordum. "Ailemle tanışmaya ne dersin?"

Yutkundum.

"Yine korkuyor musun?" Sesi ümit doluydu.

"Evet," diye itiraf ettim. Bunu nasıl inkâr edebilirdim, zaten her şey gözlerimden okunuyordu.

"Merak etme," diye sırıttı. "Ben seni korurum."

"Ben *onlardan* korkmuyorum," dedim. "Beni sevmeyeceklerinden korkuyorum. Benim gibi birini onlarla tanışmak için eve getirmene şaşırmayacaklar mı? Benim onlar hakkında bildiklerimden haberleri var mı?"

"Onlar her şeyi biliyorlar. Hatta dün iddiaya bile girmişler," dedi gülümseyerek. "Benim seni geri getirip getiremeyeceğim üzerine bir iddia. Ama ben hâlâ Alice'in söylediklerine karşı nasıl iddiaya girdiklerini anlamadım. Ne olursa olsun, bizim ailede sırlar yoktur. Zaten bu, benim insanların akıllarını okumam ve Alice'in geleceği görmesi yüzünden asla mümkün olmuyor."

"Jasper da mideni deşmek konusunda seni tedirgin ediyor, bunu unutma."

"Bunu fark etmişsin," dedi gülerek.

"Ben bunu hep yaparım," dedim omuz silkerek. "Peki, Alice benim geldiğimi gördü mü?"

Tepkisi tuhaftı. "Onun gibi bir şey," dedi huzursuzca. Hemen başını çevirdi, gözlerini göremedim. Merakla ona bakıyordum.

"Bunun ne önemi var?" dedi bana dönerek. Kahvaltıma küçümser gibi baktı. "Doğrusunu söylemek gerekirse hiç de iştah açıcı görünmüyor."

"Bu vahşi bir gri ayı değil tabii..." dedim bana ters ters bakmasını görmezlikten gelerek. Alice'ten söz ettiğimde neden böyle bir cevap verdiğini merak ediyordum. Aceleyle mısır gevreğini yemeye başladım.

Mutfağın ortasında Adonis heykeli gibi durmuş, boş boş arka camlardan dışarı bakıyordu.

Sonra yine bana döndü ve yüzünde yine o dayanılmaz gülümseme belirdi.

"Bence sen de beni babanla tanıştırmalısın."

"Seni tanıyor," dedim.

"Yani erkek arkadaşın olarak demek istedim."

Kuşkuyla ona baktım. "Neden?"

"Sizde âdet değil mi bu?" diye sordu masum masum.

"Bilmiyorum." Burada her zamanki flört kuralları uygulanmıyordu. "Buna hiç gerek yok. Senin benim için rol yapmak zorunda kalmanı istemem."

Anlayışla gülümsedi. "Rol yapmıyorum."

Kâsenin etrafında kalan mısır gevreklerini kaşığımla topladım ve dudağımı ısırdım.

"Charlie'ye erkek arkadaşın olduğumu söyleyecek misin, söylemeyecek misin?" diye sordu.

"Sen benim erkek arkadaşım mısın?" Charlie, Edward ve *erkek arkadaş* sözcüklerini aynı odada ve aynı zamanda düşünmek ürpermeme neden oldu.

"Doğrusunu gerekirse erkek arkadaş lafı az kalır," dedi.

"Bence sen çok daha fazlasısın," diye itiraf ettim masaya bakarak.

"En ince detayları ona söylemek zorunda değiliz." Soğuk ve zarif parmağıyla çenemi kaldırmak için masanın üzerine eğildi. "Ama burada neden bu kadar sık dolaştığımı ona açıklamamız gerekebilir. Şef Swan'ın benim için uzaklaştırma emri çıkarmasını istemem."

"Gerçekten burada olacak mısın?" diye sordum heyecanla.

"Beni istediğin sürece," dedi.

"Seni her zaman isteyeceğim. Sonsuza kadar." Masanın etrafında yavaşça yürüdü, birkaç adım ileride durdu, yanağıma dokunmak için elini uzattı. Yüzündeki ifadeden hiçbir şey anlaşılmıyordu.

"Bu seni üzüyor mu?" diye sordum.

Cevap vermedi. Ne kadar olduğunu kestiremediğim bir süre boyunca gözlerime baktı.

"Bitti mi?" diye sordu sonunda.

"Evet," dedim yerimden fırlayarak.

"Sen giyin, ben burada bekleyeceğim."

Ne giyeceğime karar vermek zordu. Acaba vampir erkek arkadaşının ailesiyle tanışmaya giderken nasıl giyinilmesi gerektiği konusunda yol gösteren bir kitap var mıydı? Erkek arkadaş lafını kendi kendime söyleyebilmek beni rahatlatmıştı. Daha önce bundan utanıyordum.

Tek eteğim olan uzun, haki eteği giymeye karar verdim. Günlük bir etekti. Üzerine Edward'ın daha önce beğendiğini söylediği koyu mavi bluzumu giydim. Aynaya baktığımda asla şekle girmeyeceğine karar verdiğim saçımı atkuyruğu yaptım.

"Evet," dedim merdivenlerden zıplayarak inerken. "Hazırım."

Merdivenlerin sonunda, beklediğimden daha yakın bir yerde duruyordu, ona çarptım. Beni omuzlarımdan kavradı, kendinden biraz uzak tuttu, sonra sımsıkı sarıldı.

"Yine yanlış yapmışsın," diye fısıldadı. "Böyle baştan çıkarıcı olmaya hakkın yok. Bu haksızlık."

"Baştan çıkarıcı mı?" dedim. "İstersen değiş..."

Başını sallayarak içini çekti. *"Çok* alemsin." Soğuk dudaklarını hafifçe alnıma bastırdı. O anda oda etrafımda dönmeye başladı. Nefesinin kokusu düşünmemi imkânsızlaştırıyordu.

"Beni nasıl baştan çıkardığını anlatayım mı?" dedi. Bu, cevap verilmesi beklenmeyen bir soruydu. Parmakları yavaşça ensemde geziniyor, nefesi gittikçe hızlanıyordu. Ellerim göğsünde gevşek bir şekilde duruyordu, yine başımın döndüğünü hissediyordum. Başını hafifçe eğdi ve soğuk dudaklarıyla dudaklarıma dokundu.

Birden yere yığılır gibi oldum.

"Bella?" dedi, beni kaldırmaya çalışırken.

"Beni... bayılttın," dedim onu suçlar gibi. Başım dönüyordu.

"Ben seninle ne yapacağım?" diye söylendi. "Dün seni öptüm, bana saldırdın! Bugün bayıldın!"

Güçsüz bir şekilde güldüm. Başım dönerken kollarından destek alıyordum.

"Her konuda iyi olmak fazla geliyor bazen," dedi.

"İşte mesele bu." Hâlâ başım dönüyordu. "Sen *fazla* iyisin. İyi ötesisin."

"Kendini kötü mü hissediyorsun?" diye sordu. Beni daha önce de böyle görmüştü.

"Hayır, bu öyle bir bayılma değildi. Ne olduğunu bilmiyorum." Özür dilemek istercesine başımı salladım. "Sanırım nefes almayı unuttum."

"Seni bu durumda hiçbir yere götüremem."

"Ben iyiyim," diye ısrar ettim. "Ailen zaten benim bir kaçık olduğumu düşünecek, ne fark eder ki?"

Söylediklerimi düşündü. "Yüzündeki bu renk hoşuma gidiyor," dedi birden. Bu çok hoşuma gitmişti, iyice kızardım ve başımı çevirdim.

"Dinle, şu an yapmak üzere olduğum şey konusunda pek

düşünmemeye çalışıyorum, bu yüzden bir an önce gidebilir miyiz?" diye sordum.

"Sen gerçekten bir ev dolusu vampirle tanışacağın için değil de, seni beğenmeyeceklerini düşündüğün için mi endişeleniyorsun?"

"Evet," diye cevap verdim hemen. Bu sözcüğü kullanmasına bu kadar şaşırdığımı belli etmemeye çalışıyordum.

"Sana inanamıyorum," dedi başını sallayarak.

Kasabanın merkezinden ayrılırken, onun nerede oturduğu hakkında hiçbir fikrim olmadığını fark ettim. Calawah Nehri'nin üzerindeki köprüden geçtik, yol kuzeye doğru dönüyor, önünden geçtiğimiz evlerin arasındaki mesafe açılıyor ve boyutları gittikçe büyüyordu. Bütün evleri geride bırakıp sisli ormanın içine daldık. Soru sormakla sabırlı olmak arasında gidip geliyordum. Derken birden toprak bir yola girdik. Bu yol çalıların arasında neredeyse görünmüyordu. Yol, yaşlı ağaçların arasından bir yılan gibi kıvrılırken orman her iki taraftan da yolu kapatıyor, sadece birkaç metre önünü görmene izin veriyordu.

Birkaç kilometre gittikten sonra ağaçlar seyrelmeye başladı, sulak bir çayıra gelmiştik, yoksa burası sadece çimenlik bir arazi miydi? Ormanın karanlığı azalmamıştı çünkü altı eski sedir ağacı, geniş dallarıyla yarım dönümlük bir alanı gölgede bırakıyordu. Ağaçlar koruyucu gölgelerini aralarından yükselen evin duvarlarına düşürüyor, ilk katı çevreleyen verandaya eski bir görüntü veriyordu.

Ne beklediğimi bilmiyordum ama beklediğimin bu olmadığından emindim. Ev, herhangi bir zaman dilimine ait görünmüyordu, çok zarifti, belki yüz yaşındaydı. Üç katlı ve dikdörtgen şekliydi, kirli beyaza boyanmıştı. Kapılar ve pencereler orijinal yapının parçası mıydı yoksa kusursuz bir restorasyonun ürünü müydü bilmiyorum. Görünürdeki tek araba benim kamyonetimdi. Ormanın derinliklerine gizlenmiş nehrin sesini duyabiliyordum.

"Vay be!"

"Beğendin mi?" dedi gülümseyerek.

"Burası büyüleyici bir yer."

"Hazır mısın?" diye sordu kapımı açarken.

"Değilim, hadi gidelim." Gülmeye çalıştım ama yapamadım. Gergin bir şekilde saçlarımı düzelttim.

"Harika görünüyorsun." Hiç tereddüt etmeden elimi tuttu.

Verandaya çıktık. Gerginliğimi hissettiğini biliyordum; ellerimi okşadı.

Kapıyı açtı.

İçerisi şaşırtıcıydı. Çok aydınlık, ferah ve büyüktü. Daha önce birkaç odadan oluşuyor olmalıydı, şimdi büyük bir alan yaratmak için duvarları yıkmışlardı. Güneye bakan duvar boydan boya camdı, sedir ağaçlarının gölgelerinin ardında çayır, geniş nehre doğru uzanıyordu. Odanın batısını büyük oymalı bir merdiven kaplıyordu. Duvarlar, eğimli tavan, tahta zemin ve kalın halılar beyazın değişik tonlarındaydı.

Bizi karşılamak için gelen Edward'ın annesiyle babası kapının solundaki büyük piyanonun yanında bekliyorlardı.

Doktor Cullen'ı daha önce görmüştüm, ama gençliğinden ve insanı sersemleten kusursuz görüntüsünden etkilenmemek elimde değildi. Yanındaki Esme olmalıydı, ailenin görmediğim tek üyesi oydu. Onun da diğerleri gibi soluk ve güzel hatları vardı. Kalp şeklindeki yüzü, iri dalgalı karamel rengi saçlarıyla bana, sessiz sinema dönemindeki kadın oyuncuları hatırlattı. Ufak tefek ve zayıftı ama bir deri bir kemik değildi, diğerlerinden daha kiloluydu. İkisi de evin renklerine uyan açık renkli günlük kıyafetler giymişlerdi. Hoş geldin der gibi gülümsüyorlar ama bize doğru yaklaşmıyorlardı. Herhalde beni korkutmak istemiyorlardı.

"Carlisle, Esme." Edward bir an duraksadı. "Bu Bella."

"Hoş geldın Bella." Carlisle bana temkinli bir şekilde

yaklaştı. Tereddüt ederek elini uzattı, ben de elini sıkmak için ona doğru bir adım attım.

"Sizi tekrar gördüğüme sevindim, Doktor Cullen."

"Lütfen bana Carlisle de."

"Carlisle," dedim gülümseyerek. Kendime olan güvenim beni de şaşırtmıştı. Edward'ın yanımda rahatladığını hissediyordum.

Esme de gülümseyip elini uzatarak bana doğru bir adım attı. Eli tam beklediğim gibi soğuk ve sertti.

"Seni tanıdığıma sevindim," dedi içtenlikle.

"Teşekkür ederim, ben de sizinle tanıştığıma memnun oldum." Gerçekten de memnun olmuştum. Bu bir masalda Pamuk Prenses'le tanışmak gibi bir şeydi.

"Alice ve Jasper nerede?" diye sordu Edward, ama kimse cevap vermedi çünkü o sırada ikisi geniş merdivenin başında göründüler.

"Selam Edward!" dedi Alice heyecanla. Parlak siyah saçları ve bembeyaz teniyle merdivenlerden aşağı koşarak indi, tam önümde durdu. Çok zarif görünüyordu. Carlisle ve Esme ona uyarmak istercesine bakıyorlardı ama bu benim hoşuma gitmişti. Bu onun için doğaldı.

"Merhaba Bella!" dedi Alice, beni yanağımdan öpmek için uzandı. Carlisle ve Esme şaşırmışlardı, ama ben Alice beni onayladığı için çok mutluydum. Edward'ın gerildiğini fark edince şaşırdım. Ona baktım ama yüzünden hiçbir şey anlaşılmıyordu.

"Çok güzel kokuyorsun, bunu daha önce fark etmemiştim," dedi beni utandırarak.

Hiç kimse ne diyeceğini bilemiyordu. Sonra Jasper yanıma geldi. Uzun boylu bir aslan gibiydi. Birden bir ferahlık hissettim, Orada olmama rağmen kendimi çok rahat hissediyordum. Edward tek kaşını kaldırarak Jasper'a baktı. O an Jasper'ın ne yapabileceğini hatırladım.

"Merhaba Bella," dedi Jasper. Benden uzak duruyordu,

elimi sıkmayacaktı. Ama onun yanında kendimi tuhaf hissetmemem mümkün değildi.

"Merhaba Jasper." Utangaç bir şekilde gülümsedim. "Hepinizle tanıştığıma çok sevindim, çok güzel bir eviniz var," diye ekledim.

"Teşekkürler," dedi Esme. "Biz de geldiğine çok sevindik." Bunu söylerken çok samimiydi. Benim cesur olduğumu düşündüğünü biliyordum.

Rosalie ve Emmett ortalıkta görünmüyordu, bir anda diğerlerinin beni sevip sevmediğini sorduğumda Edward'ın söylediklerini hatırladım.

Carlisle'nin yüzündeki ifade düşüncelerimi dağıttı. Edward'a anlamlı anlamlı bakıyordu. Göz ucuyla Edward'ın başını hafifçe salladığını gördüm.

Kibar olmaya çalışarak başımı çevirdim. Gözlerim kapının yanında duran güzel piyanoya takıldı. Bir anda çocukken kurduğum hayali hatırladım; piyangodan para çıkarsa anneme kocaman bir piyano alacaktım. Aslında pek iyi piyanı çalmıyordu, ikinci el piyanomuzu da sırf kendisi için çalardı ama onu çalarken izlemeyi çok severdim. Çok mutlu ve dalgın görünürdü. Böyle zamanlarda "anne" değil de gizemli ve yeni biriymiş gibi gelirdi bana. Beni piyano derslerine göndermişti ama ben de her çocuk gibi annem bırakmama izin verene kadar mızmızlanmıştım.

Esme bu dalgınlığımı fark etti.

"Piyano çalıyor musun?" diye sordu başıyla piyanoyu işaret ederek.

Başımı hayır der gibi salladım. "Çok güzel bir piyano. Sizin mi?"

"Hayır," dedi gülerek. "Edward sana müzikle ilgilendiğini söylemedi mi?"

"Hayır, hiç söz etmedi," dedim ve Edward'a baktım. "Sanırım bunu tahmin etmeliydim."

Esme biçimli kaşlarını şaşkınlıkla kaldırdı.

"Edward her şeyi yapabilir, değil mi?" dedim.

Jasper güldü; Esme de Edward'a sitem eder gibi baktı. "Umarım hava atmıyorsundur, bu kabalık olur," diye azarladı onu.

"Biraz hava atıyorum," dedi Edward gülerek. Esme onun sesimi duyunca hemen gevşedi ve anlam veremediğim bir şekilde bakıştılar. Esme'nin yüzünde kendini beğenmiş bir ifade vardı.

"Aslında Edward çok alçakgönüllü davranıyor," dedim.

"Bella için bir şeyler çalsana Edward," dedi Esme onu cesaretlendirmek istercesine.

"Az önce hava atmanın kötü bir şey olduğunu söylememiş miydin sen?" dedi Edward.

"Her kuralın istisnaları vardır."

"Seni dinlemeyi gerçekten çok isterim," dedim hevesle.

"Hadi bakalım." Esme Edward'ı piyanoya doğru sürükledi. Edward da beni yanına oturttu.

Piyanoya dönmeden önce bana uzun uzun ve anlamlı anlamlı baktı. Sonra parmakları fildişi rengi tuşların üzerinde dans etmeye başladı. Oda bir anda hareketli bir müzikle doldu. Bunu yalnızca bir çift elin çaldığına inanmak imkânsızdı. Şaşkınlıkla onu dinlerken, diğerlerinin bu tepkime güldüklerini fark ettim.

Edward bana hiçbir şey olmamış gibi bakıyor, müzik kesintisiz devam ediyordu. "Beğendin mi?" dedi göz kırparak.

"Bunu sen mi besteledin?" dedim.

"Esme'nin en sevdiği şarkıdır," dedi. Gözlerimi kapattım ve başımı salladım.

"Ne oldu?"

"Kendimi çok önemsiz hissettim."

Müzik yavaşlayarak çok daha yumuşak bir hal aldı ve ben şaşkınlıkla çaldığı şeyin dün gece bana söylediği ninni olduğunu fark ettim.

"Hatırladın mı?" dedi yumuşacık bir sesle. Müzik inanılmaz güzeldi.

Söyleyecek bir şey bulamıyordum.

"Seni sevdiler," dedi. "Özellikle Esme."

Arkama baktım ama oda bomboştu.

"Nereye gittiler?"

"Herhalde bizi biraz yalnız bırakmak istediler."

İçimi çektim. "*Onlar* beni sevdiler. Ama Rosalie ve Emmett..." Bu endişemi nasıl anlatacağımı bilemeyerek sustum.

Suratını astı. "Rosalie konusunda endişelenme," dedi, gözlerini kocaman açmış, beni ikna etmeye çalışıyordu. "Yanımıza gelecektir."

"Peki ya Emmett?"

"O *benim* deli olduğumu düşünüyor, bu doğru, ama seninle bir sorunu yok. Rosalie'ye uyuyor."

"Rosalie'yi rahatsız eden şey ne?" Bu sorunun cevabını duymak isteyip istemediğimden emin değildim.

Derin bir nefes aldı. "Rosalie'yi en çok zorlayan şey bizim ne olduğumuz konusu. Dışarıdan birinin gerçeği bilmesi onun için çok zor. Biraz da kıskanıyor tabii."

"*Rosalie beni* mi kıskanıyor?" diye sordum kulaklarıma inanamayarak. Rosalie gibi nefes kesici birinin benim gibi birini kıskanabileceğini düşünemiyordum.

"Sen insansın," dedi. "O da insan olmak isterdi."

"Aa," diye mırıldandım şaşkınlıkla. "Jasper bile..."

"Bu benim hatam," dedi. "Daha önce söylediğim gibi, Jasper ailede bizim hayat tarzımızı uygulamaya çalışan son kişi. Onu senden uzak durması konusunda uyardım."

Bunun nedenini düşündüm ve bir anda ürperdim.

"Esme ve Carlisle?" diye devam ettim, korktuğumu anlamasını istemiyordum.

"Onlar beni mutlu gördükleri için mutlular. Aslında Esme senin üçüncü bir gözün ya da perdeli ayakların bile olsa aldırmazdı. O yalnızca benim için endişeleniyordu. Benim temelimde bir kusur olmasından korkuyordu çünkü Carlisle beni değiştirdiğinde çok gençtim. Esme çok heyecanlı. Sana her dokunuşumda çok mutlu oluyor."

"Alice de çok heyecanlı görünüyor."

"Alice'in kendine özgü bir bakış açısı vardır," diye mırıldandı

"Bunu bana açıklamayacaksın değil mi?" Aramızda sözsüz bir iletişim oldu. Onun benden bir şey sakladığını bildiğimi anlamıştı. Ben de bana hiçbir şey söylemeyeceğini anlamıştım. En azından şimdi söylemeyecekti. "Carlisle sana ne söylüyordu?"

Kaşlarını kaldırdı. "Fark ettin değil mi?"

"Elbette," dedim omuz silkerek.

Cevap vermeden önce bir süre dikkatle bana baktı. "Bana bazı haberler verecekmiş, bunu seninle paylaşıp paylaşmayacağımdan emin olamadı."

"Bana söyleyecek misin?"

"Söylemek zorundayım, çünkü birkaç gündür ya da birkaç haftadır sana karşı fazlasıyla korumacı davranıyorum. Benim acımasız biri olduğumu düşünmeni istemem."

"Sorun ne?"

"Aslında ortada bir sorun yok. Alice bazı konukların geldiğini gördü. Burada olduğumuzu biliyorlar ve bizi merak ediyorlar."

"Konuklar mı?"

"Evet, onlar bizim gibi değiller, yani av alışkanlıkları konusunda. Belki kasabaya hiç gelmeyecekler ama onlar gidene kadar seni gözümün önünden ayırmayacağım."

Birden ürperdim.

"Sonunda mantıklı bir tepki verdin!" diye homurdandı. "Kendini koruma içgüdün olmadığını düşünmeye başlamıştım."

Başımı çevirdim ve odayı inceledim.

Gözlerimi takip ediyordu. "Beklediğin gibi değil, değil mi?" diye sordu, kendini beğenmiş bir tavırla.

"Hayır," diye itiraf ettim.

"Tabut yok, kafatasları yok, örümcek ağları yok. Hayal kırıklığına uğramış olmalısın," dedi muzip muzip.

Onu duymazdan geldim. "Çok ferah ve aydınlık..."

Buna cevap verirken daha ciddiydi. "Saklanmak zorunda olmadığımız tek yer burası."

Çaldığı şarkı, benim şarkımdı, daha melankolikti. Son nota sessizliğin içinde dokunaklı bir şekilde tınladı.

"Teşekkür ederim," dedim. Gözlerimde yaşlar olduğunu fark ettim. Hemen gözlerimi sildim, utanmıştım.

Gözümün kenarına dokundu, silmeyi unuttuğum bir damlayı yakaladı. Parmağını kaldırdı ve elindeki damlayı incelemeye başladı. Sonra ben ne olduğunu anlayamadan parmağını tadına bakmak için ağzına götürdü.

Soran gözlerle ona bakıyordum, uzun uzun bana bakıp gülümsedi.

"Evin başka yerlerini de görmek ister misin?"

"Tabut yok mu?" diye sordum. Sesimdeki alay, endişemi gizleyememişti.

Güldü, elimi tuttu ve beni piyanodan uzaklaştırdı. "Tabut yok," dedi üzerine basa basa.

Büyük merdivenlere doğru yürüdük, bir elimle saten gibi yumuşak tırabzanı tutuyordum. Merdivenlerin başındaki uzun koridor döşemeyle aynı renkti; altın sarısı lambri kaplıydı.

"Rosalie ve Emmett'in odası... Carlisle'ın ofisi... Alice'in odası..." Kapıların önlerinden geçerken eliyle işaret ediyordu.

Devam edecekti ama koridorun sonunda durdum. Duvarda, başımın üzerinde asılı duran süse baktım. Gozlerime ınanamıyordum.

"Gülebilirsin," dedi. "Ne büyük çelişki değil mi?"

Gülmedim. Otomatik olarak elimi kaldırdım, bir parmağımı bu büyük haça dokunmak için uzattım. Koyu küf rengi duvarla tezat oluşturuyordu. Bunun göründüğü kadar yumuşak olup olmadığını merak ettim ama dokunmadım.

"Çok eski olmalı," dedim.

"1600'lerin başından kalma," dedi.

Ona bakmak için başımı çevirdim.

"Neden burada?" diye sordum.

"Nostalji olsun diye. Bu Carlisle'ın babasına aitmiş."

"Antika mı topluyormuş?" diye sordum şüpheyle.

"Hayır. Bunu kendi yapmış. Vaaz verdiği papaz evindeki kürsünün duvarında asılıymış."

Çok şaşırmıştım. Yüz ifademin beni ele verip vermediğinden emin değildim. Bir kez daha dönüp eski haça baktım. Hemen kafamdan hesapladım, bu haç üç yüz yetmiş yıldan eskiye aitti. Derin bir sessizlik oldu.

"İyi misin?" Sesi endişeliydi.

"Carlisle kaç yaşında?" diye sordum yavaşça. Onun sorusunu duymazdan gelmiştim, hâlâ haça bakıyordum.

"Üç yüz altmış ikinci yaşını yeni kutladı," dedi. Gözlerimde milyonlarca soruyla ona baktım.

Konuşurken beni dikkatle izliyordu.

"Carlisle 1640'lı yıllarda Londra'da doğduğunu tahmin ediyor. O zamanlar sıradan insanlar tarihi bu kadar kesin tutmuyorlarmış. Cromwell'in hükümdarlığından hemen önce olsa da .."

Konuşurken beni iyice incelediği için şaşkınlığımı gizlemeye çalışıyordum. İnanmaya çalışmasam benim için daha kolay olacaktı.

"Bir Anglikan papazının tek oğluymuş. Annesi onu dünyaya getirirken ölmüş. Babası çok bağnaz bir adammış. Protestanlar güçlendikçe Katolik ve diğer dinlerden olan insanlara çektirdiği eziyetler artmış. Kötülüğün varlığına çok inanırmış. Cadılar, kurt adamlar ve vampirler için avlar düzenlermiş." Bunu duyduğumda donup kaldım. Onun da bunu fark ettiğinden emindim ama konuşmaya devam etti.

"Birçok masum insanı yakmışlar, tabii görünen gerçek yaratıkları yakalamak hiç de kolay değilmiş.

"Papaz yaşlandığında itaatkâr oğlunu bu baskıncıların başına getirmiş. Başlangıçta Carlisle babasını hayal kırıklığına uğratmış, hızlı suçlama yapamıyormuş, kötü ruhları bulunmadıkları yerlerde göremiyormuş. Ama babasından daha akıllı ve ısrarcıymış. Şehrin kanalizasyonunda yaşayan, yalnızca geceleri avlanmaya çıkan bir vampir grubunu keşfetmiş. Canavarların yalnızca birer efsaneden ibaret olmadığı o günlerde birçok vampir böyle yaşıyormuş.

"İnsanlar tırmıklarını ve fenerlerini alıp Carlisle'nin vampirleri sokağa çıkarken gördüğü yerde beklerlermiş. Sonunda bir gün biri ortaya çıkmış."

O kadar alçak sesle konuşuyordu ki söylediklerini duymak için büyük çaba harcıyordum.

"Sanırım yaşlılık ve açlıktan zayıf düşmüş haldeymiş. Dışarıdaki kalabalığın kokusunu aldığında diğerlerine Latince bir şeyler söylemiş. Sokaklarda koşmaya başlamış, Carlisle -o zaman yirmi üç yaşında ve oldukça hızlıymış- bu takipte en öndeymiş. Yaratık kolaylıkla onları geride bırakabilirmiş ama Carlisle'a göre çok açmış bu yüzden arkasını dönüp saldırmış. Önce Carlisle'ın üzerine düşmüş, diğer köylüler de arkadan geliyorlarmış. Bu yüzden kendini savunmak için tekrar dönmüş. İki kişiyi öldürmüş, üçüncüsüyle birlikte oradan sıvışmış ve Carlisle'ı sokakta kanlar içinde bırakmış."

Birden durdu. Bir şeyleri değiştirdiğini hissedebiliyordum, benden bir şeyler saklıyordu.

"Carlisle babasının böyle bir durumda ne yapacağını biliyormuş. Cesetler yakılmalı, canavar tarafından dokunulan her şey yok edilmeliymiş. Carlisle kendi hayatını kurtarmak için akıllıca davranmış. Kalabalık canavarı ve kurbanı kovalarken o da sokaktan sürünerek uzaklaşmış. Bir hücrede saklanmış, yaralarının üzerine üç gün çürük patates koymuş. Sessiz kalıp fark edilmemesi bir mucizeymiş. İşte her şey o zaman bitmiş ve ne hale geldiğini o zaman anlamış."

Yüzümün nasıl bir hal aldığını bilmiyordum. Bana baktı.

"Kendini nasıl hissediyorsun?"

"İyiyim," dedim. Dudağımı çekinerek ısırdım ama merakımı fark etmişti.

Gülümsedi. "Sanırım bana soracağın birkaç soru daha var."

"Birkaç tane."

Kusursuz dişlerini göstererek güldü. Elimi tuttu. Koridorun sonuna doğru yürüdük. "Gel öyleyse. Sana göstereyim."

16. CARLISLE

Carlisle'ın ofisi olduğunu söylediği odanın önüne geri döndük. Bir an odanın kapısının önünde durdu.

"İçeri girin," diyerek bizi davet etti Carlisle.

Edward kapıyı, daha yüksek tavanlı ve pencereleri batıya bakan bir odaya açtı. Duvarlar daha koyu renk lambri kaplıydı. Duvarların büyük bir bölümünü kitap rafları kaplıyordu. Şimdiye kadar kütüphaneler dışında bu kadar çok rafı bir arada gördüğüm olmamıştı hiç.

Carlisle büyük bir maun masanın arkasında, deri bir sandalyede oturuyordu. Elindeki kalın kitabın arasına bir ayraç yerleştirdi. Oda her zaman hayal ettiğim, bir üniversite dekanının odasına benziyordu, ama Carlisle dekan olmak için fazla genç görünüyordu.

"Sizin için ne yapabilirim?" diye sordu tatlı bir sesle, oturduğu yerden kalkarak.

"Bella'ya tarihimizden bir şeyler göstermek istiyordum," dedi Edward. "Daha doğrusu senin tarihinden."

"Sizi rahatsız etmek istemezdik," dedim özür dileyerek.

"Rahatsız etmiyorsunuz. Nereden başlamak istersiniz?"

"Waggoner'dan," diye cevap verdi Edward elini omzuma koyarak. Sonra beni içinden geçtiğimiz kapıya doğru çevirdi. Bana en sıradan dokunuşunda bile yüreğim çarpıyordu. Carlisle yanımızdayken daha da utanç vericiydi bu.

Şu anda karşımızda duran duvar diğerlerinden farklıydı. Burada kitap rafları yerine kimi canlı renklerde, kimi siyah beyaz, değişik boyutlarda bir sürü resim vardı. Bu koleksiyonda ortak bir nokta, bir tema aradım ama hiçbir şey bulamadım.

Edward beni sol tarafa çekti. Beni sade tahta çerçeveli, küçük, kare bir yağlıboya resmin önüne getirdi. Bu, büyük ve gösterişli parçaların yanında biraz sönük kalıyordu. Bu resimde koyu kahve tonları ağırlıktaydı, üzerinde dik çatılı evlerden oluşan küçük bir şehir ve serpiştirilmiş birkaç kule vardı. Arka planı geniş bir nehir kaplıyordu, bu nehrin üzerindeki köprü küçük katedraller gibi görünen yapılarla çevrelenmişti.

"1650'lerin sonlarındaki Londra," dedi Edward.

"Gençliğimin Londra'sı," diye ekledi Carlisle birkaç adım gerimizden. Birden irkildim, bize yaklaştığını duymamıştım. Edward elimi sıktı.

"Hikâyeyi anlatır mısın?" dedi Edward. Carlisle'nin tepkisini görmek için ona döndüm.

Bana bakıp gülümsedi. "Çok isterdim," dedi. "Ama geç kalıyorum. Bu sabah hastaneden aradılar, Doktor Snow bugün izinliymiş. Hem sen de hikâyeleri en az benim kadar iyi biliyorsun," dedi Edward'a gülümseyerek.

Çok garip bir durumdu. Kasaba doktorunun günlük, sıradan sorunları, on yedinci yüzyılın başlarındaki Londra'yla kesişmişti.

Bana dönüp bir kez daha sımsıcak gülümsedi ve odadan çıktı. Uzun bir süre Carlisle'ın memleketinin resmine baktım.

"O zaman ne olmuş?" diye sordum sonunda Edward'a bakarak. "Yani ona olanları anladığı zaman?"

Resimlere döndü, ben de ilgisini çeken resme baktım. Solgun sonbahar renklerinde büyük bir manzara resmiydi.

Bir ormanın içinde gölgeli bir çayırlık ve ilerisinde de dik bir tepe görünüyordu.

"Neye dönüştüğünü anlayınca," dedi Edward alçak sesle, "buna isyan etmiş. Kendini yok etmeye çalışmış. Ama bu hiç de kolay değilmiş elbette."

"Nasıl?" Bunu yüksek sesle söylemek istememiş, ağzımdan kaçırmıştım.

"Çok yüksek bir yerden atlamış," dedi Edward, sesi ifadesizdi. "Kendini okyanusta boğmaya çalışmış, ama bu yeni hayal için çok genç ve güçlüymüş. Buna karşı koyabilmesi inanılmaz bir şey... yani beslenmek... bu kadar yeniyken. Böyle bir durumda bu içgüdü çok daha güçlüdür, her şeyi alt eder. Ama kendinden o kadar tiksinmiş ki, aç kalarak kendini öldürmeye çalışmış."

"Bu mümkün mü?" diye mırıldandım zor duyulur bir sesle.

"Hayır, bizi öldürebilecek çok az yol var."

Soru sormak için tam ağzımı açıyordum ki o benden önce konuşmaya başladı.

"Çok acıkmış, sonunda güçsüz düşmüş. İnsanlardan elinden geldiği kadar uzak durmaya çalışmış, bu sırada iradesinin de giderek zayıfladığını fark etmiş. Aylarca geceleri sokaklarda dolaşmış, kendinden nefret ederek tenha yerler aramış.

"Bir gece bir vahşi geyik sürüsü saklandığı yere gelmiş. Carlisle o kadar susamış ki, hiç düşünmeden geyiklere saldırmış. Gücü yerine gelmiş, korktuğu o canavara dönüşmek zorunda olmadığını anlamış. Daha önce hiç geyik eti yememiş. Birkaç ay sonra bu yeni felsefesini sağlamlaştırmış. Şeytana dönüşmeden de hayatını sürdürebilirmiş. Kendini yeniden bulmuş.

"Zamanını daha verimli şeylere harcamaya başlamış. Carlisle çok akıllı ve öğrenmeye açık biridir. Önünde sınırsız bir zaman uzanıyormuş. Akşam çalışıyor, sabahları plan yapıyormuş. Fransa'ya yüzmüş ve..."

"Fransa'ya mı *yüzmüş?*"

"İnsanlar Kanal'ı yüzerek geçerdi Bella," diye hatırlattı bana.

"Sanırım haklısın. Ama bir an bu konunun içinde bana komik geldi. Devam et."

"Yüzmek bizim için çok kolay..."

"*Sizin için* her şey çok kolay," diye sözünü kestim. Gülümsedi, yüzünden eğlendiği beli oluyordu. "Bir daha sözünü kesmeyeceğim, söz veriyorum." Gizemli bir şekilde güldü ve cümlesini bitirdi. "Çünkü teknik olarak, bizim nefes almaya ihtiyacımız yok."

"Yani siz..."

"Hayır, hayır söz verdin," dedi gülerek, soğuk parmağını dudaklarıma değdirdi. "Hikâyeyi duymak istiyor musun istemiyor musun?"

"Bana böyle bir şey söyleyip de bunun karşısında susmamı bekleyemezsin," dedim parmaklarının arasından.

Elini kaldırdı ve boynuma koydu. Kalp atışlarım hızlandı ama ısrarlıydım.

"*Nefes almak* zorunda değil misiniz?" diye sordum.

"Hayır, buna gerek yok. Bu yalnızca alışkanlık," dedi omuz silkerek.

"Peki siz... *nefes almadan* ne kadar zaman dayanabiliyorsunuz?"

"Sanırım sonsuza kadar, bilmiyorum. Koku almadan yaşamak biraz tuhaf oluyor."

"Biraz tuhaf oluyor," diye onu taklit ettim.

Kendi ifademe hiç dikkat etmiyordum, ama bir şeyin canını sıktığı belliydi. Eli yanına düştü ve hareketsiz durdu, gözleri yüzüme kilitlenmişti. Sessizlik giderek uzadı. Bir heykel gibi öylece duruyordu.

"Ne oldu?" diye fısıldadım buz gibi yüzüne dokunarak.

Yüzü elimin altında yumuşadı, derin derin içini çekti. "Bunu bekliyordum."

"Neyi?"

"Bir noktada sana söylediğim bir şey ya da senin gördüğün bir şey sana fazla gelecekti. Sonra benden çığlıklar atarak kaçacaktın." Yarım ağızla güldü ama gözleri ciddiydi. "Seni durdurmayacağım. Zaten bunun olmasını istiyordum çünkü güvende olmanı istiyorum. Ama yine de seninle birlikte olmak istiyorum. Bu iki arzunun bir arada olması imkânsız..." Yüzüme baktı ve beklemeye başladı.

"Ben hiçbir yere kaçmıyorum," dedim.

"Göreceğiz," dedi gülümseyerek.

Kaşlarımı çatarak ona baktım. "Devam et, Carlisle Fransa'ya yüzüyordu."

Birden durdu ve geçmişe geri döndü. Gözleri en renkli resme kaydı, bu resim en büyük ve en süslü çerçevesi olan resimdi. Yanında durduğu kapının iki katıydı. Tuval parlak figürlerle dolup taşıyor, renkler uzun sütunlardan ve mermer balkonlardan kıvrılarak geçiyordu. Bu resim Yunan mitolojisini mi temsil ediyordu, yoksa bulutların üzerindeki karakterler İncil'e mi bir gönderme yapıyordu tam olarak bilemiyordum.

"Carlisle Fransa'ya yüzdü, oradan Avrupa'ya, oradaki üniversitelere devam etti. Akşamları müzikle, bilimle, tıpla ilgileniyor, tutkusunu ve kefaretini bunlarda, insanların hayatlarını kurtarmakta buluyordu." Yüzünde korkuyla karışık bir hayranlık ifadesi belirdi. "Sana bu savaşı anlatmam mümkün değil, Carlisle'nin kendini tam anlamıyla kontrol edebilmesi iki yüz yılını almış. Artık insan kanına alışkın ve sevdiği işi acı çekmeden rahatlıkla yapabiliyor. Hastanede huzur buluyor." Edward uzun uzun boşluğa baktı. Birden amacını hatırladı. Önümüzde duran büyük tabloya parmağıyla dokundu.

"Diğerlerini keşfettiğinde İtalya'da okuyormuş. Onlar Londra kanalizasyonunda yaşayanlardan çok daha eğitimli ve medenilermiş."

En yüksek balkondan aşağılarındaki kargaşaya bakan sakin dörtlü figüre dokundu. Bu grubu dikkatle inceledim ve şaşkın bir gülüşle altın rengi saçlı adamı tanıdım.

"Solimena Carlisle'ın arkadaşlarından çok etkilenmiş. Onları çoğunlukla tanrılar gibi resmetmiş," dedi Edward gülerek. "Aro, Marcus, Caius," dedi üçünü göstererek. İki tanesi siyah saçlı, bir tanesi de kar gibi beyaz saçlıydı. "Sanatın akşam efendileri."

"Onlara ne olmuş?" dedim. Parmak ucum tuvaldeki figürlere sadece birkaç santim uzaklıktaydı.

"Hâlâ oradalar," dedi omuz silkerek. "Kim bilir kaç bin yıldır oldukları yerde. Carlisle onlarla kısa bir süre beraber olmuş, yirmi, otuz yıl kadar. Nezaketlerini, zarafetlerini çok takdir etmiş ama Carlisle'ın, onların tabiriyle 'doğal besin kaynağından' nefretini tedavi etmeye çalışmışlar. Onu ikna etmeye çalışmışlar, Carlisle da onları boşuna ikna etmeye çalışmış. SOnra Carlisle Yeni Dünya'yı denemeye karar vermiş. Kendisi gibi birilerini bulmayı hayal etmiş, çünkü çok yalnızmış.

"Uzun süre kimseyi bulamamış. Ama canavarlar masalların malzemesi haline geldiklerinde, ondan şüphelenmeyecek insanlarla, sanki onlardanmış gibi iletişim içine girebilirmiş. Tıp alanında çalışmaya başlamış. Ama özlem duyduğu arkadaşlıktan hep kaçmış, samimi olma riskine giremezmiş.

"Grip salgını başladığında, geceleri Chicago'daki bir hastanede çalışıyormuş. Birkaç yıldır üzerinde düşündüğü bir fikir varmış, bunu uygulamaya karar vermiş. Şimdiye kadar bir arkadaş bulamadığına göre, onu kendi yaratmaya karar vermiş. Kendi değişiminin nasıl olduğu konusunda kesin bir fikri yokmuş, bu yüzden çekiniyormuş. Kendi hayatının çalınma biçiminden nefret ediyormuş. Sonra beni bulmuş. Benim için hiçbir ümit yokmuş, bir koğuşta ölmeyi bekliyormuşum. Annemle babamı aramış, sonunda yalnız olduğumu öğrenmiş. O da denemeye karar vermiş..."

Sesi artık neredeyse bir fısıltı gibi çıkıyordu. Boş gözlerle batıdaki camlara bakıyordu. Aklından neler geçtiğini çok merak ediyordum. Carlisle'ın anıları mı yoksa kendininkiler mi? Sessizce bekledim.

Bana döndüğünde zarif bir melek gülümsemesi yüzünü aydınlatıyordu.

"İşte böylece bir aile olduk," dedi.

"O zamandan beri Carlisle'la birlikte misin?"

"Aşağı yukarı evet." Elini belime koydu ve odadan çıkarken beni de yanında götürdü. Başımı döndürüp duvardaki resimlere baktım; acaba bir daha bunların hikâyelerini duyabilecek miyim diye merak ettim.

Koridordan geçerken Edward hiçbir şey söylemedi. "Aşağı yukarı mı?"

İçini çekti, cevap vermeye pek istekli görünmüyordu. "Doğumumdan, yani yaratılışımdan yaklaşık on yıl sonra klasik bir ergenlik dönemi isyanı yaşadım. Onun, bu kendini her şeyden mahrum bıraktığı hayatına alışamadım, iştahımı kaçırdığı için ondan nefret ettim. Bu yüzden bir süre yalnız yaşadım."

"Gerçekten mi?" dedim. Bu hikayeyi korkutucu değil ilginç bulmuştum.

Bana söyleyebilirdi. Diğer basamaklara ulaştığımızı fark ettim ama açıkçası çevremdeki şeylerle fazla ilgilenmiyordum.

"Bu seni iğrendirmiyor mu?"

"Hayır."

"Neden?"

"Sanırım... bu bana mantıklı geliyor."

Bir kahkaha patlattı, o zamana dek hiç bu kadar yüksek sesle güldüğünü duymamıştım. Şimdi merdivenlerin başındaydık, başka bir lambri kaplı koridorun başında.

"Yeni doğumumdan beri insan olsun ya da olmasın, etrafımdaki herkesin ne düşündüğünü bilmek gibi bir avantajım var. İşte bu yüzden Carlisle'a başkaldırmam on yılımı aldı, onun içtenliğini, neden öyle yaşamayı seçtiğini anlayabiliyordum.

"Carlisle'a dönmem ve onun hayat anlayışına tekrar kendimi adamam yalnızca birkaç yılımı aldı. Beraberinde vicdanı getiren o bunalımı yaşamayacağımı düşünmüştüm. Avımın düşüncelerini okuyabildiğimden, masumları atlayıp sadece kötülerin peşinden gidiyordum. Karanlık bir sokakta genç bir kıza saldıran bir katili takip edersem ve kızın hayatını kurtarırsam o zaman kesinlikle çok kötü biri olmuyordum."

Tarif ettiği şeyi zihnimde canlandırdığımda tüylerim ürperdi. Karanlık bir sokak, korkmuş bir kız ve arkasında duran kötü bir adam. Edward, yani avlanan Edward, genç bir tanrı olarak korkunç, görkemli ve durdurulamazdı. Acaba o kız Edward'a minnettar mı olmuştu yoksa daha da mı korkmuştu?

"Zaman geçtikçe gözlerimdeki canavarı görmeye başladım. Bunları aklayabilsem de, -canına kıydığım insanların borcunu üzerimde hissediyordum. Ben de Carlisle ve Esme'ye gittim. Bana yine kucak açtılar. Bu kadarını düşünememiştim."

Koridordaki son kapının önünde durduk.

"Benim odam," dedi kapıyı açarak. Beni odaya soktu.

Odası güneye bakıyordu, aşağıdaki odada olduğu gibi odada yere kadar cam vardı. Evin arkası tamamen cam kaplı olmalıydı. Odanın manzarası Olympic Dağı'nın eteklerinde akan, Sol Duc Nehri'ne bakıyordu. Dağlar tahmin edebileceğimden çok daha yakındı.

Batıya bakan duvarda baştan aşağıya CD'lerle dolu raflar vardı. Odası bir müzik marketten daha donanımlıydı. Köşede çok gösterişli bir ses sistemi vardı, benim dokunmaya cesaret edemeyeceğim türden bir şeydi, çünkü dokunursam bir yerlerini bozardım mutlaka. Odada yatak yoktu, sadece geniş ve şık siyah bir koltuk vardı. Yerler altın rengi kalın bir halıyla duvarlar da koyu renkli ağır kumaşla kaplıydı.

"Akustiği çok iyi?" dedim.

Güldü ve evet der gibi başını salladı.

Bir uzaktan kumanda aldı ve müzik setini açtı. Oda sessizdi ama bir anda sanki grup odada çalışıyormuş gibi jazz müzik duyuldu. İnsanı şaşkına çeviren müzik koleksiyonuna doğru gittim.

"Bunları neye göre düzenledin?" diye sordum. Başlıklara baktığımda hiçbir uyum göremedim.

Beni dinlemiyor gibiydi.

"Yıllarına ve elbette kişisel tercihlerime göre," dedi dalgın dalgın.

Ona döndüm, yüzünde tuhaf bir ifadeyle bana bakıyordu.

"Ne?"

"Rahatlamamı anlayabiliyorum... Yani her şeyi bilmen ve senden gizlediğim bir şey olmaması konusunda. Ama bundan daha fazlasını beklemiyordum. Bu hoşuma gitti. Bu beni mutlu etti," dedi gülümseyerek.

"Buna sevindim," dedim onun gülümsemesine karşılık vererek. Bana bunları anlattığına pişman olmasından şüpheleniyordum. Bunun böyle olması çok iyiydi.

Beni inceledikten sonra gülümsemesi kayboldu ve alnı kırıştı.

"Şimdi buradan koşarak çıkmamı ve çığlık atmamı bekliyorsun değil mi?" dedim.

Hafifçe gülümseyerek başını salladı.

"Havanı söndürmek istemem ama sen gerçekten düşündüğün gibi korkunç biri değilsin. Seni hiç korkunç bulmuyorum," diye yalan söyledim.

Durdu ve buna inanmıyormuş gibi, küstah bir şekilde kaşlarını kaldırdı. Kocaman, hain bir gülümseme yüzünü kapladı. "Bunu söylememeliydin," dedi gülerek.

Boğazının derinliklerinden homurtuya benzer bir ses çıkarttı, dudakların gererek kusursuz dişlerini ortaya çıkardı. Duruşunu değiştirdi, şimdi hafif kambur, saldırıya geçmek üzere bekleyen bir aslan gibiydi.

Gözlerimi ondan ayırmayarak hafifçe geri gittim. "Bunu apmayacaksın herhalde."

Öyle hızlıydı ki, bana doğru atıldığını görmedim. Kendimi bir anda havada buldum, sonra koltuğa çarptık, koltuk da duvara çarptı. Bunlar olurken kolları üzerimde demir bir kafes gibi beni korumuştu, sıkışıp kalmıştım. Doğrulmaya çalışırken soluk soluğaydım.

O soluk soluğa değildi. Beni göğsüne bastırdı, demir zincirlerden daha sıkı tutuyordu. Panik içinde ona baktım, ama o sakin görünüyordu. Gülümsediğinde kaskatı çenesi biraz gevşedi, gözleri eğlenmiş gibi parlıyordu.

"Ne diyordun?" dedi alaylı bir şekilde.

"Senin ne kadar korkunç bir canavar olduğundan bahsediyordum," dedim, alaycı konuşmaya çalışmıştım ama sesim titrek çıkıyordu.

"Böyle daha iyi," dedi beni onaylayarak.

"Hımm," dedim çırpınarak. "Artık kalkabilir miyim?"

Gülümsedi.

"İçeri girebilir miyiz?" diye seslendi yumuşak bir ses koridordan.

Kendimi Edward'ın kollarından kurtarmak için çabaladım ama Edward beni öyle bir hale getirdi ki kucağında oturuyor gibi göründüm. Gelen Alice'ti, arkasında da Jasper vardı. Yanaklarım utançtan kıpkırmızı oldu, Edward çok rahat görünüyordu.

"Devam et," dedi Edward, hâlâ gülüyordu.

Alice sarılmamızda bir gariplik yokmuş gibi davranıyordu, odanın ortasına doğru dans gibi yürüdü, yere oturdu, hareketleri o kadar zarifti ki... Jasper ise kapının önünde yüzünde bir şaşkınlık ifadesiyle durup kalmıştı. Edward'ın yüzüne baktı, havayı koklayıp koklamadığını merak ettim.

"Sanki sen Bella'yı öğle yemeği için ayırmışsın, biz de bizimle paylaşıp paylaşamayacağını sormak için gelmiş gibi olduk," dedi Alice.

Birden kaskatı kesildim. Edward'ın Alice'in söylediklerine mi yoksa benim verdiğim tepkiye mi güldüğünü anlayamadım.

"Affedersin, sizinle paylaşacak kadar yok," diye cevap verdi. Bu sırada beni sımsıkı tutuyordu.

"Aslında," dedi Jasper gülümseyerek odaya girerken, "Alice; bu gece korkunç bir fırtına olacağını söylüyor ve Emmett da top oynamak istiyor. Sen de oynar mısın?"

Kullandığı sözcükler çok sıradandı ama içinde bulunduğu durum kafamı karıştırıyordu. Alice'in bir hava durumu spikerinden çok daha güvenilir olduğunu anlamıştım.

Edward'ın gözleri parladı ama yine de tereddüt eder gibiydi.

"Elbette Bella'yı da getirebilirsin," dedi Alice. Jasper'ın Alice'e bir bakış attığını fark ettim.

"Gelmek ister misin?" diye sordu Edward heyecanla.

"Tabii." Böyle bir yüzü nasıl hayal kırıklığına uğratırdım? "Peki nereye gidiyoruz."

"Top oynamak için şimşeği beklemek zorundayız, nedenini daha sonra anlarsın," dedi.

"Şemsiyeye ihtiyacım olacak mı?"

Üçü de kahkahalarla gülmeye başladılar.

"İhtiyacı olacak mı?" diye sordu Jasper, Alice'e.

"Hayır," dedi Alice. "Fırtına kasabayı etkileyecek. Orman kuru kalacak.."

"Peki öyleyse." Jasper'ın sevinci şaşırtıcıydı. Ben de korkudan çok heyecan duyuyordum.

"Gidip Carlisle'ın gelip gelmeyeceğine bakalım." Alice

ayaklandı ve balerinleri bile kıskandıracak bir şekilde kapıya doğru yürüdü.

"Sanki bilmiyorsun," diye dalga geçti Jasper. Hepsi birlikte hızla odadan çıktılar. Jasper göze çarpmayacak bir şekilde odanın kapısını kapattı.

"Ne oynayacağız?" diye sordum.

"Sen izleyeceksin," dedi Edward. "Beysbol oynayacağız."

"Vampirler beysbol severler mi?" dedim gözlerimi devirerek.

"Bu Amerikalıların geçmişi," dedi yarı şaka yarı ciddi.

17. OYUN

Yağmur yağmaya başladığında Edward da bizim sokağa doğru dönmüştü. O zamana kadar benimle gerçek dünyada birkaç saat geçireceğinden emindim.

Sonra Charlie'nin evinin önündeki yola bırakılmış siyah ve eski bir araba gördüm. Edward kısık sesle bir şeyler söylemeye başladı.

Babasının tekerlekli sandalyesinin arkasında duran Jacob Black'i de gördüm; yağmurdan korunmak için evin önündeki verandanın altına girmişti.

Edward kamyonetimi kaldırımın kenarına park ederken Billy'nin yüzü taş gibiydi. Jacob başını çevirdi, utanmış görünüyordu.

Edward sinirlenmişti.. "Bu sınırı aştı artık."

"Charlie'yi uyarmak için mi gelmiş?" diye sordum. Kızmaktan öte, korkmuştum.

Edward başını evet der gibi salladı, Billy'nin yağmurun altındaki bakışlarına gözlerini kısarak karşılık verdi.

Charlie henüz evde gelmediği için biraz rahatlamıştım.

"Bırak da bunu ben halledeyim," dedim. Edward'ın bu karanlık bakışları beni tedirgin ediyordu.

Nasıl oldu bilmiyorum ama kabul etti. "Sanırım en iyisi bu olur. Sen yine de dikkat et. Çocuğun hiçbir şeyden haberi yok."

Çocuk kelimesine takılmıştım. "Jacob benden o kadar da küçük değil," diye hatırlattım ona.

O zaman bana baktı, kızgınlığı fark edilir bir şekilde azalmaya başlamıştı. "Hımm, biliyorum," dedi gülümseyerek. Elimi kapının koluna uzattım.

"Onları içeri al da ben buradan gidebileyim. Hava iyice karardığında tekrar gelirim."

"Kamyonetimi almak ister misin?" diye sordum. Ama bu kez de kamyonetimi ne yaptığımı Charlie'ye nasıl açıklayacağımı düşünüyordum.

"*Yürüyerek,* bu kamyonetten daha hızlı gidebilirim."

"Gitmek zorunda değilsin," dedim.

Yüzümdeki üzgün ifadeye güldü. "Gitmek zorundayım. Sen onlardan kurtulduktan sonra..."

Black'lerin tarafına doğru kötü bir bakış attı "Charlie'yi yeni erkek arkadaşınla tanıştırmak için hazırlamalısın." Yüzünde kocaman bir gülümseme belirdi, neredeyse bütün dişleri görünüyordu.

"Çok sağ ol," diye söylendim.

O bayıldığım çarpık gülümsemesi belirdi yine yüzünde. "Hemen gelirim," diye söz verdi. Gözleri verandadaydı. Çenemin altından öpmek için bana doğru eğildi. Kalbim deli gibi çarpıyordu ve ben de onun gibi verandaya baktım. Billy'nin yüzü artık ifadesiz değildi, elleriyle tekerlekli sandalyenin saplarını sımsıkı tutuyordu.

"Hemen," dedim üzerine basarak. Kapıyı açtım ve yağmura çıktım.

Yağmurun içinden koşar adımlarla geçerken bana baktığını hissedebiliyordum.

"Hey Billy! Merhaba Jacob." Onları elimden geldiğince iyi bir şekilde karşılamaya çalışmıştım. "Charlie günü birliğine bir yere gitti, umarım uzun zamandır beklemiyorsunuzdur."

"Çok olmadı geleli," dedi Billy. Karanlık insanın içine

işliyordu. "Sadece bunu getirmek istedim," dedi kucağında duran kahverengi paketi gösterdi.

"Teşekkürler," dedim. İçinde ne olduğu konusunda en ufak bir fikrim yoktu. "İçeri gelmek ister misin? Çok ıslanmışsın."

Hiçbir şeyin farkında değilmişim gibi davranmaya çalışıyordum. Aslında beni dikkatle izliyordu. Kapıyı açtım ve onları eve davet ettim.

"Ben şunu alayım," dedim kapıyı kapatmak için arkamı dönerken.

Edward'a baktım son bir kez. Orada öylece hareketsiz bekliyordu, çok ciddiydi.

"Bunu buzdolabına koysan iyi olur," dedi Billy paketi bana verirken. "Bu, Harry Clearwater'ın ev yapımı balık kızartması, Charlie'nin en sevdiğinden. Buzdolabında daha kuru kalırlar," dedi.

"Teşekkürler. Balık pişirme yöntemlerini iyice azalttı, bu akşam eve biraz daha balık getirecek."

"Yine mi balığa gitti?" diye sordu Billy gözleri parlayarak. "Her zamanki yere mi? Belki ona uğrayabilirim."

"Hayır," diye yalan söyledim yüzümü asarak; "Yeni bir yere gidecekmiş ama neresi olduğu hakkında hiçbir fikrim yok."

Yüzümün değiştiğini hemen anladı, bu onu düşündürdü.

"Jake," dedi beni tartarak. "Neden gidip arabadan Rebecca'nın yeni resmini getirmiyorsun? Charlie için de bir tane bırakmış oluruz."

"Nerede?" diye sordu Jacob aksi bir şekilde. Ona baktığımda kaşlarını çatmış yere bakıyordu.

"Sanırım bagajda gördüm," dedi Billy. "Araman gerekecek."

Jacob tekrar yağmura çıktı. Biz de sessizce birbirimize bakıyorduk. Birkaç saniye sonra bu sessizlik tuhaflaşmaya başladı, ben de arkamı dönüp mutfağa doğru yürümeye başladım. Islak tekerleklerin yer döşemesinde çıkardığı sesi duyabiliyordum.

Paketi buzdolabının balık rafına ittirdim ve ona bakmak için arkamı döndüm. Derin kırışıklıklarla kaplı yüzünü anlamak imkânsızdı.

"Charlie uzun bir süre daha gelmeyecek."

Başını beni onaylarcasına salladı, ama hiçbir şey demedi.

"Kızarmış balık için tekrar teşekkürler," dedim imalı bir şekilde.

Başını sallamaya devam etti. Derin bir iç geçirdim ve kollarımı göğsümde kavuşturdum.

Gevezelik etmeyeceğimi anlamıştı. "Bella," dedi ve sonra bir an tereddüt etti.

Konuşmasını bekliyordum.

"Bella," dedi tekrar. "Charlie benim en iyi arkadaşlarımdan biridir."

"Evet."

"Belki bu beni ilgilendirmez, ama bunun çok iyi bir fikir olduğunu düşünmüyorum."

"Haklısın," dedim. "Bu *seni* hiç ilgilendirmez."

"Muhtemelen bunu bilmiyorsun, Cullen ailesinin bu civarda pek de hoş olmayan bir ünü var."

"Biliyorum," dedim sert bir ses tonuyla. Bu onu şaşırttı. "Ama bu ün hak edilmiş olamaz, öyle değil mi? Çünkü Cullen'lar bu civara hiç ayak basmıyorlar, haksız mıyım?"

"Bu doğru," dedi kabul ederek. "Cullen'lar ile ilgili birçok şey biliyorsun. Tahmin ettiğimden de çok."

Bakışlarımla onu eziyordum. "Belki de senin bildiğinden daha fazlasını biliyorum."

Düşünürken kalın dudaklarını büzüyordu. "Belki de. Peki, Charlie de bu konuda bir şeyler biliyor mu?"

En hassas noktadan vurmuştu.

"Charlie Cullen'ları çok sever," dedim lafı dolandırarak.

Bunu hemen anlamıştı. Mutsuz görünüyordu ama şaşırmamıştı.

"Bu beni ilgilendirmez ama belki Charlie'yi ilgilendirebilir," dedi.

"Charlie'yi neyin ilgilendirip ilgilendirmediği de beni ilgilendirir sanırım."

Uzlaşmacı olmamak için elimden geleni yaptıysam da bu kafa karıştırıcı sorumu anladığından emin değildim. Beni anlamış görünüyordu. Sessizliği bozan tek şey çatıya vuran yağmurdu.

"Evet," dedi sonunda vazgeçerek. "Sanırım bu da seni ilgilendirir."

Rahatlamış bir şekilde iç geçirdim. "Teşekkürler Billy."

"Sadece ne yaptığını iyi düşün Bella," diye beni uyardı.

"Peki," dedim hemen.

Kaşlarını çattı. "Demek istediğim, şu anda yapmakta olduğun şeyi yapma."

Gözlerine baktım, orada sadece benim için duyduğu endişe vardı ve benim söyleyebileceğim hiçbir şey yoktu. Kapı çalınca korktum bir an.

"O arabada resim falan yok." Jacob'ın yakınması kendinden önce gelmişti. Omuzları yağmurdan ıslanmıştı, saçlarından sular damlıyordu.

"Hımm," dedi Billy sandalyesini oğluna doğru çevirerek. "Sanırım evde bıraktım."

Jacob dramatik bir şekilde gözlerini devirdi. "Harika."

"Tamam o zaman Bella sen Charlie'ye..." Billy cümlesini bitirmeden önce durdu, "uğradığımızı söylersin."

"Söylerim," dedim.

Jacob şaşkındı. "Hemen gidiyor muyuz?"

"Charlie geç gelecekmiş," dedi Billy Jacob'a doğru giderken.

"Aa," dedi Jacob hayal kırıklığına uğramış bir şekilde. "O zaman sonra görüşürüz Bella."

"Tabii," dedim.

"Kendine iyi bak," dedi Billy. Ona cevap vermedim.

Jacob kapıdan çıkarken babasına yardım etti. Onlara kısaca el salladım, bu sırada şimdi boş olan kamyonetime hemen bir baktım ve onlar daha gitmeden kapıyı kapattım.

Onlar gidene kadar koridorda bekledim. Olduğum yerde kaldım, rahatsızlığımın ve huzursuzluğumun geçmesini bekliyordum. Gerginliğim biraz azaldığında yukarıya, üzerimi değiştirmeye çıktım.

Üzerime birkaç tane değişik şey denedim, bu gece beni neyin beklediğinden emin değildim. Olacak şeylere odaklandığım için demin olanlar bana önemsiz geliyordu. Şu an Edward ve Jasper'ın etkisinden uzaklaştığım için, daha önce korkmadığım zamanlar için korkmaya başlamıştım. Hemen giyeceklerime karar verdim, eski bir tişört ve kotu yatağımın üzerine attım. Zaten bütün gece yağmurluğumla oturacağımı biliyordum.

Telefon çaldı; açmak için aşağıya koşturdum.

Duymak istediğim tek bir ses vardı, bunun dışındaki her şey benim için hayal kırıklığı olacaktı. Ama biliyordum ki eğer benimle konuşmak isterse odama gelirdi.

"Alo?" dedim nefes nefese.

"Bella, benim," dedi Jessica.

"Ah merhaba Jess," dedim ses tonumu değiştirerek. Onunla sanki aylardır konuşmuyorduk. "Dans nasıldı?"

"O kadar eğlendik ki!" dedi heyecanla. Daha fazla soruya gerek duymadan bir gece önce neler olduğunu dakikası dakikasına anlatmaya başladı. Ama anlattıklarına dikkatimi veremiyordum. Jessica, Mike, dans, okul... bunların hepsi şu an çok saçma geliyordu. Gözüm penceredeydi.

"Dediğimi duydun mu Bella?" diye sordu Jess rahatsız olmuş bir tavırla.

"Özür dilerim ne dedin?"

"Mike beni öptü, dedim! Buna inanabiliyor musun?"

"Bu harika Jess," dedim.

"Peki, *sen* dün ne yaptın?" diye sordu Jessica. Onu dinlemediğim için rahatsız olmuştu. Belki de ona ayrıntıları sormadığım için üzülmüştü.

"Hiçbir şey yapmadım. Sadece dışarıda güneşin tadını çıkardım."

Charlie gelmişti arabasının sesini duydum.

"Edward Cullen'dan bir haberin var mı?"

Ön kapı kapandı, Charlie'nin merdivenin altına eşyalarını koyuşunu duyuyordum.

"Hımm," dedim tereddütle, hikâyemin nasıl olduğunu unutmuştum.

"Merhaba kızım!" diye seslendi Charlie mutfağa girerken. Ona el salladım.

Jess onun sesini duydu. "Baban geldi, neyse yarın trigonometri dersinde görüşürüz."

"Görüşürüz Jess," dedim ve telefonu kapattım.

"Merhaba baba!" dedim. Lavaboda ellerini yıkıyordu. "Balıklar nerede?"

"Buzluğa koydum."

"Donmadan önce birkaç parça alsam iyi olur. Akşamüzeri Billy, Harry Cleanwater'ın balıklarından bıraktı."

"Öyle mi? Çok severim," dedi gözleri parlayarak.

Ben akşam yemeğini hazırlarken Charlie de üzerini değiştirdi. Masaya oturmamız uzun sürmedi, sessizce yemeklerimizi yiyorduk. Charlie yemeğinin tadını çıkarıyordu. Konuyu nasıl açabileceğimi düşünmeye başlamıştım.

"Bugün tek başına ne yaptın?" diye sordu beni bu dalgınlığımdan kurtararak.

"Akşamüzeri evin etrafında dolaştım, bu sabah da Cullen'lardaydım."

Charlie çatalını düşürdü.

"Doktor Cullen'ın evinde mi?" diye sordu hayretle.

Bu tepkisini görmezlikten gelmiştim. "Evet."

"Orada ne işin vardı?" Hâlâ çatalını düştüğü yerden almamıştı.

"Bu akşam Edward Cullen'la bir randevum vardı; beni anne ve babasıyla tanıştırmak istedi... Baba?"

Charlie kriz geçiriyordu.

"Baba iyi misin?"

"Sen Edward Cullen'la mı çıkıyorsun?" diye bağırdı.

Olamaz. "Cullen'ları sevdiğini sanıyordum."

"O senin için çok büyük," diye karşı çıktı.

"İkimiz de aynı dönem öğrencisiyiz," diye düzelttim onu. Aslında haklıydı.

"Dur bakayım..." dedi. "Edwin hangisi?"

"*Edward,* en küçükleri; kahverengi saçları olan."

"Ha tamam. O büyük olanı pek hoşuma gitmiyor. Eminim o da iyi bir çocuktur ama senin için fazla olgun duruyor. Bu Edwin senin erkek arkadaşın mı?"

"Edward, baba."

"Erkek arkadaşın mı?"

"Öyle gibi."

"Dün gece bana kasabadaki erkeklerin hiçbiriyle ilgilenmediğini söylemiştin." Çatalını yerinden aldı, sanırım kötü bölüm bitmişti.

"Edward kasabada yaşamıyor, baba."

Bana aşağılayıcı bir bakış attı.

"Her neyse," diye devam ettim. "Daha her şey çok başında, bilirsin işte. Beni bu erkek arkadaş muhabbetiyle daha fazla utandırma olur mu?"

"Buraya ne zaman gelecek?"

"Birkaç dakika içinde burada olur."

"Seni nereye götürüyor?"

"Umarım sorgulaman bitmiştir. Ailesiyle birlikte beysbol oynayacağız."

Yüzünü buruşturdu ve sonunda güldü. "*Sen* beysbol mu oynayacaksın?"

"Sanırım çoğunlukla izleyeceğim."

"Bu çocuktan gerçekten hoşlanıyor olmalısın," dedi tereddütle.

Evin önüne park eden bir araba sesi duyuldu. Yerimden fırlayıp bulaşıkları yıkamaya başladım.

"Bulaşıkları bırak, bu gece ben yıkayabilirim. Beni fazla şımartıyorsun."

Kapı çaldı ve Charlie açmak için yavaş yavaş kapıya doğru yürüdü. Arkasındaydım.

Dışarıda ne kadar yağmur yağdığının farkında değildim. Edward verandanın ışığı altında durmuş, sanki bir yağmurluk reklamındaki manken gibi görünüyordu.

"İçeri gir Edward."

Charlie onun adını doğru söylediği için rahatlamıştım.

"Teşekkür ederim Şef Swan," dedi Edward saygılı bir şekilde.

"İçeri gir ve bana Charlie de. Dur da ceketini alayım."

"Teşekkürler efendim."

"Otursana Edward."

Edward oradaki tek koltuğa süzülerek oturdu, ben de Şef Swan'in yanına, kanepeye oturmak zorunda kaldım. Ona pis pis baktım. Charlie'nin arkasından bana göz kırptı.

"Kızımı beysbol seyretmeye götürüyormuşsun." Sadece Washington'da sular seller gibi yağmur yağdığında bile dışarıda oyun oynanırdı.

"Evet, efendim planımız bu." Babama doğruyu söylediğim için hiç de şaşırmış görünmüyordu. Bizi dinlemiş olmalıydı.

"Sana kolay gelsin."

Charlie güldü ve Edward da ona katıldı.

"Pekâlâ," dedim ayağa kalkarak. "Bu kadar gevezelik yeter. Artık gidelim." Koridora yürüdüm ve ceketimi aldım. Onlar da beni takip ediyorlardı.

"Fazla geç kalma Bell."

"Merak etme Charlie. Onu eve erken getiririm," diye söz verdi Edward.

"Kızıma iyi bak olur mu?"

"Benim yanımda güvende, söz veriyorum efendim."

Charlie, Edward'ın içtenliğinden şüphe edemezdi. Bu içtenliği her sözcüğünden okunuyordu.

Yavaş yavaş yürümeye başladım. İkisi de güldü ve Edward peşimden geldi.

Verandada donakaldım. Kamyonetimin arkasında koskocaman bir cip vardı. Tekerleklerinin boyu belimi geçiyordu. Farların kenarlarında koruyucular ve koruyucu barın üzerindeyse dört tane büyük far vardı.

Charlie ıslık çaldı.

"Emniyet kemerlerinizi takın," dedi.

Edward kapının yanına kadar benimle yürüdü ve bana kapıyı açtı. Koltuğu gözüme kestirdim ve zıplamak için hazırlandım. Edward bir iç geçirdi ve beni tek eliyle kaldırdı. Umarım Charlie bunu fark etmemişti.

Emniyet kemerimi takmaya çalışıyordum ama çok fazla kopça vardı.

"Bütün bunlar da nedir?" diye sordum kapıyı açtığında.

"Off road koşum takımı."

"Olamaz."

Her kopçanın yerini bulmaya çalıştım ama bu zaman alıyordu. Tekrar iç geçirdi ve yardım etmek için bana doğru uzandı. Verandada duran Charlie'nin şiddetle yağan yağmur yüzünden bizi göremediğine seviniyordum.

Edward anahtarı çevirerek motoru çalıştırdı. Evin önünden ayrılmıştık.

"Bu çok *büyük* bir araba."

"Bu Emmett'ın. Bütün yol boyunca koşmak istemeyeceğini düşündüm."

"Bu şeyi nerede tutuyorsunuz?"

"Dış binalardan bir tanesini garaj haline getirdik."

"Sen emniyet kemerini takmayacak mısın?"

İnanmayan gözlerle bana baktı.

Sonra bir çukura girdik.

"Bütün bir yol *boyunca* koşmak mı? Zaten yolun bir kısmında koşacağız."

Pis pis sırıttı. "Koşmayacaksın."

"Sanırım kusacağım."

"Gözlerini kapat, daha iyi hissedersin."

Dudaklarımı ısırdım, beni saran panikle başa çıkmaya çalışıyordum.

Alnımdan öpmek için bana doğru eğildi.

Ona baktım, bozulmuştum.

"Yağmurda o kadar güzel kokuyorsun ki..." dedi.

"Bu iyi bir şey mi kötü bir şey mi?" diye sordum dikkatle.

"Hem iyi, hem kötü."

Bu karanlıkta ve yağmur bu kadar çok yağarken yolunu nasıl bulduğunu anlayamadım. Yan yolda ilerliyorduk. Uzunca bir süre sohbet etmemiz imkânsızdı, bir matkap gibi bir yukarı bir aşağı zıplayıp duruyordum. O, bu yoldan memnun görünüyordu, yol boyunca yüzündeki o kocaman gülümseme kaybolmamıştı.

Yolun sonuna geldik, ağaçlar cipin üç tarafını çevirmişti. Yağmur giderek yavaşlıyor, gökyüzüyse bulutların arasından açılıyordu.

"Üzgünüm Bella, buradan sonrasını yürümemiz gerekecek."

"Ne yapalım biliyor musun? Sen git, ben burada bekleyeyim."

"Cesaretine ne oldu? Bu sabah inanılmazdın."

"En son maceramızı unutmadım." Daha üzerinden sadece bir gün geçmişti.

Bir anda dışarıya çıkıp benim tarafıma doğru geldi ve üzerimdeki kopçaları açmaya başladı.

"Bunları ben açarım, sen git," diyerek ona karşı geldim. "Hafızanı bir yoklasan diyorum."

Ben daha bir şey söylemeden beni arabadan indirdi. Hava sisliydi, sanırım Alice haklı çıkacaktı.

"Neden hafızamı yoklayacağım?" diye sordum sinirli bir şekilde.

Beni dikkatle izliyordu ama gözlerinde alaylı bir bakış da vardı. Ellerini iki yanımdan cipe koydu, bana doğru eğildi. Gitgide yaklaşıyordu, yüzü yüzümden sadece birkaç santim uzaklıktaydı. Kaçacak bir yerim kalmamıştı.

"Seni endişelendiren şey tam olarak nedir?"

"Hım... Bir ağaca çarpmak ve ölmek. Sonra hastalanmak."

Gülmemek için kendini zor tutuyordu. Sonra başını eğdi ve soğuk dudaklarıyla hafifçe boynuma dokundu.

"Hâlâ endişeli misin?" diye mırıldandı, sesi tenime çarpıyordu.

"Evet. Yani ağaçlara çarpmak ve hastalanmak konusunda."

Yüzümde nefesini hissediyordum.

"Peki ya şimdi?"

"Ağaçlar," dedim nefes nefese. "Bulantı."

Gözkapaklarımı öpmek için başını kaldırdı. "Bella gerçekten de bir ağaca çarpacağımı düşünmüyorsun değil mi?"

"Hayır, ama ben çarpabilirim." Sesimde kendine güvenden eser yoktu. Edward kolay bir zaferin kokusunu almıştı.

Usulca yanaklarımı öptü, dudaklarıma sıra geldiğinde durdu.

"Bir ağacın sana zarar vermesine izin verir miyim?" Dudakları titreyen dudaklarıma dokunacaktı neredeyse.

"Hayır," dedim. Bulacak bir bahanem daha vardı ama aklıma gelmedi.

"Görüyorsun işte korkacak hiçbir şey yok, değil mi?"

"Hayır," dedim, artık vazgeçmiştim.

Sonra yüzümü neredeyse sertçe ellerinin arasına aldı ve beni kararlı ve sert dudaklarıyla öptü.

Bu davranışımın hiçbir bahanesi yoktu. Şimdiye kadar bunu biliyor olmam gerekti. İlk başta yaptığım gibi tepki vermekten kendimi alamadım. Hareketsiz duracağıma kollarımla boynuna sarıldım ve onun kaskatı bedeniyle bir oldum. Bir nefes aldım ve dudaklarım aralandı.

Güçlükle bana karşı koyarak geri çekildi.

"Lanet olsun Bella!" dedi nefes nefese. "Benim sonum olacaksın, yemin ediyorum beni öldüreceksin."

Ellerimi destek olsun diye dizlerime koyarak ona doğru eğildim.

"Sen yıkılmazsın," dedim mırıldanarak.

"*Seninle* tanışmadan önce buna belki inanabilirdim. Ben aptalca bir şey yapmadan buradan gitsek iyi olur," dedi.

Beni daha önce de yaptığı gibi sırtına aldı, beni incitmemek için gösterdiği ekstra çabanın farkındaydım. Bacaklarımı beline doladım ve kollarımla da sımsıkı boynuna tutundum.

"Gözlerini kapatmayı unutma," diye uyardı.

Hemen başımı omzuna gömdüm ve gözlerimi sımsıkı kapattım.

Neredeyse hareket etmiyorduk. Acaba önceki gibi ormanın içinde gerçekten de uçuyor mu diye bakmak için bir an içimden gözlerimi açmak geldi ama bunu yapmadım. O korkunç baş dönmesine değmezdi. Onun nefes alıp verişine odaklanmıştım.

Arkasına uzanıp saçlarıma dokunana kadar gelip gelmediğimizden emin olamamıştım.

"Bitti Bella."

Sonunda gözlerimi açmaya cesaret edebildim. Beline doladığım bacaklarımı serbest bıraktım ve yere kaydım, tabii ki sırtüstü düştüm.

"Ah!" diye bağırdım ıslak zemine düşer düşmez.

İnanmayan gözlerle bana bakıyordu, gülse mi gülmese

mi bir türlü karar veremiyordu. Yüzümdeki şaşkın ifade onu zorladı ve gülmeye başladı.

Onu duymazdan gelerek ayağa kalktım, ceketimin arkasındaki çamuru elimle temizledim. Bu onun sadece daha fazla gülmesine sebep oldu. Rahatsız olmuş bir şekilde ormana doğru yürümeye başladım.

Elini belimde hissettim.

"Nereye gidiyorsun Bella?"

"Beysbol maçı seyretmeye. Sen oynama konusunda pek de meraklı görünmüyorsun, neyse ben diğerleriyle eminim sensiz daha iyi vakit geçiririm."

"Yanlış yoldan gidiyorsun."

Ona bakmadan arkamı döndüm ve diğer tarafa doğru gitmeye başladım. Beni tekrar yakaladı.

"Saçmalama! Kendime engel olamadım. Yüzünün halini görmeliydin." Yine kendini tutamadı ve gülmeye başladı.

"Ne yani, sadece sen mi sinirlenebilirsin?" diye sordum.

"Ben sana sinirlenmedim."

"Bella, sen benim ölümüme neden olacaksın?" dedim onu taklit ederek.

"*Bu* sadece durumun bir özetiydi."

Tekrar ondan kurtulmaya çalıştım ama beni daha sıkı tuttu.

"Sinirlendin işte," diye ısrar ettim.

"Evet."

"Ama dedin ki..."

"Sana sinirlenmedim. Görmüyor musun Bella?" Bir anda ciddileşmişti, alaylı tavrı tamamen yok olmuştu. "Anlamıyor musun?"

"Neyi anlamıyor muyum?" diye sordum, aklım karışmıştı.

"*Sana* hiçbir zaman kızamam, nasıl kızabilirim ki? Sen çok cesur, güvenilir ve sıcakkanlısın."

"O zaman neden?" Ben bunları her zaman kendi zayıflığıma, yavaşlığıma, kontrol edemediğim insani davranışlarıma karşı hissedilen haklı kızgınlıklar olarak düşünmüştüm.

Ellerini yüzümün iki yanına koydu. "Kendi kendimi kızdırıyorum. Seni tehlikeden uzak tutmayı beceremediğim gibi. Benim varoluşum bile seni riske sokuyor. Bazen gerçekten kendimden nefret ediyorum. Daha güçlü olmalıyım, daha..."

Elimi dudaklarına götürdüm. "Yapma!"

Ellerimi tutarak "Seni seviyorum," dedi. "Bu yaptığım şey için yetersiz bir bahane ama gerçek bu."

İlk defa bana seni seviyorum demişti.

"Lütfen şimdi hareketlerine dikkat et," diye sözlerine devam etti. Sonra hafifçe dudaklarını dudaklarıma değdirdi.

"Şef Swan'a beni eve erken götüreceğini söylemiştin hatırladın mı? Artık gitsek iyi olur."

"Tabii hanımefendi."

Elimin birini bıraktı, diğerini tutmaya devam etti. Uzun, ıslak çalıların arasından, sonra da yosun kaplı kocaman bir köknar ağacının etrafından geçtik. İşte oradaydık, kocaman bir sahadaydık. Bir beysbol stadyumunun iki katı büyüklüğündeydi.

Diğerlerini görebiliyordum; Esme, Emmett ve Rosalie, bir kayanın üzerinde oturmuşlardı, bize yüz metre uzaktaydılar. Daha uzakta Jasper ve Alice'i görebiliyordum bir şeyi ileri geri atıyorlardı ama ortada top falan göremiyordum. Sanırım Carlisle çizgileri çiziyordu ama birbirlerinden bu kadar uzak olabilirler miydi?

Biz oraya gittiğimizde kayanın üzerinde oturan üçlü ayağa kalktı. Esme bize doğru gelmeye başladı. Rosalie zarif bir şekilde yerinden kalktı, bizim tarafımıza bakmadan sahanın diğer tarafına doğru yürümeye başladı. Emmett de Rosalie'nin arkasından uzun uzun baktıktan sonra onu takip etti. Buna karşılık midemden garip bir ses geldi.

"O duyduğumuz siz miydiniz Edward?" diye sordu Esme bize yaklaşırken.

"Bir ayının boğulduğunu zannettik," dedi Emmett.

Kararsız bir şekilde Esme'ye güldüm. "O Edward'dı."

"Bella farkında olmadan komik oluyor," dedi Edward skoru eşitleyerek.

Alice olduğu yerden kalktı ve bize doğru koşmaya başladı. Hemen yanımızda durdu. "Vakit, geldi," diye haber verdi.

Konuşur konuşmaz arkamızdaki ormanda korkunç bir gök gürültüsü duyuldu, daha sonra da aynı şekilde kasabada.

"Hadi gidelim." Alice Emmett'in eline uzandı ve kocaman sahada bir ceylan gibi koşmaya başladı. Emmett da en az onun kadar hızlı ve zarifti ama asla bir ceylana benzetilemezdi.

"Top oynamaya hazır mısın?" diye sordu Edward, gözleri istekle parlıyordu.

Heyecanlı görünmeye çalışıyordum. "Haydi bastır!"

Güldü ve saçlarımı karıştırdıktan sonra ikisinin peşinden gitti. Edward saldırgandı, hemen onlara yetişti. Gücü nefesimi kesmişti.

"Aşağıya inelim mi?" diye sordu Esme o yumuşak ve tatlı sesiyle. Birdenbire Edward'ın arkasından ağzımın açık kalmış olduğunu fark ettim. Hemen kendimi toparladım ve başımı salladım. Esme'yle aramızda birkaç adım vardı, acaba hâlâ beni korkutmamak için dikkat mi ediyordu?

"Sen onlarla oynamayacak mısın?" diye sordum utangaç bir şekilde.

"Hayır, ben hakemlik yapmayı tercih ederim." dedi.

"Hile yapmayı seviyorlar mı?"

"Evet. Sen bir de tartışmalarını duysan! Umarım duymazsın, sanki bir kurt ailesi tarafından yetiştirilmiş gibi davranıyorlar."

"Tıpkı bir anne gibi konuştun," dedim şaşkınlıkla.

O da güldü. "Onları birçok yönden kendi çocuklarımmış

gibi görüyorum. Annelik içgüdülerimden bir türlü kurtulamadım, Edward sana bir çocuk kaybettiğimi anlattı mı?"

"Hayır," dedim şaşkınlıkla. Acaba hangi hayat diliminde bu başına gelmişti merak ediyordum.

"Evet, benim ilk ve tek bebeğim. Doğduktan sadece birkaç gün sonra öldü," dedi iç geçirerek. "Bu benim kalbimi kırdı, işte bu yüzden kayalıklardan aşağıya atladım," dedi.

"Edward sadece düştüğünüzü söyledi," dedim kekeleyerek.

"O her zaman bir beyefendidir," dedi gülümseyerek. "Her ne kadar benden büyük olsa da onu her zaman böyle görmüşümdür." İçtenlikle bana gülümsedi. "İşte bu yüzden seni bulduğuna çok seviniyorum hayatım. Onu yalnız görmek beni çok üzüyordu."

"O zaman siz..." dedim tereddütle. "Onun için yanlış biri olduğumu düşünmüyorsunuz öyle mi?"

"Hayır. Sen onun istediği her şeysin. Bir şekilde yürür," dedi.

Esme durdu, görülüyordu ki sahanın sonuna gelmiştik. Takımları kurmuş gibi görünüyorlardı. Edward sol kanatta iyice açılmıştı, Carlisle birinci ve ikinci köşenin arasında duruyordu, Alice atıcının durması gereken tümsekte elinde topla duruyordu.

Emmett elindeki beysbol sopasını sallıyor ve sopadan inanılmaz sesler çıkıyordu. Kendi kalesine doğru koşmasını bekliyordum ama duruş pozisyonunu alırken bir baktım ki çoktan tümseğin ötesine geçmişti.

Jasper ondan sadece birkaç adım geride diğer takım için topu yakalamaya çalışıyordu. Tabii ki hiçbiri beysbol eldiveni takmıyordu.

"Pekâlâ," dedi Esme, "vuruşunu yap." Her ne kadar uzakta olsa da Edward'ın da bunu duyduğundan emindim.

Alice hareketsizce dimdik duruyordu. Topu iki eliyle bel

hizasında tutuyordu, sonra bir kobranın saldırısı gibi sağ eliyle hafif bir fiske vurdu ve top Jasper'ın ellerine düştü.

"Bu sayı mıydı?" diye sordum Esme'ye.

"Eğer vuramazlarsa sayıdır," dedi.

Jasper topu, Alice'in bekleyen eline fırlattı. Alice'in yüzünde kocaman bir gülümseme belirdi. Sonra eli tekrar tekrar aşağıya düştü.

Bu sefer beysbol sopası, görünmeyecek hızdaki topa vurmayı başardı. Vuruşun ardından çıkan ses gök gürültüsü gibiydi, dağlarda yankılandı. Yaklaşmakta olan fırtınanın farkına varmıştım.

Top sahadan bir meteor gibi geçti ve etrafı kuşatan ormanın derinliklerinde kayboldu.

"Dışarıda," diye mırıldandım.

"Bekle," diye uyardı Esme bir eli havada. Emmett tam olarak görünmüyordu Carlisle onu gölgelemişti. Edward'ın ortalarda görünmediğini fark ettim.

"Dışarıda!" diye bağırdı Esme. Edward'ı bir elinde top ve yüzünde kocaman bir gülümsemeyle ağaçların arasından çıkarken gördüğümde çok şaşırdım.

"Emmett hayatının en sert atışını yaptı," dedi Esme. "Ama Edward da en hızlı koşusunu."

Topa vurma sıraları hızla gelip geçiyordu, ne topun gitme hızına ne de sahanın etrafında koşuşan bedenlerinin hızına yetişebiliyordum.

Jasper, Carlisle'a yerden bir top attığında neden oynamak için bu fırtınalı havayı seçtiklerini anladım. Carlisle topa doğru koştu, sonra birinci köşeye kadar Jasper'la yarıştı. Çarpıştıklarında ortaya çıkan ses iki kocaman kayanın düşme sesi gibiydi. Endişeyle yerimden fırladım ama onların burunları bile kanamamıştı.

"Kurtardınız!" diye seslendi Esme sakin bir sesle.

Emmett'in takımı bir sayı öndeydi Rosalie Emmett'in zorlu toplarından birine vurup alanlar etrafında koşmayı başarmıştı, Edward da üçüncü topu yakalamıştı. Yanıma geldiğinde heyecandan gözleri parlıyordu.

"Ne düşünüyorsun?" diye sordu.

"Emin olduğum bir şey var ki bir daha asla o sıkıcı beysbol ligini seyredemeyeceğim."

"Sanki daha önceden çok izlermiş gibi konuşuyorsun," dedi gülerek.

"Ben biraz hayal kırıklığına uğradım," dedim alaylı bir şekilde.

"Neden?" diye sordu yüzünü asarak.

"Bir şeyi de mükemmel yapmasan."

"Bugün havamdayım," dedi sahaya doğru koşarken.

Çok akıllı oynuyordu, topu aşağıda tutuyor, Rosalie'nin her zaman hazır olan elinin ulaşamayacağı yerlere atıyor ve Emmett daha topu oyuna sokmadan iki köşeyi hızla koşuyordu. Carlisle sahanın çok uzağından bir yerlerden topa öyle bir vurdu ki çıkan ses kulağımı acıttı. Ama sonunda o ve Carlisle sayı yapmayı başardılar.

Oyun devam ettikçe skor sürekli değişiyordu. Sıraları değiştikçe tıpkı sokak oyuncuları gibi birbirlerini yuhalıyorlardı.

Vurma sırası Carlisle'daydı, Edward da tutucuydu, bu sırada Alice bağırmaya başladı. Gözlerim her zamanki gibi Edward'ın üzerindeydi ve başını Alice'e bakmak için kaldırdığını gördüm. Göz göze geldiler ve bir an aralarında bir şey oldu. Diğerleri Alice'e ne olduğunu sormadan önce Edward yanıma gelmişti.

"Alice?" Esme'nin sesi tedirgindi.

"Görmedim, söyleyemem," diye fısıldadı.

Herkes başına üşüşmüştü.

"Ne oldu Alice?" diye sordu Carlisle sakin ve otoriter bir sesle.

"Düşündüğümden çok daha hızlı hareket ediyorlar," dedi.

"Sanırım bu bakış açısını daha önce yanlış gördüm," diye mırıldandı.

Jasper ona doğru uzandı, koruyucu bir duruşu vardı. "Değişen nedir?"

"Bizi oynarken duydular ve yollarını değiştirdiler," dedi, onu her ne korkuttuysa kendini buna karşı sorumlu hissediyordu.

Yedi çift göz bir anda bana baktı.

"Ne kadar yakında?" dedi Carlisle Edward'a dönerek.

Yüzünde ciddi bir ifade belirdi.

"Beş dakikadan az. Koşuyorlar, oynamak istiyorlar," dedi kaşlarını çatarak.

"Bunu yapabilir misin?" diye sordu Carlisle, gözleri tekrar bana kaydı.

"Hayır, onu taşırken..." diye kısa kesti. "Ayrıca ihtiyacımız olan en son şey kokuyu takip etmeleri ve avlanmaya başlamaları."

"Kaç tane var?" diye sordu Emmett Alice'e.

"Üç," dedi kısaca.

"Üç mü?" dedi alay ederek. "Bırakın gelsinler." Kasları ortaya çıkmıştı.

Kısa sürede Carlisle bir şeyler düşündü. Sadece Emmett soğukkanlı görünüyordu, diğerleri Carlisle'a endişeli gözlerle bakıyorlardı.

"Hadi oyuna devam edelim," dedi sonunda Carlisle. Sesi soğukkanlı ve dengeliydi. "Alice sadece meraklı olduklarını söyledi."

Bütün bunlar sadece birkaç saniye içinde söylenmişti. Dikkatle dinledim, çoğunu da duydum. Sadece Esme'nin Edward'ın kulağına ne söylediğini duyamamıştım. Tek gördüğüm Edward'ın hafifçe başını salladığı ve Esme'nin yüzündeki rahatlamış ifadeydi.

"Sen Esme'yi yakala," dedi. "Ben sesleneceğim."

Diğerleri sahaya geri döndüler, o keskin gözleriyle karanlık ormanı tarıyorlardı. Alice ve Esme benim bulunduğum yere yönelmiş görünüyorlardı.

"Saçlarını aç," dedi Edward alçak bir sesle.

Hemen dediğini yaparak saçımdaki tokayı çıkardım ve saçlarımı açtım.

Ne olduğunu anlamıştım. "Diğerleri geliyor."

"Evet, kıpırdamamaya çalış, sessiz ol, lütfen yanımdan ayrılma." Sesindeki tedirginliği saklamayı iyi beceriyordu ama ben yine de duyabiliyordum.

"Bunun bir faydası olmaz," dedi Alice sakince. "Kokusunu sahanın diğer tarafından alabiliyorum."

"Biliyorum," dedi, sesinde korku vardı. Carlisle tümseğin üzerinde durmuştu, diğerleriyse isteksizce oyuna katılıyorlardı.

"Esme sana ne sordu?" diye fısıldadım.

Cevap vermeden önce bir süre tereddüt etti. "Susayıp susamadıklarını," dedi.

Saniyeler ağır ağır geçiyor, oyun ruhsuz ilerliyordu. Kimse topa deminki gibi sert vurmaya cesaret edemiyordu. Emmett, Jasper ve Rosalie de sahada dolaşıp duruyorlardı. İçimdeki korkuya rağmen Rosalie'nin gözlerinin üzerimde olduğunu biliyordum. Bunlar tepkisiz gözlerdi ama dudaklarının duruşundan kızgın olduğunu anlamıştım.

Edward oyunla hiç ilgilenmiyordu, gözleri de aklı da ormandaydı.

"Üzgünüm Bella," dedi korkuyla. "Seni bu şekilde ortaya çıkarmam aptalcaydı. Özür dilerim."

Nefesi kesilmişti, sağ tarafa odaklandı ve yaklaşan şeyle benim arama girdi.

Carlisle, Emmett ve diğerleri de aynı yöne döndüler. Benim duyamadığım şeyleri duydukları için dinlemedeydiler.

18. AV

Arka arkaya ormanın derinliklerinden çıktılar. Ortaya çıkan ilk adam, sürünün başında olduğu belli olan uzun boylu, koyu renk saçlı diğer adamın öne geçmesini sağlayarak hemen geri çekildi. Üçüncüsü bir kadındı; uzaktan sadece kadının parlak kırmızı saçlarını görebiliyordum. Edward'ın ailesine dikkatle yaklaşmadan önce aralarındaki mesafeyi kapattılar. Yırtıcı bir hayvan sürüsünün kendi türlerinden başka bir grupla karşılaştıklarında sergileyeceği davranışları sergiliyorlardı.

Onlar yaklaşırken Cullen'lardan ne kadar farklı olduklarını görebiliyordum. Yürüyüşleri kedi gibiydi, bu öyle bir yürüyüştü ki her an yere çökerek yürüyebilecekleri hissi veriyordu. Üzerlerinde sırt çantalarıyla yürüyüşe çıkmış insanların giydikleri türden şeyler vardı; kot ve kalın, su geçirmez kumaştan düğmeli montlar. Kıyafetler yıpranmıştı, ayakları çıplaktı. Adamların saçları kısaydı ama kadının parlak turuncu saçları ormanın yaprak ve dal parçalarıyla doluydu.

Herkes tetikteydi. Tek bir kelime etmeden hepsi bir anda daha normal ve dik bir şekilde yürümeye başladılar.

Öndeki adam içlerinde en güzel olanıydı; tipik solgunluğun altında ten rengi zeytin yeşili, saçlarıysa parlak siyahtı. Orta yapılı ve tabii ki kaslıydı ama Emmett'in yanında solda sıfır kalırdı.

Kadın daha yabani görünüyordu, gözleri yanındaki adamlar ve benim etrafımdaki grup arasında gidip geliyordu. Dağınık saçları, hafif rüzgârda dalgalanıyordu. Duruşu bir kedininkini andırıyordu. İkinci adam fazla öne çıkmayarak arkalarında dolanıyordu, liderden biraz daha inceydi, açık kahverengi saçları ve sıradan hatları çok alışılagelmişti. Ama gözleri donuk ve tetikteydi.

Gelenlerin gözleri de farklıydı. Beklediğim gibi bal rengi ya da siyah değil, rahatsız edici ve uğursuz bordo rengindeydi.

Koyu renk saçlı adam gülümseyerek Carlisle'a yaklaştı.

"Oyun oynadığınızı duyduk," dedi rahat bir sesle, konuşmasında hafif bir Fransız aksanı vardı. "Ben Laurent, bunlar da Victoria ve James," dedi yanındaki vampirleri göstererek.

"Ben Carlisle, bu da benim ailem. Emmett, Jasper, Rosalie, Esme ve Alice, Edward ve Bella," dedi bizi gruplar halinde göstererek. Benim adımı söylediğinde çok şaşırdım.

"Birkaç oyuncu daha için yeriniz var mı?" diye sordu Laurent arkadaş canlısı bir tavırla.

Carlisle cevap verdi. "Aslında biz de bitirmek üzereydik. Ama başka bir zaman bunu kesinlikle isteriz. Bu civarda uzun süre kalmayı düşünüyor musunuz?"

"Aslında biz kuzeye gidiyoruz, ama etrafta kimlerin olduğunu merak ettik. Uzun zamandır böyle arkadaşlara rastlamamıştık."

"Bu bölgede bizden ve sizin gibi arada sırada uğrayan misafirlerden başka kimse yok."

Gergin ortam yavaş yavaş bu sıradan konuşmayla yumuşamaya başlamıştı. Sanırım Jasper durumu idare etmek için o tuhaf gücünü kullanıyordu.

"Av alanlarınız nerelerdir?" diye sordu Laurent rahatça.

Carlisle bu sorunun ardındaki imayı anlamazlıktan geldi "Olympic Tepesi, bazen de Coast Tepeleri. Yakınlarda sürekli oturduğumuz bir evimiz var. Denali'de bizimki gibi bir ev daha var."

"Sürekli mi? Bunu nasıl beceriyorsunuz?" Sesinde gerçek bir merak vardı.

"Neden bizimle eve gelmiyorsunuz, daha rahat konuşabiliriz," dedi Carlisle. "Bu uzun bir hikâye."

James ve Victoria "ev" kelimesini duyduklarında birbirlerine şaşkınlıkla baktılar ama Laurent ifadesini saklayabildi.

"Bu kulağa çok ilginç ve hoş geliyor." Gülümsemesi çok sıcaktı. "Ontario'dan beri av peşindeyiz ve bu sürede kendimize çekidüzen verme fırsatımız olmadı." Gözleri Carlisle'ın düzgün görünüşüne takıldı.

"Lütfen yanlış anlamayın ama bu bölgede avlanmazsanız seviniriz. Bilirsiniz, şüphe uyandırmamamız lazım," diyerek bir açıklama yaptı Carlisle.

"Elbette," dedi Laurent başını sallayarak. "Sizin bölgenize dokunmayız. Zaten biz Seattle'ın dışında bir yerlerde yedik," dedi gülerek. Bir anda ürperdim.

"Eğer bizimle gelmek isterseniz size yolu gösterelim, Emmett ve Alice, siz arabayı almak için Edward ve Bella'yla gidebilirsiniz," diye ekledi.

Carlisle konuştuğu sırada üç şey oldu. Saçlarım hafif rüzgârda dalgalandı, Edward bir anda gerildi; adamlardan biri başını uzatarak dikkatle beni inceledi ve koklamaya başladı.

James bir adım atıp yere eğildiğinde hepsi paniğe kapıldı. Edward dişlerini gösterdi, beni korumak istercesine yere eğildi, boğazından korkunç hırıltılar yükseliyordu. Bu sabah ondan duyduğum keyifli seslere hiç benzemiyordu bunlar; bu hayatımda duyduğum en tehditkâr sesti, tepeden tırnağa ürperdim.

"Bu nedir?" dedi Laurent hayretler içinde. Ne James, ne de Edward oralı oldular. James hafifçe yana kaydı ve Edward da buna karşılık biraz ilerledi.

"Kız bizimle," dedi Carlisle James'e. Laurent kokumu alamamıştı ki ne olduğunu anlamamıştı.

"Yanınızda atıştırmalık bir şey mi getirdiniz?" diye sordu.

Edward artık çok daha korkunç bir şekilde hırlıyor, dişleri iyice görünüyordu. Laurent bir adım geri attı.

"Kız bizimle dedim," dedi Carlisle sert bir ses tonuyla.

"Ama o bir *insan,*" diye karşı çıktı Laurent. Sözcükler ağzından saldırganlıktan çok, büyük bir şaşkınlıkla çıkmıştı.

"Evet." Emmett açıkça Carlisle'ın tarafındaydı ve gözlerini James'in üzerinden ayırmıyordu. James yavaşça çömeldiği yerden doğruldu ama gözleri hâlâ üzerimdeydi, burun delikleri genişlemişti. Edward önümde bir aslan gibi gergin duruyordu.

Laurent konuştuğunda sesi yatıştırıcıydı, düşmanlığı ortadan kaldırmaya çalışıyordu. "Anlaşılan birbirimizden öğreneceğimiz çok şey var."

"Gerçekten öyle." Carlisle'ın sesi soğukkanlıydı.

"Biz yine de bu davetinizi kabul etmek istiyoruz." Gözleri önce bana, sonra Carlisle'a kaydı. "Ve tabii ki bu kıza zarar vermeyeceğiz. Ayrıca demin de söylediğim gibi, sizin alanınızda avlanmayacağız."

James kızgın ve inanmayan gözlerle Laurent'a bakıyordu, sonra da Victoria'ya baktı.

"Size yolu gösterelim. Jasper, Rosalie, Esme?" diye seslendi. Bir araya geldiler ve aynı noktada buluştuklarından beni onların görüş mesafesinden çıkardılar. Alice hemen yanımda belirdi, Emmett biraz geride durdu, James'in arkası bize dönükken bile gözlerini onun üzerinden ayırmıyordu.

"Hadi gidelim Bella." Edward'ın sesi kısık ve soğuktu.

Ben orada donup kalmıştım. Kendime gelmem için Edward'ın kolumu tutup sertçe çekmesi gerekmişti. Alice ve Emmett beni saklıyorlardı. Edward'ın yanından yalpalayarak yürüyordum, üzerimde hâlâ korkunun verdiği şaşkınlık vardı. Onların gidip gitmediğini duyamıyordum. Ormana doğru insanların yürüdüğü hızla yürürken, Edward'ın sabırsızlığı neredeyse dokunulabilecek kadar yoğunlaşmıştı.

Ormana girdiğimizde Edward yürümeye devam ederek beni bir askı gibi omzuna aldı. O giderken ben de elimden geldiği kadar sıkı tutunmaya çalışıyordum, diğerleri de hemen peşimizden geliyorlardı. Başımı aşağıda tutuyordum. Artık iyice karanlık olan ormana hayalet gibi dalmıştık. Edward'ın neşesi tamamen kaybolmuş, yerini onu tüketen ve daha hızlı koşmasına neden olan bir korkuya bırakmıştı.

Arabaya gelmiştik bile, Edward beni arka koltuğa atarken biraz olsun durakladı.

"Onun kemerini tak," diye emretti yanıma oturan Emmett'a. Alice çoktan ön koltuğa oturmuş, Edward'sa motoru çalıştırıyordu. Motor hayat buldu, geri geri gittik ve kıvrımlı yola çıktık.

Edward benim anlayamayacağım hızda bir şeyler söylüyordu, söyledikleri daha çok küfüre benziyordu. Sarsıntılı yolculuğumuz bu sefer daha da kötüydü. Emmet ve Alice camdan dışarıya bakıyorlardı.

Anayola çıktık, her ne kadar hızımız artmış olsa da nereye gittiğimizi artık daha iyi görebiliyordum. Güneye, Forks'tan uzağa gidiyorduk.

"Nereye gidiyoruz?" diye sordum.

Kimse cevap vermedi. Kimse bana bakmadı bile.

"Lanet olsun Edward! Beni nereye götürüyorsun?"

"Seni buradan uzağa, çok uzağa götürmemiz lazım, hem de hemen." Konuşurken arkaya bakmadı, gözleri yoldaydı. Hız göstergesi saatte yüz yetmiş kilometre hızla gittiğimizi gösteriyordu.

"Geri dön! Beni eve götürmek zorundasın!" diye bağırdım.

"Emmett," dedi Edward sert bir ifadeyle.

Emmett da ellerimi çelik gibi güçlü kollarıyla tuttu.

"Hayır! Edward! Bunu yapamazsın!"

"Yapmak zorundayım Bella, şimdi lütfen sessiz ol."

"Olmayacağım! Beni geri götürmek zorundasın. Charlie FBI'ı arar! Hepsi ailenin üzerine gider. Carlisle ve Esme! Gitmek ve sonsuza kadar saklanmak zorunda kalırlar!"

"Sakin ol Bella." Sesi buz gibiydi. "Biz daha önce de böyle şeyler yaşadık."

"Benim üzerimden yaşamayacaksın! Her şeyi benim üzerimden mahvedemeyeceksin!"

Deli gibi çırpınıyordum.

"Edward, kenara çek." Alice ilk kez konuşmuştu.

Edward sinirli bir şekilde ona baktı ve hızlandı.

"Edward, bunu konuşmalıyız."

"Anlamıyorsun," dedi öfkeyle; sesinin daha önce hiç bu kadar yüksek çıktığını duymamıştım, cipin içinde bu ses sağır ediciydi. Hız ibresi yüz seksen beşe yaklaşmıştı. "O bir takipçi Alice görmedin mi? Bir takipçi!"

Emmett'in yanımda gerildiğini hissettim, neden bu sözcüğün bu kadar etkili olduğunu merak ettim. Bu sözcüğün, üçü için benden daha fazla anlam taşıdığı kesindi. Anlamak istiyordum, ama soru sormama imkân yoktu.

"Kenara çek Edward."

Hız göstergesi iki yüze dayanmıştı.

"Dediğimi yap Edward."

"Beni dinle Alice. Adamın aklından geçenleri biliyorum. Takip etmek onun tutkusu, takıntısı ve adam onu istiyor. Bu gece ava çıkacak."

"Nereye gittiğimizi bilmi..."

Edward sözünü kesti. "Sence onun kokusunu kasabaya kadar takip etmesi ne kadar sürer? Daha Laurent konuşmadan o planını yapmıştı."

Derin bir nefes aldım, kokumun onu nereye getireceğini biliyordum. "Charlie! Onu orada bırakamazsınız! Onu bırakamazsınız!" Kemerlerle boğuşuyordum.

"O haklı," dedi Alice.

Araba hemen yavaşladı.

"Şimdi seçeneklerimize bir bakalım," dedi Alice tatlı bir şekilde.

Araba biraz daha yavaşladı ve ani bir fren yaptık.

"Hiçbir seçeneğimiz yok," dedi Edward. "Charlie'yi bırakmayacağım!" diye bağırdım.

"*Çeneni kapat* Bella!"

"Onu geri götürmeliyiz," dedi Emmett.

"Hayır." Edward'ın kararı kesindi.

"O adam bizim dengimiz değil. Bella'ya dokunamaz."

"Bekleyecektir."

Emmett gülümsedi. "Ben de bekleyebilirim."

"Sen görmedin, bilmiyorsun. Kendini bir ava adadı mı onu kimse vazgeçiremez. Onu öldürmek zorundayız."

Emmett bu fikirden rahatsız olmadı. "Bu bir seçenek."

"Bir de kadın var. O, adamla birlikte. Eğer iş kavgaya dönüşürse liderleri de onlarla birlikte bu savaşa girer."

"Biz yeterince kalabalığız."

"Başka bir seçenek daha var," dedi Alice sessizce.

Edward hışımla ona döndü, hırlıyormuş gibi konuşuyordu.

"Başka-seçeneğimiz-yok!"

Emmett ve ben ona şaşkınlıkla bakıyorduk, Alice pek şaşırmamış gibiydi. Edward ve Alice birbirlerine bakarken uzun bir sessizlik oldu.

Bu sessizliği ben bozdum. "Benim planımı duymak isteyen var mı?"

"Hayır," dedi Edward. Alice ona baktı, sonunda o da çileden çıkmıştı.

"Dinle," dedim yalvaran bir sesle.

"Beni geri götür."

"Hayır," diyerek sözümü kesti.

Ona bakarak konuşmaya devam ettim. "Beni geri götür. Babama Phoenix'e gitmek istediğimi söylerim. Çantamı toplarım. Bu takipçi bizi izlerken bekleriz, sonra da kaçarız. Adam bizi takip eder ve Charlie'yi rahat bırakır. Charlie de ailenizle ilgili FBI'ı aramaz. Sonra da siz beni ne cehenneme götürecekseniz götürürsünüz."

Hepsi şaşkınlıkla bana bakıyorlardı.

"Aslında fena fikir değil." Emmett'in şaşkınlığı tam bir aşağılamaydı.

"Belki işe yarayabilir babasını öylece savunmasız bırakamayız, biliyorsunuz," dedi Alice.

Herkes Edward'a bakıyordu.

"Bu çok tehlikeli, adamın Bella'nın yüz kilometre bile yakınında olmasını istemiyorum."

Emmett kendine çok güveniyordu. "Edward, o bize yetişemez."

Alice bir süre düşündü. "Onun saldırdığını görmüyorum. Bella'yı yalnız bırakmamızı bekleyecek."

"Bunun olmayacağını anlaması fazla uzun sürmez."

"Sizden beni eve götürmenizi rica ediyorum."

Edward gözlerini sımsıkı kapattı.

"Lütfen," dedim ince bir sesle.

Başını kaldırıp bana bakmadı. Konuştuğundaysa sesi bıkkındı.

"Bu gece takipçi seni görsün veya göremesin hiçbir yere gitmiyorsun. Charlie'ye Forks'a bir dakika bile katlanamayacağını söylersin. Ona bir şeyler uydur işte. Eline ilk geçen şeyleri çantana koy ve kamyonetine bin. On beş dakikan var. Beni duyuyor musun? Kapıdan adımını attıktan sonra on beş dakika."

Cip tekrar çalıştı ve geri döndük. Hız göstergesinin ibresi tekrar yükselmeye başladı.

"Emmett?" diye sordum ellerime bakarak.

"Aa, affedersin," dedi ellerimi bırakarak.

Birkaç dakika motorun sesinden başka hiçbir ses çıkmadı. Bu sessizliği bozan Edward oldu.

"Şimdi şöyle olacak. Eve vardığımızda eğer takipçi orada değilse Bella'ya kapıya kadar eşlik edeceğim. Sonra senin içeride on beş dakikan olacak," dedi bana dikiz aynasından bakarak. "Emmett sen evin dışını tut. Alice sen de kamyoneti. Bella içeride olduğu sürece ben de içeride olacağım. Bella dışarı çıktıktan sonra siz ikiniz cipi eve götürebilir ve Carlisle'a haber verebilirsiniz."

"Hayır, olmaz," diye araya girdi Emmett. "Ben seninleyim."

"Bunu iyi düşün Emmett. Ne kadar süreliğine gideceğimi bilmiyorum."

"Bu işin nereye varacağını öğrenene kadar seninleyim."

Edward iç geçirdi. "Eğer takipçi *oradaysa,*" diye büyük bir ciddiyetle devam etti, "yolumuza devam edeceğiz."

"Biz oraya, ondan önce varacağız," dedi Alice kendinden emin bir şekilde.

Edward bunu kabul etmiş görünüyordu. Alice'le ne sorunu vardı bilmiyorum ama artık ona güveniyordu.

"Peki, cipi ne yapacağız?" diye sordu Alice.

"Onu eve bırakırsın."

"Hayır, bırakamam," dedi Alice sakince. Aralarındaki o anlaşılmaz sürtüşme yine başlamıştı. "Hepimiz benim kamyonete sığabiliriz," dedim.

Edward hiç de beni duymuş gibi görünmüyordu.

"Sanırım yalnız gitmeme izin vermelisiniz."

"Bella lütfen, sadece bu sefer benim dediğim gibi yapalım," dedi dişlerini sıkarak.

"Dinle, Charlie aptal değil," diyerek karşılık verdim. "Eğer yarın kasabada olmazsanız şüphelenecektir."

"Hiç ilgisi yok. Onun güvende olduğundan emin olacağız ve şimdilik en önemli şey de bu."

"Peki ya bu takipçi? Bu gece nasıl davrandığını gördü. Nerede olursan ol, senin benimle olduğunu düşünecektir."

Emmett yine şaşkınlıkla bana baktı. "Edward onu dinle," dedi. "Sanırım haklı."

"Evet, haklı," dedi Alice.

"Bunu yapamam." Edward'ın sesi buz gibiydi.

"Emmett da burada kalmalı," diye devam ettim. "Emmett'ın adamın dikkatini çektiği kesin."

"Ne?" dedi Emmett bana dönerek.

"Eğer kalırsan James'i bir güzel haklarsın," dedi Alice bana katılarak.

Edward inanmayan gözlerle Alice'e baktı. "Sence onun yalnız gitmesine izin mi vermeliyim?"

"Tabii ki hayır," dedi Alice. "Jasper ve ben onu götürürüz."

"Bunu yapamam," diye tekrarladı Edward ama bu sefer sesinde hafif bir yenilgi vardı. Onun da aklına yatmaya başlamıştı.

İkna edici olmaya çalışıyordum. "Buralarda bir hafta kadar kal..." yüzünü aynadan gördüm ve hemen düzelttim "...yani birkaç gün kal. Bırak da Charlie beni kaçırmadığını görsün ve James de boşu boşuna bir şeylerin peşinden koşsun. Benim peşimi bıraktığından emin ol. Sonra benimle buluşursun. Şöyle bir dolaş, sonra Alice ve Jasper da eve dönebilirler."

Söylediklerimi düşünmeye başladığını görebiliyordum.

"Seninle nerede buluşayım?"

"Phoenix'te tabii ki."

"Hayır. Nereye gideceğini duyacaktır," dedi sabırsızlıkla.

"Sen de açıkça ona bunun bir oyun olduğunu göstereceksin. Onun dinlediğini bildiğimizi bilecek. Söylediğim yere gidip gitmeyeceğimi asla bilemeyecek."

"Bu kız tam bir şeytan," dedi gülerek.

"Ya bu işe yaramazsa?"

"Phoenix'te birkaç milyon insan var," dedim ona. "Bir telefon defteri bulmak o kadar da zor değil."

"Eve gitmeyeceğim."

"Aa?" dedi.

"Kendi evimi tutacak kadar büyüdüm ben."

"Edward, biz onun yanında olacağız," diye hatırlattı Alice.

"Phoenix'te ne *yapacaksın?"* diye sordu sert bir şekilde.

"Dışarı çıkmadan bekleyeceğim."

"Aslında bu hoşuma gitti." Emmett hiç şüphe yok ki James'i köşeye sıkıştırmayı düşünüyordu.

"Kapat çeneni Emmett."

"Bak, eğer Bella yanımızdayken onu alt etmeye çalışırsak birinin yaralanma riski çok daha fazla olur. Belki ona bir şey olur ya da onu korumaya çalışırken sana. Ama eğer onu yalnız yakalarsak..." dedi hafif bir gülümsemeyle. Haklıydım.

Kasabaya doğru yol alırken cip yavaşça kıvrılıyordu. Bu cesaret dolu konuşmama rağmen tüylerimin hâlâ diken diken olduğunu hissedebiliyordum. Bir an Charlie'yi evde tek başına, yürekli olmaya çalışırken düşündüm.

"Bella." Edward'ın sesi çok yumuşak çıkmıştı. Alice ve Emmett pencereden dışarı baktılar. "Eğer sana bir şey, herhangi bir şey olmasına izin verirsen bundan seni sorumlu tutacağım. Bunu anlıyor musun?"

"Evet," dedim yutkunarak.

Alice döndü.

"Jasper bunun altından kalkabilir mi?"

"Ona bir şans ver Edward. Bütün bu olanlar düşünüldüğünde çok çok iyiye gidiyor."

"Bunu becerebilir misin?" diye sordu. Alice çok zarifti ama öyle tuhaf bir şekle girdi ki korktum. Edward ona gülümsedi ve sessizce "Düşüncelerini bu kadar açığa vurma," dedi.

19. VEDALAR

Charlie beni bekliyordu ve evin bütün ışıkları yanıyordu. Beni rahat bırakması için düşünüyor, bir çare bulmaya çalışıyordum; ama sanki beynim bomboştu; sanki hiçbir şey bilmiyor gibiydim. Bu durum hoş olmayacaktı.

Edward yavaşça arabasını park ederken bir yandan da kamyonetimden uzak durmaya çalışıyordu. Üçünün de diken üstünde olduğu belliydi; dimdik oturmuş ormandan gelen her sese kulak kabartıyorlardı. Her gölgeye bakıyor, hissettikleri her kokuyu dikkatle kokluyor, farklı bir şey arıyorlardı. Motor sesi durduğunda onlar etrafı dinlemeye devam ediyorlardı; olduğum yerde hareketsiz bir şekilde bekledim.

"Burada değil, hadi artık gidelim," dedi Edward gergin bir şekilde.

Emmett kemerlerden kurtulmama yardım ederek; "Merak etme Bella, biz buradaki işleri hemen hallederiz," dedi kısık ama neşeli bir sesle.

Emmett'a bakarken gözlerimin dolduğunu hissettim. Onu çok iyi tanımıyordum, ama bu geceden sonra bir daha ne zaman görüşeceğimizi bilememek de korkutucuydu. Bu vedaya sadece birkaç saat katlanmam gerektiğini biliyordum, ama vedalaşma fikri bile beni ağlatmaya yetmişti.

Edward emir verircesine Alice ve Emmett'e seslendi. Onlar karanlığın içinde sessiz bir şekilde kaybolurken Edward kapıyı açarak elimi tuttu; beni kollarının arasına alarak benimle eve kadar hızlıca yürüdü. Bir yandan da etrafı kolaçan ediyordu.

"On beş dakika," diyerek sessizce beni uyardı.

"Bunu yapabilirim," dedim burnumu çekerek; hâlâ ağlıyordum.

Verandada durdum ve yüzünü ellerimin arasına alarak gözlerinin içine baktım.

"Seni çok seviyorum ve her zaman da seveceğim."

O da tutkulu bir şekilde bana baktı; "Sana hiçbir şey olmayacak Bella. Sadece plana uy tamam mı? Benim için Charlie'yi korumalısın. Bu olaydan sonra beni pek fazla sevmeyecek, ama hiç olmazsa daha sonra ondan özür dilemek için bir şansım olsun."

Daha sonra telaşla uyardı; "İçeri gir Bella, acele etmeliyiz."

"Bir şey daha var; bu gece söylediğim hiçbir şeyi dinleme!" Başı önde öylece yere bakıyordu; yapmam gereken tek şey onun o buz gibi dudaklarını tutkuyla öpmekti. Sonra arkamı döndüm ve kapıyı açtım.

"Git buradan Edward!" diye bağırdım içeri koşarken ve sonra o şaşkın suratına kapıyı kapattım.

"Bella?" Charlie salondaydı.

"Beni yalnız bırak!" diye bağırdım; gözyaşlarıma hakim olamıyordum. Yukarıya, odama çıktım ve kapımı kilitledim. Hemen yatağıma doğru koştum, yatağın altından kalın kumaştan yapılma çantamı almak için yere eğildim. Yatağın altında içinde biriktirdiğim paralar olan eski bir çorabım vardı; ona uzandım.

Charlie kapıdaydı.

"Bella, iyi misin? Neler oluyor?" Sesi korkmuş gibiydi.

"Ben *eve* dönüyorum," diye bağırdım, ses tonum gayet yerindeydi.

Öfkeli bir şekilde "Sana bir şey mi yaptı?" diye sordu.

"Hayır!" diye bağırdım. Şifonyere döndüm, Edward tam karşımdaydı ve seçtiği elbiseleri bana uzattı.

"Seni terk mi etti yoksa?" Charlie'nin kafası karışmıştı.

"Hayır!" diye bağırdım elimdekileri çantaya tıkarken. Edward bir çekmece dolusu kıyafeti daha bana atmaya hazırlanıyordu. Çanta neredeyse dolmuştu.

"Ne oldu Bella?" diye bağırmaya başladı Charlie kapıya vurarak.

"Ben *ondan* ayrıldım," diye cevap verdim. Bir yandan da çantanın fermuarını kapatmaya çalışıyordum. Neyse ki becerikli elleriyle fermuarı Edward kapattı ve çantanın askısını dikkatlice omzuma astı.

"Ben kamyonette olacağım hadi git!" dedi sessizce ve beni kapıya doğru itti. Sonra da bir anda camdan kayboldu.

Kilitlediğim kapıyı Charlie'ye doğru sertçe açtım. Merdivenlerden inerken bir yandan da ağır çantamla boğuşuyordum.

"Ne oldu?" diye bağırdı Charlie, tam arkamdaydı. "Ondan hoşlandığını zannediyordum."

Mutfağa geldiğimde bileğimden tuttu; çok şaşırmıştı belliydi ama bileğimi tutuşu da oldukça sertti.

Yüzüne bakmam için beni kendine doğru çevirdi; gitmeme izin vermeyecek gibi duruyordu. Kaçmak için tek yol vardı ve bu yol onun canını çok yakacaktı; bunu düşündüğüm için bile kendimden nefret ediyordum. Ama zamanım da yoktu, Charlie'yi korumak zorundaydım.

Başımı kaldırarak babama baktım; yapmayı düşündüğüm şey daha çok ağlamama neden oldu.

"Ondan *hoşlanıyorum* evet! Zaten sorun da bu. Bunu daha *fazla* yapamayacağım! Buraya daha fazla bağlanamam! Annem gibi bu aptal ve sıkıcı kasabaya çakılıp kalmak istemiyorum! Onun gibi bu aptal hataya düşmeyeceğim. Buradan nefret ediyorum ve bir dakika daha kalamam!"

Şoka girmişti sanki, ellerini üzerimden çekti. Onun şaşkın ve yaralanmış haline sırtımı döndüm ve kapıya doğru ilerledim.

"Bella, şimdi gidemezsin. Vakit çok geç," diye fısıldadı arkamdan,

Ona bakamadım. "Eğer yorulursam kamyonette uyurum."

"Sadece bir hafta daha kal," diye yalvardı, hâlâ şaşkındı. "O zamana kadar Renee gelmiş olur."

Bu haber beni hayrete düşürmüştü. "Ne?" Charlie konuşmasına devam etti. "Sen dışarıdayken aradı, Florida'da işler pek yürümemiş ve eğer Phil bu hafta sonu anlaşmayı imzalamazsa Arizona'ya geri döneceklermiş. Side Winders'ın koç yardımcısı kısa süreliğine de olsa başka bir yere gidebileceklerini söylemiş."

Aklım karışmıştı ama her geçen saniye Charlie'yi tehlikeye bir adım daha yaklaştırıyordu.

Kapıyı açarken "Anahtarım var," diye söylendim. Çok yakınımda duruyordu ve hâlâ şaşkındı. Tartışmaya devam ederek daha fazla zaman kaybedemezdim; çünkü tartıştıkça daha çok zarar görecekti.

"Bırak gideyim Charlie." Yıllar önce annemin bu evden çıkarken söylediklerini tekrarlıyordum. Elimden geldiğince sinirli bir ifade takındım. "Olmadı, tamam mı? Forks'tan gerçekten nefret ediyorum!"

Acımasız bu son sözler yerini bulmuştu; ben gecenin karanlığına doğru ilerlerken Charlie kapının girişinde donup kalmıştı.

Bomboş görünen bahçeden korkarak kamyonete doğru çılgınca koştum; arkamda bir gölge bırakmıştım. Çantamı camdan koltuğa atarak kapıyı açtım. Anahtar marş yerinde duruyordu.

"Yarın seni ararım!" diye bağırdım. Her ne kadar olan biteni ona tam olarak anlatamayacağımı bilsem de anlatmayı umut ettim. Motoru çalıştırdım ve gürültülü bir şekilde yola çıktım.

Edward elime uzandı.

Evden uzaklaştığımızda; "Kenara çek," dedi.

"Ben kullanabilirim," dedim akan gözyaşlarımın arasından. Uzun elleri beklenmedik bir şekilde belimi sardı, gaz pedalından ayaklarımı çekti, beni kucağına alarak ellerimi de direksiyondan çekti ve bir anda sürücü koltuğundaydı. Kamyonet yoldan bile çıkmamıştı.

"Evi bulamayabilirsin," diye açıklama yaptı.

Bir anda arkamızdan bir ışık göründü. Korkuyla arka camdan baktım.

"O Alice," dedi beni rahatlatmak için. Tekrar elimi tuttu.

Charlie'nin görüntüsü aklımdan çıkmıyordu. "Peki ya Takipçi?"

"Oyununun sonunu duydu," dedi Edward ciddi bir şekilde.

"Charlie?" diye sordum korkuyla.

"Takipçi bizi izlemiş. Şu anda arkamızdan koşuyor."

Kanımın donduğunu hissettim. "Onu atlatabilir miyiz?"

"Hayır," dedi ama konuşurken hızlanmıştı. Kamyonetin motoru isyan eder gibi sesler çıkarıyordu.

Planım artık o kadar da cazip gelmiyordu.

Kamyonet sarsıldığında Alice'e bakıyordum, camın önünden karanlık bir gölge geçti.

Tüyler ürperten bir çığlık attım ama Edward eliyle ağzımı kapadı, sustum.

"O Emmett!"

Elini ağzımdan çekti ve belimi kavradı.

"Merak etme Bella. Güvende olacaksın," diye söz verdi.

Sessiz kasabanın içinden kuzey otoyoluna doğru ilerliyorduk.

"Senin küçük kasaba hayatından bu kadar sıkıldığını bilmiyordum," dedi laflamak için. Beni oyalamak için yapıyordu bunu. "Uyum sağlıyormuşsun gibi görünüyordu; özellikle de son zamanlarda. Belki de hayatı senin için daha ilginç kıldığımı düşünerek ben kendimi kandırıyordum."

"Hiç hoş davranmadım," diye itiraf ettim. Onun konuyu değiştirme çabalarına aldırış etmiyordum. "Annem de giderken aynı şeyi söylemişti. Çok kötü konuştum ve onu incittim."

"Merak etme, seni affedecektir." Gülümsüyordu.

Çaresizce ona baktım; gözlerimdeki paniği gördü. "Bella her şey yoluna girecek."

"Ama senden ayrıyken bu mümkün değil," diye fısıldadım.

"Birkaç gün içinde yine beraber olacağız," dedi iyice sarılarak. "Bunun kendi fikrin olduğunu unutma."

"Bu en iyi fikirdi ve benim fikrimdi."

Belli belirsiz gülümsedi ama bu gülüş hemen kayboldu.

"Neden böyle oldu?" diye sordum, "Neden ben?"

Yola düşünceli düşünceli baktı. "Bu benim hatam; seni bu şekilde ortaya çıkarmam aptallıktı." Sesindeki öfke kendineydi.

"Demek istediğim şey bu değil; yani benim orada bulunmam, ne kadar önemli olabilir ki! Diğer ikisi bundan rahatsız olmadı. Neden James beni öldürmeye karar verdi? Bu civarda bir sürü insan var, neden ben?"

Cevap vermeden önce bir süre düşündü.

"Bu gece onun aklını iyice okudum," diye konuşmaya başladı sessizce. "Seni gördü ve bazı şeyleri engellemek için ne yapabileceğimi bilmiyorum. Bu kısmen senin hatan..." Sesi alaylıydı. "Eğer bu kadar tatlı kokmasaydın farkına varmazdı. Ama seni koruduğumda... Tabii bu işleri daha da karıştırdı. Konu ne kadar önemsiz olursa olsun ona karşı gelinmesine pek alışkın değil. Kendini bir avcı olarak görüyor, hepsi bu. Bütün hayatı yürümekle geçiyor ve hayattan tek beklentisi ona meydan okunması. Birdenbire ona meydan okumuş olduk, bir grup güçlü savaşçı tek bir kırılgan şeyi koruyor. O şimdi kendini oldukça güçlü hissediyordur. Bu onun en sevdiği oyun ve biz de ona hayatının en heyecanlı oyununu hazırladık." Sesinde iğrenme vardı.

Bir an duraksadı.

"Ama eğer orada bekleseydim, seni oracıkta öldürürdü," dedi korkuyla.

"Ben düşündüm ki... Yani diğerlerine sana koktuğum gibi kokmuyorumdur," dedim tereddütle.

"Kokmuyorsun. Ama yine de bu hiçbirine çekici gelmiyorsun anlamına gelmiyor. Eğer *kokun* takipçiye ya da diğerlerine, bana geldiği kadar çekici gelseydi hemen orada bir kavga çıkardı."

Titriyordum.

"Onu öldürmekten başka bir şansım olduğunu sanmıyorum," diye söylendi. "Bu Charlie'nin hoşuna gitmeyecek."

Her ne kadar karanlıkta nehri göremesem de tekerlek sesinden köprüden geçtiğimizi hissedebiliyordum. Vakti gelmişti, yaklaştığımızı biliyordum ve artık ona sormalıydım.

"Bir vampiri nasıl öldürebilirsin?"

Anlayamadığım bir ifadeyle bana baktı, sesi öfkeliydi; "Öldürdüğünden emin olmak için onu parçalara ayırıp yakmalısın."

"Peki ya diğer ikisi, onunla birlikte savaşırlar mı?"

"Kadın savaşacaktır; ama Laurent'tan emin değilim. Aralarındaki bağ çok güçlü değil, yani Laurent laf olsun diye onlarla. Çayırlıkta James'ten çok utandı..."

"Ama James ve kadın, onlar sizi öldürmeye çalışacaklar değil mi?" diye sordum.

"Bella, benim için endişelenerek zaman harcama *lütfen*. Senin tek derdin kendi güvenliğini düşünmek olmalı ve lütfen ne olursun kayıtsız *davranma!*"

"Hâlâ peşimizde mi?"

"Evet. Ama bu gece eve saldırmayacak..."

Alice arkamızdaydı ve onunla birlikte görünmeyen bir yola saptı.

Kamyoneti eve doğru sürdü. İçerideki ışıklar parlaktı ama yine de ormanın karanlığını yok edememişlerdi. Daha kamyonet durmadan Emmett kapımı açtı, beni koltuktan aldı; sanki bir futbol topuymuşum gibi beni göğsüne bastırdı ve kapıya doğru koşmaya başladı.

Edward ve Alice ile birlikte kocaman beyaz odaya dalarcasına girdik. Hepsi oradaydı, yaklaştığımızı duyduklarında ayağa kalkmış olmalıydılar, Laurent ortalarında duruyordu. Beni Edward'ın yanına oturturken Emmett'in hafif hırıltılar çıkardığını duyabiliyordum.

"Bizi takip ediyor," dedi Edward kötü kötü Laurent'a bakarken.

Laurent'ın yüzü asılmıştı. "Ben de bundan korkuyordum." Alice Jasper'ın yanına yaklaştı ve kulağına bir şeyler fısıldadı. Merdivenlerden birlikte çıktılar. Rosalie onları seyrediyordu.

Emmett'in yanına oturdu. Güzel gözlerinden heyecanlı olduğu belli oluyordu. Sonra isteksizce bana baktı; öfkeliydi.

"Ne yapacak?" diye sordu Carlisle Laurent'a.

"Üzgünüm ama oğlunuz kızı korudu; ben de bundan korkuyordum. Bu James'i sinirlendirdi."

"Onu durdurabilir misiniz?"

Laurent başını olumsuz bir şekilde salladı. "James'i kimse durduramaz."

"Biz onu durduracağız," dedi Emmett. Söylediklerinde ciddiydi.

"Onu durduramazsınız, imkânsız bir şey. Üç yüz yıllık hayatım boyunca onun gibisini görmedim. O tam bir katil. Ben de bu yüzden onun grubuna katıldım."

Onun grubu, tabii ya. Oradaki liderlik gösterisi sadece bir gösteriydi.

Laurent başını sallıyordu. Şaşkınlıkla bana baktı, sonra da Carlisle'a. "Buna değeceğinden emin misin?"

Edward'ın öfkeli kükremesi odayı doldurdu, Laurent olduğu yerde büzüldü.

Carlisle ciddi bir şekilde Laurent'a bakıyordu. "Korkarım bir seçim yapmak zorunda kalacaksın."

Laurent ne olduğunu anlamıştı. Bir süre düşündü. Gözleriyle odadaki herkesin yüzüne bakıyordu, sonra bir anda ayağa fırladı.

"Burada yarattığınız hayat beni çok etkiledi; ama arada kamak da istemiyorum. Size karşı hiçbir düşmanlık beslemiyorum yalnız James'e karşı gelemem. Kuzeye yani Delani'deki grubun yanına gideceğim." Bir süre tereddüt ettikten sonra; "James'i hafife almayın. O çok zekidir ve hisleri çok güçlüdür. O da insanların arasında en az sizin kadar rahat edebilir. Böyle olduğu için çok üzgünüm; gerçekten çok üzgünüm." Başıyla bizi selamladı, giderken bana baktı.

"Yolun açık olsun," dedi Carlisle resmi bir tavırla.

Laurent bir kez daha uzun uzun etrafına baktı ve aceleyle kapıya yürüdü.

Kısa bir sessizlikten sonra:

"Ne kadar yakınımızda?" Carlisle Edward'a bakıyordu.

Esme çoktan harekete geçmiş, kimse farkına varmadan duvardaki tuşlara basarak kepenkleri harekete geçirmişti. Büyük metal kepenkler gürültüyle cam duvarın üzerini örtmeye başladığından şaşkınlıktan ağzım açık kalmıştı.

"Nehri geçtikten yaklaşık üç mil sonra, kadınla buluşmak için oralarda dolaşıyor."

"Plan nedir?"

"Biz onu başka tarafa yönlendirirken Jasper ve Alice de kadını güneye doğru götürecekler."

"Peki sonra?"

Edward'ın sesi buz gibiydi. "Bella güvende olur olmaz onu yakalarız."

"Sanırım başka bir seçeneğimiz yok," dedi Carlisle ciddi bir ifadeyle.

Edward, Rosalie'ye döndü.

"Onu yukarı çıkar ve üzerinizi değiştirin," diye emretti Edward. Rosalie öfkeyle döndü.

"Neden yapacakmışım?" diye sordu. "O benim neyim oluyor ki? O sadece bir baş belası, üzerimize saldığın bir mikrop." Sesindeki nefret yüzünden geri çekildim.

"Rose..." diye söylendi Emmett bir elini onun omzuna koyarak ama Rosalie Emmett'in elini omzundan düşürdü.

Edward'ı dikkatle izliyordum, sinirini bildiğim için vereceği tepkiden korkuyordum.

Beni şaşırttı. Sanki Rosalie hiçbir şey dememiş, aslında hiç var olmamış gibi başını çevirdi.

"Esme?" dedi sakince.

"Tabii ki," dedi Esme.

Esme bir saniyede yanıma gelmişti, beni kucağına aldı ve ben daha ne olduğunu anlamadan beni yukarı çıkardı.

"Ne yapıyoruz?" diye sordum nefes nefese, beni ikinci katta karanlık bir odaya getirmişti.

"Kokuyu karıştırıyorum. Uzun süre işe yaramaz ama dışarı çıkana kadar sana yardımcı olur." Üstünü değiştiriyordu sanırım, giysilerinin yere düştüğünü duyabiliyordum.

"Bunlara sığabileceğimi sanmı..." diye tereddüt ettim ama o hızla tişörtümü üzerimden çıkarmaya başladı. Ben de aceleyle pantolonumu çıkardım. Bana tişörte benzeyen bir şey verdi. Doğru yerlerden kolumu geçirmeye çalışıyordum ve giyinmeyi başardığımda, bol bir pantolon verdi. Hemen onu da giyindim ama ayaklarımı bir türlü dışarı çıkaramıyordum, pantolon çok uzundu. Becerikli bir şekilde paçalarımı birkaç kere kıvırdı. Bir de baktım ki benim kıyafetlerim de onun üzerindeydi. Beni, elinde deri bir çantayla Alice'in durduğu merdivenlere doğru ittirdi. İkisi de beni bileklerimden tutup merdivenlerden aşağıya indirdiler.

Sanırım biz yokken aşağıda her şey ayarlanmıştı. Edward ve Emmett gitmek için hazır bekliyorlardı, Emmett'in omzunda ağır görünen bir sırt çantası vardı. Carlisle Esme'ye ufak bir şey veriyordu. Dönüp Alice'e de aynı şeyden verdi, bu ufak, gümüş renkli bir cep telefonuydu.

"Esme ve Rosalie senin kamyonetini alacaklar Bella," dedi önümden geçerken. Rosalie'ye bakarak başımı salladım. Carlisle'a nefret dolu gözlerle bakıyordu.

"Alice ve Jasper, siz Mercedes'i alın. Güneyde koyu renk bir araba daha çok işinizi görür."

Onlar da onayladılar.

"Biz cipi alıyoruz." Carlisle'ın Edward'la gitmeye kalkmasına şaşırmıştım. Bir anda korkuyla onların bir av partisine hazırlandıklarını fark ettim.

Carlisle; "Alice, yemi alacaklar mı?" diye sordu.

Herkes Alice'e bakıyordu ama Alice gözlerini kapatmış sessizce duruyordu.

Sonunda gözlerini açtı. "O seni takip edecektir; kadın da kamyoneti takip edecek. Ancak bundan sonra biz çıkabiliriz." Sesi kendinden emindi.

"Hadi gidelim." Carlisle mutfağa doğru yürümeye başladı.

Ama Edward yanımdaydı ve sıkıca bana sarıldı. Ayaklarımı yerden kesip yüzünü yüzüme yaklaştırırken kendisini izleyen ailesinin farkında bile değildi sanki. Kısa bir an buz gibi dudaklarını dudaklarıma sertçe bastırdı. Sonra beni yere bıraktı, hâlâ yüzüme bakıyordu ve o muhteşem gözleriyle bana bakıyordu.

Arkasını dönmeden gözleri bomboş ve ölü gibiydi. Sonra gittiler.

Sessizce ağlarken diğerleri de arkalarını dönmüşlerdi.

Bu sessiz an biraz daha sürdü, sonra Esme'nin telefonu titremeye başladı. Hemen açtı.

"Şimdi," dedi. Rosalie bana bakmadan ön kapıya doğru yürüdü ama Esme yanımdan geçerken yanağıma dokundu. "Kendine dikkat et."

Kamyonetimin gürültülü sesini duydum; sonra sessizlik oldu.

Jasper ve Alice bekledi.

Daha titremeden telefon Alice'in kulağındaydı.

"Edward diyor ki kadın Esme'yi takip ediyormuş. Ben arabayı getireyim." Edward'ın gittiği yönden gölgelerin içinde kayboldu.

Jasper ve ben birbirimize baktık. Dikkatli bir şekilde benden uzak duruyordu.

"Yanlış yapıyorsun, bunu biliyorsun," dedi sessizce.

"Ne?" dedim.

"Şu anda ne hissettiğini hissedebiliyorum. Sen buna değersin."

"Değmem," diye söylendim. "Eğer onlara bir şey olursa bu koca bir hiç için olacak."

"Yanılıyorsun," dedi, gülümsüyordu.

Hiçbir şey duymadım ama Alice bir anda ön kapıdan içeri girdi, kollarını açmış bana doğru geliyordu.

"İzin verir misin?" diye sordu.

"Benden izin isteyen ilk kişisin," dedim gülümseyerek. O zayıf kollarıyla Emmett gibi rahatlıkla beni kaldırdı; korunaklı bir şekilde tuttu ve kapıdan fırladı.

20. SABIRSIZLIK

Uyandığımda aklım öyle karışık, zihnim öyle bulanıktı ki ne rüya, ne gerçek bilmiyordum, her şey iç içe geçmişti. Nerede olduğumun farkına varmam bile zaman aldı.

Bulunduğum oda, ancak bir otel odası olabilirdi, şıktı. Yatağın iki yanına vidalanmış başucu lambaları, yatak örtüsüyle aynı desendeki uzun perdeler ve duvarlardaki suluboya resimlerden öyle anlaşılıyordu.

Buraya nasıl geldiğimi hatirlamaya çalışıyordum ama başaramadım.

O parlak siyah arabayı hatırlıyordum, camlar bir limuzinin camlarından bile daha koyuydu. Her ne kadar otoyoldan yasal hız sınırının iki katı hızla geçtiysek de motor neredeyse sessizdi.

Alice'in benimle beraber koyu renkli deriden yapılmış arka koltukta oturduğunu hatırladım. Uzun süren gece boyunca başım onun taş gibi sert boynuna düşmüştü ve bu yakınlığım onu hiç rahatsız etmemişti. Onun soğuk ve sert teni tuhaf bir şekilde beni rahatlatıyordu. Pamuklu tişörtünün önü gözyaşlarım yüzünden soğuk ve ıslaktı.

Gözlerim ağlamaktan kızarmıştı ve çok acıyordu; ama sonunda ağlamaya bir son vermiştim.

Uyku beni esir almıştı; gözlerim hâlâ acıyordu. Gece bitmesine, güneş doğmasına rağmen gözlerimi zor açmıştım.

Bulutsuz gökyüzünden süzülen gri ışık gözümü alıyordu. Gözlerimi kapatamıyordum; kapattığım zaman yaşanan her şey tüm canlılığıyla ortaya çıkıyordu. Charlie'nin üzüntülü ifadesi; Edward'ın dişlerini göstererek korkunç bir şekilde hırlaması; Rosalie'nin nefret dolu bakışları; takipçinin keskin gözleriyle yaptığı inceleme; Edward'ın beni son kez öptükten sonra yüzündeki o ölü bakış... Bunları görmeye dayanamıyordum. Bu yüzden yorgunluğumla savaşıyordum; güneş ise yükseliyordu.

Bulunduğumuz yere güneş öyle güçlü yansıyordu ki ama ben tüm yorgunluğuma rağmen hâlâ uyanıktım. Üç günlük yolu bir günde yapmıştık; ancak o kadar çok şey yaşanmış, duygularım o kadar çok karışmıştı ki bu duruma şaşırmamıştım. Önümde uzanan geniş düzlüğe bakıyordum. Palmiye ağaçları, yollar, yeşil golf sahaları ve havuzlar. İnce bir sis tabakası gördüğüm her şeyi esir almıştı sanki ve etrafta kayalıklar vardı.

Palmiye ağaçlarının gölgeleri otoyola vuruyordu; her birinin şekli hatırladığımdan daha keskindi ve ağaçlar olmaları gerekenden daha soluk renkliydi. Bu gölgelerin arasında hiçbir şey saklanamazdı. Parlak ve açık otoyol tehlikesiz görünüyordu. Ama benim içim hiç rahat değildi; kendimi evimdeymişim gibi hissetmiyordum.

"Havaalanına nereden gidiyoruz Bella?" diye sordu Jasper, sesi oldukça yumuşak ama tedirgindi. Uzun gecenin sessizliğinden sonra ilk kez Jasper konuşmuştu.

"I - 10 yolundan devam edelim," diye cevap verdim. "Havaalanının yanından geçeceğiz."

Uykusuzluktan beynim çalışmıyordu neredeyse.

"Bir yere mi uçuyoruz?" diye sordum Alice'e.

"Hayır, ama ne olur ne olmaz diye havaalanına yakın olmamız iyidir."

Uluslararası havalimanının etrafında ilerlediğimizi hatırlıyorum ama sanırım sonra yeniden uykuya dalmışım.

Her ne kadar yaşadıklarımı bastırsam da hayal meyal arabadan indirildiğimi hatırlıyorum -güneş batmak üzereydi- kolum Alice'in omzunda, onun da eli belimi sıkıca kavramış beni sürüklüyordu.

Bu odayı hiç hatırlamıyorum.

Komodinin üzerinde duran dijital saate baktım. Kırmızı rakamlar saatin üç olduğunu gösteriyordu; ama sabah üç mü yoksa akşam üç mü belli olmuyordu. Kalın perdelerden hiç ışık sızmıyordu ama oda aydınlıktı.

Hemen yerimden kalkıp pencereye koştum ve perdeleri açtım.

Dışarısı karanlıktı. O zaman saat gecenin üçü olmalıydı. Odam otoyolun ıssız bir bölümüne ve havaalanının uzun süreli park yerine bakıyordu. Nerede olduğumu bilmek biraz olsun içimi rahatlatmıştı.

Kendimi inceledim; üzerimde hâlâ Esme'nin kıyafetleri vardı ve bana büyük gelmişlerdi. Odaya bakındım, neyse ki çantam yanımdaydı.

Kendi kıyafetlerimi giyinmek için tam çantama doğru yürüyordum ki biri kapıma hafifçe vurarak beni yerimden sıçrattı.

"İçeri girebilir miyim?" diye sordu Alice. Derin bir nefes aldım. "Tabii."

İçeri girdi ve bana dikkatlice baktı. "Sanki daha fazla uykuya ihtiyacın var gibi görünüyorsun," dedi.

Sadece başımı salladım.

Sessizce perdeleri kapattı ve bana döndü.

"İçeride kalmamız gerekiyor," dedi.

"Tamam," diye cevap verdim. Sesim boğuk çıkmıştı.

"Susadın mı?" diye sordu.

Bir an titredim. "İyiyim. Peki ya sen?"

"Altından kalkamayacağım bir şey değil," dedi gülümseyerek. "Senin için yiyecek bir şeyler ısmarladım, ön odada. Edward bana senin bizden daha sık yemek yemen gerektiğini hatırlattı."

Şimdi iyice telaşlanmıştım. "Aradı mı?"

"Hayır," dedi ve yüzümü nasıl astığıma baktı. "Biz ayrılmadan önce söylemişti."

Dikkatlice elimi tuttu ve beni otel suitinin oturma odasına doğru götürdü. Televizyondan gelen uğultuları duyuyordum. Jasper köşedeki masanın başında hareketsiz oturuyor, boş boş bakan gözlerle haberleri seyrediyordu.

Üzerinde bir tepsi yemek olan sehpanın yanına, yere oturdum ve ne yediğimin farkında olmadan bir şeyler atıştırmaya başladım. Alice de koltuğun kolçağına oturdu ve Jasper gibi o da televizyona boş boş bakmaya başladı.

Alice ve Jasper'ı seyrederek yavaş yavaş yemek yiyordum. Bir an ne kadar hareketsiz olduklarını fark ettim. Şu anda reklamlar vardı, ama ekrandan gözlerini ayırmıyorlardı. Tepsiyi ittim midem ağrımıştı. Alice bana baktı. "Sorun ne Alice?" diye sordum.

"Hiçbir sorun yok." Gözlerini kocaman açmış bana bakıyordu... Ama ben ona güvenmiyordum. "Şimdi ne yapıyoruz?

"Carlisle'ın bizi aramasını bekliyoruz."

"Şimdiye kadar aramış olması gerekmez miydi?" Sınırları zorladığımı görebiliyordum. Alice'in gözleri deri çantanın üzerinde duran telefona kaydı.

"Bu da ne demek?" Sesim tuhaflaşmıştı ama bunu kontrol etmeye çalışıyordum. "Hâlâ aramadı mı yani?"

"Bu durum, şu an için bize söyleyecekleri bir şey olmadığı anlamına geliyor." Ama sesi öylesine umursamazdı ki artık nefes almak da güçleşmişti.

Jasper birdenbire Alice'in yanına gelmişti, bana her zamankinden daha yakındı.

"Bella," dedi şüpheli bir şekilde. "Endişelenecek hiçbir şey yok. Burada tamamen güvendesin."

"Bunu biliyorum."

"O zaman neden korkuyorsun?" diye sordu aklı karışmış bir şekilde. Duygularımı anlayabiliyordu, ama bunların arkasındaki nedenleri anlayabildiğini hiç sanmıyordum."

"Laurent'ın ne dediğini duydun." Sesim bir fısıltı gibi çıkmıştı ama beni duyabildiklerinden emindim. "James'in bir katil olduğunu söyledi. Ya bir şeyler ters giderse ve ayrılırsa? Eğer onlardan herhangi birine bir şey olursa Carlisle'a, Emmett'a, Edward'a..." dedim yutkunarak. "Eğer o vahşi kadın Esme'ye bir şey yapacak olursa..." Sesim iyice yükselmişti, gittikçe histerik bir tona dönüşüyordu. "Bütün bunlar benim hatamken bununla nasıl yaşayabilirim? Hiçbiriniz benim için kendinizi tehlikeye atmamalıydınız..."

"Bella, Bella sus!" diye sözümü kesti Jasper. Bunları o kadar hızlı söylemişti ki anlaşılmıyordu. "Yanlış şeyler için endişeleniyorsun Bella. Bana bu konuda güven, hiçbirimiz tehlikede değiliz. Çok büyük bir baskı altındasın, gereksiz yere endişelenme. Beni dinle!" diye emretti başımı çevirdiğim için. "Ailemiz güçlüdür. Bizim tek korkumuz seni kaybetmek."

"Peki ama neden siz?"

Bu sefer Alice soğuk parmaklarıyla yanağıma dokunarak sözümü kesti. "Edward neredeyse yüz yıldır yalnız. Ama seni buldu. Onunla çok uzun zamandır birlikte olduğumuz için bizim gördüğümüz değişiklikleri sen göremiyorsun. Eğer seni kaybederse önümüzdeki yüzyıl içimizden hiçbiri onun yüzüne bakamaz."

Onun koyu renk gözlerine bakarken suçluluk duygum biraz olsun azaldı. Her ne kadar üzerime bir dinginlik çökse de yanımda Jasper olunca duygularıma güvenemezdim.

Bu çok uzun bir gündü.

Odada kaldık. Alice resepsiyonu aradı ve onlardan şimdilik oda görevlisini iptal etmelerini istedi. Camlar kapalıydı, kimse izlemiyor olsa da televizyon açıktı. Odaya düzenli aralıklarla benim için yemek geliyordu. Saatler geçtikçe masanın üzerinde duran gümüş renkli telefon büyümüştü sanki.

Benim dışımda odadaki herkes rahattı. Ben yerimde duramayıp odanın içinde bir aşağı bir yukarı yürürken onlar daha da sakinleşiyordu. Çaktırmadan beni izleyen iki heykel gibiydiler. Odadaki her şeyi dikkatle inceleyerek kendimi oyalıyordum; koltukların ten rengi, şeftali, krem, altın ve sonra tekrar ten renkli çizgili deseni... Çocukken bulutlara bakıp resimler görmeye çalıştığım gibi, arada bir soyut resimlere bakıyor, bunlara anlam vermeye çalışıyordum. Mavi bir el, saçını tarayan bir kadın, gerinen bir kedi gördüm. Ama soluk kırmızı renkli yuvarlak, bana bakan bir göz haline geldiğinde başımı çevirdim.

Akşamüzeri olmuştu ben de bir şeyler yapıyor olmak için yatağıma gittim. Karanlıkta kendi kendime bilincimin kıyılarında gezinen korkularımı kabul ettirebileceğimi umut etmiştim. Ama Jasper'ın sıkı gözetimi altında bu imkânsızdı.

Alice her zaman yaptığı gibi beni takip etti; sanki o da aynı anda tıpkı benim gibi ön odada oturmaktan sıkılmıştı. Edward'ın ona ne tür talimatlar verdiğini merak etmeye başlamıştım. Yatağa uzandım, o da bağdaş kurarak yanıma oturdu. İlk önce onu görmezlikten geldim, sonra gerçekten de çok yorgun olduğumu fark ettim. Ama birkaç dakika sonra, Jasper'ın varlığında içimde tuttuğum panik duygusu kendini belli etmeye başladı. Hemen uykuya dalma fikrini bir kenara bıraktım. Bir top gibi kıvrıldım ve kollarımı bacaklarıma sardım.

"Alice?" diye lafa başladım.

"Evet?"

Sakin olmaya çalışıyordum. "Sence şimdi ne yapıyorlardır?"

"Carlisle, takipçiyi mümkün olduğunca kuzeye doğru sürüklemek,kendisine iyice yaklaştığında ona pusu kurmak istiyor. Esme ve Rosalie kadını peşlerinde tutabildikleri sürece batıya doğru gidecekler. Eğer kadın geri dönerse onlar da Forks'a dönecek ve babana göz kulak olacaklar. Eğer arayamıyorlarsa işler yolunda gidiyor demektir. Demek ki takipçi çok yakınlarında ve onun duymasını istemiyorlar."

"Peki Esme?"

"Sanırım o Forks'a geri dönmüş olmalı. Eğer kadının duyma ihtimali varsa Esme de bizi aramaz. Hepsi çok dikkat ediyor."

"Sence gerçekten güvendeler mi?"

"Bella, sana daha kaç kere bizim için herhangi bir tehlike olmadığını söyleyeceğiz?"

"Bana doğruyu söylüyorsun değil mi?"

"Evet. Sana her zaman doğru söyleyeceğim." Sesi dürüst cevap verdiğini kanıtlar gibiydi.

Bir süre düşündüm ve gerçekten doğruyu söylediğine karar verdim.

"O zaman söyle bakalım, sen nasıl vampir oldun?"

Onu hazırlıksız yakalamıştım. Bir anda sessizleşti. Ona bakmak için döndüm, gözlerinde kararsızlık vardı.

"Edward bunu sana söylememi istemiyor," dedi ciddi bir şekilde ama bu konuda Edward'a katılmadığını anlamıştım.

"Bu hiç adil değil. Sanırım bunu bilmeye hakkım var."

"Biliyorum."

Ona baktım, bekliyordum.

İç geçirerek; "Bana gerçekten *çok* kızacak," dedi.

"Bu onu hiç ilgilendirmez. Bu seninle benim aramda. Alice sen benim arkadaşımsın, arkadaşın olarak sana bu soruyu soruyorum." Bir şekilde artık arkadaştık ve hayatım boyunca arkadaşı olacağımı bilmesi gerekirdi.

Akıllı akıllı bakan muhteşem gözlerini bana dikti bir seçim yapar gibiydi.

"Sana genel hatlarını anlatayım," dedi sonunda. "Ama aslında ben de hatırlamıyorum, neler yapıldığını ben de bilmiyorum bu yüzden sana sadece teori kısmını anlatabilirim."

Bekledim.

"Yırtıcılar olarak fiziksel cephanemizde gerektiğinden fazla silah bulunur. Güç, hız, güçlü hisler; Edward, Jasper ve benim gibi fazladan özellikleri olanları saymıyorum bile. Ve sessizce avımıza yaklaşırız."

Kıpırdamadan duruyordum, Edward'ın bana bahçede anlattıklarını düşündüm.

Yüzünde şeytani bir gülümseme belirdi. "Aslında bizim çok lüzumsuz bir silahımız daha var. Biz aynı zamanda zehirliyiz," dedi dişlerini göstererek. "Bu zehir öldürmüyor ama kısmen etkisiz bırakıyor. Yavaş yavaş kana karışıyor, bu yüzden bir kere av ısırıldığında bizden kaçamayacak kadar acı çekiyor. Dediğim gibi bu özellik biraz fazla. Yani zaten ava o kadar yaklaşırsak, av bizden kaçmaz. Tabii ki her zaman Carlisle gibi istisnalar vardır."

"Yani eğer zehir yayılırsa..." diye mırıldandım.

"Değişimin tamamlanması kanda ne kadar zehir olduğuna ve zehirin kalbe ne kadar yakın olduğuna bağlı olarak birkaç gün sürüyor. Kalp atmaya devam ettiği sürece zehir vücudu iyileştirerek ve değiştirerek yayılıyor. Sonunda kalp duruyor ve değişim tamamlanmış oluyor. Ama bütün bu süre boyunca kurban her dakika ölmeyi diliyor."

Tüylerim diken diken olmuştu.

"Gördüğün gibi o kadar da hoş bir şey değil."

"Edward çok zor olduğunu söyledi ama ben tam olarak anlamadım," dedim.

"Biz bir bakıma köpekbalıklarına benziyoruz. Bir kere kanın tadını aldığımızda ya da kokusunu duyduğumuzda bizi beslenmekten uzak tutmak çok zordur; hatta bazen imkânsızdır. Birini ısırmak, kanının tadına bakmak bu çılgınlığı başlatmış oluyor. Her iki taraf için de zor; bir taraftan kana susamışlık, diğer taraftan da o korkunç acı."

"Sen neden hatırlamıyorsun?"

"Bilmiyorum. Herkes değişimin verdiği acının insan olarak geçirdiğin en acı anın hayattaki karşılığı ile aynı olduğunu söylüyor. Ben insan olmamla ilgili hiçbir şey hatırlamıyorum." Sesi hüzünlüydü.

İkimiz de düşünceye daldık.

Saniyeler geçiyordu, ben öyle derine dalmıştım ki neredeyse onun varlığını unutacaktım.

Sonra Alice hiçbir şey olmamış gibi yataktan fırladı. Korkudan sıçramıştım, şaşkınlıkla ona bakıyordum.

"Bir şeyler değişti." Sesi telaşlıydı ve artık benimle konuşmuyordu.

Kapıya Jasper'la aynı zamanda ulaştı. Konuşmamızı ve Alice'in ani hareketini duyduğundan emindim. Ellerini Alice'in omuzlarına koydu ve onu yatağa oturttu.

"Ne görüyorsun?" diye sordu gözlerinin içine bakarak. Alice'in gözleri çok uzakta bir yere odaklanmıştı. Ben ona yakın oturmuş, ne söylediğini duymak için ona doğru eğilmiştim.

"Bir oda görüyorum, uzun bir oda ve her yerde aynalar var. Yerler tahta. O da odada, bekliyor. Aynanın etrafında altın çizgiler var."

"Oda nerede?"

"Bilmiyorum. Bir şeyler eksik ve diğer karar henüz verilmemiş."

"Ne zaman peki?"

"Yakında o bu aynalı odada olacak; hatta belki yarın. Ona bağlı. Bir şeyi bekliyor ve şu an karanlıkta."

Ona her zamanki soruları sorarken Jasper'ın sesi sakin ve sistemliydi. "Ne yapıyor?"

"Televizyon seyrediyor... Hayır, video seyrediyor, karanlıkta, başka bir yerde."

"Nerede olduğunu görebiliyor musun?"

"Hayır, çok karanlık."

"Peki, aynalı oda, orası nerede?"

"Sadece aynalar ve altın; odanın etrafını çevreleyen bir şerit gibi. Üzerinde büyük bir müzik seti olan siyah bir masa var ve bir televizyon. Orada videoya dokunuyor ama karanlık odadaki gibi seyretmiyor. Bu oda onun beklediği oda." Gözlerini çevirdi ve daha sonra Jasper'a baktı.

"Başka bir şey yok mu?"

Başını salladı. Hareketsizce birbirlerine baktılar.

"Bu da ne demek?" diye sordum.

İkisi de cevap vermedi, sonra Jasper bana baktı.

"Bu, takipçinin planlarının değişmiş olduğu anlamına geliyor, onu aynalı odaya ve karanlık odaya götürecek bir seçim yapacak."

"Ama biz bu odaların nerede olduklarını bilmiyoruz."

"Hayır."

"Ama Washington'ın kuzeyindeki dağlardan birinde avlanmış olmadığını biliyoruz. Onların elinden kaçacak." Alice'in sesi tatsızdı.

"Onları arasak mı?" diye sordum. Ciddi ciddi birbirlerine baktılar, karar verememişlerdi.

Ve telefon çaldı.

Ben başımı kaldırıp bakana kadar Alice telefona bakmak için odanın diğer tarafına geçmişti.

Telefonu açtı ama önce konuşmadı.

"Carlisle," dedi aniden; benim gibi şaşırmış ya da rahatlamış görünmüyordu.

"Evet," dedi bana bakarak. Uzun bir süre dinledi.

"Onu demin gördüm." Az önce gördüğü imgelemi tekrar anlattı. "Onu o uçağa her ne bindirdiyse o odalara gidecek." Bir an duraksadı. "Evet," dedi ve sonra bana döndü. "Bella?"

Telefonu bana uzattı. Koşarak yanına gittim.

"Alo?" dedim nefes nefese.

"Bella," dedi Edward.

"Ah Edward! Çok endişelendim."

"Bella," diye iç geçirdi üzüntüyle. "Kendin dışında hiçbir şey için endişelenmemen gerektiğini söylemiştim sana." Sesini duymak o kadar güzeldi ki... O konuşurken çaresizliğimin bir yanıp bir söndüğünü hissediyordum.

"Neredesin?"

"Vancouver'ın dışındayız. Bella, çok üzgünüm ama onu kaybettik. Bizden şüphelendi ve onun ne düşündüğünü duyamayacağım kadar uzakta durdu. Ama şu an burada değil; gitti, anlaşılan bir uçağa binmiş. Sanırım baştan başlamak için Forks'a dönüyor." Arkamdan Alice'in Jasper'a bir şeyler fısıldadığını duyuyordum.

"Biliyorum. Alice onun gittiğini gördü."

"Endişelenmene gerek yok, onu sana yönlendirecek bir şey bulamayacaktır. Biz onu tekrar bulana kadar tek yapman gereken, orada kalıp beklemek."

"Merak etme. Esme Charlie'yle birlikte mi?"

"Evet, kadın kasabadaymış. Eve gitmiş ama Charlie işteymiş. Yanına gitmemiş, bu yüzden korkmana gerek yok. Esme ve Rosalie gözetiminde baban ve iyi."

"O kadın ne yapıyor?"

"Muhtemelen tekrar iz peşine düşmüştür. Gece boyunca kasabadaydı. Rosalie onu havaalanından, bu yana takip etti. Çabalıyor Bella, ama bulabileceği hiçbir şey yok."

"Charlie'nin güvende olduğundan emin misin?"

"Evet, Esme onu gözünün önünden ayırmaz. Biz de yakında orada olacağız. Eğer takipçi Forks'un yakınlarından bile geçse onu yakalarız."

"Seni özledim," dedim sessizce.

"Biliyorum Bella. İnan bana biliyorum. Sanki yarım sende kalmış gibi."

"O zaman gel ve al," dedim.

"En kısa zamanda yanındayım; elimden geldiği kadar çabuk geleceğim. İlk önce senin güvende olduğundan emin olmam lazım." Sesi sertti.

"Seni seviyorum," dedim.

"Başına açtığım bunca dertten sonra ben de seni seviyorum."

"Evet, aslında seni hâlâ sevebiliyorum."

"Yakında sana döneceğim."

"Bekliyor olacağım."

Telefonu kapatır kapatmaz ruh halim değişmişti.

Telefonu Alice'e vermek için döndüm, bu sırada Jasper ve Alice masanın üzerinde Alice'in otel kâğıdına çizdiği bir şeylere bakıyordu. Oturdum ve Alice'in ne çizdiğine baktım.

Dikdörtgen şeklinde bir oda çizmişti ve odanın arkasında kare olan bir bölümü vardı. Yerden tavana kadar olan uzun tahtalar odayı boylu boyunca çevrelemişti. Duvarlardan aşağıya inildikçe aynalardaki kırıkları gösteren çizgiler çizmişti. Bel hizasında duvarları çepeçevre saran uzun bir şerit vardı. Bunlar Alice'in söylediği altın rengi şeritlerdi.

"Burası bir bale stüdyosu," dedim bir anda bana tanıdık gelen şekillere bakarak.

Şaşkınlıkla bana baktılar.

"Bu odayı biliyor musun?" Jasper'in sesi sakindi ama bu sorunun altında anlamadığım bir şey vardı. Alice başını kâğıda eğdi, elleri kâğıdın üzerinde uçarcasına hareket ediyordu. Arka duvarda bir acil çıkış kapısı ve sağ ön köşede alçak bir masanın üzerinde de bir televizyon ve müzik seti beliriyordu.

"Bu yer, benim sekiz, dokuz yaşımdayken dans dersi almak için gittiğim yere benziyor. Tıpkı böyle bir yerdi." Elimle arka tarafta kare şeklindeki bölümü gösterdim. "Burada tuvaletler vardı; kapılar diğer dans odasına doğruydu. Ama müzik seti buradaydı," dedim sol köşeyi göstererek. "Müzik seti daha eskiydi ve televizyon yoktu. Bekleme odasında bir pencere vardı; eğer oradan bakarsınız dans stüdyosunu görebiliyordunuz."

Alice ve Jasper gözlerini dikmiş bana bakıyorlardı.

"Bunun aynı oda olduğundan emin misin?" diye sordu Jasper sakin bir şekilde.

"Hayır emin değilim; sanırım birçok dans stüdyosu buna benziyordur, aynalar, bar," dedim aynaların karşısında duran bale barlarını göstererek. "Sadece bu şekiller bana tanıdık geldi." Tam hatırladığım yerde duran kapıyı işaret ettim.

"Oraya gitmek için herhangi bir sebebin var mı?" diye sordu Alice araya girerek.

"Hayır, oraya on yıldır gitmiyorum. Ben berbat bir dansçıydım; resitallerde beni hep arkaya koyarlardı," diye itiraf ettim.

"O zaman burasının seninle hiçbir alakası olamaz öyle mi?" diye sordu Alice dikkatle.

"Hayır, sahibinin bile aynı olduğunu zannetmiyorum. Belki de başka yerdeki bir dans stüdyosudur."

"Senin gittiğin stüdyo hangisiydi?" diye sordu Jasper.

"Annemin evinden köşeyi dönünce bir yerdeydi, okul çıkışlarımda oraya yürüyerek giderdim..." Sesim gittikçe alçalıyordu. Birbirlerine bakışları gözümden kaçmadı.

"Burada, Phoenix'te yani?" dedi Jasper.

"Evet," dedim. "58. Cadde ve Cactus."

Hepimiz sessizce oturmuş, karşımızdaki kapıya bakıyorduk.

"Alice bu telefon güvenli mi?"

"Evet," dedi bana. "Numara Washington'a bağlı."

"O zaman bu telefonu annemi aramak için kullanabilirim."

"Onun Florida'da olduğunu sanıyordum."

"Evet, burada değil ama yakında eve dönecek ve bu durumda eve dönmemesi gerek..." Sesim titremişti. Edward'ın Charlie'nin evinde olan kırmızı saçlı kadınla ilgili söylediği bir şey aklıma geldi; kayıtlarımın olduğu okul.

"Ona nasıl ulaşacaksın?"

"Evdeki telefon dışında sabit bir telefonları yok ama annem mesajlarını düzenli olarak kontrol eder."

"Jasper?" dedi Alice.

Bunu bir süre düşündü. "Sanırım bunun bir sakıncası yok, tabii nerede olduğunu söyleme."

Hevesle telefona uzandım ve o tanıdık numarayı çevirdim. Dört kere çaldı ve sonra annemin mesaj bırakmamı söyleyen o neşeli sesini duydum.

Sinyal sesinden sonra konuşmaya başladım. "Anne, benim Bella. Dinle bak yapmanı istediğim bir şey var ve çok önemli. Bu mesajı alır almaz beni bu numaradan ara." Alice çoktan yanıma gelerek resmin altındaki boşluğa telefon numarasını yazmaya başlamıştı. İki kere dikkatlice tekrar ettim. "Lütfen benimle konuşmadan hiçbir yere gitme. Merak etme ben iyiyim ama bu mesajı ne kadar geç alırsan al, seninle hemen konuşmam lazım, tamam mı? Seni seviyorum anne, görüşüz." Gözlerimi kapattım ve bu mesajı almadan önce eve gitmemesi için dua ettim.

Kanepeye yerleştim, tabaktaki meyvelerden atıştırmaya başladım. Charlie'yi aramayı düşündüm ama bu saatte eve gelip gelemeyeceğini kestiremedim. Florida'yla ilgili grev, fırtına ya da terörist saldırısı gibi onların eve erken dönmesine neden olacak bir şey duyarım diye haberlere odaklandım.

Ölümsüzlük sonsuz bir sabır gerektiriyor olmalıydı. Ne Jasper ne de Alice bir şey yapma ihtiyacı duyuyorlardı. Alice, televizyondan yansıyan ışıkla gördüğü karanlık odayı kabataslak çizmeye çalıştı. Ama bitirdiğinde oturdu ve o zamansız gözleriyle boş duvara bakmaya başladı. Jasper'ın da hiç acelesi yoktu, ne benim gibi perdelerin arasından bakıyor, ne de kapıdan çığlıklar atarak koşuyordu.

Telefonun tekrar çalmasını beklerken kanepede uyuyakalmış olmalıydım. Alice beni yatağıma taşırken soğuk elinin dokunuşuyla kısa bir süre beni uyandırmışsa da başımı yastığa koyar koymaz yine kendimden geçtim.

21. TELEFON GÖRÜŞMESİ

Yine çok erken bir saatte uyanmıştım; gecem gündüzüm karışmıştı. Yatağımda Alice ve Jasper'ın diğer odadan gelen seslerini dinlemeye başladım. Benim duyabileceğim kadar yüksek sesle konuşuyor olmaları tuhaftı. Hemen yatağımdan fırladım ve oturma odasına gittim.

Televizyondaki saat sabah ikiyi gösteriyordu. Alice ve Jasper kanepede oturuyorlardı, Jasper onun omuzlarının üzerinden bakarken Alice yine bir şeyler çiziyordu. Odaya girdiğimde başlarını kaldırıp bakmadılar, ikisi de Alice'in çizdikleriyle meşguldü.

Çizilenlere bakmak için Jasper'ın tarafına geçtim.

"Başka şeyler de gördü mü?" diye sordum Jasper'a sessizce.

"Evet. Bir şeyler onu videoyla birlikte o odaya getirdi ama şimdi daha aydınlık."

Koyu gölgeli ve alçak tavanlı, kare şeklinde bir oda çizmekte olan Alice'e bakıyordum. Duvarlar, modası geçmiş koyu renk tahtalardan oluşuyordu. Ortada üzeri desenli koyu renk bir halı vardı.

Güneye bakan duvarın karşısında oturma odasına doğru uzanan büyük bir pencere vardı. Girişin bir kısmı taştandı ve her iki odada kocaman taştan bir şömine vardı. Bu açıdan bakıldığında, küçük bir masaya konulmuş televizyon ve video odanın güneybatı köşesindeydi. Televizyonun önünde kıvrılmış eski bir kanepe ve onun önünde de bir kahve masası vardı.

"Telefon da buradaydı," diye fısıldadım parmağımla işaret ederek.

İki çift ölümsüz göz bana bakıyordu.

"Burası annemin evi!"

Alice telefonunu alarak ayağa kalktı ve bir yerleri aramaya başladı. Annemin evinin bu kadar kusursuz çizimine bakakalmıştım. Jasper hiç yapmadığı bir şey yaparak yanıma yaklaştı. Eliyle yavaşça omzuma dokunduğunda sakinleşmiştim.

Alice öyle hızlı konuşuyordu ki dudakları titriyor gibi görünüyordu. Söylediklerini anlamak ise mümkün değildi. Odaklanamıyordum.

"Bella," dedi Alice. Duygusuzca ona baktım.

"Bella, Edward seni almaya geliyor. O, Emmett ve Carlisle saklanman için bir süreliğine seni başka bir yere götürecekler."

"Edward mı geliyor?" Sözcükler cankurtaran simidi gibiydi, selin içinde başımı yukarıda tutuyordu.

"Evet, Seattle'dan ilk uçağa yetişecek. Onunla havaalanında buluşacağız ve sen onunla gideceksin."

"Peki ya annem? Buraya annem için geldik Alice!" Jasper'a rağmen yeniden paniklemiştim.

"O güvende olana kadar Jasper ve ben burada kalacağız."

"Bunu yapamam Alice. Tanıdığım herkesi sonsuza kadar koruyamazsınız. Onun ne yaptığını görmüyor musun? Beni takip etmiyor ki. Birini en sonunda bulacak ve sevdiklerime zarar verecek... Alice bunu yapamam..."

"Onu yakalayacağız Bella," diyerek beni ikna etmeye çalıştı.

"Ya sana da zarar verirse Alice? Sence bunun benim için bir önemi yok mu? Sence sadece benim aileme yani insan olan aileme bir şeyler yaparak mı bana zarar verebilir?"

Alice anlamlı bir ifadeyle Jasper'a baktı. Üzerime bir ağırlık çöktü ve gözlerim istemsizce kapandı. Olan bitenin farkındaydım ve buna karşı savaşmak istiyordum. Ayağa kalkıp gözlerimi açık tutmaya çalıştım ve Jasper'ın elinden kurtuldum.

Öfkeyle; "Uyumak istemiyorum," dedim.

Kapımı çarparak kendi odama geçtim; hiç yoktan burada rahat rahat kendimi dağıtabilirdim. Alice bu kez peşimden gelmedi. Üç buçuk saat boyunca boş duvara baktım. Aklımda bir sürü şey vardı, bu kâbustan uyanmanın bir yolunu bulmaya çalışıyordum. Bundan bir kaçış ya da bunu ertelemenin bir yolu yoktu. Görebildiğim tek şey uzakta hayal gibi beliren korkunç sondu. Asıl soru ben bu sona ulaşmadan daha kaç insanın zarar göreceğiydi.

Tek avuntum ve kalan tek umudum, Edward'ı yakında göreceğimi bilmemdi. Belki yüzünü bir kere görebilsem, şu anda gözümden kaçan çözümü bulabilecektim.

Telefon çalınca odamdan çıktım; kendimi odama kapattığım için biraz utanmıştım. Benim için yaptıkları bunca fedakârlıktan sonra bana kırılmamış olmalarını diledim.

Alice yine hızlı hızlı konuşuyordu ve Jasper'ın ilk kez odada olmaması dikkatimi çekmişti. Saat sabahın beş buçuğunu gösteriyordu.

"Şu anda uçağa biniyorlar," dedi Alice. "Dokuz kırk beşte inecekler." O buraya gelene kadar sadece birkaç saat daha dayanmam gerekecekti.

"Jasper nerede?"

"Oteldeki hesabı ödemek için çıktı."

"Siz burada kalmıyor musunuz?"

"Hayır, annenin evine daha yakın bir yere gideceğiz."

Bu sözleri duyduğumda midem ağrımaya başladı.

Telefon yeniden çaldığında kendime geldim. Alice şaşırmış görünüyordu, ben çoktan umutla telefona doğru yürümeye başlamıştım.

"Alo?" dedi Alice. "Hayır burada." Telefonu bana uzattı. "Annen," dedi.

"Alo?"

"Bella? Bella?" Bu, çocukluğumda binlerce kez duyduğum, ne zaman kaldırımın kenarına çok yaklaşsam ya da gözünün önünden kaybolsam annemin kullandığı tanıdık ses tonuydu.

Derin bir nefes aldım. Mesajım onu telaşlandırmasın ama aciliyetini de anlasın mantığıyla bırakılmış olsa da bunun mümkün olmayacağını biliyordum.

"Sakin ol anne," dedim onu rahatlatmak istercesine. Bu sırada Alice'ten uzaklaşıyordum. Alice gözlerini dikmiş bana bakarken ikna edici bir şekilde yalan söyleyebileceğimden emin değildim. "Her şey yolunda tamam mı? Bana sadece bir dakika ver, sana her şeyi açıklayacağım, söz veriyorum."

Annem nedense sözümü kesmeden beni dinliyordu, şaşırmıştım.

"Anne?"

"Sana konuşmanı söylemeden sakın bir şey söyleme." Şu an duyduğum ses beklenmedik ve bir o kadar da yabancıydı. Bu bir adam sesiydi, çok hoş ve kendine özgü bir sesi vardı. Bu ses pahalı araba reklamlarında duyabileceğiniz türden bir sesti. Çok hızlı konuşuyordu.

"Annene zarar vermeme gerek yok, bu yüzden lütfen söylediklerimi yap annene de bir şey olmasın." Ben adamın söylediklerini korkuyla dinlerken o da beni dinliyordu.

"Bu çok iyi," diyerek beni tebrik etti. "Şimdi söylediklerimi tekrarla ve sakın doğal olmaya çalışma. 'Anne, neredeysen orada kal,' de."

"Hayır, anne neredeysen orada kal." Sesim neredeyse bir fısıltı gibi çıkmıştı.

"Bunun zor olacağını düşünüyorum." Ses çok neşeli ve canlı geliyordu. "Neden öteki odaya geçmiyorsun, böylelikle yüz ifaden her şeyi mahvetmemiş olur. Annenin acı çekmesine ne gerek var değil mi? Yürürken 'Anne, lütfen beni dinle,' der misin lütfen. Söyle dedim!"

"Anne, lütfen beni dinle." Sesim yalvarır gibi çıkmıştı. Yavaş yavaş yatak odasına doğru yürüdüm, Alice'in endişeli bakışlarını üzerimde hissedebiliyordum. Kapıyı arkamdan kapattım, beynimi ele geçiren korkunun arasında mantıklı bir şekilde düşünmeye çalışıyordum.

"İşte böyle, yalnız mısın? Sadece evet ya da hayır de."

"Evet."

"Ama seni hâlâ duyabildiklerinden eminim."

"Evet."

"Tamam o zaman, 'Anne bana güven,' de."

"Anne, bana güven."

"Bu beklediğimden daha çok işe yarıyor. Ben de beklemeye hazırlanıyordum ama annen planladığımdan önce geldi. Böylesi daha kolay değil mi? Senin için daha az stresli."

Bekledim.

"Şimdi beni dikkatle dinlemeni istiyorum. Arkadaşlarından kurtulmak için sana ihtiyacım olacak; bunu yapabilir misin? Evet ya da hayır de."

"Hayır."

"Bunu duyduğuma üzüldüm. Senden biraz daha yaratıcı olmanı beklerdim. Annenin hayatı söz konusuyken onları uzaklaştırabilir misin? Evet ya da hayır de."

Kurtulmanın bir yolu olmalıydı. Havaalanına gideceğimizi hatırladım. Uluslararası Havalimanı; hem kalabalık, hem karışık...

"Evet."

"Şimdi oldu işte. Bunun kolay olmayacağına eminim, ama eğer yanında biri olduğuna dair en ufak bir şey hissedersem, işte o zaman annen için çok kötü olur," dedi. "Eğer yanında birini getirmeye kalkarsan bunu ne kadar çabuk fark edeceğimi artık anlamış olman lazım ve eğer yanlış bir şey yaparsan annenin işini ne kadar kolay bitirebileceğimi de... Beni anladın mı? Evet ya da hayır de."

"Evet," dedim tiz bir sesle.

"Aferin Bella. Şimdi yapman gerekeni söylüyorum. Annenin evine gideceksin ve telefonun yanında yazılı olan numarayı arayacaksın. Ben sana oradan nasıl gidileceğini anlatacağım." Nereye gideceğimi ve bu işin sonunun nereye varacağını zaten biliyordum. Ama söylediklerini harfiyen yapacaktım.

"Bunu yapabilir misin? Evet ya da hayır de."

"Evet."

"Öğle vaktinden önce harekete geçeceksin Bella. Bütün günümü buna harcayamam," dedi kibarca.

"Phil nerede?" diye sordum sertçe.

"Aa, dikkat Bella. Ben sana söyleyene kadar konuşma lütfen."

Sustum.

"Arkadaşlarının yanına döndüğünde onları şüphelendirmemen çok önemli. Onlara annenin aradığını ve onunla en yakın zamanda eve gelmenle ilgili konuştuğunuzu söyle. Şimdi söylediklerimi tekrarla. 'Teşekkür ederim anne.' Söyle dedim."

"Teşekkür ederim anne." Ağlamamak için zor tutuyordum kendimi.

"De ki, 'Seni seviyorum anne, yakında görüşürüz.' Söyle dedim."

"Seni seviyorum anne." Sesim iyice boğuklaşmıştı. "Yakında görüşürüz."

"Görüşürüz Bella. Seni görmeyi dört gözle bekliyorum," dedi ve kapattı.

Telefon hâlâ kulağımdaydı. Korkudan donup kalmıştım, parmaklarımı kıpırdatıp da telefonu elimden bırakamadım.

Düşünmem gerektiğini biliyordum ama kulağımdan annemin telaşlı sesi gitmiyordu. Kendimi kontrol etmeye çalışırken saniyeler geçiyordu.

Düşüncelerim yavaş yavaş bu acı duvarını yıkmaya başlamıştı. Plan yapmalıydım. Şu anda tek bir seçeneğim vardı; aynalı odaya gitmek ve ölmek. Hiçbir garantim yoktu, annemi hayatta tutmak için verebileceğim hiçbir şeyim yoktu. Tek umudum James'in Edward'ı döverek kazanacağı zaferle yetinmesiydi. Çaresizdim; pazarlık yapacak bir yol yoktu, önerebileceğim ya da esirgeyebileceğim hiçbir şey onu etkileyemezdi. Yani başka şansım yoktu; denemek zorundaydım.

Korkumu elimden geldiğince bastırmaya çalışıyordum. Kararım verilmişti. Sonucu düşünerek zaman kaybetmenin bir faydası yoktu. Mantıklı düşünmek zorundaydım; çünkü Alice ve Jasper içeride beni bekliyorlardı. Onlardan kurtulmam gerekiyordu ama bu imkânsızdı.

Jasper'ın gitmiş olduğuna bir an çok sevindim. Son beş dakikadaki gerginliğimi hissedecek olurlarsa ne yapabilirim diye düşünmeye başladım. Korkumu içime attım ama öyle endişeliydim ki korktuğum belli oluyordu. Şu anda bunu kaldıramazdım. Ne zaman döneceğini bilmiyordum.

Kaçışıma odaklanmıştım. Havaalanını iyi bilmemin benim lehime olmasını umut ediyordum. Bir şekilde Alice'i kendimden uzak tutmalıydım...

Alice'in diğer odada beni merakla beklediğini biliyordum. Ama Jasper dönmeden halletmem gereken başka bir şey vardı.

Edward'ı bir daha göremeyeceğimi kabul etmek zorundaydım, o aynalı odaya gitmeden önce aklımda son bir görüntüsü bile olmayacaktı. Ona zarar verecektim ve hoşça kal bile diyemeyecektim. Bu ne garip bir duyguydu; resmen işkence çekiyordum. Sonra her şeyi bir kenara bırakıp Alice'le yüzleşmeye gittim.

Yüzümdeki ifade donuktu ve bakışlarım anlamsızlaşmıştı. Alice endişelenmişti; soru sormasını beklemedim. Şu anda oynamam gereken tek oyun vardı ve doğaçlama yapacak durumda değildim.

"Annem meraklanmış, eve gitmek istemiş. Ama her şey yolunda, onu evden uzak durmaya ikna ettim." Sesim cansızdı.

"Onun iyi olmasını sağlayacağız Bella, merak etme." Arkamı döndüm; yüzümü görmesine izin veremezdim. Gözlerim masanın üzerinde duran boş otel kâğıtlarına takıldı.

Yavaş yavaş kâğıtlara doğu yürüdüm, bir planım vardı. Orada bir zarf da vardı. Bu iyiydi.

"Alice," dedim usulca, "Eğer annem için bir mektup yazsam ona verir misin? Yani eve bırakır mısın demek istedim."

"Tabii Bella." Sesi çok dikkatliydi. Ben de neredeyse sıkıntıdan patlayacaktım. Duygularımı daha iyi kontrol altında tutmak *zorundaydım*.

Tekrar yatak odasına gittim ve yatağın başındaki komodine eğilip yazmaya başladım.

"Edward," diye yazdım. Ellerim titriyordu, harfler güçlükle okunabiliyordu.

Seni çok seviyorum ve çok üzgünüm ama o annemi bulmuş. Gidip onunla görüşmeyi denemeliyim, biliyorum belki bu benim işim değil ama... Çok üzgünüm...

Alice ve Jasper için bana kızma. Onları kendimden uzak tutabilirsem bir mucize olacak. Bir de benim için onlara teşekkür et; özellikle de Alice'e.

Ve lütfen ama lütfen peşimden gelme. O böyle istedi ki bence de böyle olmalı. Benim yüzümden herhangi birine bir şey olursa dayanamam. Bu özellikle sen olmamalısın. Lütfen senden benim için sadece bunlara uymanı rica ediyorum.

Beni affet. Seni seviyorum.

Bella

Mektubu dikkatlice katladım ve zarfın içine koydum. Eninde sonunda bunu bulacaktı. Umarım bu kez beni anlar ve bir kez olsun dinlerdi.

22. SAKLAMBAÇ

Yaşadığım her şey; bu korku, çaresizlik, kalbimin deli gibi atması, düşündüğümden çok daha az zaman almıştı. Zaman geçmek bilmiyordu. Alice'e döndüğümde Jasper hâlâ gelmemişti. Alice'le aynı odada olmaktan korkuyordum; olanları tahmin edebileceğinden ve aynı sebepten dolayı ondan da saklanmak zorunda kalmaktan korkuyordum.

Aklım karışmıştı iyice ve bu karmaşa da şaşırabileceğimi düşünmezdim ama Alice'i elleriyle masanın kenarlarına tutunmuş görünce gerçekten şaşırdım.

"Alice?"

Adını söylediğimde tepki vermedi ama başını iki yana doğru sallıyordu; yüzünü gördüm. Gözleri bomboş bakıyordu, sersemlemişti... Aklım annemdeydi; geç kalmamış olmayı diliyordum.

Hemen yanına gittim ve içgüdüsel olarak eline dokundum.

"Alice!" dedi Jasper. Tam arkasındaydı, ellerini masadan kurtarmaya çalışıyordu. Odanın diğer tarafından kapı yavaşça kapandı.

"Bu neydi?" diye sordu Jasper.

Alice başını çevirdi ve Jasper'ın göğsüne yasladı. "Bella," dedi.

"Ben buradayım," diye cevap verdim.

Başını bana doğru çevirdi, gözleri gözlerime kilitlenmişti, hâlâ boş bir ifadeyle bakıyordu. Bir anda benimle konuşmadığını, Jasper'ın sorusuna cevap verdiğini anladım.

"Ne gördün?" diye sordum. Bu ilgisiz ve dümdüz sesimde soru ifadesi yoktu.

Jasper sert bir şekilde bana baktı. İfademi değiştirmeden bekledim. Jasper bir Alice'e bir bana bakıyordu. Aklı karışmış gibi görünüyordu, kargaşayı hissetmişti...

Rahattım ve duygularımı kontrol altında tutmaya çalıştım.

Alice de bu sırada kendine geldi.

"Hiçbir şey," dedi sonunda, sesi çok sakin ve inandırıcıydı. "Daha önce gördüğüm odanın aynısı."

Sonra bana baktı, yüz ifadesi yumuşacıktı. "Kahvaltı ister misin?"

"Hayır, havaalanında yerim." Ben de çok sakindim. Duş almak için banyoya gittim. Sanki Jasper'ın yeteneğini ödünç almıştım. Alice, Jasper'la yalnız kalmak istiyordu, belliydi ve ben bu yoğun isteği fark etmiştim. Böylelikle Alice ona bir şeyleri yanlış yaptıklarını ve başarılı olamayacaklarını anlatabilecekti...

Tüm detayları düşünerek hazırlandım. Saçlarımı açtım. Jasper'ın üzerimde yarattığı o olumlu tavır daha net düşünmeme yardımcı olmuştu. Tabii plan yapmama da faydası oldu bu durumun. İçinde para olan çorabımı bulmak için çantamı aradım ve çoraptaki paraları cüzdanıma koydum.

Havaalanına gitmek konusunda endişeliydim ama yedide otelden ayrıldığımıza memnun oldum. Bu sefer koyu renk arabanın arka tarafına tek başıma oturdum. Alice sırtını kapıya yaslamış, yüzü Jasper'a dönüktü ama güneş gözlüklerinin arkasından her saniye bana rahatlatıcı bakışlar atıyordu.

"Alice?" dedim ilgisiz bir şekilde. Tetikteydi. "Evet?"

"Bu nasıl oluyor? Yani gördüğün şeyler ne?" Camdan dışarıya baktım, sıkılmışım gibi konuştum nedense. "Edward bunun belirli bir şey olmadığını söyledi... Olayların değişebileceğini..." Onun adını söylemek düşündüğümden daha zor olmuştu. Jasper'ı da alarma geçiren bu olmuş olmalı ki arabada sessizlik hakimdi.

"Evet, bazı şeyler değişir..." diye mırıldandı. İçinden umarım, demiş olmalıydı. "Bazı şeyler kesindir; örneğin, havanın durumu. Ama insanlar daha zordur. Ben sadece onları bir şeyin peşindeyken görürüm. Fikirlerini değiştirdiklerinde, ne kadar küçük olursa olsun, yeni bir karar verdiklerinde bütün gelecek değişir."

Düşünceli bir şekilde başımı salladım. "Yani sen James'i buraya gelmeye karar vermeden önce Phoenix'te görmedin."

"Evet," dedi, hâlâ tedirgindi.

Ben James'le buluşmaya karar vermeden önce beni de aynalı odada görmemişti. Görmüş olduğu şeyler üzerine düşünmek istemiyordum. Telaşımı belli ederek Jasper'ın dikkatini çekmek istemiyordum. Beni şimdi, Alice'in gördüğü imgelemden sonra daha da dikkatli izleyeceklerdi.

Havaalanına geldik. Şans benden yanaydı ya da sadece hoş bir tesadüftü. Edward'ın uçağı dördüncü terminale iniyordu, birçok uçağın indiği en büyük terminaldi burası. Uçağının oraya inmesi şaşırtıcı değildi tabii ki ama burası benim ihtiyacım olan yerdi; en büyük, en karışık. Üçüncü katta bir kapı vardı ve bu kapı tek şansımdı.

Kocaman park yerinin dördüncü katına arabayı bıraktık. Önden önden yürüyordum; çünkü yolu en iyi bilen bendim. Yolcuların bavullarını bıraktığı üçüncü kata inmek için asansöre bindik. Alice ve Jasper inen uçaklara bakmak için uzun zaman harcadılar. New York, Atlanta ve Chicago'nun olumlu ve olumsuz yönlerini konuştuklarını duyuyordum. Bunlar benim hiç görmediğim ve asla göremeyeceğim yerlerdi.

Sabırsızlanmıştım ve bir fırsat yakalamaya çalışıyordum; bu sırada ayağımı yere vurmaktan kendimi alamıyordum. Güvenlik noktasındaki bekleme koltuklarına oturduk. Jasper ve Alice insanları seyrediyor gibi yapıyor, ama aslında beni izliyorlardı. Kıpırdadıkça gözlerinin ucuyla beni takip ediyorlardı. Durum ümitsizdi. Acaba koşmalı mıydım? Bu kalabalığın ortasında beni fiziksel olarak durdurmaya cesaret edebilirler miydi? Ya da sadece beni takip mi ederlerdi?

Üzerinde isim yazmayan zarfı cebimden çıkardım ve Alice'in siyah deri çantasının üzerine koydum. Bana baktı.

"Mektubum," dedim. Başını salladı ve zarfın kapağını yerine yerleştirdi. Edward yakında öğrenecekti.

Dakikalar geçiyordu, Edward'ın gelmesine az kalmıştı. Vücudumdaki her hücrenin onun geleceğinden haberdar olması ve özlemle onu beklemesi ne kadar da inanılmazdı. Bu işleri daha da zorlaştırıyordu. Burada kalmak, önce onu görüp ondan sonra kaçmak için bahaneler aramaya başlamıştım. Ama eğer kaçmak istiyorsam bunu yapmam olanaksızdı.

Birkaç kere Alice birlikte kahvaltı almamızı önerdi. Daha sonra alırız, diye oyaladım.

Arka arkaya gelmekte olan uçakların gelişlerini gösteren levhaya bakıyordum. Seattle uçağı kısa süre burada olacaktı.

Kaçmak için otuz dakikam varken birden numaralar değişti. Uçak on dakika erken gelecekti. Hiç zamanım kalmamıştı.

"Kahvaltı edeyim," dedim hemen.

"Ben seninle gelirim," dedi Alice ayağa kalkarak.

"Sen kal, Jasper gelsin sakıncası yoksa?" diye sordum. "Kendimi biraz şey hissediyorum..." Cümlemi bitirmemiştim ama gözlerimden ne demek istediğim anlaşılıyordu.

Jasper ayağa kalktı. Alice'in aklı karışmıştı ama neyse ki şüphelenmemişti. Aklının karışıklığını benim yapacağım ihanete değil de takipçinin fikir değiştirmesine yoruyor olmalıydı.

Jasper yanımda sessizce yürüyordu ve bir eli belimdeydi. Sanki beni yönlendiriyormuş gibiydi. İlk gördüğümüz kafe ile ilgilenmiyormuş gibi yaptım, gerçekten yemek istediğim şeyi arıyor gibiydim. İşte oradaydı, tam köşeyi dönünce, Alice'in göremeyeceği bir yerde; üçüncü kat bayanlar tuvaleti.

"İzninle," dedim Jasper'a önünden geçerken. "Hemen gelirim."

Kapı arkamdan kapanır kapanmaz koşmaya başladım. Bu tuvalette kaybolduğumu hatırlıyordum, çünkü iki çıkışı vardı.

Uzak olan kapının ardında asansöre giden kısa bir yol vardı ve eğer Jasper söylediği yerde durmuşsa onun görüş mesafesi dışında bir yerde olacaktım. Koşarken arkama bakmadım. Bu benim tek şansımdı, beni görse bile koşmaya devam etmeliydim. İnsanlar bana bakıyordu ama ben onları görmezlikten geldim. Köşeyi dönünce beni asansörler bekliyordu. Aşağıya inen, kalabalık ve kapısı kapanmakta olan asansörü elimi uzatarak durdurdum ve içeri atladım. Rahatsız olmuş yolcuların yanına sıkıştım ve birinci katın düğmesine basılıp basılmadığını kontrol ettim. O katın ışığı yanıyordu ve kapı da kapanmıştı.

Kapı açılır açılmaz arkamda söylenen bir sürü insan bırakarak koşmaya devam ettim. Bagajları getiren döner aletin yanındaki güvenlik görevlilerinin yanından geçerken biraz yavaşladım, ama çıkış kapısını gördüğümde tekrar koşmaya başladım. Jasper'ın henüz beni aramaya başlayıp başlamadığını bilmeme imkân yoktu. Eğer kokumu takip ediyorsa sadece birkaç saniyem vardı.

Otomatik kapılardan kendimi dışarı attım, yavaş yavaş açılan cam kapılara neredeyse çarpıyordum. Bu kalabalığın içinde bir tane bile taksi görünmüyordu.

Hiç zamanım yoktu; Alice ve Jasper kaçtığımı fark etmek üzerelerdi ve fark ettiklerinde bir çırpıda beni bulurlardı.

Birkaç adım ötemde Hyatt Oteli'ne giden bir otobüs kapılarını kapatmak üzereydi.

"Bekle!" diye bağırdım, hem koşuyor, hem de şoföre el sallıyordum.

"Bu otobüs Hyatt'a gidiyor," dedi sürücü şüpheyle kapıyı açarken.

"Evet, biliyorum," dedim soluk soluğa. "Ben de oraya gidecektim." Merdivenlerden koşarak çıktım.

Bagajsız durumuma soran gözlerle baktı ama sonra umursamamış olacak ki bir şey söylemedi.

Koltukların çoğu boştu. Diğer yolculardan mümkün olduğunca uzak bir yere oturdum. Önce kaldırıma, oradan da havaalanına doğru baktım. Edward'ı kaldırımın kenarında, izimi kaybettirdiğim son noktada, öylece dururken düşünmeden edemiyordum. Kendi kendime ağlamamam gerektiğini telkin ettim. Önümde daha gidecek çok yolum vardı.

Şansım yaver gidiyordu. Hyatt Oteli'nin önünde, yorgun görünen bir çift, taksiden son bavullarını indiriyordu. Otobüsten atladım ve taksiye koştum, kendimi sürücünün arkasındaki koltuğa attım. Yorgun çift ve sürücü bana bakıyorlardı.

Şaşkın sürücüye annemin adresini verdim. "Buraya mümkün olduğunca çabuk gitmeliyim."

"Ama burası Scottsdale'de," diye söylendi. Koltuğun üzerine dört tane yirmilik banknot attım. "Bu kadar yeter mi?"

"Tabii çocuk, hiç sorun değil."

Arkama yaslanarak oturdum. Bu tanıdık şehir etrafımda dönmeye başladı ama camdan bile bakmıyordum. Kontrolü elimde tutmak için çaba sarf ediyordum. Planım başarıyla tamamlanmıştı. Daha çok endişelenmeme ve korkmama gerek yoktu. Şimdi sadece bu yoldan gitmem gerekiyordu.

Paniğe kapılmak yerine gözlerimi kapattım ve yirmi dakikalık bu yolculuğu Edward'ı düşünerek geçirdim.

Edward'ı karşılamak için havaalanında kaldığımı hayal ettim. Onu bir an önce görmek için nasıl heyecanlandığımı düşündüm. Bizi ayıran o kalabalığın içinden çabucak yanıma geleceğini... Sonra ben aramızdaki birkaç adımı koşarak kapatacak ve onun mermer gibi kollarında güvende olacaktım.

Nereye gideceğimizi merak ediyordum. Kuzeyde bir yerlere giderdik herhalde, böylelikle gündüz de dışarıda olabilirdi. Belki de çok uzak bir yere giderdik; o zaman da güneşin altında birlikte uzanabilirdik. Onu deniz kıyısında hayal ediyordum, teninin deniz gibi parladığını... Ne kadar zaman saklanacağımızın bir önemi olmazdı. Onunla bir otel odasında tıkılı kalmak bile cennet gibi olurdu. Ona soracak o kadar çok sorum vardı ki... Onunla sonsuza kadar konuşabilir, hiç uyumadan, yanından hiç ayrılmayabilirdim.

Şimdi yüzünü çok net görebiliyordum... Neredeyse sesini duyuyordum. Bütün bu korkuya ve ümitsizliğe rağmen çok mutluydum. Beni gerçeklerden uzaklaştıran hayallere o kadar dalmıştım ki geçen zamanın farkında değildim.

"Hey, kaç numaraydı?"

Şoförün sorusu beni gerçek hayata döndürdü ve hayallerimin rengini aldı. Sıra korku, sıkıntı ve endişedeydi.

"Elli sekiz, yirmi bir." Sözcükler boğazımda düğümlendi. Şoför bana baktı, bir kriz geçirip geçirmediğimi anlamaya çalışıyordu.

"O zaman geldik." Paranın üstünü istemeyeyim diye beni bir an önce arabasından indirmeye çalışıyordu.

"Teşekkür ederim," dedim. Korkmamam için kendimi telkin ediyordum. Ev boştu. Acele etmeliydim; annem korkmuş bir şekilde beni bekliyordu, hayatı bana bağlıydı.

Kapıya doğru koştum ve her zaman yaptığım gibi anahtarı almak için saçağın altına uzandım. Kapıyı açtım. İçerisi karanlık, boş ve normal görünüyordu. Mutfağın ışığını açarak telefona koştum. Beyaz tahtanın üzerinde küçük ve düzgün bir şekilde yazılmış on haneli bir telefon numarası vardı. Numaraları tuşlarken ellerim titriyordu. Telefonu kapatıp tekrar aramak zorunda kalmıştım. Bu sefer sadece tuşlara odaklanmıştım, her birine teker teker bastım. Sonunda başarmıştım. Titreyen ellerimle telefonu kulağıma götürdüm. Sadece bir kere çaldı.

"Alo, Bella," dedi o rahat ses. "Çok hızlısın, çok etkilendim."

"Annem iyi mi?"

"O gayet iyi. Merak etme Bella, onunla hiç tartışmadık. Tabii eğer yalnız geldiysen."

"Yalnızım." Hayatım boyunca hiç bu kadar yalnız olmamıştım.

"Çok iyi. Evinizin köşesinden döndüğün zaman bir bale stüdyosu var, biliyor musun?"

"Evet, oraya nasıl gidileceğini biliyorum."

"Pekâlâ, o zaman biraz sonra görüşürüz."

Telefonu kapattım. Odadan koşarak o yakıcı sıcağa çıktım.

Eve dönüp bakmak için zamanım yoktu, zaten evi şu anda olduğu gibi görmek istemiyordum. Boş, sığınacak bir yuvadan çok, korkunun bir simgesiydi. Bu tanıdık odalardan en son geçen adam benim düşmanımdı.

Göz ucuyla, çocukken oynadığım büyük okaliptüs ağacına ve yeşermek üzere olan çiçeklere baktım. Her yerde annemi görüyordum.

Anılar bugün gördüğüm gerçekliklerden çok daha güzeldi. Ama ben köşeyi döndüm ve her şeyi geride bırakarak onlardan kaçtım.

Çok yavaş hareket ediyordum; sanki ıslak kumda koşuyordum. Sanırım gerçeklikten yeterince payımı alamamıştım. Birkaç kez tökezledim. Bir keresinde neredeyse düşüyordum, son anda ellerimle kaldırımın kenarına tutundum. Sonunda köşeye gelmeyi başardım. Sadece bir sokak kalmıştı; çok terlemiştim ve soluk soluğa koşuyordum. Güneş yakıyordu; bu beyaz top başımın üzerinde beni kör edecek gibiydi. Kendimi çok korunmasız hissediyordum. Forks'un, yani evimin o yeşil koruyucu ormanlarını ne kadar çok özlemiştim.

Son köşeden Cactus'e döndüğümde stüdyoyu görebiliyordum. Tıpkı hatırladığım gibiydi; önündeki park yeri boştu, pencerelerdeki dikey storların hepsi kapalıydı. Artık daha fazla koşamıyordum, nefes alamıyordum; gösterdiğim gayret ve korku beni alt etmişti. Hareket edebilmek, adım atabilmek için annemi düşünüyordum.

Yakınlaştıkça kapının içindeki işareti görebiliyordum. Parlak pembe kâğıtta el yazısıyla dans stüdyosunun bahar tatili nedeniyle kapalı olduğu yazıyordu. Kâğıdın asılı olduğu kapının kolunu dikkatlice indirdim. Kilitli değildi. Nefesimi tutarak içeri girdim.

Lobi karanlık ve boştu, havalandırmadan ses geliyordu. Plastik sandalyeler duvara doğru istiflenmişti ve halı da şampuan kokuyordu. Aradaki camdan bar tarafındaki dans odasının karanlık olduğunu görebiliyordum. Doğu tarafındaki daha büyük olan dans odasında ışık vardı ama camdaki storlar kapalıydı.

Sonra annemin sesini duydum.

"Bella? Bella?" dedi panik içinde. Hemen sesin geldiği kapıya koştum.

"Bella, ödümü koparttın! Bunu bana bir daha asla yapma!" dedi annem ben yüksek tavanlı odaya girerken.

Annemin sesinin nereden geldiğini bulmaya çalışarak etrafıma bakınıyordum. Onun gülüşünü duydum ve tüylerim diken diken oldu.

İşte orada, televizyon ekranındaydı, huzur içinde saçlarımı okşuyordu. Şükran Günü'ydü ve ben on iki yaşındaydım. Ölmeden bir sene önce Kaliforniya'daki büyükannemi görmeye gitmiştik. Plaja gittiğimiz bir gün, ben iskeleden fazlasıyla sarkmıştım. Bacaklarımla denge kurmaya çalışırken annem beni görmüştü. "Bella? Bella?" diye beni çağırmıştı korkuyla.

Sonra televizyon ekranı bir anda mavi oldu.

Yavaşça arkamı döndüm. Arka taraftaki çıkışta James hareketsiz duruyordu, bu yüzden onu hemen fark edemedim.

Elinde uzaktan kumanda vardı. Uzun bir süre birbirimize baktık, o gülümsedi.

Bana doğru yürüdü ve iyice yaklaştı, sonra yanımdan geçip uzaktan kumandayı videonun yanına koydu. Onu izlemek için dikkatlice döndüm.

"Bunun için üzgünüm Bella, ama annenin bu işe karışmış olmaması senin için daha iyi değil mi?" Sesi çok nazikti.

Bir anda kafama dank etti. Annem güvendeydi. Hâlâ Florida'daydı ve mesajımı almamıştı. Şu karşımda duran kırmızı gözlü ve soluk benizli adam onu korkutmamıştı. O güvendeydi.

"Evet," diye cevap verdim. Sesimde bir rahatlama vardı.

"Seni kandırdığım için bana kızgın görünmüyorsun?"

"Kızmadım." Bu kibirli tavrım bana cesaret verdi. Ne fark ederdi? Yakında her şey bitecekti. Annemle Charlie'ye bir zarar gelmeyecek ve korkmak zorunda kalmayacaklardı. İçimden bir ses gerginlik yaşamaktan aklımı yitireceğimi söylüyordu.

"Çok garip. Bunları söylerken ciddisin." Koyu renk gözleri bana ilgiyle bakıyordu. Gözbebekleri neredeyse siyahtı, yalnızca kenarlarında hafifçe görünen koyu kırmızı bir renk vardı. Susamıştı. "Siz insanlar ne kadar tuhaf oluyorsunuz. Sanırım sizi izlemenin cazibesini şimdi daha iyi anlıyorum. Bazılarınızın kendi çıkarlarını hiç düşünmemeleri inanılmaz."

Dikkatle bana bakıyor ve benden birkaç adım uzakta duruyordu. Ne yüzünde, ne de duruşunda tehditkâr bir şey vardı. O kadar normal duruyordu ki... Sadece beyaz teni ve artık alışkın olduğum yuvarlak gözleri vardı. Uzun kollu soluk mavi bir tişört ve altına da solmuş bir kot giyinmişti.

"Sanırım bana erkek arkadaşının öcünü alacağını söyleyeceksin?" dedi.

"Hayır, hiç sanmıyorum. En azından ona bunu yapmamasını söyledim."

"Peki, o ne cevap verdi?"

"Bilmiyorum." Bu nazik avcıyla sohbet etmek nedense çok kolaydı. "Ona bir mektup bıraktım."

"Ne kadar da romantik; son mektup! Sence buna saygı gösterecek mi?" Sesi biraz sertleşmişti, kibar konuşmasının altında alaylı bir ifade de vardı.

"Umarım."

"Hımm. O zaman isteklerimiz farklı. Görüyorsun, bu çok kolay ve çok çabuk oldu. Dürüst olmak gerekirse hayal kırıklığına uğradım. Bana kafa tutmanı beklerdim ve bütün bu olanlardan sonra ihtiyacım olan tek şey biraz şanstı."

Sessizce bekledim.

"Victoria babana ulaşamadığı zaman ondan seninle ilgili daha fazla bilgi toplamasını istedim. Kendi seçtiğim yerde seni beklemek varken peşinden bütün dünyayı gezmenin bir anlamı yoktu. Victoria'yla konuştuktan sonra Phoenix'e gelip annene uğramayı düşündüm. Eve gittiğini söylediğini duydum, ilk önce gerçekten eve gideceğini hiç düşünmedim. Ama sonra düşündüm ki insanlar tahmin edilebilir davranışlar sergilerler; tanıdık ve güvenli bir yerde olmak isterler. Saklanırken gideceğin en son yerin, bulunacağını söylediğin yer olması çok hoş bir hile değil mi?

"Ama tabii ki bundan emin değildim, bu sadece bir histi. Genellikle avımla ilgili bir şeyler hissederim; altıncı his gibi bir şeydir bu. Annenin evine gittiğimde mesajını dinledim, ama tabii ki nereden aradığını anlayamadım. Numaranın bende olması çok işime yaradı. Ama sen Antarktika'da da olabilirdin ve eğer yakınlarda bir yerlerde olmasaydın bu oyunum işe yaramazdı.

"Sonra erkek arkadaşın Phoenix'e gelen bir uçağa bindi. Victoria onları benim için izliyordu. Tabii ki bu kadar fazla oyuncunun bulunduğu bir oyunda yalnız çalışamazdım. Sonra bana umduğum şeyi, senin burada olduğunu söylediler. Ben de hazırlandım, evdeki filmlerin hepsini izledim. Sonra işim sadece blöf yapmaya kalmıştı.

"Çok kolay oldu biliyor musun? Benim standartlarıma uymayacak kadar kolay oldu. Umarım erkek arkadaşın konusunda yanılıyorsundur. Edward'dı değil mi?"

Cevap vermedim. İçimdeki cesaret giderek azalıyordu. Başarısızlığımı seyretmekten aldığı zevkin sonuna geldiğini hissediyordum. Aslında bu benim için geçerli değildi. Beni yenmekle bir zafer kazanılamazdı, ben alt tarafı zayıf bir insandım.

"Edward'ın için bir mektup bırakmamın senin için bir sakıncası var mı?"

Bir adım geri attı ve avuç içi kadar bir kamerayı müzik setinin üzerine koydu. Küçük kırmızı bir ışık kameranın açık olduğunu gösteriyordu. Kamerayı geniş açıya alarak birkaç ayarlama yaptı. Korku içinde ona bakıyordum.

"Üzgünüm ama bunu izledikten sonra benim peşime düşmemesi imkânsız. Onun hiçbir şeyi kaçırmasını istemem. Sen ne yazık ki sadece yanlış yerde, yanlış zamanda ve kesinlikle yanlış bir grupla koşmakta olan bir insansın."

Gülümseyerek bana yaklaştı. "Başlamadan önce..."

O konuşurken midemin bulandığını hissediyordum. Daha önce hiç böyle hissetmemiştim.

"Sadece biraz başına kakmak istiyorum hepsi bu. Cevap orada öylece duruyordu, Edward'ın bunu anlayıp eğlencemi bozmasından korktum. Bu, yıllar önce bir kere daha oldu. Avımın benden kaçtığı tek durumdu.

"Küçük kurbanına dayanamayan bir vampir, Edward'ın vermekte zorlandığı kararı vermişti. Yaşlı olan, küçük arkadaşının peşinde olduğumu öğrendiğinde çalıştığı akıl hastanesinden o kızı kaçırdı. Vampirlerin siz insanlara karşı olan bu takıntısını hiçbir zaman anlayamamışımdır. Onu serbest bırakır bırakmaz güvende olmasını sağladı. Acıyı hissetmiş gibi görünmüyordu bile, zavallı ufaklık. O karanlık delikte o kadar uzun süre kalmıştı ki... Yüz yıl önce olsa gördüğü hayaller yüzünden kazığa bağlanıp yakılırdı. Bin dokuz yüz yirmilerde akıl hastaneleri, şok tedavileri vardı. Ona verilen yeni gençliğin tazeliğiyle gözlerini açtığında, sanki güneşi daha önce hiç görmemiş gibiydi. Yaşlı vampir onu güçlü ve yeni bir vampir haline getirmişti; o zaman da benim ona dokunmak için bir sebebim kalmamıştı," dedi iç geçirerek. "Yaşlı olandan intikamım acı oldu."

"Alice," dedim şaşkınlıkla.

"Evet, o küçük arkadaşın." Onu beysbol oynarken gördüğümde şaşırdım. Sanırım onun grubu bu deneyim sonrası huzur bulmuştu. Ben seni aldım ama onlar da Alice'i aldı. Benden kaçmayı beceren tek kurban, bu büyük bir onur... Ama o da o kadar güzel kokuyordu ki. Onun tadına bakamadığım için hâlâ pişmanlık duyarım... Kusura bakma ama senden bile daha güzel kokuyordu. Sen de güzel kokuyorsun. Çiçek gibi..."

Bana bir adım daha yaklaştı, aramızda sadece birkaç santimetre kalmıştı. Saçımı kokladı, soğuk parmak uçlarını boğazımda hissetmiştim; yanağımı okşamak için uzandı. Koşup kaçmayı o kadar çok istiyordum ki ama donup kalmıştım. Kenara bile çekilemedim.

"Hayır," diye söylendi kendi kendine elini çekerken. "Anlamıyorum," dedi iç geçirerek. "Sanırım işimize baksak iyi olacak. Sonra arkadaşlarını arayıp seni nerede bulabileceklerini söyleyebilirim ve tabii bu küçük mesajımı da onlara iletebilirim."

Şimdi gerçekten midem bulanıyordu. Acı yaklaşmaktaydı, bunu gözlerinden okuyabiliyordum. Ona galip gelmek, beslenmek yetmeyecekti. Beklediğim gibi çabuk bir son olmayacaktı. Dizlerim titremeye başladı, düşecektim.

Bir adım geri çekildi ve etrafımda yürümeye başladı. Sanki bir müzedeki heykeli inceliyormuş gibiydi. Nereden başlayacağına karar verirken yüzünde hâlâ olumlu bir ifade vardı.

Birdenbire hızla öne doğru atladı ve oturdu, yüzündeki gülümseme giderek genişliyordu, aslında bu bir gülüşten çok parlak dişlerini gösterme çabasıydı.

Kendime engel olamadım ve koşmaya çalıştım. Bunun işe yaramayacağını biliyordum, çok yorgundum zaten, iyice paniğe kapıldım ve acil çıkış kapısının orada yakalandım.

Hemen önümde belirmişti. Nasıl bu kadar hızla gelmişti yanıma anlamadım. Göğsüme bir darbe indirdi, arkaya doğru uçmuş, başımı da aynalara çarpmıştım. Cam kırılmıştı ve parçalar üzerime yağdı.

Acıyı hissetmeyecek kadar şaşkındım. Nefes alamıyordum. Yavaş yavaş bana doğru gelmeye başladı.

"Bu çok hoş," dedi etrafımdaki camları incelerken. "Bu odanın kısa filmim için fazla dramatik olacağını düşünmüştüm. Seninle de bu yüzden burada buluşmayı istedim. Mükemmel bir fikir öyle değil mi?"

Onu duymazdan geldim, dizlerim ve ellerimin üzerinde emekleyerek diğer kapıya doğru gidiyordum.

Bir hamlede üzerimdeydi, ayağıyla sertçe bacağıma basıyordu ve bacağımın kırılma sesini duyarak acı içinde bağırdım. Üzerimdeydi ve gülümsüyordu.

"Son dileğini tekrar düşünmek ister misin?" diye sordu neşeli bir şekilde. Parmağıyla kırık bacağımı dürttü ve korkunç bir çığlık duydum. Sonra bu çığlığın bana ait olduğunu fark ettim.

"Edward'ın beni bulmaya çalışmasını istemez miydin?" diye sordu.

"Hayır," diye bağırdım boğuk bir sesle. "Hayır, Edward böyle bir şeyi asla..." sonra yüzüme bir darbe aldım ve kırık camların oraya savruldum.

Bacağımın acısının yanında başımın da kesildiğini hissettim. Saçlarımın arasından sıcak sıcak kanlar akmaya başladı. Üzerim ıslanmıştı, zemine bir şeylerin damladığını hissediyordum. Bunun kokusu midemi iyice bulandırdı.

Mide bulantısı ve baş dönmesinin arasında bana ümit veren bir şey gördüm. Önceden sadece istekli olan gözleri şimdi kontrol edilemez bir ihtiyaçla yanıyordu. Beyaz tişörtümden akıp yerde küçük bir havuz oluşturan koyu renk kan, onu susuzluktan delirtiyordu. Asıl niyeti ne olursa olsun bunu daha fazla erteleyemeyecekti.

Akan kanla birlikte bilincimi de yitiriyordum, tek dileğim bu işin bir an önce bitmesiydi. Gözlerim kapanıyordu.

Son bir ses duydum ve kapanmak üzere olan gözlerimin aralığından bana doğru yaklaşan koyu bir gölge görüyordum. Son bir çabayla yüzümü korumak için elimi kaldırdım. Gözlerim kapandı ve kendimden geçtim.

23. MELEK

Bayıldığımda bir rüya gördüm.

Karanlık bir suyun altında yüzüyordum ve beni mutlu eden bir ses duyuyordum. Bu ses bir yandan da korkunçtu, öfkeli ve vahşi bir sesti.

Havaya kaldırdığım elimdeki acıyla neredeyse yüzeye çıkmıştım, ama gözlerimi açacak gücü bulamıyordum.

Artık öldüğümü anlamıştım.

Bir melek ismimi söyledi. Gitmek istediğim cennete çağıran bir melekti bu.

"Hayır. Bella, hayır!" Melek korkuyla bağırıyordu.

Özlemle beklediğim sesin ardından gelen o korkunç sesi bir darbe sesi ve çığlıklar izledi; sonra da sessizlik oldu.

Bunlar yerine meleğin sesine odaklanmaya çalışıyordum.

"Bella, lütfen! Bella, beni dinle, lütfen, lütfen, Bella, lütfen!" diye yalvarıyordu.

Evet, ben de bir şeyler söylemek istedim; herhangi bir şey. Ama yapamıyordum.

"Carlisle!" diye seslendi melek, o mükemmel sesinde acı vardı. "Bella, Bella, hayır, yo lütfen hayır, hayır!" Melek hıçkırıklara boğulmuştu.

Meleğin ağlamaması gerekiyordu. Onu bulmaya, her şeyin yolunda olduğunu söylemeye çalıştım ama su o kadar derindi ki üzerime baskı yapıyordu ve nefes alamıyordum.

Başımda bir baskı vardı ve çok acıyordu. Karanlığın içinde daha da ağırlaşan acı gittikçe çoğalıyordu. Nefes nefese bağırdım.

"Bella!" diye bağırdı melek.

"Biraz kan kaybetmiş, ama başındaki darbe çok derin değil," dedi sakin bir ses, "Bacağına dikkat edin, kırılmış."

Meleğin dudaklarından öfkeli bir hırıltı yükseldi.

Keskin bir bıçak saplanmış gibi hissettim. Burası cennet olamazdı değil mi? Burada bir cennet için fazla acı vardı.

"Birkaç kaburga da kırılmış sanırım," dedi aynı ses.

Keskin acılar gittikçe azalıyordu. Başımda her şeyi bastıran, yeni ve yakıcı bir acı vardı.

Biri beni yakıyordu.

"Edward," demeye çalıştım ama sesim çok zor çıkıyordu. Ben de anlayamıyordum.

"Bella, iyileşeceksin. Beni duyuyor musun Bella? Seni seviyorum."

"Edward." Tekrar deniyordum. Şimdi sesim biraz daha net çıkmıştı.

"Buradayım."

"Canım yanıyor," dedim.

"Biliyorum Bella, biliyorum." Sonra benden uzaklaştı. "Hiçbir şey yapamıyor musun?"

"Çantam lütfen... Nefesini tut, Alice, bu yardımcı olur," dedi Carlisle.

"Alice?" diye inledim acıyla.

"O burada, seni nerede bulabileceğimizi o biliyordu."

"Elim acıyor," demeye çalıştım.

"Biliyorum Bella. Carlisle şimdi sana bir ilaç verecek ve ağrın kalmayacak."

"Elim yanıyor!" diye bağırdım karanlığın son parçasının içinden, gözlerim açılıyor gibi oldu. Yüzünü göremiyordum, koyu ve sıcak bir şey görmemi engelliyordu. Neden bu yangını görüp söndürmüyorlardı?

Sesinden korktuğu belliydi. "Bella?"

"Yangın! Biri bu yangını söndürsün!" diye bağırdım elim yanarken.

"Carlisle! Eli!"

"Onu ısırmış." Carlisle'nin sesi artık sakin çıkmıyordu, dehşete düşmüştü.

Edward'ın korkuyla nefesini tuttuğunu duydum.

"Edward, bunu yapmak zorundasın." Bu Alice'in sesiydi. Soğuk parmaklarıyla gözlerimdeki ıslaklığı siliyordu.

"Hayır!" diye haykırdı.

"Alice," diye inledim.

"Belki bir şansı vardır," dedi Carlisle.

"Ne şansı?" dedi Edward.

"Eğer zehri emip çıkarabilirsen yara temizlenmiş olur." Carlisle konuşurken başımdaki baskının arttığını hissediyordum. Sanki kafatasıma bir şeyler saplanıyordu. Bunun acısı elimdeki yangının içinde kayboluyordu.

"Bu işe yarar mı?" Alice'in sesi gergindi.

"Bilmiyorum," dedi Carlisle. "Ama acele etmemiz gerek."

"Carlisle, ben..." dedi Edward tereddütle. "Bunu yapabileceğimi sanmıyorum." O güzel sesinde yine ıstırap vardı.

"Bu senin tercihin Edward, ikisinden birini seçmelisin. Sana yardım edemem. Eğer elinden kanı emeceksen benim buradaki kanamayı durdurmam gerekecek."

"Edward!" diye çığlık attım. Gözlerim hâlâ kapalıydı. Gözlerimi açtığımda onun çaresiz ama mükemmel yüzünü gördüm.

Carlisle üzerime eğilerek "Alice, bacağını bağlamam için bir şey getir," dedi, bir yandan da başımla ilgileniyordu. "Edward acele et hadi ne yapacaksan yap, yoksa çok geç olacak."

Edward çaresizlik içerisindeydi. Şüphe yerini kararlılığa bırakırken ben de Edward'a bakıyordum. Çenesi kaskatı kesilmişti. Onun o soğuk ve güçlü parmaklarını yanan elimin üzerinde hissediyordum. Başını eğerek soğuk dudaklarını tenime bastırdı.

Bana ne yaptığını bilmiyordum ama canım çok yanıyordu. Ellerinin arasında çırpınarak bağırdım. Alice'in beni sakinleştirmeye çalışan sesini duyuyordum. Bacağımda da bir ağırlık hissediyordum, yere dayanmıştı. Carlisle başımı taş gibi sert kollarının arasına aldı.

Elim uyuştukça acım azaldı. Ateş gittikçe sönüyor, daha küçük bir noktada toplanıyordu.

Acım azaldıkça bilincim de yerine geliyordu. Tekrar o karanlık sulara gömülmekten, karanlıkta onu kaybetmekten korkuyordum.

"Edward," demeye çalıştım ama kendi sesimi duyamıyordum. Onlar beni duyabiliyorlardı.

"O burada Bella."

"Yanımda kal Edward, benimle kal..."

"Buradayım." Sesi gergindi ama bir yandan da galibiyet havası vardı.

Memnun bir şekilde iç geçirdim. Yanma hissi artık geçmişti ve acıyan yerlerim uyku sayesinde hafiflemişti.

"Tüm zehiri aldın mı?" diye sordu Carlisle.

"Kanının tadı temiz," dedi Edward sessizce. "Morfin tadı aldım."

"Bella?" diye seslendi Carlisle.

Cevap vermeye çalışıyordum. "Mmımmm?"

"Elindeki yanma geçti mi?"

"Evet, teşekkür ederim Edward."

"Seni seviyorum," diye cevap verdi.

"Biliyorum," dedim yorgun bir şekilde.

Dünyadaki en sevdiğim sesi duymuştum; Edward'ın o sessiz gülüşünü.

"Bella?" dedi Carlisle yeniden.

Kaşlarımı çattım, uyumak istiyordum. "Ne?"

"Annen nerede?"

"Florida'da. Beni kandırmış, Edward. Bizim video kasetlerimizi izlemiş."

Sonra bir an başka bir şey hatırladım.

"Alice," dedim gözlerimi açmaya çalışarak. "Alice, o kasetlerde senin nereden geldiğin belli." Çabuk çabuk konuşmaya çalışmıştım ama sesim çok güçsüzdü. "Burnuma gaz kokusu geliyor," dedim, bilincimin hâlâ açık olmasına şaşırmıştım.

"Onu kaldırmanın zamanı geldi," dedi Carlisle. "Hayır, ben uyumak istiyorum," diye söylendim.

"Uyuyabilirsin sevgilim, ben seni taşırım," diyerek Edward beni teselli etti.

Bütün acım gitmişti sanki; kollarında öylece yattım.

"Şimdi uyu Bella." Bunlar duyduğum son sözcüklerdi.

24. KÖRDÜĞÜM

Gözlerimi açtığımda gördüğüm şey parlak ve beyaz bir ışıktı. Bilmediğim bir yerdeydim; beyaz bir odaydı burası. Duvarda bir şeyler vardı ve başımın üzerindeki parlak ışıklar gözlerimi alıyordu. Sert ve düz olmayan bir yatakta yatıyordum, kenarlarında parmaklıkları olan bir yataktı bu. Yastıklar düz ve topak topaktı. Yakınlardan bir yerlerden rahatsız edici bir bip sesi geliyordu. Umarım bu, hâlâ hayatta olduğum anlamına geliyordu. Ölüm bu kadar rahatsız bir şey olmamalıydı.

Ellerimin üzerinden borular geçiyordu ve yüzümde, burnumun altında bantlanmış bir şey vardı. Onu çıkarmak için elimi oraya götürdüm.

"Hayır, böyle yapamazsın." Soğuk parmaklar elimi yakaladı.

"Edward?" Yanımda, yanı başımdaydı. Bu sefer büyük bir minnettarlık ve sevinçle hayatta olduğumu anladım. "Edward, çok üzgünüm!"

"Şşşşt," diyerek susturdu beni. "Her şey yolunda, merak etme."

"Ne oldu?" Tam olarak hatırlayamıyordum ve hatırlamaya çalıştığımdaysa beynim bana karşı geliyordu.

"Çok geç kalabilirdik," diye fısıldadı, sesi acı çekiyor gibiydi.

"Çok aptallık yaptım Edward. Annemin onun elinde olduğunu zannettim."

"Hepimizi kandırdı."

"Charlie'yi ve annemi aramam lazım." Bir anda aklıma gelmişlerdi.

"Alice onları aradı. Renee burada; yani hastanede. Yiyecek bir şeyler almaya gitti, gelir birazdan."

"O burada mı?" Oturmaya çalıştım ama başımın dönmesi arttı ve Edward nazikçe beni yatırdı.

"Birazdan gelir," dedi. "Ayrıca senin hareket etmeden yatman gerekiyor."

"Peki, ona ne dedin?" diye telaşlandım. Ben teselli edilmek istemiyordum. Annem buradaydı ve ben de bir vampir saldırısına uğramıştım. "Neden burada olduğum hakkında ne söylediniz?"

"Merdivenlerden düştün ve camın içinden geçtin." Bir an durdu. "Kabul et, bu imkânsız bir şey değil."

Nefes alırken canım yanıyordu. Örtünün altından vücuduma baktım, bacağım da kötü durumdaydı.

"Durumum nedir?" diye sordum.

"Bir bacağın ve dört kaburgan kırık, kafatasında çatlaklar var, her yerinde morluklar var ve çok kan kaybettin. Sana kan nakli yaptılar. Bu hoşuma gitmedi; bir süre de olsa kötü koktun."

"Bu senin için hoş bir değişiklik olmuş olmalı."

"Hayır, ben senin *kokunu* seviyorum."

"Bunu nasıl yaptın?" diye sordum sessizce. Ne demek istediğimi hemen anlamıştı.

"Bundan pek emin değilim." Başını meraklı gözlerimden öteki tarafa çevirdi, beni monitörlere bağlayan kablolara dikkat ederek gazlı beze sarılmış elimi tuttu.

Sabırla bekliyordum söyleyeceklerini.

Bakışlarıma cevap vermeden iç geçirdi. "Bunu durdurmam imkânsızdı," dedi. "İmkânsızdı ama ben başardım."

Yüzünde hafif bir gülümsemeyle bana baktı. "Seni sevmek *zorundayım.*"

"Tadım koktuğum kadar lezzetli değil, öyle mi?" dedim gülümseyerek. Gülünce yüzüm acıdı.

"Daha da iyi, tahmin ettiğimden de güzel."

"Özür dilerim."

Gözlerini yukarı kaldırdı. "Dileyebileceğin her şey için özür dile."

"Ne için özür dilemeliyim?"

"Neredeyse seni benden sonsuza kadar mahrum bırakacaktın."

"Özür dilerim."

"Bunu neden yaptığını biliyorum. Tabii bu yine de saçma bir hareketti. Beni beklemen, bana söylemen gerekirdi."

"Gitmeme izin vermezdin."

"Hayır," dedi büyük bir ciddiyetle. "Buna izin vermezdim."

Hoşuma gitmeyen anılar geldi aklıma. Bir an ürperdim ve olduğum yere sindim.

Edward endişelenmişti. "Bella, ne oldu?"

"James'e ne oldu?"

"Onu senin üzerinden çektikten sonra Emmett ve Jasper onunla ilgilendiler." Sesinde pişmanlık vardı.

Bu aklımı karıştırdı. "Emmett ve Jasper'ı orada görmedim."

"Odayı terk etmek zorunda kaldılar; çok fazla kan vardı."

"Ama sen kaldın."

"Evet kaldım."

"Alice, Carlisle..."

"Onlar da seni seviyorlar, bunu biliyorsun." Alice'i en son gördüğüm an aklıma geldi. "Alice video kaseti gördü mü?" diye sordum endişeyle.

"Evet." Sesini gölgeleyen bir şey vardı, nefret.

"Alice hep karanlıktaydı, işte bu yüzden hiçbir şey hatırlamıyor."

"Biliyorum. Bunu şimdi anlıyor." Sesi normal geliyordu ama yüzü öfkeyle gölgelenmişti.

Boşta kalan elimle yüzüne uzanmaya çalıştım ama beni durduran bir şey vardı. Baktığımda, beni elimden çeken şeyi gördüm. "Ah," dedim.

"Ne oldu?" diye sordu endişeyle. Aklı başka yerdeydi belli ki ve gözlerindeki ifade hâlâ donuktu.

"İğneler," dedim başımı çevirerek. Tavana baktım, kaburgalarımdaki acıya rağmen derin derin nefes aldım.

"İğneden korkar mısın?" diye sordu. "Sadist bir vampir işkence yaparak seni öldürmeye çalışıyor, tabii, olabilir, sen de onunla buluşmak için koşa koşa gidiyorsun. Diğer taraftan bir iğne..."

Bakışlarımı üzerine diktim. Bu tepkinin en azından onun canını yakmadığını görmek beni memnun etmişti. Hemen konuyu değiştirmeye karar verdim.

"*Sen* neden buradasın?" diye sordum.

Bana baktı, kafası karışıktı ve gözlerinde acı bir ifade vardı. Kaşlarını çatarak; "Gitmemi mi istiyorsun?" diye sordu.

"Hayır!" Bunu düşünmek bile çok kötüydü. "Hayır, yani anneme burada olma sebebin olarak ne söyledin? O dönmeden önce hikâyemi iyice bilmeliyim."

"Hımm, Phoenix'e biraz daha mantıklı düşünmeni sağlamak ve seni Forks'a dönmeye ikna etmek için geldim."

O kadar dürüst ve içten bakıyordu ki neredeyse ben bile inanacaktım. "Beni görmeyi kabul ettin, Carlisle ve Alice'le birlikte kaldığım otele geldin. Tabii ben anne ve babamın gözetimi altındaydım," diye ekledi.

"Ama sen odama gelirken merdivenlerden düştün... Sonrasını da biliyorsun zaten. Herhangi bir detayı hatırlamak zorunda değilsin, bazı noktalarda kafanın karışık olması normal."

Bunu bir süre düşündüm. "Bu hikâyede birkaç eksik parça var. Örneğin kırık pencereler?"

"Aslında tam olarak değil," dedi. "Alice kanıtları yaparken çok eğlendi. Bu, çok ikna edici bir şekilde halledildi, istersen otele dava bile açabilirsin. Merak etmene gerek yok," dedi yüzümü okşayarak. "Senin tek yapman gereken şey iyileşmek..."

Onun bu dokunuşuna karşılık vermeyişimin hissettiğim acıyla ya da ilaçların verdiği uyuşuklukla bir ilgisi yoktu. Monitörden gelen bip sesi düzensiz bir şekilde zıplayıp duruyordu; kalbimin yaramazlık yaptığını duyan tek kişi Edward değildi.

"Bu çok utanç verici," dedim kendi kendime. Güldü ve düşünceli bir şekilde bakmaya başladı. "Hımm, merak ediyordum da..." dedi.

Bana doğru eğildi; daha dudakları bana dokunmadan monitörden gelen bip sesi korkunç bir hızla yükseldi. Ama dudakları hafifçe bana dokunduğunda bip sesi kesildi.

Birdenbire geri çekildi, monitör tekrar kalp atışlarımı duyurmaya başladığında yüzündeki endişeli ifade kayboldu.

"Öyle görünüyor ki sana eskisinden çok daha fazla dikkat etmem gerekecek," dedi kaşlarını çatarak.

"Seni öpmeyi daha bitirmedim ki," diye söylendim. "Bak beni oraya getirme."

Tekrar öpmek için eğildi. Monitör çıldırmıştı.

Sonra bir anda dudakları gerildi ve geri çekildi.

"Sanırım annen geliyor," dedi gülerek.

"Beni bırakma," diye mızmızlandım. Paniklemiştim; gitmesine izin veremezdim, yine ortadan kaybolabilirdi.

Gözlerimdeki korkunun farkına vardı. "Bırakmayacağım," diye söz verdi ve güldü. "Ben biraz kestireyim."

Yanımdan kalkarak ayakucumdaki koltuğa geçti. İyice arkasına yaslandı ve gözlerini kapattı. Hiç hareket etmeden duruyordu.

"Nefes almayı unutma," dedim dalga geçerek. Gözleri hâlâ kapalı bir şekilde derin bir nefes aldı.

Annemin geldiğini duyabiliyordum. Biriyle konuşuyordu, belki de hemşireyle, sesi yorgun ve üzgün geliyordu. Yataktan atlayıp ona koşmak, onu yatıştırmak, her şeyin yoluna gireceğini söylemek istedim. Ama atlayıp zıplayacak bir durumda değildim, bu yüzden sabırla beklemeye başladım.

Kapı tık diye açıldı ve annem meraklı bir şekilde başını içeriye uzattı.

"Anne!" diye fısıldadım. Sesim sevgi ve huzur doluydu.

Edward'ın koltukta yattığını gördü ve parmak ucuna basarak yanıma geldi.

"Yanından hiç gitmiyor öyle değil mi?" diye söylendi kendi kendine.

"Anne, seni gördüğüme çok sevindim!"

Bana sarılmak için eğildi ve sıcak gözyaşlarının yanaklarımdan aktığını hissetim.

"Bella, o kadar üzüldüm ki!"

"Özür dilerim anne. Ama şimdi her şey yolunda," diyerek onu rahatlatmaya çalıştım.

"Sonunda gözlerini açmana çok sevindim," dedi yatağımın kenarına oturarak.

Birdenbire bütün bunların ne zaman gerçekleştiğinin farkında olmadığımı anladım. "Ne zamandan beri yatıyorum?"

"Bugün cuma tatlım, bir süredir uyuyorsun."

"Cuma mı?" Çok şaşırmıştım. Şey olduğunda günlerden acaba neydi? Neyse bunu hatırlamak istemiyordum.

"Seni bir süre sakinleştiricilerle uyutmak zorunda kaldılar, çok fazla yaran vardı."

"Biliyorum." Onları hissedebiliyordum.

"Doktor Cullen burada olduğu için çok şanslısın. O kadar iyi bir adam ki çok genç. Bir doktordan çok bir mankene benziyor..."

"Carlisle'la tanıştın mı?"

"Ve Edward'ın kız kardeşi Alice'le de. O çok tatlı bir kız."

"Evet, öyledir," dedim bütün kalbimle.

Edward'a baktı. "Bana Forks'ta bu kadar iyi arkadaşların olduğundan bahsetmemiştin."

İki büklüm oldum ve inledim.

"Neren acıyor?" diye sordu annem endişeyle bana dönerek. Edward hemen gözlerini açtı.

"Önemli değil," dedim. "Hareket etmemem gerektiğini unutmamalıyım." Edward sahte uykusuna geri döndü.

Konuyu benim pek de içten olmayan davranışıma tekrar getirmemek için, annemin dikkatinin bir anlık dağılmasından faydalandım. "Phil nerede?" diye sordum hemen.

"Florida'da Bella! Tahmin edemeyeceğin kadar güzel haberler aldık."

"Phil sözleşme mi imzaladı?" dedim.

"Evet! Nerden bildin? The Suns takımına katıldı, buna inanabiliyor musun?"

"Bu harika anne!" Aslında bunun anlamını tam olarak bilmiyordum ama heyecanlı bir ifade takındım.

"Jacksonville'yi çok seveceksin," dedi aniden, ben ona boş boş bakarken. "Phil Akron'dan bahsetmeye başladığında biraz endişeliydim. Kar, soğuk; biliyorsun soğuktan nefret ederim ama Jacksonville'yi bir görsen! Her zaman güneşli ve nem oranı gayet iyi; iyi bir de ev bulduk. Tıpkı eski filmlerdeki gibi bir verandası ve önünde bir kavak ağacı olan bir ev; üstelik okyanusa birkaç dakika uzaklıkta. Kendi banyona sahip ola..."

"Bir saniye anne!" dedim sözünü keserek. Edward'ın gözleri kapalıydı ama uyuyor olamayacak kadar gergindi. "Sen neden bahsediyorsun? Ben Florida'ya gitmiyorum. Ben Forks'ta yaşıyorum."

"Artık orada yaşamak zorunda kalmayacaksın tatlım," dedi gülerek. "Phil artık daha fazla yanımızda olacak. Uzun uzun konuştuk bu konuyu, ben de bir karar verdim, kimi zaman onunla, kimi zaman seninle olacağım."

"Anne," dedim çekinerek, bu konuda nasıl bir ara yol bulacağımı düşünüyordum. "Ben Forks'ta yaşamak istiyorum. Okula alıştım, birkaç tane kız arkadaşım var..." Annem arkadaşlarımdan bahsettiğimde Edward'a baktı, bu yüzden başka bir yoldan anlatmayı denedim. "Charlie'nin bana ihtiyacı var. O çok yalnız ve yemek pişirmeyi de bilmiyor."

"Forks'ta mı kalmak istiyorsun?" diye sordu yeniden ama çok şaşırmıştı bu kararıma. Bu fikir onun anlayamayacağı bir şeydi. Sonra tekrar Edward'a baktı. "Neden?"

"Dediğim gibi, okul, Charlie, ah!" diye bağırdım. İyi bir fikir değildi.

Elleriyle bana dokunabileceği bir yer aradı. Sonunda alnıma dokundu, orada bandaj yoktu.

"Bella, hayatım, sen Forks'tan nefret ederdin," dedi.

"O kadar da kötü olmadığını düşünüyorum artık."

Kaşlarını çatmıştı; bir Edward'a, bir bana bakıyordu.

"Bu çocuk yüzünden mi yoksa?" diye fısıldadı.

Tam yalan söylemek için ağzımı açıyordum ki annemin dikkatle bana baktığını fark ettim, yalan söylediğimi anlayacaktı.

"Biraz da onun yüzünden," diye itiraf ettim. Bu birazın ne kadar olduğunu anlatmaya gerek yoktu. "Edward'la konuşma fırsatın oldu mu hiç?" diye sordum.

"Evet," dedi hareketsiz duran Edward'a bakarak. "Ben de seninle bu konuyu konuşmak istiyordum."

Eyvah! "Neyi konuşmak istiyordun?" diye sordum.

"Bence bu çocuk sana âşık," dedi.

"Bence de," dedim bir sır verir gibi.

"Peki, sen ona karşı ne hissediyorsun?" Sesindeki merakı saklayamıyordu.

Uzaklara bakarak iç geçirdim. Annemi çok seviyordum ama aşk meşk gibi konular onunla konuşacağım konular değildi. "Onun için deliriyorum." Bu küçük bir genç kızın ilk erkek arkadaşı için söyleyebileceği türden bir şeydi.

"Çok iyi birine benziyor canım ve çok yakışıklı, ama sen daha çok küçüksün..." Sesi kararsızdı; hatırladığım kadarıyla sekiz yaşımdan beri bu şekilde otoriter olmaya çalışmamıştı. Erkeklerle ilgili "ama"yla başlayan mantıklı konuşmalarımızı hatırladım.

"Biliyorum anne. Merak etme. Bu sadece geçici bir heves," diyerek onu sakinleştirdim.

"Evet, haklısın," dedi söylediklerimi doğrulayarak. Onu mutlu etmek ne kadar da kolaydı.

Son bir an duvardaki saate baktı; suçlanmış gibi duruyordu.

"Gitmen mi gerekiyor?"

Dudağını ısırdı. "Biraz sonra Phil arayacak... Senin uyanacağını tahmin etmemiştim."

"Sorun değil anne," dedim kısık sesle, böylelikle kalbini kırmamış olacaktım. "Yalnız değilim nasıl olsa."

"Hemen dönerim. Ben de burada kalıyorum."

"Annecim bunu yapmana gerek yok! Evde de kalabilirsin benim için fark etmez." Ağrı kesicilerin beynimde yaptığı etkiyle bir şeylere odaklanmam gittikçe zorlaşıyordu. Günlerdir uyuyordum.

"Çok endişelendim senin için. Hem bizim civarda garip olaylar olmuş, suç işlenmiş orada yalnız kalmak istemiyorum."

"Suç mu?" diye sordum heyecanla.

"Biri bizim evin oradaki dans stüdyosuna girmiş ve binayı yakmış; geriye de hiçbir şey kalmamış! Ve binanın önüne bir çalıntı araba bırakılmış. Eskiden orada dans ederdin hatırlıyor musun hayatım?"

"Hatırlıyorum." Tüylerim diken diken olmuştu. "Bana ihtiyacın olursa burada kalabilirim bebeğim."

"Hayır anne, ben iyiyim. Edward benimle zaten."

"Zaten o yüzden kalmak istiyorum" der gibi bir bakış vardı yüzünde. "Gece dönerim." Bu, verilmiş bir sözden çok, bir çeşit uyarıydı ve bunu söylerken de Edward'a bakmıştı.

"Seni seviyorum anne."

"Ben de seni seviyorum Bella. Yürürken biraz daha dikkatli ol tatlım. Seni kaybetmek istemiyorum."

Edward'ın gözleri hâlâ kapalıydı ama yüzünde kocaman bir gülümseme vardı.

Bu sırada hemşire geldi odama gerekli kontrolleri yapmak için. Annem alnımdan öptü, gazlı bezle sarılmış elime hafifçe dokundu ve gitti.

Hemşire kalp monitöründen çıkan kâğıtlarıma bakıyordu.

"Tedirgin misin canım? Kalp atışların burada biraz artmış."

"İyiyim," dedim.

"Hemşirenize uyandığınızı söyleyeceğim. Hemen sizi görmeye gelecektir."

Kapıyı kapatır kapatmaz Edward yanıma gelmişti.

"Araba mı çaldın?" dedim kaşlarımı kaldırarak.

Gülümsedi, hiç de pişman görünmüyordu. "Çok iyi bir arabaydı."

"Uyku nasıldı?" diye sordum.

"İlginç," dedi gözlerini kısarak.

"İlginç olan ne?"

Cevap verirken başını önüne eğdi. "Şaşırdım. Düşünmüştüm ki Florida... annen... yani istediklerinin bunlar olduğunu düşünmüştüm."

Anlamayan gözlerle ona bakıyordum. "Biliyorsun Florida'da bütün gün içeride tıkılıp kalmak zorundasın. Dışarıya sadece gece çıkabileceksin, gerçek bir vampir gibi."

Hafifçe gülümsedi, sonra yüzü birden ciddileşti. "Ben Forks'ta kalmayı tercih ederim Bella ya da onun gibi bir yerde," dedi. "Artık sana zarar veremeyeceğim bir yerde."

İlk önce ne demek istediğini tam anlayamadım. Söyledikleri aklımda korkunç yapboz parçaları gibi yerine otururken ona boş boş bakmaya devam ettim. Kalp atışlarım hızlanıyor, hızlı hızlı nefes alıyordum ve kaburgalarım göğsüme baskı yapıyordu.

Hiçbir şey söylemedi; her yerim kırıktı ama beni ezen başka acılar vardı şu an.

Sonra odaya diğer hemşire girdi. Hemşire monitöre dönmeden önce bana baktı, bu sırada Edward taş gibi hareketsiz duruyordu.

"Ağrı kesicilerin vakti gelmiş canım," dedi iğne kutusunu göstererek.

İğneyi duyunca söylendim; "Hayır, hayır," acımı yansıtmamaya çalıştım. "Benim bir şeye ihtiyacım yok." Artık gözlerimi açık tutamıyordum.

"Kahramanlık yapmana gerek yok tatlım. Çok strese girmesen iyi olur, dinlenmen lazım." Bekledi ama ben sadece kafamı salladım.

"Pekâlâ," dedi. "Hazır olduğunda çağrı düğmesine bas."

Gitmeden önce Edward'a sert bir bakış attı, sonra monitöre endişeli bir şekilde baktı.

Soğuk elleri yüzümdeydi, ona öfkeli gözlerle bakıyordum.

"Şşş, Bella, sakin ol."

"Beni bırakma," diye yalvardım.

"Bırakmayacağım," diye söz verdi. "Ben hemşireyi çağırmadan önce biraz sakinleş."

Ama kalp atışlarım yavaşlamıyordu.

"Bella hiçbir yere gitmiyorum. Bana ihtiyacın olduğu sürece burada, yanında olacağım."

"Beni bırakmayacağına dair yemin eder misin?" Nefesimi kontrol etmeye çalışıyordum. Kaburgalarım ağrıyordu.

Yüzüme dokundu ve yaklaştı; gözlerini açarak ciddi bir şekilde; "Yemin ediyorum," dedi.

Kokusunu hissettim, huzur doldu içime. Çektiğim acıyı azaltmıştı. Vücudum yavaş yavaş gevşeyip monitörden gelen bip sesi normal temposuna kavuşana kadar gözlerini benden ayırmadı. Gözleri bugün kehribar renginden çok siyaha yakındı.

"İyi misin?" diye sordu.

"Evet," dedim.

Başını salladı ve anlaşılmaz bir şey söyledi. Söylediklerinin arasından bir tek 'fazla tepki göstermek' lafını duydum.

"Neden bunu söyledin? Sürekli beni kurtarmaktan sıkıldın mı? Gitmemi mi istiyorsun?"

"Hayır, sensiz olmak istemiyorum Bella, tabii ki hayır. Mantıklı ol. Seni kurtarmakla ilgili de bir sorunum yok; zaten seni tehlikeye atan da benim, senin burada olmanı sağlayan da."

"Evet, senin sayende," dedim kaşlarımı çatarak. "Burada olmamı, *yaşıyor* olmamı sana borçluyum."

"Ya tabii. Şu haline bak. Gazlı bezler, bandajlar içinde hareket etmeden yatıyorsun."

"Ben ölümden dönmekten bahsetmiyorum," dedim rahatsız olarak. "Ben diğerlerini düşünüyordum. İstediğini seçebilirsin. Sen olmasaydın şu an Forks mezarlığında çürüyor olurdum."

Söylediklerim karşısında irkildi ama gözlerindeki ifade hâlâ aynıydı.

"En kötü kısmı bu değil aslında," dedi. Sanki ben konuşmuyormuşum gibi davranıyordu. "Seni orada yerde, yara bere içinde, sakatlanmış görmek... Çok geç kaldığımı düşünmek. Seni acı içinde bağırırken duymak... Bütün bu dayanılmaz anılar benimle birlikte sonsuza kadar yaşayacak. Ama en kötüsü neydi biliyor musun? Buna engel olamayacağımı biliyordum. Seni öldüreceğime inanıyordum."

"Ama öldürmedin."

"Bunu yapabilirdim. Hem de çok kolay bir şekilde."

Sakin olmam gerektiğini biliyordum ama kendini, beni bırakmaya ikna etmeye çalışıyordu.

"Söz ver," dedim.

"Neye?"

"Ne olduğunu biliyorsun." Artık sinirlenmeye başlıyordum. İnatla olumsuz düşünüyordu.

Ses tonumun değiştiğini fark etmişti. "Ben senden uzak duracak kadar güçlü değilim, bu seni öldürür mü öldürmez mi bilemem ama sanırım sen de kendi yolunda devam edeceksin... Seni öldürse de, öldürmese de..." dedi sertçe.

"İyi." Söz vermemişti, bu gözümden kaçmadı. Biraz olsun rahatlamış gibiydim ama öfkemi kontrol etmeye gücüm kalmamıştı. "Şimdi bunun neden olduğunu öğrenmek istiyorum," diye sordum.

"Neden?" dedi tedirgin bir şekilde.

"*Neden* bunu yaptın? Neden zehrin yayılmasına izin vermedin? Ben de şimdi senin gibi olurdum."

Edward'ın gözleri simsiyah olmuştu ve bu onun, benim bilmemi istemediği bir şeydi. Alice kendisiyle ilgili öğrendiği şeylerle meşgul olmalıydı ya da Edward etraftayken düşüncelerini kontrol altında tutmaya çalışıyordu çünkü Edward Alice'in bana vampirliğe dönüşümle ilgili bir şeyler anlattığını bilmiyordu. Çok şaşkın ve öfkeliydi.

Cevap vermeyeceği çok açıktı.

"İlk önce şunu itiraf etmeliyim ki benim ilişkiler konusunda bir tecrübem yok. Sadece bir kadınla bir erkeğin bir şekilde eşit olması bana mantıklı geliyor. Her zaman sadece bir taraf atlayıp diğerini kurtaramaz ki. Birbirlerini *eşit bir şekilde* kurtarmalıdırlar."

Yatağımın yanında kollarını göğsüne kavuşturdu ve çenesini koluna dayadı. Yüzü sakindi, öfkesini dizginlemişti. Umarım Edward Alice'i yakalamadan önce onu uyarabilirdim.

"Sen beni kurtardın," dedi sessizce.

"Her zaman Louis Lane olamayabilirim. Bazen de Superman olmak istiyorum."

"Benden ne istediğinin farkında değilsin." Sesi yumuşaktı, yastık kılıfının ucuna doğru bakıyordu.

"Bence biliyorum."

"Bella, bilmiyorsun. Bunu düşünmek için doksan yılım oldu ve hâlâ emin değilim."

"Carlisle'ın seni kurtarmamış olmasını mı dilerdin?"

"Hayır, bunu istemezdim." Devam etmeden önce durdu. "Ama benim hayatım bitmişti. Ben hiçbir şeyden vazgeçmiyordum."

"Benim hayatım sensin. Kaybetmekten korktuğum tek şey sensin." Bu işte artık iyiydim. Ona ne kadar ihtiyacım olduğunu itiraf etmek artık daha kolaydı.

Ama o çok sakindi. Kararını vermişti.

"Bunu yapamam Bella. Bunu sana yapamam."

"Neden?" Sesim dilediğim gibi yüksek çıkmamıştı. "Bana bunun çok zor olduğunu söyleme! Bugünden sonra ya da sanırım birkaç gün önceydi her neyse ondan sonra bunun hiç önemli bir şey olmaması lazım."

Bana bakıyordu.

"Peki ya çekeceğin acı?" diye sordu dalga geçercesine.

Bembeyaz oldum. Bunu engelleyememiştim. Ama bende, damarlarımdaki o ateşi nasıl hatırladığımı belirten bir yüz ifadesi vardı.

"Bu benim sorunum," dedim. "Bununla başa çıkabilirim."

"Cesareti çılgınlık noktasına gelindiğinde kullanmak mümkün tabii."

"O kadar da büyük bir şey değil. Üç gün. Aman ne önemli."

Edward bu konuda bilmemi istediğinden daha fazla şey biliyordum. Öfkesini bastırdı ve düşünceli düşünceli baktı.

"Charlie?" diye sordu kısaca. "Renee?"

Sessizlik içinde dakikalar geçiyordu ve ben bu sorusunu cevaplamak için savaşıyordum ama sesim çıkmadı. Bekledi ve yüzündeki ifade bir zafer kazanmış gibiydi çünkü buna verecek gerçek bir cevabım olmadığını biliyordu.

"Bak aslında bu da o kadar önemli bir sorun değil," diye mırıldandım, sesim yalan söylediğimdeki gibi hiç de ikna edici değildi. "Renee her zaman kendi yararına kararlar verir, benim de aynısını yapmamı ister. Ben sonsuza kadar onlara göz kulak olamam ki. Benim de bir hayatım var."

"Kesinlikle," dedi hemen. "Ve bunu sonlandırmana izin vermeyeceğim."

"Eğer ölüm döşeğimde olmamı bekliyorsan sana bir haberim var! Ben zaten oradaydım!"

"İyileşeceksin," dedi.

Sakinleşmek için derin bir nefes aldım, bana verdiği acıyı duymazdan geliyordum. Ona baktım ve o da bana baktı. Yüzünde uzlaşmadan eser yoktu.

"Hayır," dedim yavaşça. "İyileşmiyorum."

"Tabii ki iyileşeceksin. Sadece birkaç iz..."

"Yanılıyorsun," dedim ısrarla. "Öleceğim."

"Bella! Birkaç gün içinde buradan çıkacaksın. En fazla iki hafta."

Ona baktım. "Belki şu anda değil ama bir gün öleceğim. Her geçen dakika ölüme daha çok yaklaşacağım ve tabii ki *yaşlanacağım.*"

Söylediklerimi iyice anladığında kaşlarını çattı, uzun parmaklarını şakaklarına dayadı ve gözlerini kapattı. "Böyle olması gerekiyor. Böyle olmalı. Eğer *ben olmasaydım* nasıl olacaktı?"

Somurttum. Şaşkınlıkla gözlerini açtı. "Bu çok saçma. Bu piyangoyu kazanmış birine gidip, elinden parasını alıp, 'Bak hadi eskisine dönelim. Öylesi daha güzeldi,' demek gibi bir şey ve bu bana sökmez."

"Ben piyangodan çıkan para değilim ki," diye homurdandı.

"Doğru. Sen bundan çok daha iyisisin."

"Bella bu konuyu daha fazla tartışmayalım. Seni sonsuz bir geceye mahkûm etmeyi reddediyorum. Konu burada kapanmıştır."

"Eğer bu konunun burada kapandığını düşünüyorsan, o zaman beni iyi tanımamışsın," diye uyardım onu. "Tanıdığım tek vampir sen değilsin."

Gözleri tekrar karardı. "Alice buna cesaret edemez."

Bir an o kadar korkutucu göründü ki ona gerçekten inandım. Ona karşı gelmeye cesaret edecek birini hayal bile edemiyordum.

"Alice zaten gördü değil mi?" dedim. "İşte bu yüzden söylediği şeyler seni üzüyor. Bir gün senin gibi olacağımı biliyor değil mi?"

"Yanılıyor. Senin öldüğünü görmüştü ama öyle olmadı."

"*Beni* hiçbir zaman Alice'e karşı iddiaya girerken göremeyeceksin."

Uzun uzun birbirimize baktık. Makinelerden gelen sesler dışında oda çok sessizdi. Sonunda yüz ifadesi yumuşadı.

"Peki, bu bizi nereye getiriyor?" diye sordum. "Sanırım buna *kısırdöngü* diyorlar."

İç geçirdim. "Ay!" diye bağırdım.

"Nasılsın?" diye sordu çağrı düğmesine göz ucuyla bakarken.

"İyiyim," diye yalan söyledim.

"Sana inanmıyorum," dedi nazikçe.

"Tekrar uyumayacağım."

"Dinlenmen gerekiyor. Bütün bu tartışmalar senin için iyi değil."

"O zaman kabul et," dedim.

"İyi deneme," dedi düğmeye uzanarak.

"Hayır!"

Beni duymazdan geldi.

"Evet?" diye bir ses geldi duvardaki hoparlörden.

"Sanırım ağrı kesiciler için hazırız," dedi sakince, öfkeli bakışlarımı görmezlikten geliyordu.

"Hemen hemşireyi yolluyorum." Sesi sıkılmışa benziyordu.

"Almayacağım," dedim.

Yatağımın yanında asılı duran sıvılara baktı. "Senden bir şey yutmanı isteyeceklerini sanmıyorum."

Kalp atışlarım hızlanmaya başlamıştı. Gözlerimdeki korkuyu okumuştu ve endişeli bir şekilde iç geçirdi.

"Bella ağrın var. İyileşmek için rahatlaman lazım. Neden zorluk çıkarıyorsun? Sana tekrar iğne yapmayacaklar."

"Ben iğnelerden korkmuyorum," diye mırıldandım. "Gözlerimi kapatmaktan korkuyorum."

Yüzünde o çarpık gülüş belirdi ve yüzümü ellerinin arasına aldı. "Sana söyledim, hiçbir yere gitmiyorum. Korkma. Seni mutlu ettiği sürece burada olacağım."

Yanaklarımdaki ağrıyı umursamadan ben de ona gülümsedim. "Yani sonsuza kadar."

"Atlatırsın; bu sadece geçici bir heves."

İnanmayarak başımı salladım; bu başımı döndürmüştü. "Renee bu söylediğimi yuttuğunda çok şaşırdım. Eminim bunu sen daha iyi biliyorsundur."

"İşte insan olmanın güzel yanlarından bir tanesi," dedi. "Bazı şeyler değişir."

"Nefesini tutma."

Hemşire içeri girdiğinde elinde bir şırıngayı sallayarak hâlâ gülüyordu.

"Affedersiniz," dedi kadın sertçe Edward'a.

Ayağa kalktı, küçük odanın diğer tarafına geçti ve duvara yaslandı. Kollarını bağlayarak beklemeye başladı. Endişeyle, gözlerimi hâlâ ondan ayırmıyordum. O da bana sakin sakin bakıyordu.

"İşte böyle tatlım." İğneyi tüpe enjekte ederken gülümsedi. "Şimdi kendini daha iyi hissedeceksin."

"Teşekkürler," diye mırıldandım. İlacın uyuşukluğu kan dolaşımımda hemen kendini hissettirmişti.

"Sanırım bu işe yarar," dedi gözlerim kapanırken. "

Kal." Bu sözcük ağzımda kayıyordu.

"Kalacağım. Dediğim gibi, seni mutlu ettiği sürece, senin için en iyisi olduğu sürece."

Başımı sallamaya çalıştım ama her şey çok ağırdı. "Bu aynı şey değil," diye mırıldandım.

"Merak etme Bella. Uyanınca benimle tartışırsın," dedi gülerek.

Sanırım ben de güldüm. "Tamam."

Dudaklarını kulaklarımda hissediyordum.

"Seni seviyorum," dedi.

"Ben de."

"Biliyorum," diyerek güldü sessizce.

Ona bakmak için başımı çevirdim. Ne yapmaya çalıştığımı anlamıştı. Dudakları hafifçe dudaklarıma değdi.

"Teşekkürler," dedim içimi çekerek geçirerek.

"Her zaman."

Ona söylemek istediğim son bir şey daha vardı. "Edward?" Adını net bir şekilde söylemeye çalışmıştım.

"Evet?"

"Bence Alice'in dediği olacak."

Ve uyuyakaldım.

SONSÖZ

Edward bir yandan arabaya binmeme yardım ederken bir yandan da yeni yapılmış bukleli saçlarıma dikkatle yerleştirdiği çiçeklere bakınıyordu. Yüzümdeki öfkeyi fark etmemişti.

Beni arabaya bindirdikten sonra, kendisi de sürücü koltuğuna oturdu ve uzun yolumuza çıktık.

"Neler olduğunu bana ne zaman anlatmayı düşünüyorsun?" dedim aksi bir şekilde. Sürprizlerden gerçekten nefret ediyordum ve Edward da bunu biliyordu.

"Hâlâ anlamadığına inanamıyorum." Bana doğru dalga geçer gibi gülümsedi. Bu mükemmelliğe ne zaman alışacaktım?

"Çok iyi göründüğünü söyledim, değil mi?" dedim.

"Evet," dedi tekrar gülümseyerek. Onu daha önce siyahlar içinde hiç görmemiştim, solgun teniyle oluşan kontrast, güzelliğini gerçek dışı yapmıştı. Her ne kadar takım elbise giymesi beni endişelendirse de gerçekten çok iyi görünüyordu.

Elbise ya da ayakkabılarım o kadar sorun değildi. Sadece bir ayağım bandajlı olduğu için biraz problem yaratıyordu. Saten kurdelelerin tuttuğu yüksek topuklar ben ortalıkta topallarken bana pek yardımcı olmayacaklardı.

"Eğer gittiğimde Alice ve Esme bana prensesmişim gibi

davranacaklarsa gelmeyeceğim." Bu resmi kıyafetler hiçbir işe yaramayacaktı, bundan emindim. Endişelerimi sözcüklere dökmeye çekinmiyordum, hatta kendime söylemeye bile.

Telefonun çalmasıyla dikkatim dağıldı. Edward ceketinin cebindeki cep telefonunu aldı ve cevap vermeden önce kimin aradığına baktı.

"Alo Charlie?" dedi dikkatle.

"Charlie mi?" İyice paniklemiştim.

İki aydır karakterimde bazı değişiklikler olmuştu, örneğin sevdiğim insanlar konusunda fazlasıyla duyarlı olmuştum. İletişimin elverdiği kadar Renee'yle rolleri değiştirmiştim; eğer bir gün elektronik postasını kontrol etmezse onu arayana kadar içim rahat etmiyordu. Bunun gereksiz olduğunu biliyordum; o Jacksonville'de mutluydu.

Her gün Charlie işe giderken gerektiğinden fazla bir endişeyle onu yolcu ediyordum.

Edward'ın sesindeki tuhaflık başka bir şeyden kaynaklanıyordu. Charlie ile ilişkim ben Forks'a döndüğümden beri biraz zorlaşmıştı. Başıma gelen bu kötü olayı iki bölüme ayırdı. Carlisle'a çok minnettar kaldı. Diğer taraftan da inatla Edward'ın hatalı olduğunu düşünüyordu, çünkü Charlie'ye göre eğer o olmasaydı ben zaten evi terk etmezdim. Aslında Edward da ona katılıyordu. Bugünlerde daha önce olmayan kurallar edinmiştim, gece sokağa çıkma yasağı, görüşme saatleri vs.

Edward bana bakıyordu, sesimdeki endişeyi anlamıştı. Benim bu mantıksız endişemi onun sakin yüzü biraz olsun yatıştırmıştı.

Ama gözlerinde tuhaf bir acı ifadesi vardı. Tepkimi anlıyordu ve bendeki değişikliklerden kendini sorumlu tutuyordu.

Charlie'nin söylediği bir şey onu bu üzgün ve düşünceli halinden sıyırmıştı. Edward gözlerini kocaman açmıştı, önce korktum ama sonra yüzüne kocaman bir gülümseme yerleşmişti.

"Şaka yapıyorsun!" dedi gülerek.

"Ne oldu?" diye sordum, iyice meraklanmıştım.

Beni duymazdan geldi. "Neden benim onunla konuşmama izin vermiyorsun?" diye sordu Edward büyük bir memnuniyetle. Birkaç saniye bekledi.

"Merhaba Tyler, ben Edward Cullen." Tyler'ın benim evimde ne işi vardı? Korkunç gerçek yavaş yavaş su yüzüne çıkıyordu. Alice'in bana zorla giydirdiği zarif mavi elbiseye baktım.

"Eğer bir yanlış anlaşılma olduysa özür dilerim, ama Bella şu anda müsait değil." Edward'ın ses tonu değişmişti ve konuşmaya devam ettikçe sesindeki tehditkâr ton daha belirgin olmaya başlamıştı. "Doğruyu söylemek gerekirse, benim dışımda biri söz konusu olduğunda hiçbir gece müsait olmayacak. Kusura bakma." Sesi hiç de üzgün gibi değildi. Sonra yüzünde kocaman bir gülümsemeyle telefonu adamın yüzüne kapattı.

Öfkeden yüzüm ve boynum kıpkırmızı olmuştu. Sinirden gözlerimin dolduğunu hissediyordum.

Şaşkınlıkla bana baktı. "Son kısmı sence biraz fazla mıydı? Seni utandırmak istemedim."

Bunu duymazdan geldim.

"Beni *baloya* götürüyorsun!" diye bağırdım. Şimdi her şeyi anlamıştım. Eğer biraz dikkat etseydim, okul binasını süsleyen posterlerin üzerindeki tarihi görürdüm.

Beni buna alet edeceğini hayal bile edemezdim. Beni hiç tanımıyor muydu?

Benden böyle bir tepki beklemediği çok açıktı. "Zorluk çıkarma Bella."

Camdan dışarıya baktım; çoktan okulun yolunu yarılamıştık.

"Bunu bana neden yapıyorsun?" diye sordum dehşete düşmüş bir şekilde.

"Söylesene Bella, ne yaptığımızı düşünüyordun?" dedi üzerindeki takım elbiseyi göstererek.

Çok mahcup olmuştum. İlk başta bu kadar açık olan bir şeyi görmediğim için. Sonra, Alice ve Esme'nin beni bir güzellik kraliçesine dönüştürmeye çalıştıkları sırada kafamda kurduklarım, o kuşkularım yani aslında beklentilerim... Ne kadar da yanılmışım. Korku dolu ümitlerim şimdi bana ne kadar da saçma geliyordu.

Ben de önemli bir durum olduğunu düşünmüştüm. Ama *baloymuş*. Bu aklıma gelecek en son şeydi.

Ağlamaya başladım. Dehşet içinde rimel sürdüğümü hatırladım. Bulaşmasın diye gözlerimin altını sildim. Gözlerimi sildiğimde ellerim boyanmamıştı, sanırım Alice benim suya dayanıklı makyaja ihtiyacım olduğunu biliyordu.

"Bu saçmalık. Neden ağlıyorsun?" dedi sinirli bir şekilde.

"Çünkü ben *deliyim!*"

"Bella." O altın rengi delici gözleriyle bana baktı.

"Ne?" diye mızımızlandım.

"Gül lütfen."

Bakışları rahatlatıyordu. Böyle hile yaptığı zaman ona karşı koymak imkânsızdı. Başarısız bir zarafetle yenilgiyi kabul ettim.

"Tamam," dedim somurtarak, hiç de istediğim etkiyi yaratamamıştım. "Sessizce gideceğim göreceksin," dedim ve devam ettim:

"Kötü şans peşimi bırakmayacak. Muhtemelen öteki bacağımı da kıracağım. Şu ayakkabıya bak! Bu bir ölüm tuzağı!" dedim bacağımı göstererek.

"Hımm," dedi, bacağıma gerektiğinden daha uzun bir süre bakmıştı. "Bana hatırlat da bu gece Alice'e bunun için teşekkür edeyim."

"Alice de orada olacak mı?" Bu beni fazlasıyla rahatlatmıştı.

"Jasper, Emmett ve Rosalie'yle birlikte," dedi.

Deminki rahatlamam bir anda kaybolmuştu. Rosalie'yle aramızdaki ilişkide hiçbir gelişme olmamıştı ama onun kocasıyla gayet iyi anlaşıyordum. Emmett benim çok eğlenceli biri olduğumu düşünüyordu. Rosalie ben yokmuşum gibi davranıyordu. Aklıma başka bir şey geldi.

"Charlie de bu işin içinde mi?" diye sordum şüphelenerek.

"Tabii ki," dedi gülümseyerek. "Ama anlaşılan Tyler değilmiş."

Tyler'ın bu kadar hayalperest olmasını anlayamamıştım. Okulda, Charlie'nin bize karışamadığı her yerde, sadece nadir rastlanan güneşli günler dışında Edward'la ben hep yan yanaydık.

Şimdi okula gelmiştik; Rosalie'nin üstü açık kırmızı arabası park yerindeydi. Bugün havada az bulut vardı, batıya doğru güneş ışıkları bu bulutların arasından sızıyordu.

Arabadan indi ve kapımı açmak için benim tarafıma doğru yürüdü. Elini uzattı.

Kollarımı bağlamış, inatla koltuğumda oturuyordum. Biraz kendimi beğenmiş bir tavrım vardı. Park yeri resmi kıyafetler içindeki bir sürü insanla doluydu. Yalnızken yapabileceği gibi beni zorla arabadan indiremezdi.

"Biri seni öldürmek istediğinde, bir aslan kadar cesursun, sonra biri dans etmekten bahsettiğinde..." dedi başını sallayarak.

Yutkundum. "Dans etmek mi?"

"Bella, sana bir şeyin zarar vermesine izin vermeyeceğim, hatta kendinin bile. Senin yanından hiç ayrılmayacağım, söz veriyorum."

Bunu düşündüm ve bir anda kendimi daha iyi hissettim. Bunu yüzümden anlayabiliyordu.

"İşte böyle," dedi kibarca. "O kadar da kötü olmayacak." Bana doğru eğildi ve bir kolunu belime doladı. Diğer elini tuttum ve beni koltuğumdan kaldırmasına izin verdim. Kolunu sıkıca bana doladı ve ben okula topallayarak giderken bana destek oldu.

Phoenix'te mezuniyet balolarını, otellerin balo salonlarında yaparlar. Bu dans tabii ki spor salonundaydı. Muhtemelen dans için kasabadaki en büyük salon burasıydı. İçeri girdiğimde gülmeye başladım. Balon kemerleri ve duvarlar krepon kâğıttan çelenklerle süslüydü.

"Burası sanki bir korku filmi setine benziyor," dedim gülerek.

"Burada gerektiğinden *fazla* vampir var," dedi. Bilet masasına yaklaştı, ağırlığımın çoğunu o taşıyordu ama benim yine de ayağımı yere sürümem lazımdı.

Dans pistine baktım; iki çiftin zarifçe dans ettiği pistin ortasında geniş bir boşluk vardı. Diğer dans eden insanlar onlara yer açmak için kenarlara geçmişlerdi; kimse bu ışık saçan çiftlerin arasında sırıtmak istemiyordu. Emmett ve Jasper takım elbiselerinin içinde kusursuz görünüyorlardı. Alice kar beyaz tenini büyük üçgen şekillerle açıkta bırakan geometrik desenli, siyah saten bir elbise giymişti. Ve Rosalie... O inanılmazdı. Parlak kırmızı elbisesinin sırtı yoktu, baldırlarına kadar dapdar, sonrasındaysa kabarıktı, boynundan beline kadar uzanan bir parçası vardı. Kendim de dahil olmak üzere o odadaki her kıza acıdım.

"Kapıları tutmamı ister misin? Böylelikle suçsuz kasaba sakinlerini katledersin," diye fısıldadım kulağına.

"Peki, sen bu planda kimin tarafındasın?" dedi.

"Ben vampirlerle birlikteyim tabii ki."

"Sen dans etmemek için her şeyi yaparsın."

"Her şeyi."

Biletlerimizi aldı ve beni dans pistine doğru çevirdi. Koluna yapıştım ve ayaklarımı sürümeye başladım.

"Uzun bir gecem var."

Sonunda beni zarifçe dans eden ailesinin yanına götürdü. Dansları bu zamana ve bu müziğe o kadar uygunsuzdu ki... Korku içinde onları izledim.

"Edward ben *gerçekten* dans edemem!"

"Merak etme şapşal," dedi. "Ben edebilirim."

Ve artık biz de dans ediyorduk.

"Beş yaşımdaymışım gibi hissediyorum kendimi." Hiçbir çaba göstermeden yaptığım valsten sonra gülmeye başladım.

"Beş yaşında görünmüyorsun," diye mırıldandı, beni kendine doğru çekti, artık ayaklarım havadaydı.

Dönerken Alice'le göz göze geldik ve bana cesaret verici bir şekilde gülümsedi; ben de ona gülümsedim. Eğlendiğimin farkına varmak beni şaşırttı.

"Pekâlâ, o kadar da kötü değilmiş," diye itiraf ettim.

Ama Edward kapıya doğru bakıyordu ve öfkeliydi.

"Ne oldu?" diye sordum yüksek sesle. Bakışlarını takip ettim ve onu rahatsız eden şeyi sonunda gördüm. Jacob Black. Üzerinde takım elbise yerine uzun kollu beyaz bir gömlek ve bir kravat vardı, saçlarını her zamanki gibi taramış ve atkuyruğu yapmıştı, bize doğru geliyordu.

Onu fark etmenin şaşkınlığından sonra elimde olmadan Jacob için kendimi kötü hissettim. Acı çekiyor gibi bir hali vardı. Göz göze geldiğimizde özür dilercesine bana baktı.

"*Düzgün* davran!" dedim.

Edward'ın sesi sertti. "Seninle konuşmak istiyor."

Jacob yanımıza gelmişti, yüzündeki utanç ve özür dileyen ifade şimdi daha belirgindi.

"Merhaba Bella, senin de burada olacağını umuyordum." Jacob sanki bunun tam tersini demek istiyor gibiydi. Ama gülüşü yine her zamanki gibi sıcacıktı.

"Merhaba Jacob," dedim gülerek. "Nasıl gidiyor?" "Lafınızı kesmiyorum ya?" diye sordu ilk defa Edward'a bakarak. Jacob'un Edward'a bakması için kafasını kaldırmasına gerek olmadığını görmek beni şaşırtmıştı. Onu ilk gördüğümden beri bir karış uzamıştı sanırım.

Edward'ın yüzü asılmıştı, ifadesi donuktu. Verdiği tek cevap beni ayaklarının üzerinden indirip bir adım geri atmak olmuştu.

"Teşekkürler," dedi Jacob tatlı bir şekilde.

Edward sadece başını salladı, arkasını dönüp gitmeden önce bana dikkatle baktı.

Jacob elini belime koydu ve omuzlarına koymak için ellerime uzandı.

"Vay Jake, senin boyun kaç oldu?"

"1.80," dedi kendini beğenmiş bir ifadeyle.

Aslında dans etmiyorduk, onun yerine bir sağa bir sola ayaklarımızı hareket ettirmeden sallanıyorduk, bacağım dans etmemizi imkânsızlaştırıyordu.

"Bu gece buraya niye geldin?" diye sordum ilgisizce, bu sırada Edward'ın vereceği tepkiyi de göz önünde bulunduruyordum.

"Babamın bu gece baloya gelmem için bana yirmi kâğıt verdiğine inanabiliyor musun?" dedi utanarak.

"Evet, inanabiliyorum," dedim. "Umarım eğleniyorsundur. Hoşuna giden birini buldun mu?" dedim duvara renkli şekerler gibi yaslanmış kızlara bakarak.

"Evet," dedi. "Ama onu kapmışlar."

Kısa bir an bana baktı, sonra ikimiz de utanarak başımızı çevirdik.

"Bu arada, gerçekten çok güzel görünüyorsun," dedi çekingen bir şekilde.

"Hımm, teşekkürler. Neden sana buraya gelmen için para verdi?" diye sordum hemen, aslında cevabı biliyordum.

Jacob konunun değişmesinden pek de memnun görünmüyordu, kafasını çevirdi, yine rahatsız olmuştu. "Dedi ki burası seninle konuşmam için 'güvenli' bir yermiş. Yemin ederim bu bunak aklını kaçırıyor."

Kahkahasına zayıf bir şekilde eşlik ettim. "Her neyse, bana dedi ki eğer sana bir şey söylersem bana o ihtiyacım olan silindiri alacakmış," diye itiraf etti saf saf.

"Söyle bakalım o zaman. Arabanı bir an önce tamamlamanı isterim," dedim gülümseyerek. En azından bütün bu olanlara Jacob inanmıyordu. Bu, durumu biraz olşun kolaylaştırıyordu. Edward duvara yaslanmış beni izliyordu, yüzü ifadesizdi. İkinci sınıfa giden, pembe elbiseli bir kızın ona baktığının farkında değildi.

Jacob yine kafasını çevirdi, utanmıştı. "Sakın kızma ama tamam mı?"

"Sana kızmama imkân yok Jacob," dedim. "Ben Billy'e bile kızamam. Sadece söylemen gerekeni söyle."

"Pekâlâ, bu çok aptalca ama üzgünüm Bella, senin erkek arkadaşından ayrılmanı istiyor."

"Hâlâ batıl şeylere inanıyor değil mi?"

"Evet. Hele sen Phoenix'te kaza geçirdiğinde iyice delirdi. Hatta inanmadı..." Jacob güvensiz bir şekilde konuşmaya devam ediyordu.

"Düştüğüme inanmadı."

"Düştüğünü biliyorum," dedi hemen.

"Edward'ın benim yaralanmamla bir ilgisi olduğunu düşünüyor." Bu bir soru değildi ve söz vermeme rağmen sinirlenmiştim.

Jacob gözlerini benden kaçırdı. Ellerim boynunda, onunkilerse hâlâ belimde olmasına rağmen dans etmiyorduk.

"Bak Jacob, muhtemelen Billy buna inanmayacaktır ama sadece bilgin olsun diye söylüyorum; Edward benim hayatımı kurtardı." Bana baktı, sesimdeki dürüstlük ilgisini çekmişti. "Eğer Edward ve babası olmasaydı, ben çoktan ölmüş olurdum."

"Biliyorum," dedi, benim bu içten konuşmam onu etkilemişe benziyordu. En azından Billy'yi bu konuda bana inanmaya ikna edebilirdi.

"Jacob, buraya gelip bana bunları söylemek zorunda kaldığın için üzgünüm. Ama sen yine de silindiri alacaksın değil mi?" "Evet," diye mırıldandı. Hâlâ üzgün görünüyordu.

"Başka bir şey daha mı var?" diye sordum.

"Boş ver," dedi. "Bir iş bulup parayı kendim biriktiririm."

Bana bakana kadar gözlerimi dikip ona baktım. "Hadi söyle Jacob."

"Bu çok kötü."

"Önemli değil. Söyle," diye ısrar ettim.

"Tamam ama bu kulağa çok kötü geliyor," dedi. "Bunu sana seni *uyarmak* için söylüyormuş, bu benim değil onun sözleri." Bir elini belimden kaldırdı ve havada tırnak işareti yaptı. "... Sizi izliyor olacağız." Vereceğim tepkiyi endişeyle bekliyordu.

Bu sahne sanki mafya filmlerinden alınmış gibiydi. Çok güldüm.

"Bunu yapmak zorunda kaldığın için üzgünüm Jake," dedim gülerek.

"O *kadar* da umurumda değil," dedi rahatlamış bir şekilde gülümseyerek. Hızlıca elbiseme bakmıştı. "Peki, ona cehenneme gitmesini söylediğini söyleyeyim mi?" diye sordu ümitle.

"Hayır," dedim. "Ona teşekkür ettiğimi söyle. Bunu beni düşündüğü için söylediğini biliyorum."

Şarkı bitti ve ben de kollarımı çektim.

Şiş bacağıma baktı. "Tekrar dans etmek ister misin? Ya da seni bir yere oturtmaya yardım edeyim mi?"

Edward benim yerime cevap verdi. "Tamam Jacob. Buradan sonrasını ben hallederim."

Jacob kocaman gözlerle yanımızda duran Edward'a bakıyordu.

"Hey, geldiğini görmedim," diye mırıldandı. "Sanırım

sonra görüşürüz Bella." Geri çekildi ve isteksizce bana el salladı.

Gülümsedim. "Evet, sonra görüşürüz."

"Kusura bakma," dedi tekrar kapıya doğru yürümeden önce.

Diğer şarkı başladığında Edward tekrar kollarını bana doladı. Yavaş yavaş dans etmek için biraz hızlı bir şarkıydı ama bunun Edward için bir önemi yoktu. Huzur içinde başımı göğsüne yasladım.

"İyi misin?" diye sordum dalga geçerek.

"Pek sayılmaz," dedi sertçe.

"Billy'ye kızma. Charlie yüzünden benim için endişeleniyor. Kişisel bir şey yok," dedim.

"Ben Billy'ye kızgın değilim," diye düzeltti. "Ama oğlu beni rahatsız ediyor."

"Neden?"

"İlk önce, verdiğim sözü bozmama neden oldu."

Aklım karışmış bir şekilde ona bakıyordum.

Yarım ağızla güldü. "Bu gece yanından hiç ayrılmayacağıma söz vermiştim," dedi.

"Hımm. Neyse seni affediyorum."

"Teşekkür ederim. Ama başka bir şey daha var," dedi kaşlarını çatarak.

Sabırla bekliyordum.

"Sana *güzel* olmuşsun dedi." Sonunda konuşmaya başlamıştı. "Bu aslında şu anki görünüşüne yapılmış bir hakaret. Sen güzelden çok daha ötesin."

Güldüm. "Sanki biraz taraf tutuyorsun."

"Bence ondan değil. Ayrıca benim gözlerim mükemmel görür."

Ayaklarım ayaklarının üzerindeydi, beni iyice kendine yakın tutuyordu ve yeniden dönmeye başladık.

"Bütün bu olanlar için bir açıklama yapacak mısın?" diye sordum.

Aklı karışmış bir şekilde bana baktı ve ben de anlamlı anlamlı krepon kâğıttan süslemelere baktım.

Bir an düşündü ve ters yöne dönmeye başladı, beni kalabalığın içinden spor salonunun arka kapısına doğru götürüyordu. Dans eden Jessica ve Mike'ın bana baktıklarını fark ettim. Jessica el salladı ve ben de ona gülümsedim. Angela da oradaydı, küçük Ben Cheney'nin kolları arasında çok mutlu görünüyordu; gözlerini onunkilerden ayıramıyordu. Lee ve Samantha, Lauren ve Conner bize doğru bakıyorlardı. Ardından dışarıdaydık.

Yalnız kalır kalmaz, beni kollarının arasına aldı ve ağaç gölgelerinin altındaki banklara ulaşıncaya kadar kucağında taşıdı. Beni göğsüne bastırarak oturdu. Ay çoktan yükselmişti, gri bulutların arasından parlıyor ve beyaz ışığıyla Edward'ın yüzünü aydınlatıyordu.

"Konu?" diye sordum yumuşakça. Beni duymazdan geldi, aya bakıyordu.

"Yine alacakaranlık," diye mırıldandı. "Başka bir son daha. Günün ne kadar mükemmel olduğunun önemi yok, her zaman sona ermek zorunda."

"Bazı şeyler sona ermek zorunda değil," diye mırıldandım.

"Seni baloya getirdim," dedi sessizce, sonunda soruma cevap veriyordu, "çünkü hiçbir şeyi kaçırmanı istemiyorum. Seni hiçbir şeyden uzak tutmak istemiyorum. *İnsan* olmak istiyorum. Hayatının, ben bin dokuz yüzlerde ölmüş olsaydım nasıl olacaksa öyle ilerlemesini istiyorum."

Sözleri beni ürpertti, ardından kızgınlıkla başımı salladım. "Peki, kendi isteğimle bu baloya asla gelmeyeceğimi neden anlamıyorsun? Benden binlerce kat daha güçlü olmasaydın, beni buraya getirmene asla izin vermezdim."

Gülümsedi, "O kadar da kötü değil, bunu kendin söyledin."

"Çünkü seninle birlikteyim."

Bir anlığına sessiz kaldık; o aya bakmaya başladı, ben de ona. Normal bir insanın hayatını yaşamakla hiç ilgilenmediğimi ona anlatmanın bir yolunu bulmayı isterdim.

"Bana bir şey mi söyleyeceksin?" diye sordu, bana bakıyordu. "Ben 'ebedi' değil miyim?"

"Bunu bana sen söyleyeceksin," diye ısrar etti, sırıtıyordu.

Kısa süre içinde bu konuşmadan dolayı pişman olacağımı biliyordum. "Güzel."

"Seni buraya getirdiğimi anladığında gerçekten çok şaşırdım," diye başladı sözlerine.

"Evet, *şaşırdım,"* dedim sözünü keserek.

"Kesinlikle," dedi. "Ama başka bir teorin daha olmalı... Merak ediyorum - neden böyle giyindiğini *düşündün?"*

Evet, pişman olmuştum. Tereddütle dudaklarımı büktüm. "Bunu sana söylemek istemiyorum."

"Söz verdin," diye karşı çıktı.

"Biliyorum."

"Sorun nedir?"

Kendini tutmanın utanç verici bir şey olduğunu düşündüğünü biliyordum. "Seni üzeceğini ya da kızdıracağını düşünüyorum."

Söylediklerimi düşünürken kaşlarını çattı. "Yine de bilmek istiyorum, söyler misin lütfen?".

Derin bir nefes aldım. O da bekledi.

"Pekâlâ, ben düşündüm ki bugün önemli bir gün. Ama böyle insanlara özgü basmakalıp bir şey değil, balo değil yani," dedim.

"İnsanlara özgü mü?" diye sordu. Anahtar kelimeyi bulmuştu.

Elbiseme baktım, bir şifon parçasıyla oynamaya başladım. Sessizce beni bekliyordu.

"Pekâlâ," dedim. "Ben fikrini değiştirdiğini bunca olandan sonra *beni* değiştireceğini düşündüm."

Yüzünde bir sürü ifade belirdi. Bazılarını tanıyabilmiştim; öfke, acı... Sonra kendini topladı ve mutlu bir ifadeye büründü.

"Sen bunun resmi kıyafet giyilen bir tören olduğunu düşündün değil mi?" diye dalga geçti.

Utancımı saklamaya çalışıyordum. "Ben bu işlerin nasıl olduğunu bilmiyorum. Bana göre balodan daha mantıklı." Hâlâ gülüyordu. "Komik değil," dedim.

"Evet, haklısın, komik değil," dedi, yüzündeki gülümseme giderek azalmıştı. "Ben senin ciddi olduğunu varsaymak yerine, bunu bir şaka olarak almayı tercih ederim."

"Ama ben ciddiyim."

Derin bir nefes aldı. "Biliyorum. Gerçekten bu kadar isteklisin değil mi?"

Gözlerinin derinliklerinde acı vardı. Dudaklarımı ısırdım ve evet anlamında başımı salladım.

"Bunun bir son olması için bu kadar hazırsın," diye mırıldandı kendi kendine. "Henüz hayatının başındayken, hayatının alacakaranlığını yaşamak istiyorsun. Her şeyden vazgeçmeye hazırsın."

"Bu bir son değil, bir başlangıç," diye itiraz ettim. "Ben buna değmem," dedi üzgün bir şekilde.

"Bana kendimi tam olarak göremediğimi söylemiştin, hatırlıyor musun?" diye sordun kaşlarımı kaldırarak. "Sende de aynı körlük var."

"Ben ne olduğumu biliyorum."

Derin bir iç geçirdim.

Uzun bir süre yüzüme baktı.

"O zaman hazırsın, öyle mi?" diye sordu. "Hımm," dedim yutkunarak. "Evet?"

Gülümsedi ve soğuk dudakları çenemin altına değene kadar eğildi.

"Şimdi mi?" diye fısıldadı, nefesini boynumda hissediyordum. Elimde olmadan titredim.

"Evet," diye fısıldadım. Eğer numara yaptığımı düşünseydi hayal kırıklığına uğrardı. Ben çoktan kararımı vermiştim ve bundan emindim. Vücudumun bir tahta gibi sert, ellerimin yumruk şeklinde ve kalbimin deli gibi atmasının bir önemi yoktu.

Güldü ve geri çekildi. Yüzünde hayal kırıklığı vardı.

"Bu kadar çabuk pes edeceğime gerçekten inanmadın herhalde," dedi dalga geçerek.

"Bir kız hayal kurabilir."

Kaşlarını kaldırdı. "Senin hayalin bu mu? Bir canavar olmak mı?"

"Tam olarak değil," dedim. Bu sözcüğü kullandığı için kaşlarımı çatmıştım.

Yüz ifadesi değişti, sesimdeki acıyı duymak onu hem yumuşatmış, hem de üzmüştü.

"Bella." Parmaklarını dudaklarımda gezdiriyordu. "Senin yanında kalacağım, bu yetmez mi?"

"Şimdilik yeter."

Bu inadım karşısında kaşlarını çattı. Bu gece kimse vazgeçmeyecekti.

Yüzüne dokundum. "Bak," dedim. "Seni bu dünyadaki her şeyden daha çok seviyorum. Bu yetmez mi?"

"Evet yeter," diye cevap verdi gülümseyerek. "Sonsuza kadar yeter."

Soğuk dudaklarını boynuma bastırmak için bir kez daha eğildi.